U0102710

JOY

享受讀一本好小說的樂趣

棺材舞者

THE COFFIN DANCER

傑佛瑞・迪佛
JEFFERY DEAVER

楊孟哲◎譯

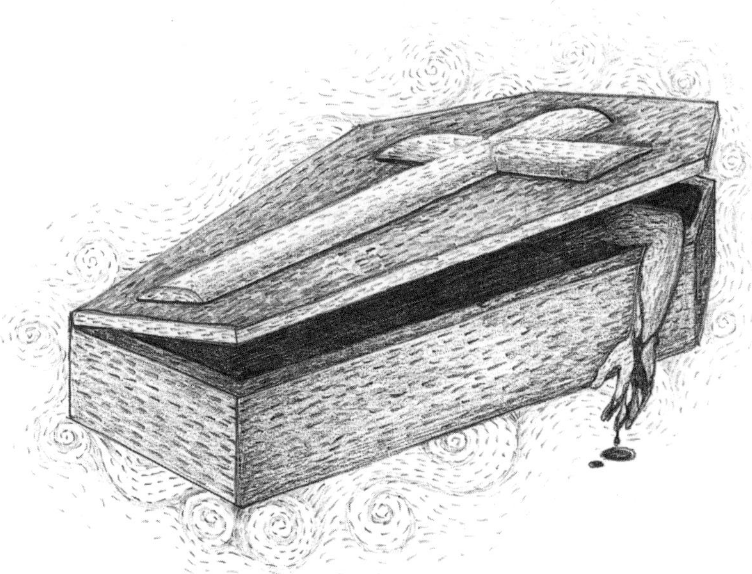

關於『神探萊姆』系列

自愛倫坡以降，讓一百五十年來的偵探小說家夢寐以求的，不外乎是創造出如福爾摩斯、艾勒里·昆恩、白羅等風格獨具且家喻戶曉的角色，並且不可免俗的希望自己的作品能深入人心，在銷量上創下耀眼的佳績，甚而登入讀者心中的名人堂。而傑佛瑞·迪佛顯然已達成了這個願望。

傑佛瑞·迪佛以刑案鑑識高手林肯·萊姆為主軸寫出了一系列偵探小說，第一集《人骨拼圖》即以初刷十萬本的浩大聲勢席捲美國書市！後來更被拍成同名電影，成功塑造了林肯·萊姆這個極具特色的『癱瘓神探』！

在《人骨拼圖》、《棺材舞者》及隨後出版的同系列小說中，我們看到的林肯·萊姆是一位苦心蒐集資料、著重細微證物，一辦起案來便忘我投入，就連全身癱瘓也無法阻擋辦案熱情的刑事鑑識專家；而面對寫作時的傑佛瑞·迪佛，抱持的也正是同樣的態度。

在構思一部小說時，他會花費八個月以上的時間蒐集資料、尋訪相關知識的專家；而在正式動筆時，多年的創作經驗使他不會犯下大量傾銷知識的錯誤，只全心投入細節的架構與情節的推展。因此，他的作品始終能夠呈現出一種扎實、節奏暢快的特性，即使本本皆有不可小觀的厚度，仍然讓讀者在闔上書的那一刻覺得意猶未盡！

『一部小說的結尾關係重大，而一個小說家的功力也往往由此可以觀之。傑佛瑞・迪佛確實讓我們見到了他筆耕多年的努力，以及他在寫作上所展現的天分。』

——【出版家週刊】

『迪佛就如同他筆下的林肯和兇手一樣足智多謀。還沒翻到最後一頁，你絕對無從假設兇手會設下什麼陷阱閃躲追捕，你也無從斷定林肯會如何逮到兇手——這一點，就是迪佛的小說最吸引人的地方。』

——【寇克斯評論】

『傑佛瑞的人物細膩而鮮活。但他的小說之所以好看，更在於劇情推進的節奏、轉折、動作，與讓人懸念難棄的閱讀慾望。』

——【圖書館期刊】

『節奏緊湊！意想不到的轉折，一看就入迷的誘惑力！』

——【丹佛郵報】

『令你時時刻刻膽顫心驚！迪佛的小說就像一顆尚未引爆的炸彈，讓你握在手上，一刻也不得安寧。』

——【人物雜誌】

『讀迪佛的小說，我們只能瞠目結舌！不論是其中的高科技鑑識儀器、兇手聰明的犯案手段，或是林肯抽絲剝繭的辦案手法，甚至最後臨門一腳的破案契機……我們的心緒就只能隨情節而擺盪，直到闔書之後仍然無法平息……』

——【有聲檔案雜誌】

『傑佛瑞・迪佛的書迷小心了！這次絕對讓你心驚膽跳、血脈僨張！』

——【娛樂週刊】

『迪佛的小說果然名不虛傳。在當今的推理小說家之中，沒有人能像迪佛一樣，任何描述、任何場景，都緊抓著你的呼吸。』

——【聖荷西信使報】

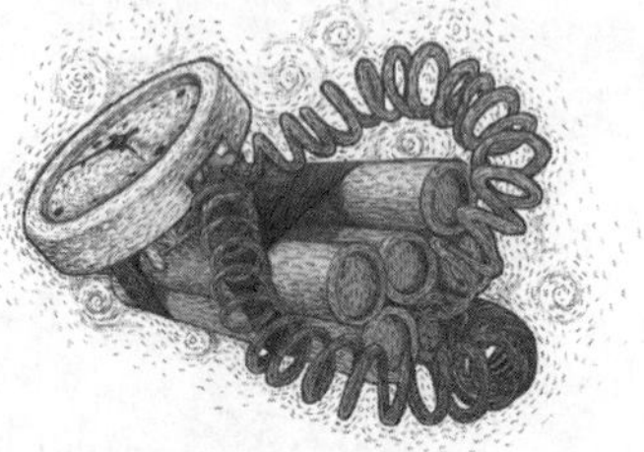

CONTENTS

第一部
太多種死亡的方式

『蒼鷹難成家禽，因爲缺少了那一分濫情。
這在某種程度上是精神病學的藝術，是生死和利害的關係，
造成了彼此在心智上的對立。』

——T H·懷特《蒼鷹》

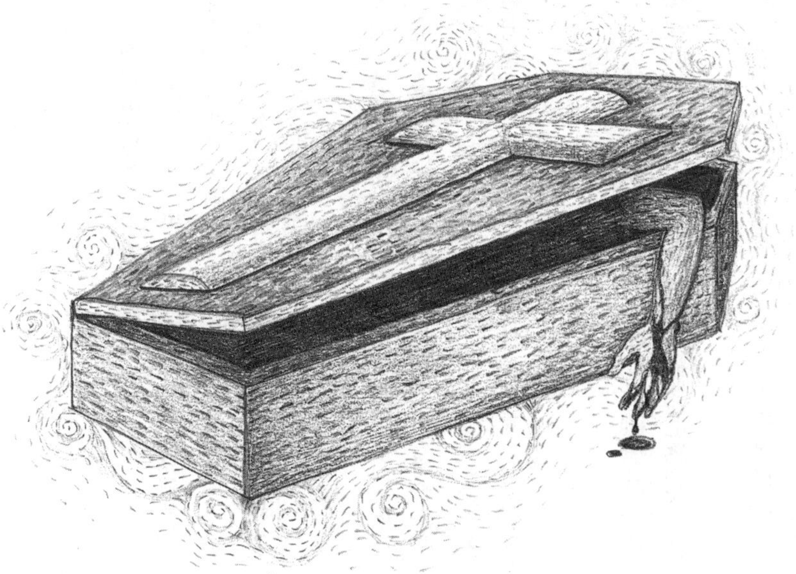

1

艾德華．卡奈向妻子珮西道別的時候，並沒有想到這會是他最後一次看到她。

他坐進車裡，將車子駛離停車位，離開曼哈頓東八十一街這個停車不易的地方，然後驅車上路。天生觀察力敏銳的卡奈，注意到他和妻子在市區擁有的這幢洋房附近，停了一輛沾著泥漬、車窗貼著反光紙的黑色廂型車。他往那輛滿目瘡痍的車子瞥了一眼，看到車牌上標示車子來自西維吉尼亞，也想起過去幾天裡，曾在這條街上看過它。但此一念頭隨即被前面開始加速的車流打斷了。他搶過黃燈，很快就上了羅斯福大道，朝北行進。

二十分鐘之後，他在車裡撥行動電話給珮西，她沒接；這讓他覺得十分困惑。珮西原本計畫和他一起飛這趟航班，昨天晚上兩人甚至擲銅板決定由誰坐左邊的駕駛座，結果珮西贏了，還給了他一個勝利時咧嘴而笑的招牌表情。但是到了清晨三點鐘，她卻因爲困擾了她一整天、令她痛得發狂的偏頭痛而醒過來。他們打了幾通電話，找到代班的副駕駛之後，珮西才吞下止痛藥，重新回到床上睡覺。

至今，偏頭痛是唯一能夠讓珮西停飛的病痛。

今年四十五歲，身材瘦長，依然蓄著一頭軍人短髮的艾德華．卡奈，歪著頭聆聽從數哩外傳來的電話鈴聲。他們家的電話答錄機啓動之後，他將話筒放回固定架上面，心裡隱隱約約地感到些許的不安。

他讓車速精準地維持在每小時六十哩，並讓車子完美地保持在右線道的正中央。卡奈就像所有的機師一樣，一坐在汽車方向盤後面就變得十分保守；他可以信任其他的飛行員，但是卻認爲開車的人都是瘋子。

在威徹斯特的瑪瑪羅奈克機場，哈德遜空運公司的辦公室裡擺了一個蛋糕，是莎莉安為了慶祝公司的新合約而親手烘焙的。看得出來，莎莉安今天刻意將自己打扮了一番，全身散發一股濃烈的香水味，就像剛從梅西百貨公司的香水專櫃走出來一樣；她胸前特意佩戴的那枚萊茵石製成的飛機造型別針，雖然難看，卻是她孫子在去年聖誕節送給她的禮物。此刻莎莉安審視著房內的十多名員工，確定每個人都分到了一塊大小合適的加料巧克力蛋糕。艾德華．卡奈吃了幾口蛋糕，一邊和朗恩．泰爾波特談起今晚的航班。泰爾波特平日只靠著香煙和咖啡維生，此刻卻胃口奇佳，讓人見識到他對蛋糕的熱愛程度。同時兼負營運和業務經理工作的他，一再對貨物是否能夠準時運達、班機的燃油量是否能正確估算、報價是否合理這些問題大聲地表示憂慮。卡奈將手上剩餘的蛋糕遞給他，要他心情放輕鬆。

他又想起了珮西，於是走回他的辦公室，拿起話筒。

他們在市區的房子還是沒有人接電話。

現在他的擔心成了不安，因為有小孩和自己經營公司的人，通常都會接起響個不停的電話。他『啪』地一聲將話筒掛上，正打算打電話找個鄰居過去看看，但是這時候，一輛白色大卡車在辦公室旁的停機棚前面停了下來——上工的時間到了。

泰爾波特拿了十多份文件給卡奈簽名的時候，年輕的提姆．蘭道夫穿著黑色西裝、白襯衫，打著一條黑色細領帶走了進來。提姆提到自己的時候，一向以副駕駛自稱，卡奈很喜歡這一點。『大副』通常都是航空公司訓練出來的人，而儘管卡奈尊敬任何一個有能力坐上右駕駛座的人，他的虛榮心卻讓他不願意表現出來。

泰爾波特的助理——身材高䠷，一頭褐髮的蘿倫，今天穿上了她那一套和哈德遜空運公司商標——一隻飛越格式化地球的獵鷹——顏色相近的藍色幸運洋裝。她貼近卡奈的身邊，輕聲問他：

『現在一切都沒問題了，對不對？』

『一切都不會有問題。』卡奈向她保證。他們相擁了一會兒，莎莉安也過來擁抱他，並拿給他一些蛋糕在旅途上食用，他婉拒了。他希望現在就動身，遠遠地離開這些情緒、這些慶祝活動，遠遠地離開地面。

沒多久之後，他已經航行在距離地面三哩的空中，駕駛著有史以來最精良的噴射機——銀亮的機身光滑如箭，除了註冊編號之外，沒有任何標誌徽章的『李爾三五A』。

他們朝著絕色的夕陽航進——一個鬆散爲粉紅色與紫色的絢爛雲朵，以及光芒四射的完美橙色圓盤。

唯有破曉時刻才看得到同樣的美景，也唯有大雷雨才會如此壯觀。

歐海爾機場大約在七百二十三哩之外，他們準備在兩個小時之內完成這一趟航行。芝加哥空中交通指揮中心禮貌地要求他們下降到一萬四千呎的高度，然後將他們交給芝加哥近場台。

提姆開始呼叫：『芝加哥近場台，李爾四九CJ在一萬四千呎的高度加入你們。』

『晚安，九CJ。』航空交通管制員平靜地說：『下降並維持在八千呎，芝加哥高度計三點一一，預期進場跑道二七左。』

『收到了，芝加哥。九CJ正從一萬四千降到八千。』

歐海爾是全世界最忙碌的機場，航空交通管制員將他們安排在西郊上空的等待航線上，盤旋著排隊等候降落。

十分鐘之後，那個和藹平靜的聲音要求他們：『九CJ，航向〇九〇，順著風向飛往二七左跑道。』

『〇九〇，九CJ。』提姆答道。

卡奈望著令人讚嘆的灰暗蒼穹中遍布的點點星光，心裡想著：瞧，珮西，夜空裡的每一顆星星……

想到這裡，他突然出現一種可能是他在職業生涯中唯一一次違反專業的衝動——他對於珮西的憂心就像發燒一樣地升溫，突然急切地需要和珮西說話。

『接替我。』他告訴提姆。

『知道了。』年輕人答道，沒有異議地接過操縱桿。

此時航空交通管制員說道：『九CJ，下降到四千呎，維持目前航向。』

『收到了，芝加哥。』提姆表示：『九CJ正從八千降到四千。』

卡奈變換了他的無線電頻道來撥打互聯網電話。提姆看著他問：『打回公司嗎？』他向提姆解釋了前因後果。聯絡上泰爾波特之後，他要求對方爲他接上家裡的電話。

在等待的時候，卡奈和提姆通過了冗長的降落前檢查。

『襟翼……二十度。』

『二十，二十，綠燈。』卡奈答道。

『檢查飛行速度。』

『一百八十節。』

『芝加哥，九CJ，正通過五千呎，朝四千呎降落。』提姆對著麥克風講話的時候，卡奈聽見了位於七百哩外的曼哈頓家中，電話鈴聲開始響了起來。

『接電話，珮西！妳跑哪裡去了？』

『接電話……』

航空交通管制員表示：『九CJ，減速至一八〇，然後聯絡塔台。晚安。』

『收到了，芝加哥，一八〇節。晚安。』

鈴聲響了三次。

『她到底跑去哪裡了？出什麼事了？』

卡奈身體裡面的結越勒越緊。

渦輪引擎嘎嘎地發出聲響，液壓傳出呻吟的聲音，卡奈的耳機裡出現了靜電的干擾。

提姆叫道：『襟翼三十，放下起落架。』

『襟翼，三十，三十，綠燈，放下起落架。三個綠燈。』

這時候他的耳機裡突然傳出強烈的喀嚓聲響。

他妻子的聲音說：『喂？』

卡奈鬆了一口氣，大聲笑了出來。

他正準備開始說話，但是話還沒說出口，機身突然出現了劇烈的顛簸——劇烈到在一瞬間內，爆炸的力量將笨重的耳機活生生地從他的耳朵上扯了下來，而他整個人也被拋向儀表板。碎片和火光在他的周遭迅速地擴大。

驚嚇之下，卡奈本能地用左手抓住毫無反應的操控桿——因爲他的右手已經不見了。他轉向提姆，剛好看到他血淋淋的軀體，正像布娃娃一樣地消失在機身側面破裂的洞口中。

『天啊！不要！不要……』

接著駕駛艙從正在解體的機身斷裂開來，將李爾的機體、機翼、引擎拋在身後，逕自升向天際，然後被吞沒在一大團火球當中。

『喔，珮西，』他低聲叫道：『珮西……』雖然他嘴邊已經沒有可以讓他說話的麥克風。

2

行星一樣的巨大，屍骨一般的泛黃。

那一顆沙粒在電腦螢幕上逐漸放大。男人向前傾坐，頸子感到疼痛，眼睛則因爲專心——不是因爲視力缺陷——而用力瞇了起來。

遠方傳來陣陣的雷聲。早晨的天空又黃又綠，暴風雨大概隨時都可能出現；這是有史以來最潮濕的一個春天。

沙粒……

『放大。』他下達指令，螢幕上的影像忠實的放大了一倍。

怪了，他心想。

『游標往下移動……停。』

爲了研究螢幕上的影像，他的身子繼續使勁地向前傾。

沙粒是刑事鑑識家的一種樂趣，林肯．萊姆心想，一小塊從〇．五到兩毫米大小的岩石（超過這個尺寸就成了碎石，低於這個範圍則成了泥沙），有時候混雜著其他的元素。它就像黏稠塗料一樣黏附在罪犯的衣物上，然後適時彈落並隱藏在刑案現場，爲兇手和被害人建立出某種關聯。它也能夠告訴我們嫌犯曾經去過哪些地方：不透光的沙粒表示他曾經去過沙漠，透明的沙粒則表示他去過沙灘；角閃石表示加拿大，黑曜石則來自夏威夷；石英和火成岩來自新英格蘭，平滑灰色的磁礦則來自北美五大湖的西部。

但是這顆沙粒到底來自何處？萊姆一點頭緒也沒有。紐約一帶大部分的沙粒都是石英和長石，來自長島灣的岩質較高，大西洋一帶呈沙塵狀，哈德遜河一帶渾濁泥濘。但是這一顆呈白色而閃閃發亮，不僅表面粗糙，還摻雜了紅色的球狀物。還有，這些莫名的環狀物到底是什麼東西？這種白色的石質環狀物，就像是烏賊的微小切片一樣，他從來沒有看過任何類似的東西。

這個難題讓萊姆一直到清晨四點鐘都睡不著。他剛剛送了一份樣本到華盛頓，給一位聯邦調查局犯罪實驗室的同事——心不甘情不願地，因爲林肯．萊姆痛恨由其他人來回答他自己的問題。

床邊的窗口出現了一些動靜。林肯眼睛一瞥，看見他的鄰居——兩隻結實的游隼已經醒了過來，正準備動身獵食。鴿子們小心了，林肯心想。接著他歪著頭低聲抱怨：『媽的！』不過他的沮喪並非來自於辨識一個不願意合作的證物，而是由於即將出現的干擾。

樓梯間傳來了急促的腳步聲。湯瑪斯讓訪客進了門，只是萊姆並不希望在這時候見客。他憤怒地盯著門廊。『看在老天的分上，不要現在！』

但是他們並沒有聽見，就算聽見了也不會停下腳步。

他們總共兩個人……

其中一個體形魁梧，另一個則否。

未上鎖的房門上出現一陣短促的敲門聲，緊接著他們走了進來。

『林肯。』

萊姆咕噥應了一聲。

隆恩．塞利托是紐約市警局的第一級警探，沉重的腳步聲就是他的傑作。輕盈地走在一旁的是他那位較爲苗條、年輕的搭檔——穿著瀟灑暗棕色格子西裝的傑瑞．班克斯。他用噴霧髮膠整理過他一頭蓬亂的鬈髮——萊姆可以聞得到丙烷、異丁烷與乙烯基乙酸鹽——但那頭如同雜草般的亂髮仍然神氣活現，就像漫畫人物達格伍德的頭髮一樣迷人。

胖子環顧了一下位於二樓這間二十呎乘二十呎，牆上沒有掛著半幅畫像的臥房。

『這個地方看起來不太一樣，林肯。』

『沒什麼不一樣。』

『啊，我知道了——看起來乾淨了一些。』班克斯說，但是因為失禮而又趕緊住嘴。

『乾淨，當然。』湯瑪斯說。他穿著一條乾淨且燙得平整的褐色便褲、一件白襯衫，以及一條林肯認為過分華麗，不過卻是他親自郵購買來送給這個年輕人的花色領帶。這個助手跟著萊姆已經有好些年了——雖然他被林肯解雇過兩次，自己也曾經一度辭職，但是我們的刑事鑑識家重新聘用這位護士兼助理的次數也一樣多。湯瑪斯對於四肢麻痺症的認識已經足以讓他成為一名醫生，也從林肯身上學夠了可以讓他當上一名警探的法醫學。他很滿足於這一份被保險公司稱為『看護』的工作，只是萊姆和湯瑪斯都藐視這個名稱；萊姆有時候會叫他為『雞母』或『復仇女神』，兩種稱呼都讓這名助手非常開心。他現在正忙著應付兩位訪客：『雖然他不喜歡，但我還是找來了女僕茉莉，把這個地方徹底打掃了一番——事實上，這個地方需要進行的是一次燻煙消毒。整理完之後，他一整天都不願意跟我說話。』

『我這地方並不需要整理，害我什麼東西都找不到。』

『但是他什麼東西都不用找，對不對？』湯瑪斯反擊：『那是我的工作。』

萊姆沒有心情繼續和他抬槓，他將他那張英俊的臉轉過去對著塞利托：『你們有什麼事？』

『有一個案子，我想你可能會想要幫忙。』

『我很忙。』

『這些是什麼玩意兒？』班克斯指著萊姆床邊一套簇新的電腦問。

『喔！』湯瑪斯用一種令人生氣的興奮叫道：『這是目前最先進的科技產品。表演給他們看看，林肯，表演一下。』

『我不想表演給他們看。』

外頭傳來陣陣雷聲，但是並沒有降下半滴雨，大自然就像往常一樣喜歡捉弄人。

湯瑪斯堅持。『讓他們看看怎麼用。』

『我不想。』

『他只是不好意思。』

『湯瑪斯！』萊姆不高興地嘀咕。

但是年輕的助手對於威脅就像他對於反控一樣，一點都不在意。他拉了拉那一條醜陋，或者應該說很有風格的領帶，『我不知道他爲什麼會這樣，他前幾天對整套裝置似乎表現得十分得意。』

『我才沒有。』

『那邊那個盒子——』湯瑪斯指著一個米黃色的東西，繼續說：『和電腦配成一套。』

『哇！兩百兆赫？』班克斯對電腦揚一揚下巴，問道。爲了避開萊姆的怒容，他就像隻貓頭鷹撲向一隻青蛙似的，緊咬著這個問題不放。

『沒錯。』湯瑪斯回答。

但是林肯・萊姆對於電腦一點興趣也沒有。目前唯一讓他感興趣的是烏賊般的微小環狀切片，以及它們所附著的沙粒。

湯瑪斯繼續說：『麥克風連接著電腦。不管他說什麼話，電腦都能夠辨識。不過由於他說話的時候聲音含糊，電腦花了不少工夫才記住他的聲音。』

事實上，這套系統讓萊姆十分滿意——執行速度快如閃電的電腦，加上一具特製的電子控制器以及一套辨識聲音的軟體，他只要說話，就能像一般人透過滑鼠或鍵盤一樣地控制游標，還能夠發號施令。現在他只需要透過說話，就能夠調高或調低暖氣、開關電燈、啓動音響或電視、進行文書處理工作，以及打電話或發傳眞。

『他甚至還能作曲！』湯瑪斯對訪客表示：『他可以告訴電腦應該在五線譜上記下哪一個音符。』

『還眞是有用，』萊姆挖苦地說：『作曲。』

對於一個癱瘓者來說——萊姆受傷的地方是在第四頸椎骨——點頭很容易；他也能夠聳肩，雖然並不如他所期望的那般輕鬆；他的另一個把戲，是他能夠讓左手的無名指朝他選擇的任何方向移動幾公釐。這也是他過去幾年來身體能使的所有技能。至於譜一首小提琴奏鳴曲，短期內或許還辦不到。

『他還可以玩電腦遊戲。』湯瑪斯表示。

『我討厭遊戲，我才不玩遊戲。』

塞利托——他讓萊姆聯想起一張凌亂未整理的大床——盯著電腦，似乎無動於衷。『林肯，』他嚴肅地說：『有一件我們和聯邦調查局的人一起進行的特別專案，昨天晚上碰到了問題。』

『撞到了一堵磚牆。』班克斯鼓起勇氣加上一句。

『我們認爲……嗯，我認爲你應該會想要幫忙我們解決。』

想要幫他們解決？

『目前我手上有一件幫忙柏金斯處理的工作。』萊姆解釋。湯姆士・柏金斯是負責聯邦調查局曼哈頓分站的特別探員。『佛雷德・戴瑞的一名手下失蹤了。』

服務於調查局多年的老將佛雷德・戴瑞探員，一直負責處理曼哈頓地區絕大部分的臥底安排工作。戴瑞自己就曾經是調查局頂尖的臥底人員，他曾經因爲滲透到哈林毒品巨頭總部、黑人激進組織等任務，而得到調查局局長親口讚揚。幾天前，他手下的一名探員——湯尼・潘尼里失蹤了。

『柏金斯告訴我們了。』班克斯說：『這件事非常怪異。』

萊姆雖然無法爭辯，還是因為班克斯脫口說出這句話而翻了白眼。那名探員在早上九點鐘左右，從停在曼哈頓市中心聯邦大樓對面的車內消失無蹤。當時街上雖不是人潮洶湧，但也不是沒有半個人。調查局那輛福特『維多利亞皇冠』的引擎仍繼續運轉，車門也大大敞開著；沒有血跡，沒有開槍的彈屑，沒有顯示打鬥的摩擦痕跡，也沒有目擊證人——至少，沒有願意開口的目擊證人。

確實非常怪異。

柏金斯手下有一組傑出的刑案現場鑑識單位，其中包括了調查局的物證反應小組，不過當初組織這個小組的人卻是萊姆。為了調查失蹤的現場，戴瑞求助的對象也是萊姆。和萊姆搭檔的刑案現場警官，在潘尼里的車上花了好幾個小時，帶回來一些並非身分不明的指紋、十袋沒有什麼意義的細微證據，還有唯一一樣可能的線索——十多顆奇特的沙粒。

這些沙粒現在放大在他的電腦螢幕上，光滑巨大得就像是蒼穹裡的天體一樣。

塞利托繼續說：『如果你幫我們的話，柏金斯會找其他人去處理潘尼里的案子。無論如何，我認為你會想要辦這一件。』

又是這個用詞——『想要』，到底是怎麼一回事？

萊姆和塞利托幾年前曾經為調查一起重大殺人案而共事，那是一件棘手的案子，而且是公訴案，所以他對塞利托的認識就像他了解任何一名警察一樣。萊姆通常不太信任自己解讀他人的能力（他的前妻布萊妮就經常憤慨地表示，萊姆可以認出一哩外的一個貝殼，卻會錯過站在他面前的一個人），不過他現在卻可以感覺塞利托有所隱瞞。

『好了，隆恩，到底是什麼事？說吧。』

塞利托朝著班克斯點點頭。

『菲利浦・漢生。』年輕的警探微微抬了一下眉，意味深長地說。

萊姆只有在報上看過這個名字。出身佛羅里達州坦帕市的活躍富商菲利浦・漢生，擁有紐約州阿蒙克市的一家批發公司，由於公司營運成功，他也成了巨富。對一個企業家來說，漢生的生意十分好做。他不需要去開發客戶，不需要做廣告，也沒有收款的問題；事實上，如果菲利浦・漢生批發有限公司開始走下坡的話，是因爲聯邦政府和紐約州政府費盡心思要讓它關門，並讓它的總裁被關進監獄。漢生的公司販售的產品並非如他自己所宣稱的，是軍方生產過剩的中古車輛；他的產品是軍火，而來源大部分都是偷自軍方或非法走私。今年年初，兩名士兵在喬治・華盛頓大橋附近，因爲一輛裝載了小型軍火開往紐澤西的卡車遭到劫持而慘遭殺害。漢生在幕後主導著這件事──這是聯邦檢察官和紐約首席檢察官都知道的事實，卻苦於無法證明。

『柏金斯和我們努力想要讓案子成立，』塞利托表示：『並和軍方的犯罪調查司令部聯手，結果還是弄得一團糟。』

『一直都沒有人逮得到他，』班克斯說：『一直都沒有。』

萊姆猜想，大概沒有一個人敢去掀像漢生這種人的底。年輕的警探繼續說：『不過，事情在上個星期終於有了突破。漢生本身是個飛行員，他的公司在瑪瑪羅奈克機場有一間倉庫──不知道是不是懷特平原附近的那一座？法官發出了查驗的搜索令，可想而知，我們什麼都沒找到。直到上個星期某一天，接近午夜的時候，機場已經關閉，但是機場裡仍有一些加班的人，他們看到一個據他們描述和漢生相符的人，開車到一架私人飛機旁邊，將一些粗呢袋子載上飛機，然後直接駕機起飛──他既未經許可，也沒有提出飛航計畫。四十分鐘之後，飛機返航落地，男人回到車上，然後快速離去，他們沒有再看到那些粗呢袋子。目擊者將飛機的註冊編號交給了聯邦航空管理局，結果是漢生的私人飛機，不是他公司的飛機。』

萊姆說：『也就是說，他知道你們已經逼近，所以企圖丟棄一些會讓他和殺人事件扯上關係的東西。』他看出了他們要抓他的原因，也發現這其中有些關聯。『航空交通管制中心追蹤到他了嗎？』

『拉瓜第亞機場一度掌握到他直直飛出長島灣的上空。然後大約有十來分鐘的時間，他降到了雷達偵測不到的高度。』

『所以你們畫線試圖找出他可能離開海灣的距離。派出潛水伕了嗎？』

『已經派了。不過一旦漢生聽說我們有三名證人，肯定會開溜，所以我們正想辦法留住他——以聯邦拘留的方式。』

萊姆笑出聲。『你們找到把這點視為正當扣押理由的法官了？』

『是啊，以危害飛航安全的名義。』塞利托說：『違反一些見鬼的聯邦航空法，再加上無視危險的空中投擲、未提出飛航計畫，以及低於聯邦航空法的飛行高度等等。』

『我們的漢生先生怎麼說？』

『他很清楚這些步驟，所以對於逮捕並沒有表示任何意見，也沒有對檢察官說半個字。他的律師否認一切的指控，並準備對於非法的逮捕提出控訴等等……所以只要我們找得到這些袋子，星期一就可以讓他面對大陪審團，接下來就可以讓他坐牢了！』

『假設，』萊姆指出：『如果這些袋子裡沒有任何罪證。』

『袋子裡有罪證。』

『你怎麼知道？』

『因為漢生害怕了。他雇人消滅證人，而且已經成功除去了其中一個，昨天晚上在芝加哥的市郊炸掉了他的飛機。』

所以，他們希望我把這幾個粗呢袋子找出來……萊姆的腦中出現了一些有趣的問題：可不可能因爲某種俯衝，或者因爲鹽分和昆蟲的碎屍在機翼尾端的囤積，而找出一架飛機在水面上特定的停留地點？人們能夠計算昆蟲死亡的時間嗎？水中的鹽分濃度和污染源呢？低空飛行在海面上，引擎和機翼是否會鉤起海藻，讓它們黏在機身和機尾上？

『我需要幾張海灣的地圖，』萊姆開始交代：『還有他那架飛機的結構工程圖……』

『嗯，林肯，這不是我們來找你的原因。』塞利托表示。

『不是爲了找那幾個袋子。』班克斯補充。

『不是？那是爲了什麼？』萊姆甩開前額一根癢得令人發火的黑髮之後，對年輕的警探皺起眉頭。

塞利托的目光再次回去檢視米黃色的『電子控制器』。從那上頭接出來的暗紅色、黃色、黑色電線，就像曬太陽的蛇群一樣曲捲在地上。

『我們希望你幫警方找到漢生雇用的那名殺手，在他幹掉另外兩個證人之前阻止他。』

『還有呢？』萊姆看出塞利托仍然有所保留，問道。

警探一邊看向窗外，一邊說：『這件事看起來像是棺材舞者幹的。』

『棺材舞者？』

塞利托對著他點點頭。

『你確定嗎？』

『我們聽說他幾個星期前在華盛頓特區幹了一票，殺了一個涉及軍火買賣的國會助理。我們還找到了電話紀錄，發現有幾通是從漢生家外頭的付費公用電話打到棺材舞者投宿的旅館，所以一定是他，林肯。』

電腦螢幕上那顆大如行星，光滑如女人肩膀的沙粒，突然之間再也抓不住萊姆的興趣。

『好吧，』他輕聲地說：『這就是我們現在要面對的問題，對不對？』

3

她記得……

昨天晚上躺在臥室裡時，一陣電話鈴響蓋過了窗外的毛毛細雨聲。

她輕蔑地看了它一眼，就好像她噁心的感覺、腦袋裡喘不過氣的疼痛，以及眼皮後面跳動的閃光，全部都是紐約電信所造成的一樣。

最後她在電話鈴響到第四聲的時候，搖搖晃晃地過去打斷它。

『喂？』

她聽到的是透過互聯網讓無線電接通電話的空洞信號回音。

接著好像出現了一個聲音。

或許是一個笑聲。

一個巨大的轟隆聲，一個喀嚓聲，然後一片寂靜。

沒有信號聲，就只有覆蓋在她耳中爆裂音波裡的一片寂靜。

喂？喂？

她掛斷電話回到床上，看著山茱萸在春雨的微風中彎腰挺身。接著她又睡著了，一直到電話在半個鐘頭之後再次響起，爲她帶來了關於李爾九CJ在抵達之前墜落，她的丈夫和年輕的提姆·蘭道夫雙雙喪命的噩耗。

此刻，在這個灰色的早晨裡，珮西—拉寇兒·克萊明白了昨天晚上那一通神秘的電話是她丈夫打的。勇敢地打電話向她通報噩耗的朗恩・泰爾波特告訴她，在接近李爾噴射機爆炸的時間前後，他爲她接上了那一通電話。

艾德華的笑聲……

喂？喂？

珮西拔開酒瓶的塞子，啜了一口。她想起多年前一個颳風的日子裡，她和艾德華駕著一架配備了浮筒的西斯納一八〇飛到安大略的紅湖，以油箱裡僅剩的六盎司燃油降落，然後灌了一瓶沒貼商標的加拿大威士忌慶祝他們安全抵達。那瓶加拿大威士忌造成兩人有生以來最嚴重的一次宿醉。回想起這件事就像當時感受到的痛苦一樣，讓她熱淚盈眶。

『夠了，珮西，不要再喝了。』坐在客廳沙發上的男人指著酒瓶說：『拜託！』

『好吧。』她忍住了嘲諷，用一種陰鬱的聲音回答：『沒問題。』接著她又喝了一口，一邊抵抗想要抽菸的欲望。『他爲了什麼見鬼的原因，在最後那一刻打電話給我？』她問。

『或許他擔心妳，』布萊特・哈勒表示：『妳的偏頭痛。』

布萊特像珮西一樣，昨天晚上也沒有睡覺。泰爾波特也打了電話告訴他墜機的消息，然後他就立刻從位於布隆克斯威的公寓開車過來和珮西作伴。他一整個晚上都待在她身邊，幫她撥了幾個該打的電話，是他打了電話通知珮西住在里奇蒙的父母，而不是珮西自己。

『他沒有必要這麼做，布萊特，最後一通電話……』

『這跟發生的事一點關係都沒有。』哈勒溫柔地說。

『我知道。』她說。

他們認識多年了。哈勒是哈德遜空運的元老駕駛員之一，他在一開始的四個月並沒有支薪，一直到耗盡積蓄之後，才勉爲其難地向珮西要求領一點薪水。他一直都不知道珮西是拿自己的存款來支付他的薪俸，因爲公司剛成立的那一年並沒有任何盈餘。哈勒看起來就像一名乾瘦而嚴峻的教師，不過事實上，他的脾氣相當隨和，也是一個滑稽的丑角，他一直都是珮西的最佳開心果。他還曾經因爲乘客的無禮和不規矩，而讓飛機上下翻轉，倒著飛到他們平靜下來爲止。哈勒經常乖乖地坐在珮西左邊的駕駛座，也一直都是她最喜歡的副駕駛。『和妳一起飛是我的榮幸，老媽。』他會對她說，然後蹩腳地模仿貓王艾維斯．普里斯萊的模樣說：『非常感謝。』

她眼中的痛苦幾乎已經消失不見了。珮西曾經失去一些朋友——大部分都是因爲空難——而她知道，麻醉肉體才能減輕精神上的傷痛。

就像威士忌一樣。

她再次將瓶口湊到嘴邊。『去他的，布萊特！』她沉坐到他身旁，『去他的！』

哈勒用強壯的手臂抱住她，而她則讓頂著一頭鬈髮的腦袋靠在他的肩上。『振作一點，寶貝，』他說：『答應我。我能夠爲妳做些什麼？』

她搖了搖頭，這個問題並沒有答案。

又喝了一小口波本威士忌之後，她看了一眼時鐘。早上九點了，艾德華的媽媽隨時都會抵達。朋友、親戚……還有追悼的儀式要準備……

要做的事情還眞多。

『我得打個電話給朗恩。』她說：『公司方面，我們得想想辦法……』

在航空和空運的領域當中，『公司』這個字眼和其他的行業並不一樣。在他們這一行，公司就像是一個實體，一個活生生的東西；提及的時候，心中總是充滿了崇敬、挫敗感，或是驕傲，有時候也充滿了悲慟。艾德華的喪生對許多人造成了傷害，包括公司在內，而這創傷很可能具毀滅性。

要做的事情還眞多……

珮西・克萊這個從來不曾慌亂的女人，這個鎭定地以『李爾二三S復仇女神』進行致命的搖擺飛行，從許多老練飛行員都會驚慌失措的墳場漩渦之中抽身的女人，現在卻癱軟在沙發裡。『怪了，』她心想：『我就像是處於另外一個次元一樣，居然動彈不得。』她眞的瞧了瞧自己的手腳，看看它們是不是像白骨一樣慘白、失去血色。

喔，艾德華……

當然，還有提姆・蘭道夫——一名難得的副駕駛、少見的傑出大副。她的腦海裡浮現出他那張年輕圓淨的臉孔，就像年紀輕一點的艾德華，經常莫名的傻笑，但是操控飛機的時候機警、服從，態度堅決，而且會依自己的判斷執意下達一些指令，就算面對珮西的時候也一樣。

『妳需要喝點咖啡。』哈勒說，一邊朝著廚房走去。『我去幫妳準備一大杯加了脫脂牛奶的「摩卡奇諾拿鐵」。』

他們私底下有個關於娘娘腔咖啡的笑話，他們兩個人都認爲，眞正的飛行員只喝麥斯威爾或佛吉斯。

雖然哈勒是一番好意，不過他並不是眞的想要提到咖啡，他的意思是：不要再喝酒了。珮西聽懂了他的暗示，將瓶塞塞回酒瓶，然後用力放在桌子上。『好啦！好啦！』她站了起來，穿過起居室，在鏡子裡瞥見自己一張腫脹的臉孔、一頭頑固而惱人的鬈曲黑髮。在慘淡的青少年時期，她曾有過一段相當絕望的日子，爲了向眾人示威，她一度理了一個大平頭。然而這類挑釁的舉動，只會給里奇蒙李氏高中那些女孩更多攻擊她的理由。珮西的體形相當瘦弱，有著一對大理石一般的黑眼睛，她的母親不斷的強調這是她身上最美的地方，不過也就表示這是她身上唯一可取之處——理所當然的，也是男人一點都不在意的優點。

她的眼睛下面多了幾條黑線，還有從她每天必須抽掉兩包以上的萬寶路那幾年開始，就一直存在的一臉粗糙皮膚——抽菸者的皮膚;她耳垂上的耳洞也老早就已經閉合了。

從窗口望出去,可以從樹木之間看到房子前面的街道。她看著外頭往來的車輛,某件事情突然揪住了她的心——某件令人心神不寧的事情。

什麼事?到底是什麼事?

門鈴響了起來,不安的感覺跟著煙消雲散。

珮西打開大門,看到兩名魁梧的警察站在入口的走道上。

『克萊女士嗎?』

『是的。』

『紐約市警局。』警察亮了證件,『我們會在這一帶守護妳,一直到我們查清楚妳先生的死因為止。』

『請進。』她說:『布萊特.哈勒也在這裡。』

『哈勒先生?』其中一名警察點頭說:『他在這裡?太好了,我們也派了一組威徹斯特郡警到他的住處去了。』

就在這時候,她的目光從其中一名警察身上移開,落到了街上,那件想不起來的事情突然冒了出來。

她繞過警察走到門廊外。

『我們比較希望妳待在屋內,克萊女士……』

她盯著街上,一邊自問到底是什麼事情。

接著她想了起來。

『我想有件事你們應該要知道,』她對兩名警察說:『一輛黑色的廂型車。』

『一輛……』

『一輛黑色的廂型車，街上曾經停了一輛黑色的廂型車。』

其中一名警察拿出了筆記本。『妳最好和我們談一談這件事。』

『等等。』萊姆說。

隆恩・塞利托暫停了他的敘述。

萊姆又聽到逐漸接近的腳步聲；不輕不重的腳步，他不需多想就知道是誰了，這樣的步伐他已經聽過了無數次。

艾米莉亞・莎克斯美麗的臉龐，包圍在她那一頭紅色的長髮當中。她爬上樓梯之後，萊姆瞧見她先是猶豫了一下，接著就直接走進他的房裡。她穿著一身深藍色的偵查隊制服——不過少戴了帽子和領帶——手上提著一個傑弗遜購物商場的袋子。

傑瑞・班克斯對她笑了笑。他對她的愛慕雖然有些明顯，不過只有些許的不當——並不是所有的偵察隊警官都像高眺的艾米莉亞・莎克斯一樣，有一段在麥迪遜大道從事模特兒工作的經歷。不過這樣的凝視就像這兩個人之間的吸引力一樣，並沒有一來一往。而長得還算英俊的年輕男孩——雖然鬍子沒刮乾淨，前額亂髮蓬鬆——也很快地就放棄了他的單戀。

『嗨，傑瑞。』她說。對於隆恩・塞利托，她則恭敬地點了頭，並叫了一聲『長官』。（他是一名中尉警探，也是刑事組的傳奇人物。莎克斯身上有著天生的警察基因，也在警察學校的餐桌上被教會了尊重前輩。）

『妳看起來很累。』塞利托表示。

『爲了尋找沙粒都沒睡覺。』她說著，從購物袋裡掏出十來個小袋子，『我出城收集樣本去了。』

『很好，』萊姆表示：『不過那是舊新聞了。我們有了重新指派的工作。』

『重新指派？』

『有個傢伙進了城，而我們必須逮到他。』

『是誰？』

『一個殺手。』塞利托說。

『職業的嗎？』莎克斯問：『犯罪組織？』

『是職業殺手沒錯，』萊姆回答：『不過就我們所知，他和犯罪組織並沒有關係。』犯罪組織是這個國家出租殺手的最大來源。

『他是獨立的職業殺手。』萊姆解釋：『我們稱他為「棺材舞者」。』

她抬了抬一邊因為反覆撥弄而發紅的眉毛，問：『為什麼？』

『只有一個被害人曾經在接近他之後，還殘喘了一下子，才讓我們能獲得一些線索：他的臂膀上有一個——或曾經有一個——刺青，圖案是死神和一個女人在棺木前面起舞。』

『這倒是可以填在案情報告的區別特徵裡。』她挖苦地說：『你們還知道一些關於他的什麼事？』

『白種男人，大約三十多歲，就這樣。』

『你追查那個刺青了嗎？』莎克斯問。

『當然，』萊姆乾澀地回答：『追到世界的盡頭去了。』他這麼說一點都不誇張，全世界主要城市的警察局都不可能找到關於他的刺青的故事。

『很抱歉，各位先生、女士，』湯瑪斯說：『我有些工作要做。』湯瑪斯翻動他的老闆的時候，對話暫時停了下來。這麼做有助於清除萊姆的肺部。對於四肢麻痺的患者來說，他們身體的某些部分會變得具有人格，他們會和這些部位發展出一種特殊的關係。自從幾年前萊姆在搜尋刑案現場時脊椎受了傷之後，手臂和雙腿就成了他最殘酷的敵人，他使盡許多絕望的精力，試圖強迫它們遵照他的意志移動；但是它們贏了，依舊像塊木頭一樣，一點和他爭辯的意思也沒有。接著，他必須面對的是殘酷震撼身軀的痙攣。他試圖讓痛楚停下來，它們後來也眞的停了下來——不過似乎是它們自己選擇停止的；他雖然接受了它們的投降，卻一點也不能聲稱自己獲勝。然後他面對的是承受肺部痛楚這類較輕微的挑戰。經過了一年的復健之後，他最後終於擺脫了人工肺臟、導管，重新開始用自己的肺部呼吸。不過他心中還是存在著一個黑暗的迷信，認爲他的肺一直等待時機報復。他估計自己大概在一、兩年之後，就會死於肺炎或肺氣腫。

林肯・萊姆並不介意死亡這個念頭。不過死亡的方式太多了，他只是不想讓自己走得不情願。

莎克斯問：『有任何線索嗎？他最後一次現身呢？』

『我們知道的最後一次是在華盛頓特區，』塞利托用他布魯克林慢聲慢氣的語調說：『就這樣，沒有其他的。對了，我們聽過一些事情——妳知道，戴瑞透過他的幹員和反情報資源，消息比我們還多。棺材舞者就像分身爲十多個人一樣，耳朵的整型工作、臉部的移植手術、矽力康，加幾道傷疤、移掉幾道傷疤，增加一點體重、減輕一點體重。有一次他甚至把屍體的皮剝下來，把某個傢伙的手割下來，然後像一雙手套一樣地穿上，來矇騙現場鑑識人員的指紋採集。』

『不要把我算在內，』萊姆提醒他：『我並沒有被騙。』

雖然我一直都沒逮著他……萊姆不愉快地想著。

『他把每一件事情都計畫得很好。』警探繼續說：『分散注意力之後，就採取行動，完成他的工作，事後並他媽的有效率地把現場清理得一乾二淨。』塞利托不再說下去，對於一個以獵捕殺人兇手爲生的人，他看起來不安得怪異。

眼睛看著窗外的萊姆，並沒有注意到他前任老闆的沉默，他只是把故事接了下去：『那件剝掉手皮的案子，是棺材舞者在紐約幹下的最後一件工作。五、六年前，他受雇於一名銀行投資家去幹掉他的合夥人，這件工作他做得乾淨俐落。我的鑑識小組抵達現場之後，開始進行地毯式清查，其中一人在垃圾桶裡拿起一疊紙，引爆了一枚太安炸彈，大約八盎司左右。兩個技術人員當場被炸死，而所有的線索也差不多被摧毀殆盡。』

『很遺憾。』莎克斯表示。她作爲萊姆的徒弟和合夥人已經有一年多了，也成了他的朋友。有的時候甚至會在這裡過夜，睡在沙發上，或甚至像兄弟姐妹一樣清白地睡在萊姆那一張治療床上。不過他們之間的交談內容都和法醫學相關。而萊姆哄她睡覺的方式，是告訴她關於眈眈窺伺的連續殺人兇手以及賊王的故事；他們通常都會避開個人的話題。而她現在的回應通常都只是：『一定很不容易！』

林肯搖搖頭來移轉這種不太自然的同情。他看著空無一物的牆面——房間的牆上一度貼滿了藝術海報，這些海報早就已經不知去向——盯著牆上剩餘的膠帶來進行一種連連看的遊戲，圈出來的是一個不太對稱的星形；他因爲同時回想起可怕的爆炸現場，他手下警官焦黑而支離破碎的軀體那一幕，在內心深處感覺到一股空虛的絕望。

莎克斯問：『雇用棺材舞者的那個人願意抖出他嗎？』

『他當然很願意，但是他能告訴我們的事情並不多。他依照書面的指示，把現金放進一個郵筒裡，不是透過電子轉帳，也不需要帳號。他們從來沒有碰過面。』萊姆深吸了一口氣。『最糟糕的是付了錢的銀行家後來改變主意，他失去了勇氣，但是卻沒有辦法聯絡上棺材舞者。不過這一點也不重要，棺材舞者一開始就告訴過他：取消並不在選擇的項目之內。』

塞利托爲莎克斯針對菲利浦・漢生的案子、目擊他午夜飛行的證人，以及前晚的爆炸案作了一次簡報。

『剩下的證人是些什麼人？』

『珮西・克萊，卡奈的妻子，他就是昨天晚上死於飛機爆炸案的傢伙。她是他們那家公司——哈德遜空運——的總裁，她的丈夫是副總裁。另外一個證人布萊特・哈勒是爲他們工作的飛行員。我已經派了保姆去照顧他們兩個人了。』

萊姆表示：『我也找來了梅爾・柯柏，他會在樓下的化驗室工作。漢生的案子是一件專案，所以我們會找來佛雷德・戴瑞代表聯邦政府；如果需要的話，他的手下也有一些探員。他也負責清出一間聯邦證人庇護所來安頓克萊和哈勒。』

過去的記憶硬生生地盤據了林肯・萊姆的腦海，讓他跟不上塞利托正在說的話。他想起五年前，棺材舞者在辦公室裡放置炸彈的那一幕。

他記得那個垃圾桶像一朵黑色玫瑰花一樣地綻開。炸藥的味道——令人窒息的化學藥味，一點都不像燃燒柴火的煙味。燒焦的木頭上絲般的皺裂痕跡；他手下技術人員被火燄燒得擺出拳擊手姿態的焦乾軀體。

傳眞機啓動的聲音把他從白日夢拉回現實。傑瑞・班克斯抓住第一頁，『墜機現場鑑識報告。』他唸道。

萊姆的腦袋急切地伸向傳眞機。『該是工作的時候了，各位！』

洗吧，洗吧！

士兵，這雙手夠乾淨嗎？

長官，越來越接近了，長官。

結實的男人大約三十多歲，在萊星頓大道一間咖啡廳的洗手間裡，忘情在他的工作中。

擦吧，擦吧，擦吧……

他停下來，朝男洗手間外望出去，似乎沒有人注意到他已經在洗手間裡待了將近十分鐘。

繼續回到擦洗的工作。

史帝芬・卡勒檢視了自己的皮膚和又大又紅的指關節。

看起來很乾淨，看起來很乾淨。沒有蟲子，一條也沒有。

史帝芬將黑色廂型車駛離街道，停進地下停車場之後，感覺就一直很好。他從後車箱取出了所需的工具，然後爬上斜坡，悄悄地混進了街上的人群當中。他在紐約市幹過幾件工作，但是他還是不習慣周圍有這麼多人，光是這一塊街區大概就有上千個人左右吧。

讓我覺得畏縮。

讓我覺得像條蟲子一樣。

所以他才進到這個洗手間來清洗一番。

士兵，你清洗完了沒有？你還剩下兩個目標要消滅。

長官，差不多清洗完畢了，長官。進行任何任務之前，必須消除留下微量證據的風險，長官。

喔，看在上帝的分上……

熱水傾洩在他的手上。他從隨身攜帶的塑膠袋裡，拿出一把刷子來進行刷洗，然後從清潔劑供應器中擠出粉紅色的清潔劑，繼續再多刷洗一下。

最後，他檢查了紅潤的雙手，然後放在烘乾機下用熱風烘乾。不能用毛巾擦拭，不能留下洩密的纖維。

也不能留下任何一條蟲。

史帝芬今天穿著一身僞裝的衣物，不過並不是軍隊的橄欖褐色，也不是沙漠風暴的米黃色。他身上穿的是一條牛仔褲、運動鞋、一件工人汗衫及一件沾著油漆污漬的灰色防風外套，腰帶上掛著他的行動電話和一盒捲尺。他今天穿的衣服，讓他看起來就像曼哈頓的任何一個承包商一樣，沒有人會因爲一個在春季裡戴著手套的工人起疑。

走向外面的街道。

街上的人還是很多，但是現在他的雙手非常乾淨，而他也不再感到畏縮。

他在街角停了下來，看著街尾那一棟原本屬於丈夫和妻子兩人，但是現在只剩下妻子一人擁有的洋房，因爲丈夫已經在林肯的田園上空被乾淨俐落地炸成了千百個碎片。

所以，另外兩個證人依然活著，而他們必須在大陪審團於星期一被召集之前被消滅。他看了一眼他那只笨重的不銹鋼錶，現在是星期六早晨的九點三十分。

士兵，剩下的時間足夠做掉他們兩個人嗎？

長官，雖然我還沒消滅這兩個人，但是我還有四十八個小時，長官。用來找出兩個目標坐落的位置並將他們作廢，是綽綽有餘了。

但是，士兵，你願意接受挑戰嗎？

長官，我是為了挑戰而活，長官。

如他所料，那幢市區的洋房前面停著一輛巡邏的警車。

好吧，洋房前面勢必成爲一個殺戮戰場，而另一個未知的戰場，則在那房子裡面……

史帝芬檢視了一下整條街，然後開始沿著人行道向前走，一雙乾淨的手微微感到刺痛。他背上的背包大約有六十磅重，但是他幾乎沒有什麼感覺，蓄著平頭的他一身的肌肉還算結實。

他走路的時候，將自己當成了一個當地人，一個無名氏。他並不將自己視爲史帝芬或卡勒先生，或陶德．強生、史丹．布雷德索，或是他在過去十年來使用過的任何一個化名。他眞正的名字就像一套擺在後院而已經生銹的運動設施一樣，你察覺得到，但是卻不會眞正去注意。

他突然轉彎，走到妻子的洋房對門房子的入口，推開大門，然後朝外看著對街被山茱萸半遮掩的大片玻璃窗。他戴上一付昂貴的打獵用黃彩鏡片眼鏡，窗戶上的強光立刻消失了。他可以看到屋內移動的人影，一個警察……不對，是兩個。還有一個背對著窗戶的男人，或許就是那一個朋友，也就是他被雇來滅口的另外一名證人。還有……太好了！那個妻子也在，矮小、樸實、男孩子氣；她身上穿的白色上衣，可以做爲一個很好的標的。

她走出了視線之外。

史帝芬彎下腰，拉開了背包的拉鍊。

4

以坐姿被移送到『暴風箭』輪椅上之後，接下來萊姆開始自己操控。他用嘴咬緊吹吸控制器的塑膠吸管，讓輪椅駛向原爲衣櫃的狹小電梯內，順利地下到他這棟位在市區的洋房的一樓。

這棟房子建於一八九〇年代，林肯．萊姆現在進入的房間，一度是一間隔開餐廳的起居室——灰泥板的結構、法蘭西王室的裝飾、圓形拱頂鑲嵌的雕像，以及像焊接的鋼鐵一樣緊密接合的橡木地板。不過只要是建築師，可能都會因爲萊姆拆除了兩個房間之間的隔牆，以及爲了增添的電線而在剩餘的牆面上挖開的大洞而驚惶失色。打通之後的房間，現在成了一個亂七八糟的空間。房內擺設的不是第凡尼的彩繪玻璃杯或喬治．殷奈斯憂鬱的風景畫作，而是風格非常不同的藝術作品：密度梯度管、電腦、複合顯微鏡、對比顯微鏡、一具氣相層析質譜儀、一個波里光的替代光源。一具昂貴的電子掃瞄顯微鏡，連接在房內一角一座醒目的X光能源分散裝置上。這裡也擺放刑事鑑識家會使用到的工具：護目鏡、防割乳膠手套、破碎機、螺絲起子與鉗子、驗屍專用舀桿、夾具、解剖刀、壓舌板、海綿棒、瓶罐、塑膠袋、檢驗盤、探針，以及十多雙筷子（萊姆要求助手用他們在中國餐館夾點心的方式夾拾證物）。

萊姆操控著蜜糖蘋果一般鮮紅的『暴風箭』，駛向工作檯一旁就位。湯瑪斯將麥克風固定在他的頭部，然後啓動電腦。

不久之後，塞利托和班克斯出現在房門口，一旁還跟著一個剛剛抵達的男人。這個人又高又瘦，皮膚就像車胎一樣地黝黑，身上穿著一套綠色的西裝和及一件荒謬的黃色襯衫。

『你好，佛雷德。』

『林肯。』

『嗨。』莎克斯進房間的時候對佛雷德點點頭。她已經原諒他不久之前對她進行的逮捕，那是不同部門之間的一場爭執；現在這名高眺美麗的警察和這名高瘦詭異的警探之間，維持著一種十分奇怪的密切關係。萊姆最後下了結論：他們兩個人都是針對『人』的警察（他自己則是針對『物證』的警察）。佛雷德對於法醫學不信任的程度，就像萊姆對證人的證詞一樣。至於曾經任職巡警的莎克斯，萊姆不能對她天生的傾向表示任何意見，但是他下定決心讓她把這些天資擱到一邊，然後成爲如果不是全國，至少也是全紐約最傑出的刑事鑑識家。這是在她的能力範圍內能夠輕而易舉達成的目標，只是她自己並不知道這一點。

佛雷德．戴瑞大步穿過房間，站在窗邊，瘦長的雙臂交叉在胸前。沒有人——包括萊姆在內——能夠將這名警探確切地歸類。他一個人住在布魯克林的一間小公寓裡，喜歡閱讀文學和哲學著作，更喜歡在庸俗的酒吧內打撞球。他一度是聯邦調查局臥底探員當中的頂尖高手，現在偶爾還是會被冠以他出任務時的諢號『變色龍』。他曾經背叛調查局，這是大家都知道的，但是他的上司並沒有嚴加追究，因爲在他當臥底期間，被他逮捕到案的人數超過千人。不過，儘管他臥底做得那麼久，早已練就一身本事去扮演自己以外的角色，此刻他這個官僚角色卻扮演得太超過了。他知道自己被仇家認出來做掉只是遲早的事，所以這份管理臥底人員和情報的工作，當初接得有些勉強。

『所以，我的手下告訴我，我們這一次的對手是棺材舞者本人。』戴瑞用一種去掉黑人用語的黑話低聲說，完全是他的風格。他使用的文法和字彙就像他的一生一樣，絕大部分都是即興演出。

『有沒有湯尼的任何消息？』萊姆問。

『我們那個失蹤的湯尼？』戴瑞問，他的臉龐憤怒地扭曲，『沒有，沒有任何消息。』前幾天在聯邦大樓前失蹤的探員湯尼・潘尼里，僅留下家中的妻子、一輛引擎發動的灰色福特汽車，以及幾顆神秘莫測得令人生氣的沙粒——充滿美感的星體隱藏著謎底，但是截至目前卻什麼都沒有揭露。

『等我們逮到棺材舞者之後，』萊姆說：『我們會回到這件案子上，艾米莉亞和我，全天候，絕不食言。』

戴瑞生氣地拍了拍夾在左耳後那根未點燃的香菸。『棺材舞者……媽的，這一回最好操到他的屁股！媽的！』

『那件爆炸案呢？』莎克斯問：『昨天晚上那一件有沒有進一步的細節？』

塞利托讀完了一疊傳眞和他自己的筆記之後，抬起頭說：『艾德華・卡奈昨晚七點十五分左右從瑪瑪羅奈克機場起飛。他們的公司——哈德遜空運公司——是一家私人的空運公司，載運的是貨櫃、企業客戶，這些你們都知道，就是飛機出租。他們剛剛獲得了一紙空運合約——你們聽好——就是在東岸和中西部一帶載運醫院使用的人體移植器官，聽說這是時下最競爭的業務。』

『要命。』班克斯笑了笑說。在場的人之中，只有他因爲這個玩笑而笑。

塞利托繼續說：『他們的客戶是「美國醫療保健」。總部在薩默斯，是一家以盈利爲主的連鎖醫院。卡奈的行程十分緊湊，原訂飛往芝加哥、聖路易、曼菲斯、萊星頓、克里夫蘭，在賓夕法尼亞州的伊利市過夜，然後今天早上返航。』

『機上還有其他乘客嗎？』萊姆問。

『一個也沒有。』塞利托咕噥說：『只有貨櫃，完全是例行航程。但是在距離歐海爾機場只剩十分鐘航程的時候，一枚炸彈被引爆，把整架飛機炸得開花，卡奈和他的副駕駛雙雙喪命，地面上則有四個人因而受傷。此外，他的妻子原本計畫和他一起飛行，但是因爲生病而臨時取消。』

『有沒有國家運輸安全委員會的報告？』萊姆問：『不，當然沒有，還沒有整理出來。』

『報告得在兩、三天之後才會做出來。』

『我們不能乾等兩、三天！』萊姆大聲抗議：『我現在就要！』

一道由插管造成的粉紅色傷疤浮現在他的喉嚨上，但是萊姆早就已經擺脫了人工肺臟，他可以和任何人都一樣正常地呼吸。林肯·萊姆是一個可以嘆氣、咳嗽，像水手一樣大叫的癱瘓者。『我需要知道和這一枚炸彈相關的所有細節。』

『我會給一個在芝加哥工作的朋友打個電話，』戴瑞表示：『這傢伙虧欠我不少。我會讓他告訴我他們手上有些什麼，並盡快把所有的東西送過來。』

萊姆對探員點點頭，然後開始消化塞利托所說的內容。『好，我們現在手上有兩處現場。墜機現場在芝加哥，現場一定已經被搜尋得亂七八糟，所以對妳來說已經太遲了，莎克斯。我們只能希望芝加哥那些傢伙，至少能夠像樣地完成一半以上的工作。另外一個現場在瑪瑪羅奈克機場——也就是棺材舞者在飛機上裝置炸彈的地點。』

『我們怎麼知道他是在機場裝上去的？』莎克斯一邊問，一邊捲繞著她一頭漂亮的紅髮，然後盤在頭頂上。這些動人的髮絲會擾亂刑案現場，絕對會影響到搜集的證據。莎克斯出任務的時候，除了佩戴一把葛拉克九釐米手槍，通常還會帶十幾根髮夾。

『問得好，莎克斯。』他喜歡她看出他心中的想法，『我們並不知道，只有在找出炸彈的安裝位置之後才會知道。它可能被裝在貨櫃裡、在一個航運袋當中，或在一個咖啡壺內。』

或是一個垃圾桶裡，他嚴肅地想著，再次回憶起華爾街的爆炸案。

『我需要這枚炸彈的每一塊碎片，越快越好。我們必須拿到手。』萊姆叫道。

『聽我說，林肯，』塞利托緩慢地表示：『飛機爆炸的時候，距離地面有一哩的高度，殘骸散落在整片區域的每一個角落。』

『我不管，』萊姆說，頸部的肌肉跟著發疼，『他們還在繼續搜尋嗎？』

搜尋失事現場的是當地的搜救人員，但是負責調查的是聯邦當局，所以佛雷德．戴瑞打了一通電話給現場負責的聯邦調查局特別探員。

『告訴他，我們需要測試結果和爆炸相關的每一片殘骸——我說的是任何一塊細微的碎片，我要取得那一枚炸彈。』

戴瑞重複了萊姆的話，然後他抬起頭來，搖了搖頭。『現場已經不再封鎖了。』

『什麼？』萊姆怒氣沖沖地說：『才十二個小時？荒謬到家！怎麼能夠執行這種命令？』

『他說，他們必須開放道路通行……』

『消防車！』萊姆叫道。

『什麼？』

『每一輛到過現場的消防車、救護車、警車……每一輛緊急支援的車輛，刮下它們輪胎上的東西。』

戴瑞那張又長又黑的臉盯著他。『你要不要自己來對我這位從前的好友重複這些要求？』探員將電話遞給他。

萊姆並不理會話筒，他繼續對戴瑞說：『對於一個遭到破壞的刑案現場，緊急支援車輛的輪胎是最好的證物來源。它們通常都是第一個抵達刑案現場，通常也都配備著溝槽極深的新輪胎，而它們可能除了進出現場之外，並沒有去過其他任何地方。我要刮乾淨這些所有的輪胎，然後把收集到的東西全都送到這裡來。』

戴瑞勉強讓芝加哥那一邊同意，儘可能搜刮每一輛緊急支援車輛的輪胎。

『不是儘可能，』萊姆叫道：『我要每一輛！』

戴瑞翻了翻白眼，重複一遍他的話，然後將電話掛上。

突然之間，萊姆大聲叫道：『湯瑪斯，湯瑪斯！你在哪裡？』

沒多久，這個助理便出現在門口。『我在洗衣房裡。』

『先別管洗衣服了，我們需要製作一份時間表。快寫，快寫……』

『寫些什麼，林肯？』

『寫在那邊那一塊大黑板上面。』萊姆看著塞利托問：『大陪審團什麼時候集會？』

『星期一早上九點。』

『檢察官會要他們早到幾個鐘頭，專車會在六點到七點之間去接他們。』他看了一眼牆上的掛鐘，目前是星期六早上十點。

『我們有整整四十五個小時。湯瑪斯，記下來，倒數四十五小時。』

助理猶豫了一下。

『記下來！』

他照著做了。

萊姆看著房裡的其他人，他看到他們的眼睛裡閃爍著不確定的眼光，莎克斯的臉上甚至皺起了一股懷疑。她的手舉到頭上，開始心不在焉地抓起頭皮。

『你們認爲我在嚇唬人嗎？』他問：『你們覺得我們不需要一份備忘錄嗎？』

有那麼一陣子，沒有人說話。最後，塞利托開口說：『聽我說，林肯，並不是到時候一定會發生什麼事。』

『會的，到時候一定會有事情發生。』萊姆說，一邊看著那隻毫不費力地朝著中央公園上空翱翔的雄隼。『星期一早上七點的時候，要不是我們逮到了棺材舞者，要不就是兩名證人已經被幹掉，沒有別的選擇。』

湯瑪斯猶豫了一下，然後拿起粉筆在黑板上記下。

忽然間，班克斯手機發出嘈雜的鈴聲，打破了這僵硬的氣氛。他聽了一會兒，然後抬頭說道：『有事情了。』

『什麼事？』萊姆問。

『那些派去保護克萊女士和另外一名證人布萊特．哈勒的警衛……』

『他們怎麼了？』

『他們現在在她的住處，是其中一人打的電話。克萊女士好像表示，過去幾天有一輛陌生的黑色旅行車一直停在屋外的街上，車子掛的是外省的車牌。』

『她記下車號或州別了嗎？』

『沒有。』班克斯答道：『她說從她丈夫昨晚出發去機場之後，她就沒有再看到那輛車子了。』

塞利托盯著班克斯。

萊姆的頭向前動了一下。『然後呢？』

『她說那輛車子今天早上又回到街上，停留了一會兒之後又開走了。她……』

『天啊！』萊姆低聲叫道。

『怎麼了？』班克斯問。

『總局！』萊姆叫道：『立刻打電話通知總局。』

一輛計程車在妻子的洋房前面停了下來。

一名上了年紀的女人從車上下來，然後步履蹣跚地走向門口。

史帝芬機警地觀望。

士兵，這一槍是不是很簡單？

長官，對一個槍手來說，沒有任何一槍是簡單的，每一槍都需要最大的專心和努力。但是，長官，這一槍沒有任何問題，絕對會造成致命的傷害，長官。我可以讓我的目標變成一團果凍，長官。

女人爬上樓梯，然後消失在門廊後面。一會兒之後，史帝芬看到她出現在妻子的客廳裡，同時有一道白色衣服的閃光——又是妻子的短上衣，兩個女人擁抱在一起。另外一個人進到了房內，是一個男人。是警察嗎？他轉過身來。不對，是那個朋友。

兩個目標，史帝芬興奮地想著，同時出現在三十碼之外。

那名老婦人——可能是母親或婆婆，在她們低頭交談的時候，一直擋在妻子的前面。

史帝芬把最心愛的M四〇步槍留在車上了。他並不需要那把狙擊兵用的來福槍來開這一槍，只要這把長管的貝瑞塔就夠了。這是一把非常好的槍，雖然老舊，外表又破又爛，但很好用。史帝芬並不像許多佣兵和職業殺手一樣，迷戀自己所使用的武器。如果一顆石頭是消滅某個特定目標的最佳工具，他就會使用一顆石頭。

他評估著他的目標，估計射擊的角度及窗戶可能造成的偏離和歪曲。老婦人離開了妻子的身邊，直接站在玻璃前面。

士兵，你的策略是什麼？

他會射穿玻璃，擊中老婦人的上身，她會倒下來；妻子會本能的靠過去，在她身上彎下腰，然後成爲直接的目標。那名朋友接著會跑進房間，他的側面也是很好的目標。

那些警察怎麼辦呢？

有一點風險。不過穿制服的巡警最多只是平庸的槍手，而且他們很可能從來不曾在職勤的時候被開過槍，所以肯定會驚慌失措。

門廊上還是沒有半個人。

史帝芬拉開滑座，讓武器上膛，並把射擊功能扳到能夠讓他得到最佳操控的單發模式。他把門推開，用自己的腳頂住，然後巡視了整條街。

沒有半個人。

呼吸，士兵，呼吸，呼吸，呼吸……

他把槍身壓低，讓沉甸甸的槍托置放在他戴著手套的手上，然後慢慢的、用一種幾乎看不出來的手勢去扣扳機。

呼吸，呼吸。

他盯著那名老婦人，然後完全忘記扣壓，忘記瞄準，忘記他正在賺進口袋的現金，忘記宇宙當中的每一件東西。他只是像一顆靈活的岩石一樣，穩定地握著槍，放鬆自己的雙手，然後等候武器自己擊發。

5

倒數四十五小時

老婦人擦著眼淚，妻子雙手交叉在胸前，站在她的身後。

她們死定了，她們……

士兵！

史帝芬凝住動作，放開扣著扳機的手指。

光線！

閃爍的光線，沿著街道越來越靠近，是警察巡邏車的警示旋轉燈。接著又來了兩輛，然後十多輛，一輛特勤指揮車跳過了路上的坑洞，從街道的兩頭聚集在妻子的住所前面。

扣上武器的保險掣，士兵。

史帝芬放下槍管，退到陰暗的門廊下。

警察像是被劃開的水流一樣竄出警車，沿著人行道散開，凝視著四面八方和周遭的屋頂，並且直奔妻子的住所大門，然後打破玻璃，衝進室內。

五名特勤小組的警官全副武裝地在路邊部署開來，確實地掩護了每一個必要的重點位置。他們目光警戒，手指輕輕地蜷曲在黑色槍枝的黑色扳機上——巡警隊或許是優秀的交通警察，但是紐約特勤小組的警官卻是最精良的士兵。妻子和那名朋友都失去蹤影，或許都趴倒在地上了，那名老婦人也一樣。

又來了更多的警車，填滿了一整條街道，停到了人行道上。

史帝芬．卡勒開始覺得自己像條蟲子一樣地畏縮。他的掌心佈滿了汗水，於是他握起拳來，讓手套去吸拭。

撤退，士兵……

他用螺絲起子撬開大門，進到了屋內。他的步伐快速，但是並不狂奔，低著頭朝著通往後巷的後門走去，沒有人看到他。接著他溜到了屋外，很快地就已經走上萊星頓大道，向南穿過人群，朝著他停放旅行車的地下停車場走去。

注意前方。

長官，前面有狀況，長官。

來了更多的警察。

他們大約封閉了萊星頓大道南向的三個街區，沿著那棟洋房圈圍了搜尋的警戒區域，攔檢車輛，盤查路人，挨家挨戶地巡緝，並用他們長長的手電筒朝著停靠的車子裡面探照。史帝芬看到了兩名警察，敏捷地將手放在葛拉克的槍把上抽動，然後要求一名男子下車，讓他們搜查後座一疊覆蓋的毯子。有一件事情讓史帝芬覺得不安：那名男子是白種人，而且年紀和史帝芬相當。

他停放車子的大樓也在搜尋的警戒範圍之內，他不可能在沒有遭到攔檢的情況下駛離這一帶。警察的隊伍越來越接近了。他快步走回停車場，拉開旅行車的車門。他很快地換裝，拋棄職業殺手的裝備，穿上牛仔褲、工作鞋（以免洩漏行蹤）、一件黑色的汗衫、一件暗綠色的風衣（沒有繡上任何標記），以及一頂棒球帽（沒有縫上任何球隊的徽章）。他的背包裡裝著手提電腦、幾支手機、他的輕型武器，以及從車上取出來的彈藥，還有更多的子彈、雙筒望遠鏡、夜視鏡、工具、幾包炸藥，以及幾支不同的雷管，全都放進了大背包裡面。

M四〇步槍被他放在一個吉他盒裡。他從後車箱將盒子取出來，和背包一起放在地上，然後考慮應該如何處置這輛車子。史帝芬從來都沒有在未戴手套的情況下，碰觸過這輛車子的任何一個部分，車子裡也沒有任何會洩漏他身分的東西。這輛『道奇』是偷來的，儀表板及車內暗藏的識別碼全被他刮掉了，車牌也是他自己做的。他遲早都會拋棄這輛車子，而且就算沒有車子，他也可以完成工作，所以他決定把車子丟下。他用一塊藍色的防水布蓋住這輛方方正正的『道奇』，用刀子插進輪胎裡，放盡空氣，讓車子看起來就像已經在原地停放數個月一樣。然後他搭乘大樓的電梯離開了停車場。

一走到外面之後，他立刻混進人群當中。但是到處都是警察，他的皮膚開始冒出雞皮疙瘩，覺得自己就像條蟲一樣地蜷曲、潮濕。他走進一個電話亭裡，裝作自己正在打電話。他把頭低下來靠在電話的金屬面板上，感覺前額、腋下的汗水造成的刺痛，一邊想著：他們無所不在，四處搜尋他，從車子裡、從街上，從四面八方盯著他瞧。

從窗口……

那一段記憶又回到了腦海裡……

窗子裡的臉孔。

他深深地吸了一口氣。

窗子裡的臉孔……

這是不久之前才發生的事。史帝芬受雇到華盛頓特區去殺害一個人，一名販賣機密武器資料的國會助理。史帝芬猜測，雇用他的人應該是收購這些機密資料的人的競爭對手。自然而然地，這名國會助理也開始變得疑神疑鬼，躲到了維吉尼亞州亞歷山大市的一個秘密藏身處。史帝芬查到了藏身處的地點，並設法接近到能夠開槍的距離——不過這是非常棘手的一槍。

一旦機會來了就開槍……

史帝芬整整等了四個小時。當被害者抵達並直奔他在市區的洋房時，史帝芬設法擊發了一顆子彈。他相信自己擊中他了，但是對方卻消失在院子裡，不見蹤影。

聽我說，小鬼，你在聽我說嗎？

長官，我在聽你說話，長官。

去追蹤受傷的目標，然後設法完成你的工作。就算順著血跡追到了地獄，你也得去。

嗯……

沒有什麼好懷疑的。你必須確認目標已經消滅，聽懂了沒有？這沒什麼好猶豫的。

是的，長官。

史帝芬爬過磚牆，進入了那個人的院子裡，在一座羊頭噴泉旁發現了國會助理的屍體四肢攤開地趴在鵝卵石上面。那一槍確實是致命的一擊。

但是似乎有什麼不對勁，這讓他不禁打了一個寒顫。他長這麼大，很少為了什麼事情而顫抖。從國會助理倒下去以及子彈擊中他的情況來看，這一槍或許只是僥倖，但似乎有人小心翼翼地解開了他身上那一件血跡斑斑的襯衫，檢視了子彈從胸骨穿進去的細小彈痕。

史帝芬環顧四周，尋找做這件事的人。但是附近半個人影也沒有。

他一開始也覺得附近並沒有人。

然後史帝芬的目光無意中落到了院子的另一端。在逐漸轉弱的夕陽光影前方，有一間老舊的車庫，史帝芬看著它污濁骯髒的窗玻璃，竟從其中一扇窗戶瞥見——也可能是他的想像——一張向外盯著他瞧的臉孔。他無法看清楚那個男人——或是女人；但是不管是什麼人，看起來都不是特別恐慌，並沒有試圖躲避或逃開的樣子。

一名目擊者！你留下了一名目擊者，士兵！

長官，我會立即消滅任何可能的指認，長官。

但是當他衝進那間車庫的時候，卻發現裡面空無一人。

撤退，士兵……

窗子裡的臉孔……

史帝芬站在空盪盪的建築物裡面，仔細查看國會助裡這棟西曬的洋房庭院，慌亂地一次又一次慢慢繞著圈子。

他到底是誰？他在這裡做什麼？還是這件事情是史帝芬的想像？就像他的繼父過去曾經在西維吉尼亞橡樹上的鷹巢裡瞥見狙擊兵一樣。

窗子裡的臉孔凝視他的方式，就像他的繼父偶爾盯著他研究、檢視的表情一樣。史帝芬想起了年輕時候的自己經常在想：我搞砸了什麼事嗎？我是不是不乖？他在打量我什麼？

最後，他再也等不下去了，於是返回他在華盛頓落腳的飯店。

史帝芬曾經挨過子彈、遭到毒打，也曾經被刺傷。但是沒有任何一件事，比起在亞歷山大市發生的這一件對他造成更大的震撼。他從來不曾被他的被害者的臉孔困擾，不管對方是死是活。但是在窗子裡的那張臉孔卻像一條不停蠕動、順著他的腿往上爬的蟲子。

畏縮……

看著從萊星頓大道兩頭朝著他移近的警察巡線，他現在就是出現同樣的感覺。汽車按著喇叭，駕駛人怒氣沖沖，但是警察一點也不予理會，他們繼續固執地搜尋。不消幾分鐘他們就會注意到他——一名體格健壯的白種男人，手上提著一個吉他盒，裡面卻裝著一把上帝賜給這個世界最精良的來福槍。

他看著那些俯視大街的骯髒黑色窗戶。

祈禱著不要讓他看到一張朝外看的臉孔。

士兵，你到底在嘀咕些什麼？

長官，我……

繼續勘察，士兵。

是的，長官。

一股焦苦的味道傳了過來。

他轉身一看，發現自己就站在星巴克咖啡館的外面。他走了進去，拿起菜單，假裝要點東西吃，眼睛其實是盯著店內的顧客看。

一名肥胖的女人單獨占據了一個桌位，坐在一張又脆弱又難坐的椅子上。她一邊看雜誌，一邊喝著一大杯茶。她大約三十出頭，長得又矮又胖，一張大餅臉，加上一個粗大的鼻子。星巴克，他開始自由聯想……西雅圖……男人婆？

不，他不覺得這個女人是同志。她仔細地閱讀《Vogue》雜誌，眼神中充滿著欣羨，而不是淫慾。

史帝芬點了一杯甘菊口味的『天堂調味茶』，然後他端起杯子，朝著靠窗的位子走過去。走過女人的桌旁時，杯子從他的手中滑落，掉到她對面的位子上，熱茶水灑得滿地都是。她嚇了一跳，身體往後一縮，抬頭盯著史帝芬一臉惶恐的表情。

『我的天啊！』他低聲叫道：『我真是抱歉！』一邊衝去抓了一把紙巾，『希望沒把妳潑到！』

珮西·克萊從那名將她按在地上的年輕警探身邊掙扎著站起來。

艾德華的母親裘安・卡奈躺在幾呎之外，因爲震驚和困惑而嚇呆了。布萊特・哈勒則站著被兩名強壯的警察壓在牆上，看起來就像他們正在逮捕他一樣。

『很抱歉，克萊女士。』一名警察說：『我們……』

『發生什麼事了？』哈勒看起來十分困惑。他並不像艾德華、朗恩・泰爾波特或珮西；哈勒從來沒有當過軍人，所以從來沒有接觸過格鬥。他是一個十分大膽的人——爲了掩蓋幾年前爲拯救駕駛員和乘客而爬進一架著火的西斯納一五〇時，在手臂上留下的燒痕，他一直都穿著長袖襯衫，而不像其他駕駛員一樣穿著傳統的短袖白襯衫。但是對於『意圖傷害』這種犯罪行爲，他卻是沒有一點概念。

『我們接到一通特別小組打來的電話。』警探解釋：『他們認爲殺害卡奈先生的兇手又回來了，可能是爲了殺害你們兩位。萊姆先生認爲兇手就是妳今天看到那輛黑色旅行車的駕駛人。』

『不過，我們已經有人在這裡保護我們了啊！』珮西向稍早上門的警察揚一揚頭，不高興地說。

『我的天啊！』哈勒盯著窗外嚷道：『外頭大概有二十個警察。』

『請離開窗戶遠一點，先生。』警探態度堅決地表示：『他很可能藏身於屋頂，我們還不能確定這一帶已經安全無慮。』

珮西聽見了爬上樓梯的腳步聲。『屋頂？』她不屑地說：『或許他也在地下室挖了一個隧道。』她抱住卡奈女士。『妳還好吧，媽？』

『發生什麼事了？這些人是做什麼的？』

『他們認爲你們可能面臨危險。』那名警察表示：『不是妳，老太太。』他對著艾德華的母親補充說：『是克萊女士和哈勒先生，因爲他們是這件案子的目擊證人。我們接到指示前來保護他們的安全，並帶他們兩位到指揮中心去。』

『他們和那個人談過了嗎？』哈勒問。

『我不知道你說的是哪一個人，先生。』

乾瘦的哈勒回答：『我們作證指控的那個人，漢生。』哈勒的世界是一個講求邏輯、通情達理的世界，也是機械、數字和水力學的世界。他三次失敗的婚姻，都是因爲他關心的只有飛行科學，以及駕駛員座艙內不容辯駁的知識。他用力撥開掉到前額的頭髮。『只要問他就行了。他會告訴你們殺手在什麼地方，是他雇用他的。』

『嗯，我不覺得事情有這麼容易。』

另外一名警察出現在門口。『街上安全了，長官。』

『請你們兩位跟我一起走。』

『艾德華的母親怎麼辦？』

『妳住在這一帶嗎？』警察問她。

『不是，我住在我妹妹家。』卡奈女士回答：『就在馬鞍河一帶。』

『我們會開車送妳回去，並派一名紐澤西的州警守在屋外。妳並未被牽扯到這件事情裡面，所以我肯定妳不需要擔心任何事情。』

『喔，珮西。』

兩個女人擁抱在一起。『一切都會好轉的，媽。』珮西忍著不讓眼淚流出來。

『不，不會的，』虛弱的老婦人說：『永遠都不會再好起來了……』

一名警察帶她上了警車。

珮西目送車子開遠之後，問身旁的警察：『我們要去哪裡？』

『去見林肯·萊姆。』

另外一名警察表示：『我們一起走出去，你們左右會各有一名警察。你們務必要低著頭，不管任何狀況都不要抬起來。我們會快步走向停在那邊的第二輛旅行車，看到了嗎？你們跳上車子，千萬不要朝車窗外看，繫上安全帶，我們會快速地駛離此地。還有任何問題嗎？』

珮西打開波本威士忌的瓶蓋，喝了一口酒。『誰是林肯．萊姆？』

『是妳自己做的嗎？』

『是的。』女人答道，一邊拉扯著那件繡花丁尼布背心。爲了遮掩寬大的體型，這件背心和她身上的格子裙的尺寸，都刻意做得有點寬鬆——這件衣服讓他聯想到一條蟲子身上的環節。他打了一個寒顫，覺得十分噁心。

但是他面帶微笑地說：『眞是令人吃驚。』他拭乾了嘴角的茶，然後用他繼父偶爾會表現出來的紳士風度道了歉。

他問她介不介意讓他和她同桌。

『嗯……不介意。』她答道，一邊像是藏匿色情書刊一樣，將《Vogue》雜誌收進她的帆布袋裡。

『對了，』史帝芬說：『我叫山姆．萊文。』她的眼睛爲此閃動了一下，因爲這姓氏和他健壯的外型實在太相配了。

『其實大部分的時間別人都叫我山米。』他補充說：『對我媽來說，我是山姆爾，不過只有在我做錯事情的時候才這麼叫我。』他的話讓她咯咯發笑。

『那我就叫你朋友。』她說：『我叫席拉．哈洛薇芝。』

爲了避免握她那隻潮濕黏膩、裝了五條白色變形蟲的手，他轉身看著窗外。

『很高興認識妳。』他一邊說，一邊轉身回來啜了一口重新點購，味道讓他覺得作嘔的茶。席拉注意到自己兩片又粗又禿的指甲有點髒，於是偷偷地將藏在下面的污垢挖出來。

『做衣服讓人覺得心情愉快。』她解釋說：『我有一部老舊的勝家縫衣機，黑色的那一種，是從我奶奶那邊弄來的。』她試著整理她那一頭油亮的短髮，無疑地非常希望自己今天曾經破天荒地洗過頭。

『我已經不認識任何一個會做衣服的女孩了。』史帝芬表示：『我在高中時代約會的那個女孩就會，她的衣服都是自己做的，讓我印象深刻。』

『嗯，在紐約市好像沒有人會自己做衣服，眞的一個人都沒有。』她露骨地嘲諷。

『我媽媽過去一直不停地自己做衣服。』史帝芬說：『每一針一定都要縫得非常完美，我的意思是眞的很完美——每一針的間隔是三十二分之一吋。』這一點是眞的。『我一直都還留著她做的幾件衣服，有點蠢，留下它們只是因爲是她親手做的。』這一點不是眞的。

史帝芬依稀還聽得到勝家縫衣機停停動動地，從他母親那個又狹小、又悶熱的房間裡傳出來的馬達聲，晝夜不停。每一針都要縫好，間隔要三十二分之一吋！爲什麼？因爲非常重要！接著是皮尺、皮帶，一切拿得到的東西，全都往她身上丟……

『大部分的男人——』席拉．哈洛薇芝字句中所表現的緊張，差不多已經解釋了她的生活。『一點都不在乎縫衣服這件事。他們要的是從事運動、懂得電影的女孩。』她迅速地補充：『這些我也會，我是說，我滑過雪，但是肯定沒有你滑得好。我也喜歡看電影，某些類型的電影。』

史帝芬說：『我不會滑雪，我並不太喜歡運動。』他朝外頭望了一眼，看到四周都是警察。這一群藍色的蟲子，他們攔檢每一輛汽車……

長官，我不了解他們爲什麼發動這種攻擊，長官。

士兵，你的工作並不需要你去了解。你的工作是滲透、指派、孤立，然後消滅。這是你唯一的工作。

『抱歉?』他沒聽到她說的話而問道。

『我說,我才不相信你說的話。我得做,嗯……好幾個月的運動才能有你那樣的體格。我準備去參加健身俱樂部,我一直都這麼計畫,只是我有背痛的毛病,不過我眞的眞的會去。』

史帝芬笑了笑。『啊,老天,我已經厭倦了那些看起來病懨懨的女孩。妳知道嗎?又瘦又蒼白。隨便抓一個電視上那些瘦巴巴的女孩,送她回到亞瑟王的時代,他們會立刻把她拎到御醫面前說:「大夫,她快死了!」』

席拉眨著眼睛,放聲大笑,露出一嘴令人不忍目睹的牙齒。這個笑話讓她找到藉口把手放在他的手臂上,他感覺到五條蟲正在推拿他的皮膚,而盡量克制那一股噁心的感覺。『我的父親是一名經常在海外旅行的職業軍官。』她說:『他告訴我,其他國家的人都以爲美國的女孩非常乾瘦。』

『他是一名軍人?』山姆、山米、山姆爾・萊文笑著問。

『退休的陸軍上校。』

『嗯……』

會不會說太多了,他在心中暗忖,不會。於是他繼續說:『我是現役軍人,陸軍中士。』

『不會吧!你的駐地在什麼地方?』

『特勤小組,紐澤西。』她應該很清楚不應該繼續追問特勤小組的工作內容。『我很高興妳的家裡面有一位軍人。有時候,我不太喜歡告訴別人我從事的工作。這樣的工作並不太酷,尤其是在紐約,妳應該知道我的意思。』

『這一點你不用擔心,我覺得這種工作非常酷,朋友。』

她對著吉他盒點點頭。『你也是一位音樂家嗎?』

『並不能算是。我在一間日間托兒所擔任義工，這是總部安排的工作。』

看看外頭——藍白閃燈，一輛警車飛奔而過。

她把椅子拉近，而他聞到了一股令人反感的味道。他又開始感到畏縮了，蟲子從她那一頭油膩的頭髮鑽出來的景象也出現在他的腦海裡，他幾乎就要吐出來了。他告退了一會兒，然後花了三分鐘去搓洗雙手。再度回到位子上的時候，史帝芬注意到兩件事情：她上衣的第一個釦子已經解開了，以及她那件毛衣的背後沾滿了數千根貓咪的毛髮。對史帝芬來說，貓只是長了四條腿的蟲子。

他朝外面望出去，看到警察的隊伍越來越靠近。史帝芬瞥了一眼手錶，然後表示：『我得去接我的貓了，牠在獸醫……』

『你有一隻貓？牠的名字是什麼？』她的身子往前傾。

『巴弟。』

她的眼睛綻放出光芒。『喔，好可愛，好可愛喔！你有相片嗎？』

一張去他媽的貓相片？

『沒帶在身上。』史帝芬答道，一邊懊惱地吐氣。

『可憐的巴弟弟生病病了嗎？』

『只是進行健康檢查。』

『這是一件好事，最好要小心那些蟲子。』

『怎麼說？』他驚恐地問。

『你知道的，像是犬心蟲。』

『對，妳說得沒錯。』

『嗯……如果你夠乖的話，朋友，』席拉再次恢復平板的聲調，『或許我會介紹你認識加菲、安德莉亞、愛希——其實是愛絲梅拉達，不過，當然，她一向都不同意用這個名字。』

『牠們聽起來都很棒。』他說，一邊看著席拉從皮夾裡掏出來的相片，『我很希望能夠認識牠們。』

『其實，』她不經意地說：『我住的地方離這裡只有三條街，在八十一街上。』

『哈，我有個點子。』他表現出興高采烈的模樣，『或許我可以先把這些東西放在妳家，順便見見妳那些寶貝，然後妳可以和我去接巴弟。』

『太好了。』席拉表示。

『我們走吧。』

到了外頭之後，她說：『這麼多警察，發生什麼事了？』

『我不知道。』史帝芬將背包的背帶拉到肩膀上，袋子裡傳出金屬碰撞的聲音，或許是一顆手榴彈突然碰到了他的貝瑞塔。

『袋子裡裝些什麼東西？』

『只是一些樂器，給小孩子用的。』

『像是三角鐵之類的東西？』

『是啊，就是那類的東西。』

『你要我幫你提吉他嗎？』

『妳可以嗎？』

『嗯……我想沒問題。』

她接過吉他盒，讓自己的手臂滑進他的臂彎裡，然後和一群完全不理會這對恩愛情侶的警察擦身而過。兩個人沿著馬路向前走，一邊笑著繼續談論那幾隻瘋貓。

6

倒數四十五小時

湯瑪斯出現在林肯．萊姆的房門口，對著房內的某個人點頭示意。

那是一名穿著整潔，大約五十多歲的平頭男子——鮑爾．豪曼，紐約警局特勤小組（也就是特警隊）的首長。灰白的頭髮加上僨張的筋脈，使豪曼看起來就像他曾經擔任過的中士教官一樣。他說話的時候速度緩慢、有條有理，而且似笑非笑地直視你的眼睛。在特勤任務當中，他通常都穿著防彈背心，戴著一頂防風帽，而且經常是第一批通過機動路障入口的警官之一。

『眞的是棺材舞者嗎？』警官問。

『據我們得到的消息，確實是他。』塞利托回答。

這個一頭灰髮的警察停頓了一下。這對他來說，其實是嘆出了比任何人都要沉重的一口氣。然後他表示：『我三二E還有一些隊員可以調派。』

三二E警探——警察總局指揮中心對他們的暱稱——是個公開的秘密。正式的稱呼是特勤小組特訓警察，男女成員全都是受過嚴格S＆S訓練——搜尋與監視（search and surveillance）——以及突擊、狙擊、拯救人質套訓的退役軍人。這些成員的人數不多，因爲儘管紐約市治安不佳的名聲遠播，但是特勤任務卻不是經常派得上用途，因爲紐約市的拯救人質談判員一向被認爲是全美第一流，通常都能夠在必要的突擊行動之間打破僵局。豪曼撥出的兩個小組加起來共十個人，但是對付棺材舞者可能得用上絕大部分的三二E成員。

過了一會兒，一名瘦小、戴著一付古板眼鏡的禿頭男子進到了房內。梅爾・柯柏是萊姆過去主管的偵查資源組中最好的鑑識人員，他從來不曾到刑案現場進行搜索，也不曾逮捕過任何罪犯，更可能早已忘記如何使用被迫掛在舊腰帶上的那把輕型手槍。除了坐在化驗室的凳子上盯著顯微鏡、分析指紋之外，世界上任何一個角落都吸引不了柯柏。（好吧，還有他曾經贏得探戈比賽的舞池。）

『警官，』柯柏稱呼萊姆。幾年前萊姆從奧爾巴尼的警局將他挖角過來的時候，便是這個職稱。『我以爲要檢驗的是沙粒，但是後來聽說是棺材舞者。』如果世界上有一個地方消息傳得比街頭還快，萊姆心想，那就是警察局。『這一次我們會逮到他，林肯，我們會逮到他。』

班克斯爲剛剛抵達的人進行簡報時，林肯無意中抬起頭，看到一個女人出現在檢驗室的入口。黝黑的眼神不帶什麼防備，大大方方地掃視著房內的一切。

『克萊女士嗎？』他問。

她點點頭。一名乾瘦的男人接著出現在她的旁邊，應該是布萊特・哈勒，萊姆猜測。

『請進。』萊姆說。

她走進房裡，瞥了一眼萊姆以及梅爾・柯柏身旁滿牆的法醫設備。

『珮西，』她說：『請叫我珮西。你是林肯・萊姆？』

『沒錯。對於妳丈夫發生的事，我感到很遺憾。』

她很快地點點頭，似乎對於這樣的同情感到不自在。

就像我一樣，萊姆心想。

他對著珮西身旁的男人問：『你是哈勒先生？』

身材瘦長的飛行員點點頭，一邊向前準備握手。然後他注意到萊姆的手臂被固定在輪椅上面，咕噥地發出一聲『喔』之後，尷尬地退了回去。

萊姆爲他們介紹了其他的人，除了艾米莉亞·莎克斯之外——她在萊姆的堅持之下，到樓上將制服換下，穿上林肯衣櫃裡的牛仔褲和運動衫。根據他的解釋，棺材舞者最喜歡把殺害或傷害警察當成一種消遣，所以他要她儘可能看起來像是一個平民。

珮西從長褲的口袋裡掏出了一個銀色的瓶子，啜飲了一口。萊姆聞到一股波本威士忌的香味。顯然，這個女人將這種昂貴的酒當成藥品服用。

自從遭到自己的身體背叛之後，除了被害人和罪犯之外，萊姆很少去注意到其他人的身體特質，但是珮西·克萊很難不引起他的注意。她的身高大約只有五呎多一點，然而她卻散發出一種淨化過的張力。她那對深邃如暗夜的眼睛讓人著迷，而唯有在設法掙脫它們之後，你才會注意到她那張並不算美的面孔——獅子鼻加上過重的男孩味。她有一頭糾結而削短的黑色鬈髮，不過萊姆倒是覺得鬆散的長髮，將會有助於軟化她那張有稜有角的面孔。她並沒有採用部分矮個子刻意表現的矯揉造作——手放在腰上、雙手環抱在胸前，或將手指放在嘴巴前面。萊姆知道珮西就像他一樣，不會無端地擺出一些姿勢和動作。

他的腦袋裡面突然出現了一個念頭：她就像一個吉普賽人一樣。

他發現珮西也正在研究他，而她的反應讓人覺得十分好奇。大部分的人第一次看到萊姆的時候，面孔會紅得像水果一樣，愣愣地傻笑，說不出半句話，而且會強迫自己死盯著萊姆的前額，以避免目光無意中落到他殘障的身體上面。但是珮西僅看了一眼他的臉孔——細薄的嘴唇和湯姆·克魯斯的鼻子，一張比實際上四十多歲的年齡還年輕許多的面孔，讓他看起來十分瀟灑——還有他不能動彈的雙腿、手臂和軀體之後，注意力立刻移轉到他的殘障用品——光滑的『暴風箭』輪椅、吹吸控制器、耳機和電腦。

湯瑪斯走進房裡爲萊姆測量血壓。

『不要現在。』萊姆說。

『就是現在。』

『不要。』

『安靜一點。』湯瑪斯一邊說，一邊還是不顧一切地測量了血壓。他收起聽診器之後表示：『不錯。但是你已經累了，而且你最近一直操勞過度，你需要休息。』

『走開。』萊姆一邊抱怨，一邊轉回去面對珮西．克萊。她不像一些訪客會因爲他是殘障者、癱瘓者，或者不算是一個完整的人類，就認爲他會聽不懂他們講的話，而用極慢的速度跟他說話，或甚至透過湯瑪斯傳話。她此刻甚至是直接對著他說話，這一點贏得了他不少好感。

『你覺得我和布萊特有危險？』

莎克斯走進房間，看著珮西和萊姆。

他爲她們兩個做了介紹。

『艾米莉亞？』珮西問：『妳的名字是艾米莉亞？』

莎克斯點點頭。

珮西的臉上露出了一個淺淺的微笑，並且輕輕轉頭，也和萊姆笑了一笑。

『我並不是因爲那名飛行員而取了這個名字。』莎克斯說。萊姆心想，她大概想起了珮西是一名飛行員。『我的名字是來自我祖父的一個姐姐。艾米莉亞．厄爾哈特算是一名英雄嗎？』

『並不能眞的算。』珮西說：『只是某種巧合罷了。』

哈勒表示：『你們會保護她吧？全天候？』他對珮西點了一下頭，然後問。

『當然。』戴瑞回答。

『太好了。』哈勒表示：『嗯……有一件事，我眞的覺得你們應該和那個傢伙談一談，就是菲利浦・漢生。』

『談一談？』萊姆問。

『和漢生？』塞利托問：『當然。但是他會否認一切，然後不會再多說半個字。』他看著萊姆說：『雙胞胎對付了他一陣子。』然後又對著哈勒。『他們是我們最傑出的審問人員，但是運氣一直不好，漢生始終守口如瓶。』

『你們不能威脅他……或做點什麼事？』

『嗯……不成。』塞利托表示：『我不覺得我們能夠這麼做。』

『沒什麼用，』萊姆接著說：『再怎麼樣，漢生也提供不了任何消息。棺材舞者從來都不曾和他的客戶碰面，也不會讓他們知道他會如何完成他的工作。』

『棺材舞者？』珮西問。

『那是我們爲這個殺手所取的名字，棺材舞者。』

『棺材舞者？』珮西淺淺地笑了一下，就好像這個名字對她具有某種意義。但是她並沒有細說。

『聽起來有點令人毛骨悚然。』哈勒帶著疑慮地說，就好像警察不應該爲壞蛋取這麼驚悚的名字一樣。萊姆覺得他的想法也沒錯。

珮西盯著萊姆的眼睛，那對眸子幾乎和她的一樣黝黑，她問：『你遇到什麼事了？中槍了嗎？』

這個直接的問題讓莎克斯——還有哈勒——有些不安，不過萊姆並不介意。他比較喜歡像他自己一樣的人——不會採用一些不得要領的圓滑。他平靜地答道：『我在一個建築工地搜尋刑案現場，一根樑落下來，砸斷了我的頸骨。』

『就像那個演員克里斯多夫・李維一樣？』

『沒錯。』

哈勒說：『那眞是慘。但是那傢伙還眞是勇敢，我在電視上看過他。如果那樣的事情發生在我身上的話，我想我一定會自殺。』

萊姆看著莎克斯，莎克斯也回看著他，然後他轉過去看著珮西。『我需要妳的幫助。我們需要找出他將炸彈弄上飛機的方法，對於這一點，妳有什麼看法嗎？』

『沒有。』珮西表示，然後看著搖頭的哈勒。

哈勒說：『我當時在郊外釣魚。我請了一天假，很晚才回到家。』

『飛機起飛之前停在什麼地方？』

『停在我們的機棚裡。我們正在爲新承包的空運合約裝配飛機，我們必須移開座椅，裝上可以配置高壓電的特別貨架，那是爲了安裝冷凍庫。貨櫃裡裝了些什麼東西，你已經知道了吧？』

『器官，』萊姆說：『人體器官。你們和其他公司共用一個機棚嗎？』

『沒有，那是我們自己的，嗯……我們承租的機棚。』

『進去裡面有多容易？』塞利托問。

『沒有人的時候，停機棚會上鎖。但是過去幾天，爲了裝配那架李爾噴射機，二十四小時都有工作人員在現場。』

『妳認識這些工作人員嗎？』

『他們就像家人一樣。』哈勒用一種防禦性的口吻回答。

塞利托對著班克斯翻了一個白眼。萊姆猜想，這些警探大概以爲一件謀殺案裡，家庭成員經常都是首號的嫌犯。

『我們還是需要取得這份名單，妳不介意我們對他們進行調查吧！』

『莎莉安是我們的辦公室經理，她會爲你們準備一份名單。』

『你們必須封閉停機棚，』萊姆表示：『禁止所有人進入。』

珮西搖搖頭，正準備說：『我們不能……』

『封閉停機棚，』他重複道：『所有人都不能進入，所有的人。』

『但是……』

萊姆表示：『我們必須這麼做。』

『喂，』珮西說：『等一等。』她看著哈勒。『FB準備得怎麼樣了？』

他聳了聳肩：『朗恩表示至少還要一整天。』

珮西嘆了一口氣。『艾德華駕駛的那一架李爾噴射機，是唯一一架裝配了適用貨運設備的飛機。明天晚上有一趟已經排定的航程，我們必須徹夜將另外一架飛機裝配妥當，不能封閉停機棚。』

萊姆說：『我很抱歉，但是你們別無選擇。』

珮西錯愕地表示：『我不知道你是以什麼身分來給我們選擇……』

『我只是試著救你們性命的人。』萊姆嚴厲地回答。

『我不能冒著失去這份合約的風險。』

『等一等，小姐，』戴瑞表示：『妳並不明白，這個壞人……』

『他殺了我的丈夫，』她用一種堅定的聲音說：『所以我了解他。但是我不會因爲威脅而甘冒失去這份工作的風險。』

莎克斯扠著腰。『喂，等一等。如果有任何人能夠救你們一命的話，那就非林肯．萊姆莫屬了。我覺得我們根本沒必要面對這種態度。』

萊姆打斷了他們的爭論，平靜地說：『妳可以給我們一個鐘頭的搜證時間嗎？』

『一個鐘頭？』珮西斟酌他的提議。

莎克斯笑了一下，驚訝的看著她的老闆，問：『用一個鐘頭的時間去搜尋一個停機棚？有沒有搞錯，萊姆？』她臉上的表情說的是：『我正在為你辯護，而你卻來這一套。你到底站在哪一邊？』

有些刑事鑑識家會指派一整組人員去搜尋刑案現場，但是萊姆每一次都堅持艾米莉亞一個人單獨搜證，就像他過去一樣。因為一個人單獨在刑案現場搜證，成效絕對不輸給一整組人員。只是要一個人單槍匹馬去搜尋一個寬闊的現場，時間卻僅僅一個鐘頭，確實是短得有些過分。萊姆非常清楚這一點，但是他並沒有回應莎克斯，只是繼續盯著珮西看，她說：『一個鐘頭？好，我可以接受。』

『萊姆，』莎克斯抗議：『我需要更多的時間。』

『但是妳是頂尖的好手，艾米莉亞。』他笑著回答，這也表示這件事已經決定了。

『現場有些什麼人可以幫助我們？』萊姆問珮西。

『朗恩．泰爾波特，他是公司的合夥人，也是我們的營運經理。』

莎克斯在她的備忘錄中記下這個名字。『我現在動身嗎？』她問。

『不。』萊姆回答：『我要妳等到我們取得芝加哥那架飛機上的炸彈之後，我需要妳幫我進行分析。』

『我只有一個鐘頭，』她不耐煩地表示：『你還記得吧？』

『妳必須待命。』他不滿地說，然後問佛雷德．戴瑞：『庇護所的事情辦得怎麼樣了？』

『我們找到了一處妳會喜歡的地方。』戴瑞對珮西表示：『就在曼哈頓。那些納稅人得更辛勤地工作了，嘿嘿！在證人保護計畫中，這個地方經常被美國的法官視為上上之選。還有一件事，我們需要紐約警局派一個人來處理保護的細節，一個對棺材舞者有相當程度的認識與了解的人。』

傑瑞．班克斯剛好在這時抬起頭，困惑地發覺所有人都盯著他看。『什麼事？』他問：『什麼事？』一邊徒勞地整理他那一頭蓬鬆的亂髮。

史帝芬．卡勒雖然像個軍人一樣地說話，也使用軍人的槍枝射擊，但是事實上他從來不曾當過兵。而他現在卻對著席拉．哈洛薇芝表示：『事實上，我對我軍人世家的傳統一直感到非常驕傲。』

『有的人並不這麼認爲……』

『沒錯，』他打斷她：『有的人不會因此而對你表示尊重，不過那是他們的問題。』

『那確實是他們的問題。』席拉附和。

『妳的地方還眞是不錯。』他環顧著這座塞滿了減價商品的垃圾場。

『謝謝你，朋友。嗯……你希望──不，你想要喝點什麼東西嗎？哎呀，我老是用錯詞，也常爲這種事挨我媽媽的罵。我看太多電視了，就像，就像……就像蝦米蝦米一樣。』

她到底在扯些什麼東西？

『妳一個人住在這裡嗎？』他用一個討喜的微笑好奇地問。

『是啊，只有我和我那三隻「動感三人行」。我不知道牠們爲什麼全都躲了起來，這幾個傻流氓。』席拉緊張地擰著她那件外套的細邊。由於他並沒有回答她的問題，所以她又問了一次：『想要喝點什麼東西嗎？』

『當然。』

他看到冰箱上面擺著一瓶佈滿灰塵的葡萄酒，爲了特別的時刻而準備的嗎？

顯然不是──她開了一瓶低熱量的汽水。

他溜達到窗戶旁邊朝外看。這一帶的街上並沒有看到警察，離地鐵站也只有半個街區。公寓位於二樓，窗子雖然裝了鐵窗，不過並沒有上鎖。必要的話，他可以沿著防火梯往下爬，然後混進隨時都人潮洶湧的萊星頓大道……

她有一具電話和一台桌上型電腦，很好！

他看了一眼牆上掛的月曆——天使的圖像。月曆上面有一些圈注，不過都不在這個週末。

『對了，席拉，妳是不是……』他嗆了一下，搖了搖頭沒有再說下去。

『什麼事？』

『嗯……我知道這個問題很愚蠢，我的意思是，這麼問好像有點快。我只是想要知道妳接下來幾天是不是有什麼計畫？』

她謹慎地回答：『我，嗯……我應該去看我的媽媽。』

史帝芬失望地皺起臉孔。『太可惜了，因爲我們家在梅伊岬……』

『澤西海岸！』

『對，我要去那裡……』

『等你接到了巴弟之後嗎？』

誰是這個去他媽的巴弟？

對了，那隻貓。『是啊。如果妳沒有其他事情的話，我原本希望妳會想出去走一走。』

『你有……？』

『我媽媽也會一起去，還有她的一些女伴。』

『喔……天啊，我不知道……』

『所以，爲什麼妳不打通電話給妳媽媽，讓她知道這個週末她可能必須一個人過了。』

『是這樣……我並不是眞的需要打電話。如果我沒有出現的話，也沒什麼大不了，因爲事情就是這樣，我可能會去看她，也可能不會。』

所以她剛才說了謊。一個坐冷板凳的週末，接下來的幾天內沒有人會想念她。

一隻貓跳到他身邊，把頭貼在他的臉上。他想像著千萬條蟲散落在他的身上，想像著這些蟲子在席拉的頭髮上蠕動，想到她那幾根長得就像蟲子的手指。史帝芬開始厭惡這個女人，他想要大聲吼叫。

『來和我們的新朋友打個招呼，安德莉亞。牠喜歡你，山姆。』

他站了起來，四處環顧著公寓，一邊在心中暗忖：

記住，小鬼，任何東西都能夠殺人。

有的東西殺得快，有的東西殺得慢，但是任何東西都能夠殺人。

『對了，』他問：『妳有沒有膠帶？』

『嗯……做什麼用途的膠帶？』她納悶地問。

『是我背包裡面那些樂器，我必須修理其中一個小鼓。』

『有啊，我這裡還有一些。』她走到玄關。『我每一個聖誕節都會寄包裹給我的嬸嬸，每次都會新買一捲膠帶。我總是記不得自己是不是已經買了，所以現在家裡面大概有一噸的膠帶。我是不是像個傻瓜一樣？』

他並沒有回答，因爲他正在觀察廚房，並認爲那是這間公寓裡最理想的殺人地帶。

『拿去。』她開玩笑地將膠帶丟給他，而他本能地伸手接住。他因爲來不及戴上手套而怒不可遏，知道自己會在膠帶上留下指紋。當他看到席拉一邊咧嘴大笑，一邊大叫『接得好，朋友』時，已經氣得全身發抖，眼中實際上看到的是一條巨大而越走越近的肥蟲。他把膠帶放下，然後開始戴上手套。

『手套？你會冷嗎？怎麼，朋友，你在……』

他並不理會她而逕自打開冰箱，將裡面的食物取出來。

她往前靠近一步，臉上輕浮的笑容開始消失。『嗯……你餓了嗎？』

他開始取出架子。

他們兩個人的目光交會在一起，突然之間，她的喉嚨發出了一聲微弱的『喔』……

史帝芬在她往前跌落到地面之前，伸手接住了那具肥胖的身軀。

快還是慢？

他抓住她的背，然後朝著冰箱的方向，往廚房裡面拖。

7

倒數四十四小時

無三不成理。

擁有榮譽一級工程學位、機身和機械動力領域的合格證書，以及聯邦航空管理局每一張飛行相關執照的珮西．克萊，並沒有時間去迷信。

但是坐在防彈廂型車裡，經由中央公園駛往位於城中心的聯邦庇護所時，她還是想起了一句古老諺語——迷信的旅客總是把它當恐怖經文一樣掛在嘴邊複誦——『無三不成理』。

就連悲劇也是一樣。

首先是艾德華，現在則是第二件不幸——朗恩．泰爾波特從辦公室透過手機告訴她的這個消息。

珮西像三明治一樣，被夾在布萊特・哈勒和那名年輕的警探傑瑞・班克斯中間。她垂下頭，哈勒看著她，班克斯則機警地看著窗外的交通、行人和街樹。

『美國醫療保健組織同意再給我們一次機會。』泰爾波特說話的時候，帶著令人掛慮的喘息聲。泰爾波特是她認識的最佳飛行員之一，不過他已經有多年沒開飛機了——因為不穩定的健康狀況而遭到停飛。珮西認為就沉溺於酒精、菸草和食物這些原罪來說，這樣的懲罰不公平得可怕，主要是因為她自己也有著同樣的嗜好。『我的意思是說，他們可以取消合約，因為炸彈並不包括在不可抗力的因素之內。他們不會原諒我們的工作成果。』

『但是他們還是讓我們飛明天那一趟？』

一陣停頓。

『是啊，他們讓我們飛。』

『少來這一套了，朗恩，』她生氣地表示：『我們之間不需要扯這些鬼話。』她聽見他點著了另一根香菸，肥胖又一身菸味——她試著戒菸那一段時間，會伸手向他周轉駱駝牌香菸。泰爾波特從來不在意是否換上了乾淨的衣物或刮了鬍子，他也不太會轉告壞消息。

『是FB。』他勉強說出口。

『她發生什麼事了？』

N六九五FB是珮西・克萊的李爾三五A噴射機，不過並沒有任何書面證明指出這種從屬關係。在法律上，這架雙引擎噴射機是由摩根飛機租賃公司，租給哈德遜空運公司旗下的子公司——克萊—卡奈控股公司。而摩根飛機租賃公司，則是向喬拉控股公司的子公司——一家在德拉威州註冊的運輸之道公司，租了這架飛機。這一類合法而且常見的拜占庭式協議❶，讓飛機和墜機都變得異常昂貴。

不過哈德遜空運的每一個人都知道N六九五FB屬於珮西。她在這架飛機上登記了數千個小時的飛行時數，它是她的寵物、她的小孩。艾德華不在身邊的許多夜裡，她只要想到這架飛機，就可以暫時撫平寂寞帶來的刺痛。一支可愛的操縱桿，讓這架飛機可以飛達四萬五千呎的高度和四百六十節的速度——時速超過五百哩。她很清楚這架飛機還可以飛得更高、更快，不過這是一個不能讓摩根飛機租賃、喬拉控股公司、運輸之道和聯邦航空管理局知道的秘密。

泰爾波特最後終於表示：『爲她裝上配備，會比我想像中還要困難。』

『動手進行吧！』

『好吧，』他最後終於說了出來：『史都走了。』史都・馬爾卡德是他們的技工主管。

『什麼？』

『那個王八蛋準備辭職。嗯……不過他還沒開口。』泰爾波特繼續說：『他來電話請病假，但是口氣有點奇怪，所以我打了幾通電話。原來他準備到席可斯基上班，已經接了那邊的工作。』

珮西有些不知所措。

這是一個大問題。李爾三五A噴射機原始的配備是八個客座，爲了配合美國醫療保健組織的貨運，大部分的座椅都必須撤走，然後裝上減震緩衝和冷凍櫃的支架，並從引擎的發電裝置接出額外的電源插座。這也就表示，最主要的工作在電力和機身上面。

所有的技工之中，就屬史都・馬爾卡德最優秀，他在創紀錄的時間內裝配了艾德華那架飛機。沒有他的話，珮西還眞不知道他們如何在明天那一趟飛行之前完成裝配。

【本書全爲譯註】

❶ 繁複、隱密、不容易更改的合約。

『怎麼回事，珮西？』哈勒看到她憂慮的表情，問道。

『史都走了。』她低聲說。

他沒弄清楚她的話，搖搖頭之後問：『走去哪裡？』

『他走人了。』她生氣地說：『辭掉他的工作，準備修直升機去了！』

哈勒震驚地盯著她。『今天？』

她點點頭。

泰爾波特繼續說：『他嚇壞了，珮西，他們都知道是一枚炸彈。警方什麼話都沒說，但是他們全都知道發生了什麼事，他們都很緊張。我剛剛說的是約翰．林哥……』

『約翰？』他們去年雇用的一名年輕駕駛員。『他該不會也辭職了吧？』

『他只是問我們是不是應該歇業一陣子，一直到這一切都煙消雲散爲止。』

『不，我們不歇業。』她堅決地表示：『我們不會取消任何一件該死的工作，一切業務都照常進行。如果還有人請病假的話，就辭掉他們。』

『珮西……』

泰爾波特雖然嚴厲，但是全公司都知道他是最容易被說服的人。

『好吧，』她生氣地表示：『那就由我來辭掉他們。』

『聽著，關於FB，我可以完成大部分工作。』同樣擁有機身機械工程合格證書的泰爾波特說。

『你盡力而爲吧。但是看看能不能找到另外一個技工，』她告訴他：『其他的以後再說。』

『我眞是不敢相信，』哈勒困惑地說：『他居然辭職了。』

珮西氣壞了。每個人都求自保──這是最惡劣的罪行。公司已經奄奄一息，而她卻還不知道如何動手拯救。

珮西・克萊並沒有經營事業的『猴子伎倆』。

猴子伎倆……

她還是戰鬥機飛行員的時候，曾經聽過這種說法。那是由一名海軍的飛官，一名上將所創造出來的詞。意思是說一個天生的飛行員身上那種難以解釋，無法傳授的才能。

好吧，珮西在飛行這方面確實有些猴子伎倆。任何一種飛機，無論她從前是不是飛過，無論在何種天候之下，目視飛航或儀器飛航，白天或夜晚，她都可以完美無瑕地讓飛機降落在飛行員視為目標的神奇降落點上面——跑道編號之後的一千呎——通過跑道指標之後的一千呎。無論滑翔機、雙翼飛機、大力士、七三七，或米格機……任何一個駕駛艙都像她自己的家一樣。

但是她的猴子伎倆僅僅到此為止。

在家庭關係這一方面，她肯定沒有半點伎倆，她那位任職於菸草公司的父親，由於她為了到維吉尼亞理工學院附設的航空學校就讀——從他的母校維吉尼亞大學休學，從好幾年前開始就已經拒絕和她說話了，最近還取消了她的繼承權。（儘管她告訴他，離開夏洛特城已經是無法避免的事，因為第一學期的第六週，珮西就因為女學生聯誼會高瘦金髮的主席，故意大聲表示那個侏儒女孩想加入的是農業學校，而不是學生聯誼會的時候，將她打倒在地。）

在海軍的內部政治方面也肯定沒有半點伎倆。她在駕駛大雄貓（F十四）時令人敬畏的表現，肯定無法彌補她在其他人對某些事件保持緘默時，卻有話直說的習慣，而這習慣常為她招惹麻煩。

她也沒有任何伎倆去經營她擔任總裁的這家貨運公司。她一直非常困惑，為什麼哈德遜空運業務繁忙，卻一直面臨破產邊緣。就像艾德華、布萊特，以及其他的幕僚飛行員一樣，珮西不停在工作（她躲避固定航線的理由之一，是因為頑固的聯邦航空管理局公告飛行員，每個月的飛行時數不能超過八十個小時）。為什麼他們不斷地面臨破產呢？如果不是充滿魅力的艾德華開發客戶的能力，以及性情怪異的朗恩・泰爾波特對成本縮減控制、對債權人要把戲，他們絕對無法度過這兩年。

公司上個月差一點破產，但是艾德華設法弄到了美國醫療保健組織的合約。連鎖醫院在器官移植這上面賺進了令人吃驚的金錢，她學到了這項業務並不只是局限在心臟和腎臟。最主要的問題是在幾個小時的有效期限之內，將捐贈者的器官送交合適的受贈者。過去這些器官都是透過商業客機載運（放在駕駛艙內的冷藏設備裡），但是運送的過程卻受到商業客機時刻表與路線的限制。哈德遜空運並沒有這些問題。公司方面承諾爲美國醫療保健組織撥出一架專機，以逆時鐘的方向飛越東岸和中西部，到該公司所在的六至八個城市，讓器官在需要的地點之間流通。貨品的交送是經過擔保的。無論下雨、下雪、亂流，還是能夠飛行的最低限度——只要機場開放，而能夠合法飛航，哈德遜空運就必須準時交貨。

頭一個月是試用期。一旦通過，他們就會獲得一紙成爲公司生存支柱的十八個月期合約。顯然地，朗恩施了魔法讓客戶給他們另一個機會。但是如果FB在明天的航班之前不能準備妥當……珮西甚至不敢想像接下來的後果。

他們坐在警車裡經過中央公園的時候，珮西仔細地看著初春的嫩綠。艾德華愛極了這座公園，經常到這裡跑步。他會沿著蓄水池繞兩圈之後，一身汗臭地回到家，灰髮一縷一縷地貼著他的臉龐。而我呢？珮西現在只能悲傷地在心中苦笑。他會發現她正坐在家中，專心研讀一份飛行日誌或一份進階渦輪引擎維修手冊，也許一邊抽著菸，或一邊喝著『野火雞』威士忌。艾德華這時候會咧嘴笑著，然後用他有力的手指戳戳她的肋骨，問她是不是要多做一些不健康的事。他們笑在一起的時候，他會偷偷地痛飲幾口那瓶波本威士忌。

她想起了他如何向前親吻她的肩膀。當他們做愛的時候，他就是將臉擱在這個地方，向前貼緊她的肌膚。珮西・克萊相信在自己的頸子朝著纖細的肩膀展開的地方，就只有在這個地方，她還可以算是一個漂亮的女人。

艾德華……

夜空裡的每一顆星星……

熱淚再次溢滿了她的眼眶，她抬頭望著灰色的天空——不祥的預兆。她預估雲幂高度在一千五百呎，風向〇九〇，風速十五節，有亂流。她換了坐姿。布萊特・哈勒強壯的手指握住她的前臂。傑瑞・班克斯正在閒談一些事情，但是她並沒有聽進去。

珮西・克萊下了一個決定，然後她再次打開手機。

8

倒數四十三小時

呼嘯的警笛聲。

林肯・萊姆期待特別勤務車通過的時候，會像都卜勒效應一樣，又漸漸遠去。但是警笛卻在他的門口響一聲之後，隨即安靜下來。一會兒之後，湯瑪斯讓一名年輕人進入一樓的化驗室。這名伊利諾州的州警頂著整齊的平頭，穿著一身他昨天套上的時候，可能還乾乾淨淨的藍色制服。但是現在卻是又髒又縐，沾滿了煤污與泥漬。他的臉頰用電動刮鬍刀刮過，但是他留下了一撮細小的暗色山羊鬍，和黃色的短髮形成鮮明的對比。他帶來了兩只大型的帆布袋以及一個棕色的卷宗。萊姆見到他的時候，比這個星期內他見過的每一個人都表現得更爲高興。

『炸彈！』他叫：『炸彈送來了！』

這名州警除了對這些執法人員奇怪的蒐集品感到驚訝之外，就在柯柏掏空袋子，而塞利托在收據和保管單位的卡片上草草簽名，並塞回他的手中的同時，肯定也在猜測萊姆的身上到底發生了什麼事。

湯瑪斯禮貌地對州警笑了笑，然後送他離開房間。

萊姆叫：『來吧，莎克斯，妳只需要站在一旁！袋子裡面有些什麼東西？』

她冷冷地笑了笑，然後走到桌子旁邊，看著柯柏小心地將內裝物攤放出。

她今天到底怎麼回事？一個鐘頭去搜尋一處現場已經算是相當充裕了——如果她是爲了這件事而不開心的話。不過他喜歡她的壞脾氣，他自己過去也經常如此。『好吧，湯瑪斯，來幫幫忙。我們需要在黑板上面將證物列出來。列出一些表格。「CS1」，第一個標題。』

『C，嗯……S？』

『刑案現場（crime scene），』萊姆不高興地說：『要不然會是什麼？「CS1，芝加哥」。』

過去的幾件案子，萊姆一直使用大都會博物館海報的背面來製作證物研究的圖表。現在他已經較爲先進了——數塊大型的黑板掛在他的牆上，芳香的氣味帶他回到了中西部學校生涯的潮濕春季，那一段爲了科學班而活，並鄙視拼寫和英文課的日子。

他的助手投給他一個惱怒的眼光，抓起粉筆，拍拍那條完美領帶和打褶褲上的灰塵，然後動手開始紀錄。

『我們拿到了些什麼東西，梅爾？莎克斯，幫幫他。』

他們開始將裝在塑膠袋、塑膠瓶中的灰屑、金屬碎片，以及一團團的塑膠倒出來，然後將這些東西收集在瓷盤上面。那些搜尋墜機現場的人，如果和萊姆訓練出來的人員有著相同程度的話，就會使用磁石滾筒、大型眞空集塵機，以及一系列的細篩網，來找出爆炸的碎片。

專精於法醫學多項領域的萊姆，也是炸彈方面的權威。棺材舞者在華爾街那間辦公室的垃圾桶裡留下一個小包裹，並殺害他兩名手下之前，他對這個主題原本沒有什麼特別的興趣。在那之後，萊姆全力學習和爆炸物相關的知識。他跟著聯邦調查局的爆破小組一起研究，那是聯邦化驗室當中最小的編制之一，但是卻充滿菁英的單位，由十四名化驗探員和技師所組成。他們並不負責尋找IED❷——炸彈在法律上所使用的名詞，也不負責拆卸。他們的工作是研究炸彈和爆炸案的刑案現場，追蹤製造者和他們的學徒，並替他們分類（在某些圈子裡面，製造炸彈被視爲一種藝術，所以學徒們都盡力學習知名炸彈製造者的技術）。

莎克斯撥弄著那些袋子。『炸彈不會被自己的爆炸力破壞嗎？』

『記住這一點，沒有任何東西會徹底地遭到破壞，莎克斯。』他一邊將輪椅移近，檢視那些袋子，一邊確認。『看到左邊那一堆鋁製品沒有？外型呈粉碎狀而不是彎曲，這表示炸彈有著很強的爆破力……』

『很強的……』塞利托問。

『爆破力，』萊姆解釋：『引爆的程度。不過儘管如此，一枚炸彈有百分之六十到九十會躲過爆炸的破壞。當然，我說的不是炸藥本身，但總是有足夠的殘餘物可以歸類。喔，我們有許多東西要著手研究。』

『許多？』戴瑞嘲諷地笑：『就像要把摔得粉身碎骨的矮胖子漢普蒂——鄧普蒂拼回去一樣❸。』

❷即時爆炸裝置（improvised explosive devices）。

❸童謠內容，敘述有個人坐在牆上，不小心跌下來，但動用了國王所有的人馬，還是沒辦法把他再拼湊起來。

『但那並不是我們的工作，佛雷德。』萊姆伶俐地回答：『我們只需要逮到把他從牆上推下去的那個王八蛋就行了。』他沿著桌子移動輪椅。『這些看起來像是什麼東西，梅爾？我看到了電池，看到了電線，也看到了定時器。還有些什麼？找找看有沒有包裝的盒子或包裹。』

許多放置炸彈的人都因爲裝載炸彈的箱子遭到定罪，而不是因爲定時器或引爆器。這樣的事很少被談起，但是航空公司經常把無人領取的行李送交聯邦調查局引爆，複製爆炸的情況，以期爲刑事鑑識家提供某種標準。在汎美一〇三航班的爆炸案中，聯邦調查局就不是從炸彈本身辨識出製造者，而是透過藏置炸彈的東芝牌收音機。這台收音機放在一個新秀麗（Samsonite）的行李箱裡，包裹在幾件衣物當中。探員追蹤這些行李箱裡面的衣物，結果找到了位於馬爾他共和國，斯利馬島的一家商店，而店東指認出一名購買著這些衣物的黎巴嫩情報員。

但是柯柏搖搖頭。『除了炸彈的構成元素之外，引爆的位置附近並沒有其他東西。』

『所以並不是裝在行李箱或飛行袋中。』萊姆陷入沉思，『有趣！他到底是用什麼方法將炸彈放到飛機上？放在什麼地方呢？隆恩，把芝加哥的報告唸給我聽。』

『爆炸的位置不易確認，』塞利托唸：『主要是因爲擴大的火勢和機身的毀壞程度。炸彈裝置的地點，似乎位於駕駛艙後方的底部。』

『後方底部，是不是貨櫃之間的空隙？或許……』萊姆安靜了下來。他一邊轉動腦袋，一邊盯著證物袋。『等等，等等！』他叫：『梅爾，讓我看看那些金屬碎片，從左邊數過來第三個袋子，把那些鋁製品放在顯微鏡下面。』

柯柏將複合顯微鏡的輸出裝置連接到萊姆的電腦上，於是柯柏看到的東西，萊姆也可以看得見。柯柏開始將細碎的樣品放在載玻片上，然後固定在顯微鏡下。

一會兒之後，萊姆開始下指令：『游標下移，按兩下。』

在他的電腦螢幕上，影像跟著放大。

『瞧，飛機的外殼是朝內爆開。』

『朝內？』莎克斯問：『你的意思是炸彈被裝在機身外面？』

『對，我是這麼認爲。你覺得怎麼樣，梅爾？』

『你說得沒錯，那些光滑的鉚釘頭全都朝內彎曲，炸彈確實被安裝在外面。』

『會不會是一枚飛彈？』戴瑞問：『地對空飛彈？』

塞利托看了看報告之後表示：『並沒有提到顯示飛彈的雷達光點。』

萊姆搖了搖頭。『不對，所有跡象都顯示是一枚炸彈。』

『但是從外面……』塞利托問：『從來沒聽說過這樣的事。』

『這就說得通了。』柯柏叫。他戴著一付放大目視鏡，手持陶製探針，像個牛仔在草地上數畜群一樣，快速地檢視金屬碎末。『含鐵的金屬片，是磁鐵，雖然無法粘在鋁製的機身上，但是機身下房有鋼鐵的結構。我還找到了一點環氧樹脂。膠水凝固之前，他先用磁鐵將炸彈固定在機身外面。』

『看看環氧化合物上的衝擊波。』萊姆說：『膠水並未完全凝固，所以他是在起飛前不久裝上的。』

『找得出樹脂的牌子嗎？』

『沒有辦法。這是最普遍的成分，到處都買得到。』

『有沒有找得到指紋的可能性？告訴我實話，梅爾。』

柯柏用一個淺淺而懷疑的微笑當作回答，但他還是著手進行，用波里光去掃瞄那些碎片。除了爆炸的殘餘物之外，並沒有任何明顯的跡象。『什麼都沒有。』

『我得聞一聞。』萊姆說。

『聞這些東西？』莎克斯問。

『透過爆破力，我們已經知道這是強力的炸藥。我需要知道到底是什麼東西。』

許多炸彈客都使用低效炸藥──迅速燃燒的物質，但是除非裝在管子或盒子裡面，否則並不會爆炸，這一類炸藥當中，最常見的就是槍枝的火藥。強力炸藥──像是塑膠炸藥或黃色炸藥──在自然的狀態下就能夠被引爆，並不需要被裝在任何容器當中，但是這些東西非常昂貴，而且不容易取得。透過炸彈的種類和來源，就可以找出不少指認炸彈客身分的線索。

莎克斯拿起一個袋子走到萊姆的輪椅前面，然後她將袋子打開。他吸了一口氣。

『旋風炸藥，三次甲基三硝基胺。』萊姆表示，他立刻辨識出來。

『和爆破力符合。』柯柏說：『你認爲是C三還是C四？』三次甲基三硝基胺是這兩種塑膠炸彈的主要成分，而且是軍事用品，民間不能合法擁有。

『不是C三。』萊姆表示，再次嗅了嗅炸彈，就好像那是波爾多葡萄酒一樣。『沒有甜味……很難說。奇怪的是，我聞到了其他的東西……用氣相層析質譜儀，梅爾。』

柯柏用氣相層析質譜儀檢視了樣本。這部儀器可以將複合物的成分獨立出來辨識。它可以分析小至百萬分之一克的樣本，而且一旦測定是什麼東西，即可以比對資料庫中的數據，可能因而找出樣本的商標。

柯柏看看檢驗的結果。『你說得沒錯，林肯，確實是三次甲基三硝基胺。還有油脂的成分，這就有點奇怪了……澱粉……』

『澱粉！』萊姆叫道：『我聞到的就是澱粉，是瓜爾麵粉！』

庫爾看著電腦螢幕跳出來的文字大笑。『你怎麼知道？』

『因爲是軍方的炸藥。』

『但是並沒有炸藥當中的活躍成分，』柯柏抗議道：『硝化甘油。』

『不是，不是，並不是眞的炸藥。』萊姆說：『這是一種三次甲基三硝基胺、黃色炸藥、機油和瓜爾麵粉的混合物。並不常見。』

『軍方？』塞利托說：『所以又指向了漢生。』

『確實如此。』

柯柏將樣本嵌在複合顯微鏡的鏡檯。

影像立即同步出現在萊姆的電腦螢幕上：幾根纖維、電線、金屬末、碎片和塵土。

他想起了幾年前一個類似的影像，不過情境卻完全不同。當時他看進去的是一支沉重的黃銅製萬花筒，是他買給一個朋友的生日禮物，這個朋友是又漂亮又有格調的克萊兒・崔琳。萊姆在蘇活區的一家店裡找到了這支萬花筒，兩個人花了一整個晚上共享一瓶梅洛葡萄酒，一邊試著猜測何種異國的水晶或寶石，才能在接目鏡上製造出如此令人讚嘆的影像。最後，和萊姆幾乎有著相同科學好奇心的克萊兒將筒子的底部旋開，然後把裡面的東西倒在桌上。他們兩個人笑成了一團，因爲裡面裝的只是一些金屬碎片、木屑、一根斷裂的迴紋針、電話簿上撕下來的紙片，和幾根圖釘。

萊姆將這些記憶拋開，試著讓自己專心看著螢幕上出現的東西：一小片馬尼拉蠟紙——軍隊用的炸藥就是包在這種蠟紙中。纖維——人造絲和棉花——來自棺材舞者用來綑綁炸藥的引線，這些纖維很容易在引線上發霉分解。一小塊鋁片和一段彩色的電線——來自電子雷管。接下來還有一些其他電線，和一塊橡皮擦大小的電池用碳棒。

『定時器！』萊姆叫道：『我要看定時器！』

柯柏從桌子上提起一個小型的塑膠袋。

裡面裝的是炸彈沉默而無情的核心。

令萊姆驚訝的是，定時器近乎完整。啊，你的首次疏忽！他一邊想，一邊沉默地對棺材舞者說。大部分的炸彈客都會用炸彈包住引爆系統來摧毀線索，但是棺材舞者這一次卻意外地將定時器裝在金屬外殼內的一塊厚鋼嘴旁邊。爆炸的時候，鋼嘴爲定時器提供了屏障。

萊姆爲了查看扭曲的鐘面而伸長的脖子，開始感覺到陣陣刺痛。

柯柏檢查了裝置。『我找到了型號和製造商。』

『用聯邦調查局的爆裂物參考資料庫查詢每一樣東西。』

聯邦調查局的爆裂物參考資料庫，是全世界最大規模的爆裂裝置資料庫。它包括了全美國所有和炸彈相關的報告資料，以及其中多項實體的證物。資料庫當中有些項目的年代相當久遠，甚至可以追溯到二〇年代。

柯柏敲打著他的電腦鍵盤，一會兒之後，他的數據機開始發出尖銳和嘎吱的聲響。

要求的資訊大約在兩分鐘之後傳送回來。

『沒有結果。』禿頭的柯柏臉色有點痛苦地表示，這大概是技術人員表達情緒的最大限度，『沒有和這一枚炸彈符合的資料。』

製造爆裂裝置時，幾乎所有的炸彈客都會淪入某種特定的模式——他們學會一種技術之後，就會一直緊抓著不放。（因爲他們製造出的成品，本質上並不適合進行太多實驗。）如果棺材舞者的炸彈符合某個早期在佛羅里達州或加州的爆破裝置，調查小組或許就可以從炸彈的地點，調查出可以發現炸彈客行蹤的額外線索。依據經驗法則，如果兩個炸彈的結構擁有四個相同點——例如引線以焊接的方式接著而非使用膠帶黏貼，或是定時裝置爲類比還是數位這一類的差別——它們就很有可能由同一個人製造，或得自他的傳授。棺材舞者幾年前在華爾街放置的炸彈和這一顆並不一樣，但是萊姆很清楚這是因爲目的的差異。那一枚炸彈的裝置是爲了阻礙刑案現場的調查；而這一顆，則是爲了將一架飛機在空中炸開。如果萊姆對於棺材舞者有任何了解的話，就是他會依據工作內容去訂製他的工具。

『還有更糟的嗎？』萊姆看到柯柏盯著電腦螢幕的表情之後問。

『是定時器。』

萊姆嘆了一口氣，他已經知道怎麼回事。『總共有幾億個製造出來的成品？』

漢城的戴華納企業在去年透過零售商店、代工和授權，總共賣出了十四萬兩千個。這些產品並沒有編號，所以無法知道運送的地點。

『太好了，眞是太好了。』

柯柏繼續看著電腦螢幕。『嗯……爆裂物參考資料庫的人對這枚炸彈很感興趣，希望我們把資料加進他們的資料庫裡。』

『喔，就好像那才是我們的首要任務一樣。』萊姆不滿地表示。

這時他肩膀的肌肉突然出現了痙攣，讓他不得不往後頂著輪椅的頭靠。他不停地深呼吸，一直到那股近乎無法忍受的痛苦減輕，然後消退爲止。唯一注意到他的莎克斯走上前來，但是萊姆對著她搖搖頭，說：『你整理出了幾種電線，梅爾？』

『看起來只有兩種。』

『多頻電線還是光纖？』

『都不是，只是一般的門鈴電線。』

『沒有分流器？』

『沒有。』

分流器是一條獨立的電線，如果電池或定時器的電線因爲安全的理由而被切斷，分流器可以把回流接上。每一個精密的炸彈都會有一個分流的結構。

『這可以算是一個好消息，對不對？』塞利托說：『表示他已經越來越大意了。』

但是萊姆卻持相反的看法。『我不這麼認爲，隆恩。分流器唯一的用途是讓炸彈難以破解。沒有裝置分流器，表示他有信心炸彈不會被發現，並會依照他的計畫在空中爆炸。』

『這樣的東西，』戴瑞看著炸彈的碎片，輕蔑地問：『這傢伙得跟什麼樣的人來往，才製造得出這樣的東西？我有一些關於炸彈供應者的反情報網絡。』

佛雷德·戴瑞也意外地學會了許多關於炸彈的知識。他長久以來的夥伴和朋友，托比·德里多，幾年前在俄克荷馬市聯邦大樓的一樓被一顆炸彈當場炸死。

但是萊姆搖搖頭。『除了炸藥和引線之外，這些都是現成的東西，佛雷德。漢生可能是供應者。眞是見鬼，棺材舞者幾乎可以在「無線電室」電子產品連鎖店找到他需要的一切。』

『什麼？』莎克斯驚訝地問。

『喔，對了，』柯柏補充：『我們稱之爲「炸彈客小舖」。』

萊姆讓輪椅沿著桌子移動到一塊皺得像紙團的鋼製外罩前面，盯著它看了好一會兒。然後他抬頭看著天花板。『但是爲什麼要裝在機身外面？』他絞盡腦汁地思索：『珮西說外面一直都有許多人。駕駛員起飛之前不是都會繞著飛機轉一圈，檢查一下輪胎等地方嗎？』

『沒錯。』塞利托說。

『爲什麼艾德華·卡奈和他的副駕駛沒有看到？』

『因爲——』莎克斯突然表示：『因爲棺材舞者在確定飛機上會有些什麼人之前，不能把炸彈裝上去。』

萊姆移向她。『沒錯，莎克斯，他一直在旁邊觀望！當他看到卡奈上了飛機之後，他知道至少會有一個被害者。他等卡奈登機之後，在飛機起飛之前從某個地方現身，悄悄地裝上炸彈。妳必須找出這個地方，莎克斯，然後對這個地方進行搜尋。妳最好立刻動身！』

『只有一個鐘頭——現在已經不到一個鐘頭了。』艾米莉亞・莎克斯眼神俏皮地邊說邊朝門口走去。

『還有一件事。』

她停下腳步。

『棺材舞者和妳曾經對付的其他人有點不一樣。』萊姆心想，他應該如何解釋這一點呢？『對付他的時候，妳眼睛看到的東西，並不一定就如妳所見。』

她揚起一道眉毛，表示了解。

『他或許不會出現在機場。但是如果妳看到有人攻擊妳的話……妳知道我的意思，先開槍。』

『什麼？』莎克斯笑道。

『保護妳自己爲優先，然後再顧及現場。』

『我只是一個現場鑑識人員，』她回答：『他根本不會理睬我。』

『聽我說，艾米莉亞……』

但是他聽見她的腳步聲越走越遠。還是同樣的模式：橡木地板空洞的聲響，穿過那塊東方地毯時的沉靜腳步，接著是門口大理石地板的敲擊聲，最後——是大門猛然關上的聲音。

9

倒數四十三小時

最優秀的士兵就是沉得住氣的士兵。

長官，我記得這一點，長官。

史帝芬·卡勒坐在席拉廚房裡的一張桌子旁，一邊想著他到底有多討厭愛希這隻骯髒的貓，或管牠叫什麼名字，一邊聽著錄音機裡一段冗長的對話。他原本決定把那些貓一隻一隻找出來幹掉，但是發現牠們偶爾會發出可怕的號叫聲，如果鄰居們已經習慣了這樣的聲音，席拉·哈洛薇芝的公寓裡一片寂靜反而可能引起他們的疑心。

沉住氣……看著轉動的錄音帶，仔細聽下去。

過了二十分鐘之後，他在錄音帶裡聽到了他期待的東西。他笑了笑，就這樣，很好。他將M四○步槍收在吉他盒裡，覺得自己像個嬰兒一樣地安逸。然後他朝著冰箱走過去，側頭聆聽。聲音已經停下來了，冰箱也不再晃動。他鬆了一口氣，想著裡面那個已經冰冷不動的女人，覺得自己不再那麼畏縮、忐忑不安。我可以安全地離去了。他拿起他的背包，離開這個陰暗而充滿強烈貓味，有著一瓶布滿灰塵的葡萄酒以及千萬條噁心蠕蟲的公寓。

艾米莉亞·莎克斯來到了鄉間。

她快速通過了一道一邊是岩壁、一邊是小山崖，由長滿初春嫩綠的樹木所構成的隧道。淺淺的綠蔭，處處都可以見到明亮的黃連翹。

莎克斯是一個都市女孩，出生在布魯克林的綜合醫院，也一直都在同一個地區生活。對她來說，大自然就是星期日或平日傍晚的景點公園，或是她曾經爲了躲避警察巡邏車，而和賽車夥伴一起藏匿她那一輛道奇戰馬的長島森林保護區。

現在，坐在這輛偵查資源組的機動車裡——刑案現場專用的基地台偵查車——她用力踩下油門，肩膀配合著轉彎的動作，超越了一輛後車窗上下顛倒地貼著一隻加菲貓的旅行車，然後彎進了一條帶她深入威徹斯特郡的叉道。

她放開方向盤的一隻手不由自主地插入頭髮之間，在頭皮上面抓弄不止。接著她把手放回機動車的塑膠方向盤上，踩下油門，向前衝進了一處林立著幾棟稀疏的商業建築和連鎖速食店的郊區文明中。

她腦袋裡面想的是關於炸彈和珮西・克萊的事。

她也想著林肯・萊姆。

很明顯地，他今天和平日有些不一樣。截至目前爲止，他們已經一起工作一年了。從他誘騙她放棄一份夢寐以求的公務職位，來幫他逮捕一個犯下連續綁架案的罪犯開始。當時莎克斯正處於生命中的低潮——一件進行不順利的任務和部門當中一件貪污的醜聞，讓她失望得想要離開巡警隊。但是萊姆不讓她走，事情就這麼簡單。儘管他只是一個平民身分的顧問，他還是安排讓她調到了刑案現場鑑識小組。她抗議了一會兒，然後放棄了矯飾的勉強。因爲事實上，她熱愛這份工作。她也熱愛與萊姆共事，因爲他有著令人振奮和生畏的才華，而且——她不曾對任何人吐露這一點——他還眞是他媽的性感。

這並不表示她完全了解他這個人。林肯・萊姆是一個在自己的內心裡遊戲人生的人，而他並沒有對她揭露一切。

先開槍……

這到底是怎麼一回事？只要有任何可以避免開槍的可能性，就絕對不能在刑案現場動用武器。只要一槍，就會讓現場受到碳末、硫磺、水銀、銻、鉛、銅和砷的污染，而且槍擊和後洩的氣體會摧毀極爲重要的微量證物。萊姆告訴她，他在現場對一個罪犯開槍時，最擔心的事就是槍擊會摧毀許多證物。（當莎克斯認爲自己終於可以占上風，而對他表示：『但是有什麼關係，萊姆，你抓到了罪犯，不是嗎？』他尖酸地回答：『但是如果他有共犯，嗯……這時候應該怎麼辦？』）

除了有一個愚蠢的稱號，以及比黑手黨的弟兄和西部牛仔保鑣聰明一點之外，這個『棺材舞者』到底有什麼不同？

還有他要她在一個鐘頭之內完成停機棚的搜證這件事。他同意這件事似乎是爲了幫珮西一個忙。不過這一點完全不像他。如果萊姆認爲必要的話，通常會讓一個刑案現場封鎖好幾天。

這些問題一直糾纏不清，而莎克斯不喜歡未解的問題。

不過她已經沒有時間再瞎猜了。莎克斯轉動方向盤，駛進了瑪瑪羅奈克地方機場寬廣的入口。這個位於威徹斯特郡林木區的機場，是一個忙碌的地方。許多大型航空公司都在此地設立了分公司，像是聯合快捷航空和美鷹航空，不過絕大部分停泊在此地的飛機，還是企業用的私人噴射機。這些飛機都沒有在機身塗上標記。她猜想，大概是爲了安全的理由吧。

入口有幾個檢查身分證明的州警。她把車子停下來的時候，他們看到的是一個明豔動人，穿著牛仔褲、防風外套和一頂大都會棒球隊球帽，開著一輛紐約警局現場鑑識機動車的紅髮女子，所以多看了她一眼。他們揮手讓她進去，她順著指標尋找哈德遜空運公司，然後在一排商業航空站的盡頭找到了這間狹小的磚造建築。

她把車子停在建築物前面，然後跳下車子，向兩名守衛停機棚和裡面那架銀亮飛機的警察自我介紹。她很高興當地的警察爲了保護現場，用封鎖帶將機棚和前面的停機坪圈圍了起來，但是整個區域的面積卻讓她沮喪。

用一個鐘頭進行搜證？她可以在這裡花上一整天的時間。

謝謝你分派給我這樣的工作量，萊姆。

接著她趕緊走進辦公室。

十多個穿著西裝或工作服的男男女女站在一起，他們絕大部分都只有二十或三十來歲。莎克斯猜想，昨天晚上之前，他們一定一直是一個年輕而熱忱的團隊。現在他們的臉上露出了集體的悲傷，讓他們刹那間增加了不少歲數。

『這裡有沒有一位朗恩．泰爾波特先生？』她一邊展示著銀色的警徽，一邊問。

屋子裡最年長的人——一個五十來歲，頂著一頭上了膠的硬髮，身上穿著一套過時洋裝的老女人——走向莎克斯。『我是莎莉安．麥凱，』她說：『我是辦公室經理。珮西還好嗎？』

『她很好。』莎克斯謹愼地回答：『泰爾波特在什麼地方？』

一個三十多歲，穿著一套縐洋裝的褐髮女人從一間辦公室走出來，將手放在莎莉安的肩膀上面。老女人壓了壓她的手，問她：『蘿倫，妳還好嗎？』

蘿倫一張浮腫的面孔下隱藏著她的震驚，她問莎克斯：『他們已經知道是怎麼一回事了嗎？』

『我們才剛剛開始調查……現在，請告訴我泰爾波特生先在什麼地方？』

莎莉安擦了擦眼淚，然後看著角落的一間辦公室，莎克斯走到門口。辦公室裡面坐著一個胖得像熊，長著雙下巴，一頭未經梳理的灰黑亂髮糾結的男人，他正在仔細研讀印表機列印出來的資料。他抬起頭來，臉上的表情陰鬱，看起來也剛剛掉過眼淚。

『我是爲紐約警局工作的莎克斯警官。』她說。

他點點頭，然後問她：『你們抓到他了嗎？』一邊看向窗外，就像他期待著艾德華．卡奈的鬼魂飄過去一樣。他把頭轉回來補充說：『那個兇手？』

『我們正在追蹤幾個線索。』身爲警察後代的艾米莉亞．莎克斯非常清楚規避的藝術。

蘿倫出現在泰爾波特的辦公室門口。『我無法相信他已經走了。』她抽抽噎噎地說著，聲音已經瀕臨恐慌邊緣。『誰會做出這種事？到底是誰？』莎克斯身爲巡邏警察的時候，曾經通報過壞消息，但是她始終無法忽視被害者親友聲音中的那股絕望。

『蘿倫。』莎莉安抓住她同事的手臂，『回家去吧。』

『不，我才不想回家。我要知道到底是哪一個王八蛋幹了這件事。喔，艾德華……』

走進泰爾波特的辦公室之後，莎克斯對他表示：『我需要你的協助。殺手似乎在駕駛艙下的機身外面裝了炸彈。我們必須知道他是在什麼地方動的手腳。』

『機身外？』泰爾波特皺起眉頭表示：『用什麼方法？』

『用磁鐵和膠水。膠水在爆炸發生時仍未完全乾燥，所以一定是在起飛前不久裝的。』

泰爾波特點點頭。『我一定會盡我所能幫忙。』

她輕輕拍了拍掛在臀部上面的對講機。『我必須跟我的老闆連線，他在曼哈頓。我們會問你幾個問題。』她戴上摩托羅拉的收話器和麥克風。

『萊姆，我已經到現場了。你聽得到嗎？』

雖然他們使用的是全區的特別行動頻率，根據交通部的程序，應該使用無線電通訊用語，但是他們很少去理會這些規定，就像現在一樣。萊姆抱怨的聲音，不知道經過幾顆人造衛星的轉播之後，從收話器傳出來：『收到了，妳花了不少時間。』

別逼得太過分，萊姆。

她問泰爾波特：『飛機在起飛之前停放在什麼地方？也就是差不多起飛前一個小時、一個小時十五分左右的時候。』

『停機棚裡。』泰爾波特回答。

『你認爲在駕駛員檢查飛機的例行工作之後，兇手還能夠接近飛機嗎？』

『我想有可能。』

『但是四周一直都有人啊。』蘿倫表示。突發的情緒結束，臉也擦過了之後，她現在平靜多了，眼神中的絕望已經被一股堅定所取代。

『妳是哪一位？』

『蘿倫・西蒙斯。』

『蘿倫是我們的助理營運經理，』泰爾波特表示：『她幫我工作。』

蘿倫繼續說：『我們一直和技工主管史都——我們的前任技工主管——夜以繼日地裝配飛機。我們並沒有看到任何人接近。』

『所以，』莎克斯表示：『他是在飛機離開停機棚之後裝的炸彈。』

『時間的順序！』萊姆的聲音從收話器傳出來，『飛機離開機棚到起飛之前這段時間在什麼地方？』

莎克斯轉達了這個問題之後，泰爾波特和蘿倫帶她到一間充滿了圖表、時間表、數百本書籍、記事簿和紙張的會議室。蘿倫攤開一大張上面有著上千個莎克斯看不懂的數字和符號的機場地圖，不過建築物和道路倒是標示得相當清楚。

『任何一架飛機都沒有權利移動半寸，』泰爾波特用他粗啞的男中音說，『除非地面控制人員同意。CJ當時在……』

『什麼？C……』

『那是飛機的編號。我們提到飛機的時候，是用註冊號碼的最後兩個字母。這一架飛機是CJ，它停泊在這一個停機棚裡面。』他輕叩地圖，『我們裝貨完畢之後……』

『什麼時候？』萊姆叫道，聲音大得如果泰爾波特聽得到的話，莎克斯也不會覺得驚訝。『我們需要知道時間！確實的時間！』

ＣＪ的航空日誌已經燒成灰燼，聯邦航空管理局的時間紀錄帶則還未謄錄，不過蘿倫檢查了公司的內部紀錄。『塔台給他們推進許可的時間是七點十六分，而他們回報的收輪時間是七點三十分。』

萊姆聽見了。『十四分鐘。問他們這段時間內，飛機是否曾經離開視線，或曾經在某個地點暫停？』

莎克斯照著做，蘿倫回答：『可能在這個地方。』她在地圖上指出來。

那是一段大約兩百呎長的狹窄滑行道，一排停機棚把這一段跑道和機場隔了開來。這段滑行道最後結束於一個T字形的叉路。

『喔，那個區域離開了ＡＴＣ的目視範圍。』

『離開了航空交通管制中心的視線，』蘿倫回答：『是一個盲點。』

『沒錯。』泰爾波特附和，他似乎清楚這些符號表示什麼。

『什麼意思？』莎克斯問。

『翻譯！』萊姆叫道。

『這就對了！』收話器傳出，『行了，莎克斯，封鎖現場，開始搜尋！停機棚就不用了。』

莎克斯對泰爾波特表示：『我們不用擔心停機棚了，我不進行搜證，但是我要封鎖那段滑行道。你能通知塔台，要他們更改路線嗎？』

『可以。』他回答得有些猶豫：『不過他們會不高興。』

『如果他們有任何問題的話，請他們打電話給湯姆士．柏金斯。他是聯邦調查局曼哈頓分站的負責人，他會和聯邦航空管理局交涉。』

『聯邦航空管理局？華盛頓嗎？』蘿倫問。

『沒錯。』

泰爾波特淡淡地笑了一下。『好吧，那就不會有問題了。』

莎克斯走到門口之後，停了下來，盯著忙碌的機場。『喔，我有一輛車子。』她對著泰爾波特叫道：『在機場裡面開車的時候，有沒有特別需要注意的事情？』

『有，』他答：『千萬不要撞到任何一架飛機。』

第二部
殺人地帶

『養鷹人的鳥兒，無論如何溫馴親近，
都是人類豢養的動物當中，習性最接近野生的動物。
而最重要的是，牠還會狩獵。』

——史帝芬．波迪歐《風靡蒼鷹》

10

倒數四十三小時

『我已經在這裡了，萊姆。』莎克斯表示。

莎克斯爬出機動車，雙手套上乳膠手套，並在鞋子上套上橡皮圈——萊姆曾經這麼教過她，可以避免讓她自己的腳印和罪犯的腳印混在一起。

『妳的「這裡」，』他問：『是什麼地方？』

『在滑行道的叉口，一排停機棚之間，卡奈的飛機可能就是暫停在這一帶。』

莎克斯不安地盯著遠方的一排樹木。這是一個多雲潮濕，隨時都可能受到暴風雨威脅的日子。她覺得自己成了暴露的目標。棺材舞者現在可能就在此地——也許他是回來摧毀遺留下來的證據，或是回來殺個警察以延緩調查的進度，就像幾年前在華爾街殺害萊姆手下的那枚炸彈。

先開槍……

媽的，萊姆，你在嚇我！你爲什麼把這傢伙說得像會穿牆或口吐毒液？

莎克斯從機動車的後車箱取出了裝著波里光的盒子及一個大提箱。她打開提箱，裡頭有上百件的專業工具：螺絲起子、扳手、錘子、電線剪、刀子、指紋採集工具、寧海德林、鑷子、刷子、鉗子、剪刀、收縮拔釘錘、槍擊殘餘物收集工具、鉛筆、塑膠袋、紙袋、證物蒐集膠帶……

第一步，劃定封鎖範圍。

她用封鎖帶圍住了整個區域。

第二步，顧及媒體攝影鏡頭和麥克風所及範圍。

還沒有媒體出現，感謝上帝。

『妳在說什麼，莎克斯？』

『我感謝上帝還沒有讓記者出現。』

『祈禱得好，但是告訴我妳現在正在做什麼？』

『我仍在封鎖現場。』

『找出……』

『入口和出口的位置。』她說。

第三步，決定行兇者進入和離開現場的路徑——兩處皆為間接的刑案現場。

但是對於這兩個地點，她一點頭緒也沒有。他可以從任何一個方向進入現場。隱藏在某個角落、開著拖運行李的貨車、油車……

莎克斯戴上護目鏡，然後開始用波里光檢視滑行道。戶外的效果並沒有在暗房裡好，但是陰沉的烏雲，讓她看得見詭異的綠黃光線下面出現的斑點和條紋。只是，她並沒有看到腳印。

『他們昨天晚上用水沖過了。』一個聲音在她身後叫道。

莎克斯轉過身，手放在她的葛拉克上，從槍套中抽出一半。

我從來不曾這麼緊張，萊姆，都是你的錯。

幾個穿著工作服的男人站在黃線外面。她小心翼翼地朝著他們走過去，檢查他們每一個人身分證上的相片。相片上的人頭都符合她看到的面孔，她讓手放開槍把。

『他們每天晚上都會沖洗這個地方，如果妳打算找到什麼東西的話——我想妳是在找東西。』

『用高壓水柱。』第二個人補充說。

太好了，棺材舞者褪下的每一個微量證物，每一個腳印，每一絲纖維都沒了。

『你們昨天晚上有沒有在這個地方看到任何人？』

『一定跟那枚炸彈有關吧？』

『大約在七點十五分左右。』她繼續堅持她提出的問題。

『沒有，沒有人會來這裡。這些都是廢棄的停機棚，或許哪一天會被拆除。』

『那你們現在來這裡做什麼？』

『我們看到一個警察。妳是警察，沒錯吧？所以過來瞧一瞧。跟那枚炸彈有關對不對？是誰幹的？阿拉伯人？還是那些狗屎民兵？』

莎克斯把他們趕走之後，對著麥克風表示：『他們昨天晚上清洗過這個地方，萊姆，好像是用高壓水柱。』

『喔，不！』

『他們……』

『嗨！妳好！』

她嘆了一口氣，再次轉過身，原本預期再次看到那兩名工人。但是新的訪客是一個戴著州警帽，穿著打褶便褲，而且相當自大的警員。他低頭穿過封鎖帶。

『很抱歉，』她抗議：『這個區域被封鎖了。』

他慢了下來，但是腳步並沒有停下。她檢查了他的證件，符合。相片中的他稍稍側望，就像男性時尚雜誌的封面男孩一樣。

『妳就是那個來自紐約的警察，對不對？』他爽朗地笑道：『你們那邊的制服還眞是不錯。』眼睛一邊盯著她的緊身牛仔褲。

『這個區域被封鎖了。』

『我可以幫忙，我上過法醫學的課程。平常的時候我隸屬於高速公路小組，但是我也有過一些重案的經驗。妳的頭髮眞是不賴，我打賭已經有人這麼跟妳說過了。』

『我眞的必須請你……』

『吉姆．艾維茲。』

千萬不要進到這種親密的領域當中，那會變得像捕蠅紙一樣地黏糊。『我是莎克斯警官。』

『這一回還眞是大騷動，一枚炸彈，亂麻煩的！』

『聽著，吉姆，這一條封鎖帶是爲了把人們隔離在刑案現場之外。現在你必須幫幫忙，站到封鎖帶後面去。』

『等等，就連警察也一樣嗎？』

『沒錯。』

刑案現場典型的破壞者有五種：天氣、被害者的親屬、嫌疑犯、紀念品收藏家，還有——最糟糕的一種——警察同僚。

『我不會碰任何東西，我發誓。只是看著妳工作就很開心了，甜心。』

『莎克斯，』萊姆低聲說：『叫他從妳的刑案現場給我滾他媽的蛋。』

『吉姆，從我的刑案現場給我滾他媽的蛋。』

『要不然妳會告發他。』

『要不然我會告發你。』

『一定要這樣嗎？』他舉起雙手做出投降的模樣。最後的一絲調情從他咧嘴的笑容當中流盡。

『開始行動吧，莎克斯。』

那名州警從容地離去，腳步緩慢得足以拖走他的一些自尊。他回頭看了一次，但是已經受傷得無法反擊。

艾米莉亞·莎克斯開始走格子。

搜尋刑案現場有許多種方式。帶狀搜尋——蜿蜒蛇行的模式走動——最常被使用於戶外的現場，因爲這種模式可以迅速覆蓋絕大部分的地面。但是這種說法萊姆聽不進去，他使用的是方格模式——同一個方向，以一來一往的方式，一步一呎覆蓋整個現場，然後直角轉彎，從另外一個方向再次前後搜尋。他領導偵查資源組的時候，『走格子』成了搜尋刑案現場的同義詞。任何一個在走格子的時候超捷徑或做白日夢而被萊姆逮到的警察，只有祈求上天保佑了。

莎克斯現在花了半個鐘頭的時間前後走動。

儘管灑水車可能消除印記痕跡，但是棺材舞者遺留下來的較大物件卻不會遭到摧毀，也不會破壞留在滑行道一旁泥地上的腳步和身體的印記。

但是她什麼東西都沒找到。

『見鬼，萊姆，什麼東西都沒有。』

『莎克斯，我打賭一定有，我打賭一定有很多東西，只要比在一般的刑案現場再多花一點工夫。記住，棺材舞者和其他的罪犯不一樣。』

又來了。

『莎克斯。』他那低沉而充滿魅力的聲音，讓她全身顫抖。『進到他裡面，』萊姆低聲說：『妳知道我的意思。』

她很清楚他的意思。她痛恨這種思維，但是，莎克斯很清楚，最優秀的刑事鑑識家能夠在他們的腦袋裡，虛擬出一塊獵人和獵物之間的界線並不存在的空間。他們在現場移動的時候，並不像一名搜尋線索的警察，而是成了罪犯本人，並感覺得到他的欲求、貪念、恐懼。萊姆就有這種才華，而雖然莎克斯試圖否認，但是她也擁有這項本領。（一個月前她曾經搜尋過一個刑案現場——一個父親謀殺了自己的妻子和小孩——並在沒有人辨得到的情況下，找到殺人的兇器。這件案子之後，她一直被自己刺殺被害者至死的倒敘影像困擾，她可以看見他們的面孔，聽見他們的尖叫。而她一整個星期都無法工作。）

再次停頓一會兒之後。『跟我說話。』萊姆對她說，聲音裡的急躁終於不再。『妳現在成了他，妳走在他走過的路徑上面，用他的思維思考……』

當然，他以前也曾對她說過這些話。但是現在——就像針對關於棺材舞者的每一件事一樣——對她來說，萊姆似乎並不只是在意找到隱藏的證物，絕對不是。她可以感覺得到他極度渴望了解這名罪犯，了解他是什麼樣的人，以及什麼原因讓他開始殺人。

再一次的顫抖。她的思緒裡出現了一幕影像：她回到了那一天晚上。機場裡的燈光、飛機引擎的聲音、噴射引擎排出的廢氣味。

『來吧，艾米莉亞……妳就是他，妳就是棺材舞者。妳知道艾德華・卡奈就在飛機上，妳知道妳必須把炸彈裝上去，只要再想個一、兩分鐘。』

她照著做了，從某個地方喚起了一股殺人的需要。

萊姆繼續用一種神秘而充滿韻律的聲音說：『妳非常傑出，妳沒有任何道德觀念，爲了達到目的，妳會不擇手段，殺掉任何人。妳會轉移注意力、利用別人……妳手中最致命的武器就是詐騙。』

我正伺機而動。

我最致命的武器……

她閉上眼睛。

……就是詐騙。

莎克斯感覺到一種黑暗的期待、一種警戒和一股獵殺的欲望。

『我……』

他繼續輕聲地說：『有沒有任何妳可以分散駕駛員注意力的方式？』

她睜大了眼睛。『整個區域都是空的。沒有任何東西可以讓駕駛員分心。』

『妳躲在什麼地方？』

『停機棚全都封起來了。草地上的綠草高度並不足以藏匿。沒有卡車，也沒有油桶，沒有巷道，也沒有可以藏身的角落。』

在她的內心裡有一股絕望。我應該怎麼辦？我必須裝上這枚炸彈，我已經沒有時間了。燈光……到處都是燈光。怎麼辦？我應該怎麼辦？

她說：『我不能躲在停機棚的另一邊。那一頭工人太多了，不夠隱蔽，他們會看到我。』

有那麼一會兒，莎克斯又搖擺回自己的意識當中。而她非常納悶，她經常都覺得納悶，爲什麼林肯・萊姆有能力召喚她進到別人的意識當中。這一點有時候令她惱怒，有時候則讓她覺得恐怖。

莎克斯不顧她三十二年的歲月當中折磨了她十個年頭的關節炎，蜷曲在地上。『這個地方太開闊了，我覺得自己毫無遮蔽。』

『妳在想些什麼？』

那邊有人正在看著我。我不能讓他們發現，我不能！

太危險了。隱藏自己，壓低身子。

沒有藏匿的地方。

如果我被發現，一切就完了。他們會找到這枚炸彈，他們會發現我正在獵殺這個證人。他們會將他們關在庇護所裡面，然後我再也不會有機會解決他們。我絕對不能讓這種事情發生。

她感覺到這樣的恐慌，回到唯一可能藏身的地方——滑行道旁的停機棚。面前的牆上有一扇破損的窗戶，大約三呎乘四呎。她剛剛沒有特別注意，因爲窗子被一張從裡面釘上的爛夾板封了起來。

她慢慢地靠了過去。前方的地面鋪著一片礫石，上面並沒有腳印的痕跡。

『有一扇被夾板蓋住的窗戶，萊姆。夾板從裡面固定，玻璃已經破了。』

『殘留在窗上的玻璃面髒不髒？』

『很髒。』

『玻璃的邊緣呢？』

『不髒，很乾淨。』她了解他爲什麼問這個問題。『玻璃是最近才破的！』

『很好。用力推那塊夾板。』

夾板沒有遇到任何阻力地往裡面掉，碰到地面時發出了巨大的聲響。

『什麼聲音？』萊姆大聲叫：『莎克斯，妳沒事吧？』

『只是夾板發出的聲音。』她回答，再次被他的不安嚇到了。

『妳看見了什麼，莎克斯？』

『裡面是空的。有幾個佈滿灰塵的盒子。地面上有一些礫石……』

『是他！』萊姆回答：『他打破窗子，把礫石往裡面丟，這樣他就可以站上去而不會留下腳印。這是一種老伎倆。窗前有沒有任何腳印？我打賭只有更多的礫石。』他尖酸地表示。

『沒錯。』

『好，妳先檢查窗戶，然後爬進去。但是一定要先尋找看看有沒有陷阱，別忘了幾年前造成爆炸的那個垃圾桶。』

不要說了，萊姆！不要再說了！

莎克斯再次用波里光四處探照一次。『很乾淨，萊姆，沒有陷阱。我現在要檢查窗框。』

波里光只照出了一個戴著棉質手套所留下的淺淡指印。『沒有纖維，只有一些棉花樣本。』

『停機棚裡面有沒有任何東西？有沒有値得行竊的東西？』

『沒有，裡面是空的。』

『很好。』萊姆表示。

『爲什麼很好？』她問：『我不是告訴你什麼印記都沒有？』

『喔，但是這就表示是他，莎克斯。如果沒有値得行竊的東西的話，戴著棉質手套打破玻璃闖進去並不太合邏輯。』

她仔細地搜尋。沒有腳印、沒有指印，沒有任何清晰的痕跡。她開動了集塵機，把所有的塵跡都裝進袋子裡。

『玻璃和礫石裝紙袋嗎？』她問。

『沒錯。』

濕氣常常會破壞塵跡。所以雖然看起來並不專業，有些證物最好還是用牛皮紙袋運送，而不要用塑膠袋。

『好的，我四十分鐘後將東西送回去給你。』

他們切斷連線。

她小心地將袋子放進機動車裡的時候，心裡面卻是焦躁不安。每一回她搜尋刑案現場，而沒有找到槍械、刀子、罪犯的皮夾等明顯的證據時，她都會有相同的感覺。她收集的塵跡或許有棺材舞者的身分，以及藏身地點的線索，但是也可能只是白費一場工夫。她急著想回到萊姆的化驗室去，看看他能找出什麼東西。

莎克斯爬進機動車，急速駛回哈德遜空運的辦公樓。她匆匆走進泰爾波特的辦公室。泰爾波特正在和一個背對著門口的高個子男人說話。莎克斯開口：『我發現他藏身的地點了，泰爾波特先生。你可以通知塔台，現場可以解除封鎖……』

高個子男人回過身，是布萊特．哈勒。他皺著眉頭，試著回想她的名字。『喔，莎克斯警官，妳好嗎？』

她習慣性地點頭示意，然後愣了一下。

他在這裡做什麼？他不是應該在庇護所裡嗎？

她聽見輕微的哭泣聲，然後看向會議室。坐在蘿倫——泰爾波特的漂亮褐髮助理——旁邊的是珮西．克萊。蘿倫正在哭泣，而勇敢面對喪夫悲慟的珮西正在安慰她。她抬頭看到莎克斯，於是對她點了點頭。

不，不，不……

然後第三個震驚。

『嗨，艾米莉亞。』站在窗戶旁啜飲著咖啡，一邊欣賞著李爾噴射機的傑瑞．班克斯愉快地說：『這架飛機眞是不錯，是不是？』

『他們在這裡做什麼？』莎克斯指著哈勒和珮西，忘了班克斯高於她的階級而怒氣沖沖地說。

『他們有個技工方面的問題，』班克斯表示：『珮西想要來一趟這裡，試著找出……』

『萊姆，』莎克斯對著麥克風大叫：『她在這裡。』

『誰？』他尖酸地問：『那裡是哪裡？』

『珮西，還有哈勒，在機場。』

『不會吧！他們應該待在庇護所裡。』

『他們不在庇護所，他們現在就在我的面前！』

『不，不，不！』萊姆氣急敗壞地說。他停頓了一會兒，然後問：『問班克斯，他是不是遵循了迂迴行駛的駕車程序。』

班克斯不自在地表示他並沒有。『她真的非常堅持來這裡一趟。我試著告訴她……』

『天啊，莎克斯。他就在那裡的某個地方，棺材舞者，我知道他就在那裡。』

『他怎麼可能在這裡？』她一邊問一邊走向窗戶。

『讓他們低下身子。』萊姆說：『我會讓戴瑞從調查局的白原辦公室派一輛裝甲車過去。』

珮西聽到了騷動。『我大約一個鐘頭之後就會到庇護所去。我必須先找到一個技工來裝配……』

莎克斯揮手要她安靜下來，然後說：『傑瑞，讓他們留在這裡。』她跑到門邊，朝外看著機場一片遼闊的灰色，一架嘈雜的螺旋槳飛機正降落在滑行道上。她把麥克風拉近嘴邊。『萊姆，他會用什麼方法上門？』

『我一點都不知道，他可能會做出任何事。』

莎克斯試著再次進到棺材舞者的意識裡，但是辦不到，她腦袋裡只能想到『詐騙』……

『那一帶夠不夠安全？』

『還算嚴密。連續而不中斷的柵欄，州警也在入口設置了檢查機票和證件的路障。』

萊姆問：『但是他們並不檢查警察的證件，對不對？』

莎克斯看著那些制服警察，想到他們是如何若無其事地揮手讓她進來。『糟糕，萊姆，這裡有十多輛警車，便衣警車也有幾輛。我不認識這些州警或警探……他可能是其中的任何一人。』

『好吧，莎克斯，聽好，找找看有沒有當地的警察失蹤。剛才的兩、三個鐘頭之內，棺材舞者可能已經殺害了一個警察，並偷了他的證件和制服。』

莎克斯把一名州警叫到門口，仔細地檢查他和他的證件，確定是他本人之後，告訴他：『我們認爲殺手可能就在附近，並且可能裝扮成一名警官，所以我要你去檢查這裡的每一個人。如果有你不認識的人，就告訴我。還有，問一下你的調度員，這幾個鐘頭之內是否有任何警員失去聯絡。』

『我這就去辦，警官。』

她回到辦公樓內。這裡的窗戶沒有裝窗簾，班克斯把珮西和哈勒帶到一間位於裡面的辦公室。

『發生什麼事了？』珮西問。

『你們五分鐘後離開這個地方。』莎克斯表示，一邊朝著窗外看，試著猜測棺材舞者會如何攻擊，但是她一點頭緒也沒有。

『爲什麼？』珮西不滿地問。

『我們認爲殺害妳丈夫的人就在這裡，或者正朝著這個地方過來。』

『喔，少來了，這一帶到處都是警察，所以再安全不過了。我需要……』

莎克斯厲聲對她說：『不要爭論。』

但是她還是繼續爭辯：『我們不能離開，我的技工主管剛剛辭職了。我需要……』

『珮西，』哈勒不安地說：『或許我們應該聽她的。』

『我們得讓飛機……』

『退回去房間裡，不要作聲。』

珮西的嘴巴震驚得合不起來。『妳不能用這種口氣對我說話，我並不是一名囚犯。』

『莎克斯警官？哈囉？』剛才在外面和她說話的州警走進門內。『我很快地查看了這裡每一名穿制服的警察還有警探，並沒有陌生的面孔，也沒有任何州警或威徹斯特郡警失蹤的報告。但是我們的調度中心告訴我，有件事情應該讓妳知道，也許不是什麼重要的事，但是……』

『告訴我。』

珮西．克萊說：『警官，我必須和妳談一談……』

莎克斯不理會她，對州警點點頭。『說下去。』

『白原的公路巡邏隊在兩哩外的一個垃圾箱裡發現了一具屍體。估計他大概在一個鐘頭之前，或更近的時間內遭到殺害。』

『萊姆，你聽到了嗎？』

『我聽到了。』

莎克斯問那名警察：『爲什麼你覺得這件事情很重要？』

『是他被殺害的手法，眞是一團糟。』

『問他那個人的雙手和臉孔是不是不見了。』萊姆問。

『什麼？』

『問他。』

她照著做了，辦公室裡的每一個人都停止說話，盯著莎克斯看。

州警驚訝得瞇起眼睛說：『沒錯，小姐，警官。嗯……至少雙手是不見了，調度員並沒有提到臉孔。妳怎麼知道……』

萊姆急著問：『屍體目前在什麼地方？』

她轉達了問題。

『在驗屍官的車子裡。他們正準備運送到殯儀館去。』

『不行。』萊姆說：『讓他們把屍體送來給妳，莎克斯。我要妳動手檢驗。』

『那具……』

『屍體，』他說：『上面有他將如何攻擊你們的答案。在我們知道面對什麼之前，我不要珮西和哈勒離開。』

她把萊姆的要求告訴那名警察。

『好的。』他答道：『我這就去辦。就是……妳的意思是把屍體送到這裡？』

『是的，現在。』

『告訴他們盡快送過來，莎克斯。』萊姆說。他嘆了一口氣：『情況非常糟糕！』

莎克斯不安地覺得萊姆急迫的悲痛，並不光只是爲了剛剛受害的男人——不論他是什麼人——也爲了那些或許即將喪命的人。

人們相信來福槍是一名狙擊手最重要的工具，但是這一點並不對。最重要的工具是望遠鏡。我們怎麼稱它，士兵？我們稱它爲瞄準望遠鏡，還是瞄準器？

長官，都不是。是一副望遠鏡。這一副是紅田牌望遠鏡，三至九倍可調焦距、十字標線。沒有更精良的望遠鏡了，長官。

史帝芬正爲M四〇步槍裝上的望遠鏡，長度爲十二又四分之三吋，重量僅稍微超過十二盎司，並以相對的序號來搭配這把特定的來福槍，焦距也精心地調整過。視差是在工廠裡由光學工程師固定，所以十字線是落在五百碼外一個人的心口上面。就算狙擊手的腦袋緩緩地由左往右移動，也不會出現明顯的位移。而緩衝距離的精確程度，更讓接目鏡受到後座力衝撞時，退到與史帝芬眉毛僅毫米之距的地方，卻不會碰到他一根毫髮。

紅田牌的望遠鏡又光滑又烏黑。史帝芬以絨布包裹，收藏在吉他盒的泡沫塑料隔層裡。

此刻，史帝芬藏身在距離哈德遜空運辦公樓和停機棚三百碼外的草堆裡，把望遠鏡的黑管與槍身成直角地固定在托架上面（每一次安裝的時候，總是會讓他想到繼父的十字架）。然後他將沉重的管子卡入位置，聽到一聲令人滿意的喀嚓聲後，他旋上槍把的螺帽。

士兵，你是一名能夠勝任的狙擊手嗎？

長官，我是最優秀的狙擊手，長官。

你擁有哪些條件？

我的體形絕佳，我非常細心嚴謹，我是一個右撇子，我的視力爲二〇／二〇，我不抽菸、不喝酒、不服用任何藥物，我可以靜止不動地趴臥好幾個鐘頭。我是爲了把子彈送進敵人的屁眼裡而活。

他進一步藏身到一堆葉子和草堆當中。

這個地方可能也有蟲子，他心想。但是此刻他並不覺得畏縮。他身負任務，而這件事占據了他全部的心思。

史帝芬托著槍，聞著槍栓上的機油味，以及柔軟得像是安哥拉羊毛的皮帶上傳出的牛腳油味。M四〇步槍是七．六二釐米的來福槍，重八磅十盎司。扳機的拉力通常是在三到五磅之間，但是因爲史帝芬的手指非常強壯，所以他將這股拉力往上調高。這把武器設定的有效射程是一千碼，但是他曾經在一千三百碼以上的距離進行獵殺。

史帝芬對這把槍非常熟悉。他的繼父告訴他，在狙擊隊裡，狙擊手並沒有拆卸槍枝的權力，所以老頭也不讓他動手拆卸這把槍。不過這是他所定的規矩當中，讓史帝芬無法贊同的規定之一。所以因爲一次不太尋常的叛逆，史帝芬偷偷地學會了如何拆卸、清理、修理這把來福槍，甚至包括了需要調整和置換的機件。

他透過望遠鏡檢視了哈德遜空運。他看不到那個妻子，不過知道她在裡面，或者很快就會抵達。由竊聽器從哈德遜空運辦公室電話線路錄下來的帶子中，史帝芬聽到了她告訴一個名叫朗恩的人，他們的計畫有所變動：他們準備先繞到機場去找一個可以裝配飛機的技工，而不會直接前往庇護所。

史帝芬運用低身爬行的技巧，爬到了一處微微隆起的高地上。他仍然隱蔽在樹木和草堆後面，卻能夠以更佳的視野，觀察一大片平坦的草地和距離兩條跑道之外的停機棚、辦公樓與前面的停車場。

這是一個極佳的殺人地帶，空曠、沒什麼掩蔽，所有的出入口都可以輕易地從這裡瞄準。

前門外面站了兩個人。其中一人是郡警或州警，另外一個則是女人，一頭紅髮蓋在一頂棒球帽下面。她是一名便衣警察，他可以認得出掛在她臀部上方那把葛拉克或席格索爾手槍正正方方的輪廓。他拿起射程測試儀，將分開的影像對準那個女人的紅髮。他旋轉調整焦距的環狀物，一直到影像無縫地合而爲一。

三百一十六碼。

他把射程測試儀放回去，拿起來福槍再一次將十字線的中點對準她的紅髮，瞄準那個女人。他盯著她那張漂亮的面孔，她的吸引力讓他覺得不安。他不喜歡這股吸引力，他不喜歡她這個人，而他自己一點都不知道爲什麼。

雜草在他身邊沙沙作響。他心想：蟲子。

他開始覺得畏縮。

窗子裡的臉孔。

他將十字線對準她的胸部。

畏縮的感覺消失了。

士兵，什麼是狙擊手的座右銘？

長官，『一次機會，一發子彈，一條性命』。

現場的情況好極了。一道微風從右往左吹，他估計大約時速四哩左右。空氣頗爲潮濕，可以支持子彈往前飄動。由於他是在一片變化不大的地表上面射擊，所以上升熱氣流十分微弱。

他溜下那片高地，用一根末端纏著棉布的清槍桿清潔M四〇步槍。開槍之前一定要清潔你的武器，一點點潮氣或油漬，都會讓你的射擊偏離一吋左右。然後他扣上槍帶，臥倒在他的窩藏地點。

史帝芬在槍膛裡裝了五發子彈，那是由著名的湖城兵工廠製造，品管合格的M一一八彈。子彈本身是一七三喱的船尾型，會以每秒鐘半哩的速度擊中目標。不過史帝芬還是動手做了一些改裝。他鑽開了彈心，往裡面塡裝了一些炸藥，並以能夠穿透大部分盔甲的陶製彈尖置換了標準的外殼。

他攤開了一塊擦拭餐盤的毛巾，鋪在地面上準備接拾退出的彈殼。然後他用槍帶在手臂的二頭肌上面繞了兩圈，手肘扎實地撐住地上，讓前臂和地面形成絕對的直角——一具骨骼支架，再讓他的臉頰和右拇指『焊接』在扳機上方的槍托上。

然後他開始慢慢地檢視殺人地帶。

辦公室的內部並不太容易辨識，但是史帝芬覺得自己瞥見了那個妻子。

沒錯！就是她。

她就站在一個一頭鬈髮，白色襯衫縐得亂七八糟的高大男人後面。他的手上拿著一根香菸，是一個年輕而穿著西裝的金髮男人。他的皮帶上掛著警徽，引領著他們離開他的視線。

耐心……她會再出現。他們並不知道你在這裡，你可以等上一整天，只要蟲子不……

又是閃光。

一輛郡救護車急速地駛進停車場。那名紅髮警察看到車子了，她的眼神變得興奮，然後她朝著車子跑了過去。

史帝芬讓自己開始深呼吸。

一次機會……

讓你的武器歸零，士兵。

三百一十六碼的正常提升角度爲三分。他調整瞄準器，算進了地心引力，然後把槍管向上提高。

一發子彈……

計算風速，士兵。

長官，公式是百碼距離所測得的速度除以十五。史帝芬在腦袋中立刻算出：稍微小於一分的風力修正值。他根據修正值調整了望遠鏡。

長官，我已經準備好了，長官。

一條性命……

一道閃電在一朵烏雲後面閃爍，照亮了辦公室的正面。

史帝芬開始緩慢而均勻地呼吸。

他很幸運，蟲子都離他很遠，而窗子裡並沒有看著他的臉孔。

11

倒數四十二小時

那名醫護人員晃出了救護車。

她對他點點頭。『我是莎克斯警官。』

他用肥胖圓滾的肚子對著她，面無表情地說：『所以，是妳點的比薩？』

莎克斯嘆了一口氣。『到底發生了什麼事？』她問。

『發生了什麼事？他嗎？他把自己的一條命給弄丟了，就這麼一回事。』他將她上下打量一遍，然後搖搖頭。『妳是哪一種警察？我從來沒有在這一帶見過妳。』

『我從城裡來的。』

『喔，她從城裡來的，所以我最好還是問一下，』他嚴肅地補充說：『妳以前有沒有見過屍體？』

有的時候妳可以退一步，了解別人可以如何過分，或過分到什麼程度。但這是非常有價值的一課，有的時候甚至超越了價值，達到不可或缺的程度。她笑了笑，『你要知道，我們目前面臨的是非常危急的狀況，所以你的幫忙肯定十分可貴。你可不可以告訴我，你是在什麼地方找到他的？』

他研究了一會兒她的胸部。『我問妳有沒有見過屍體，是因爲這一具會對妳造成困擾。我可以動手進行應該執行的工作，不管是檢驗或任何一方面。』

『謝了，這一點我們會進行。現在，我再請問你一次，你是在什麼地方發現他？』

『在一處停車場上的垃圾箱裡，大概在兩哩之外。嗨，吉姆。』那名醫護人員說。

莎克斯轉過身。太好了，是那名時尚雜誌封面的警察，也就是剛剛在滑行道對她調情那一個。他大步走向救護車。

『嗨，甜心。又是我。妳的封鎖帶弄好了嗎？你怎麼樣，厄爾？』

『一具屍體，沒有手。』厄爾用力將車門拉開，探身進去將裹屍袋的拉鍊拉開。血水這時候外溢到了救護車內的地板上。

『喔。』厄爾眨了眨眼。『吉姆，這邊結束之後，你要不要來一點義大利麵？』

『或許來一盤豬蹄吧。』

『好主意。』

萊姆插了進來。『莎克斯，那邊是怎麼一回事？妳看到屍體了嗎？』

『我看到了，正試著找出故事的來龍去脈。』她對那名醫護人員表示：『我們必須採取行動了。有沒有人知道他是誰？』

『周圍並沒有任何可以辨識他身分的東西。沒有失蹤人口的報告，也沒有任何目擊者。』

『他有沒有可能是一名警察？』

『不會吧，不是我認識的人。』吉姆答：『你呢，厄爾？』

『不認識，爲什麼這麼問？』

莎克斯並沒有回答。她表示：『我需要進行檢驗。』

『好的，小姐。』厄爾回答：『讓我爲妳提供援手如何？』

『見鬼。』吉姆說：『我看他才是需要「手」的人。』他說完之後開始咯咯發笑，醫護人員也發出豬樣的傻笑。

莎克斯爬上救護車的後車箱，把裹屍袋的拉鍊完全拉開。

由於她並沒有打算脫下牛仔褲和他們打一炮，或回應他們的調戲，所以他們只好進一步糾纏她。

『事情是這樣，這可能不是妳習慣看到的那種交通事故。』厄爾對她說：『喂，吉姆，比你上個星期看到的那一具還要糟糕嗎？』

『我們找到的那一顆頭顱嗎？』他若有所思地表示：『我寧可每天都遇到一顆新鮮的頭顱，也不要一具爛了一個月的屍體。妳有沒有見過一具放了一個月的屍體，甜心？那可是令人感到極度地不舒服。一具泡在水裡三、四個月的屍體，嘿，一點問題也沒有——幾乎只剩下一堆骨頭。但是如果是一具燉了一個月……』

『眞是令人作嘔，』厄爾做嘔吐狀地表示：『噁！』

『妳有沒有見過爛了一個月的屍體，甜心？』

『我會感謝你不用這個字眼，吉姆。』她心不在焉地對那名警察說。

『爛了一個月的屍體？』

『不用叫我甜心。』

『當然，抱歉。』

『莎克斯，』萊姆厲聲地說：『到底發生了什麼見鬼的事？』

『沒有身分證明，萊姆。沒有人知道他到底是什麼人。雙手是被銳利的鋸條割斷。』

『珮西是否安全？哈勒呢？』

『他們在辦公室裡，班克斯和他們在一起，全都避開了窗戶。車子的事進行得如何？』

『應該在十分鐘就會抵達。妳必須從那具屍體上面找到線索。』

『妳在自言自語嗎……警官？』

莎克斯開始研究那名可憐男子的屍體。有大量的血跡，她猜測他的雙手是在他剛死不久，或正在死去的時候被割了下來。她戴上了檢驗用的乳膠手套。

『奇怪，萊姆，爲什麼他只有受到一部分防止身分遭到辨識的處理？』

如果殺手沒有時間把一具屍體完全處理掉，他們會進行防止身分遭到辨識的處理，移掉主要的指認重點：雙手和牙齒。

『我不知道，』萊姆回答：『並不是因爲棺材舞者的疏忽，即使他當時有些匆忙。他身上穿的是什麼衣服？』

『只有內衣，現場並沒有找到衣服之類的身分證明。』

『爲什麼，』萊姆若有所思地表示：『他會被棺材舞者選上？』

『如果這件事是他的傑作的話。』

『威徹斯特郡出現過幾具這樣的屍體？』

『依照當地警方的說法，』她用一種悲傷的口氣說：『每天都有。』

『描述那具屍體給我聽？死因？』

『你已經斷定死亡的原因了嗎？』她把圓胖的厄爾叫過來。

『勒斃。』他回答。

但是莎克斯立刻發現眼瞼內部的表面並沒有出血的瘀點。舌頭也沒有受傷。大部分遭到勒斃的被害人都會在受到攻擊的時間內，咬傷自己的舌頭。

『我不這麼認爲。』

厄爾看了吉姆一眼，然後不高興地表示：『他當然是被勒斃的，看看他脖子上面的紅色瘀傷。我們稱之爲「勒痕」，甜心。妳聽著，我們不能讓屍體一直留在這個地方。像這樣的天氣，它們很快就會開始化膿。那是一種妳沒聞過的話，就不算經歷過人生的味道。』

莎克斯皺起眉頭。『他不是遭到勒斃。』

他們兩人聯手對付她。『警官，那是一道勒痕，』州警吉姆表示：『我看過上百件案例了。』

『不是，不是，』她說：『罪犯只是從他身上扯掉一條鍊子。』

萊姆插了進來。『可能就是這樣，莎克斯。對一具屍體進行「抗身分指認」處理的時候，第一件事就是拿掉身上的首飾，或許是一個刻了字的聖像。有誰和妳在一起？』

『兩個白癡。』她說。

『好吧，死因是什麼？』

她簡略地檢視一下，然後找到了傷口。『冰鑽或窄刃的刀子，在頭蓋骨後面。』

那名醫護人員圓滾的身體移進了車內。『我們自己也找得到。感謝各位，讓我們像救火一樣地趕到這裡。』

萊姆對莎克斯說：『描述那具屍體。』

『超重的體位，大肚子，許多鬆弛的肌肉。』

『皮膚是棕褐色？有沒有曬痕？』

『只有手臂和上半身，不包括雙腿。腳趾甲未修剪，戴著一個廉價的耳飾——鋼製而非金質。他穿的是席爾斯的內褲，上面還有許多破洞。』

『很好，看來他是藍領階級，』萊姆說：『工人、送貨員，我們越來越接近了。檢查他的喉嚨。』

『什麼？』

『找他的皮夾或證件。如果只是要讓它當幾個鐘頭的無名屍，妳會把他的證件塞進他的喉嚨裡面，所以一直到解剖驗屍之前都不會被發現。』

外頭傳來一陣得意的笑聲。

不過當莎克斯抓住屍體的下顎，用力拉開，並開始往裡面搜尋的時候，笑聲立刻停了下來。

『我的天啊！』厄爾抱怨：『妳在做什麼？』

『裡面沒有東西，萊姆。』

『妳最好把喉嚨切開，深一點。』

莎克斯過去曾經因為萊姆的一些可怕要求而動怒，但是今天她瞥了一眼身後兩個齜牙咧嘴的男人，然後從牛仔褲的口袋裡掏出那把備受她珍愛，但卻是非法攜帶的彈簧刀，把刀刃彈開。

那兩張臉孔無法再嘻皮笑臉下去。

『告訴我，甜心，妳打算做什麼？』

『動個小手術。我得看看裡面。』就像她每天都在做這種事一樣。

『我的意思是說，我不能把一具被一個紐約警察切過的屍體交給驗屍官。』

『那你來。』

她把刀柄遞給他。

『她在唬我們，吉姆。』

她抬高一邊眉毛，然後就像漁夫切鱒魚一樣，讓刀子滑進那名男子的喉結裡面。

『天啊，吉姆，看看她在做什麼？阻止她。』

『我走人了，厄爾，我什麼都沒看到。』州警跨步離開。

她整齊地完成切割之後往裡面看，然後嘆了一口氣。『什麼都沒有。』

『他到底在搞什麼東西？』萊姆問：『讓我們想一想……會不會他根本沒有打算對屍體進行抗身分指認的處理？如果他計畫這麼做的話，會取下牙齒。會不會他想要對我們掩飾的是其他的東西？』

『在被害者雙手上面的東西？』莎克斯提議。

『也許。』萊姆回答：『某種他無法輕易地從屍體上去掉的東西，某種會透露他計畫的東西。』

『油污？油脂？』

『也許他正運送噴射機的燃料，』萊姆說：『或者他是酒席承辦人，或他的手上有大蒜的味道。』

莎克斯環顧了一下機場。周圍有許多汽油運送工人、地面工作人員、修理技工，還有爲其中一個航站建築新側翼的建築工人。

萊姆繼續說：『他個子大嗎？』

『沒錯。』

『他今天或許上了工，他的手或許摸過自己的腦袋或抓過頭皮。』

我自己一整天就一直在抓頭皮，莎克斯心想，並急著想要把手伸進頭髮裡，就像每一回感到沮喪或緊張的時候一樣，用力抓傷自己的皮膚。

『檢查他的頭皮，莎克斯，髮際線後面。』

她照著做。

她也找到了她要找的東西。

『我看到了有顏色的斑點。是藍色，還有一點白色，在頭髮和頭皮上面。喔，天啊，萊姆，是油漆。他是油漆工程的承包商。目前這一帶大約有二十個建築工人。』

『脖子上面的瘀痕，』萊姆繼續說：『棺材舞者扯掉的是他掛在脖子上的證件。』

『但是上面的相片會不一樣。』

『該死，證件上面可能滴滿了油漆，或者被他用了什麼方法篡改過。他現在就在現場的某個地方，莎克斯。讓珮西和哈勒趴在地上，派個人保護他們，然後讓所有的人都出去搜尋棺材舞者。特警隊馬上就到了。』

麻煩出現了。

他一直看著救護車後面的紅髮警察。透過望遠鏡，他無法清楚地看到她在做什麼。但是他突然覺得不安。

他可以感覺到她正在進行的事情是針對著他而來。準備揭露他、逮捕他。蟲子越來越接近了。窗子裡的臉孔，那張蟲一般的臉孔正在搜尋他。

史帝芬覺得一陣顫慄。

她跳下了救護車，朝著四周圍查看。

出狀況了，士兵。

長官，我察覺到了，長官。

紅髮警察開始對著其他的警察大聲下令。大部分的警察看著她，因爲她發布的消息而面帶懼色，接著開始環顧四周。其中一個人開始朝著警車跑過去，接著是第二個人……

他看到了紅髮警察的漂亮臉孔，和環顧機場地面那對蟲子一般的眼睛。他讓瞄準器的十字線對準她完美的下巴。她發現什麼了？她在找什麼？

紅髮警察停了下來，他看到她正在自言自語。

不，不是自言自語，她正對著一具收話器說話。瞧她傾聽、點頭的方式，看起來她正在接受某個人的命令。

是誰？他納悶地暗忖。

某個判斷出我正在現場的人，史帝芬心想。

某個正在尋找我的人？

某個可以透過一扇窗戶看著我，卻又能夠立刻消失不見的人。某個能夠穿透牆壁、洞眼、細小裂縫，然後偷偷冒出來逮住我的人。

他的背部感覺到一股寒意——他眞的開始顫抖——而有那麼一陣子，望遠鏡的十字線跳離了紅髮警察的身上，他完全無法抓住一個目標。

你在搞什麼東西，士兵？

長官，我不知道，長官。

當他的視線再次捕獲紅髮警察的時候，他看到了事情有多麼糟糕。她正指著他剛剛才偷來的油漆承包商的貨車，車子停在大約距離他兩百呎，一處保留給建築工程卡車專用的小型停車場裡。無論和紅髮警察對話的人是誰，那人已找到了油漆工的屍體，並發現了他用什麼方法進入機場。

蟲子越來越接近了。他感覺得到它的陰影和冰冷的黏液。畏縮的感覺。蟲子沿著他的腿往上爬……蟲子沿著他的頸子往下爬……

我應該怎麼辦？他心想。

一次機會……一發子彈……

那個妻子和那個朋友就近在眼前。他只需要五秒鐘的時間，就可以完成所有的工作。他在窗子裡面看到的或許就是他們的輪廓。那個模糊的身影，或是那一個……但是史帝芬知道如果他射穿玻璃的話，所有的人都會趴到地上。如果他沒有一槍殺死那個妻子的話，這次的機會就毀了。

我需要她走到外面來，我需要把他們從掩蔽的地點拖進殺人地帶，在那個範圍之內我不會錯失。

他沒有時間了。沒有時間了！趕快想辦法！

如果你要抓一隻母鹿，得先讓小鹿面臨危險。

史帝芬開始緩慢地呼吸：吸氣，呼氣，吸氣，呼氣。他瞄準他的目標，開始輕輕地朝扳機施壓，M四〇步槍冒出了火花。

擊發的聲音穿越了現場，所有的警察全都趴到地面上，抽出他們的武器。

又一發子彈。停機棚內那架銀色噴射機的機尾引擎冒出了第二道火花。

紅髮警察蜷曲在地面上，手上握著自己的槍，一邊查看他的位置。她瞥了一眼機身上冒煙的兩個彈眼，然後把粗短的葛拉克舉到面前，再次朝著對面查看。

幹掉她？

好？不好？

要求駁回，士兵，鎖住你的目標。

他再次開槍，爆破的煙氣再次從側面扯下了一小塊機身。

風平浪靜。然後又一槍，撞在肩上的後座力，焦粉的甜美味道。駕駛艙的一片擋風玻璃爆了開來。

是剛剛那一槍造成的結果。

突然間，她出現了——那個妻子衝出辦公室大門，與試圖從背後抓住她的金髮警察拉扯成一團。

還不構成目標，繼續誘她出來。

一道壓力，又一顆子彈扯破引擎。

一臉驚慌的妻子掙脫了拉扯之後，衝下樓梯直奔停機棚去關大門，保護她的孩子。

重新填裝子彈。

她踏上了地面開始奔跑的時候，他將十字線瞄準了她的胸口。

往前四吋正中目標，史帝芬機械性地算計。他把槍口移到她前面的位置，然後扣下扳機。他開槍的同時，金髮警察正好撲向她，兩個人同時倒在地上。錯過了目標，而他們剛好有足夠的掩護，讓他無法在他們背上補上一槍。

他們移近了，士兵。他們正在包抄你。

是的，長官，了解。

史帝芬看了一眼跑道，其他的警察也出現了。他們正爬向警車，其中一輛正加速朝著他疾駛過來，已經到了五十五碼外的距離了。史帝芬用一發子彈擊中引擎，煙氣從前面噴了出來，車子也緩緩地停了下來。

保持冷靜，他告訴自己。

我們已經有了撤退的準備。現在只需要俐落的一槍。

他聽見了幾聲迅速的槍響，轉頭看向紅髮警察。她擺出一副參加射擊比賽的姿勢，用那把粗短的手槍指著他的方向，尋找他槍口的閃光。當然，槍擊的聲響幫不了她太大的忙；這就是爲什麼他從來不費心裝上消音器，因爲巨響或輕響都一樣不容易被定位。

紅髮警察站了起來，瞇著眼睛向前凝視。

史帝芬關上了M四〇步槍的槍栓。

艾米莉亞．莎克斯看到了一道微弱的閃光，她知道棺材舞者身在何處。大約三百碼之外的一個小樹叢裡，他的望遠瞄準器反射了頭頂的白雲而閃閃發光。

『在那邊。』她一邊指出方向，一邊大叫。兩名警察匆忙地跑向巡邏車。州警跳進車子，啓動後，滑行到附近一間停機棚後面，由側面包抄他。

『莎克斯。』萊姆透過收話器呼叫她：『發生什麼……』

『天啊，萊姆，他就在現場，正朝著飛機射擊！』

『什麼？』

『珮西試著跑向停機棚。他發射的是塡裝了炸藥的子彈，他企圖誘她出來。』

『妳趴著不要動，莎克斯。如果珮西想要自殺，就讓她去，但是妳趴著不要動！』

她汗流浹背，雙手顫抖不止，心臟猛烈地跳動。她可以感覺一股恐慌順著背脊往下移動。

『珮西！』莎克斯叫道。

那個女人掙脫傑瑞・班克斯，站了起來，正全速朝著停機棚跑去。

『不要！』

喔，該死！

莎克斯的眼睛望著棺材舞者的望遠鏡發出閃光的地方。

太遠了！她心想。這樣的距離下，我什麼東西也射不到。

如果妳維持沉著的話，就可以辦得到。妳還剩下十一發子彈，在沒什麼風的情況下，只剩下彈道的問題。瞄高一點，子彈會往下掉。

棺材舞者再次開槍的時候，她看到了幾片葉子往外掉。

那一剎那，一顆子彈從她臉龐幾吋外的地方穿過。

她可以感覺到那股衝擊波，聽見子彈以雙倍音速劃過的聲音，並燒熱了她周圍的大氣。

她輕輕叫了一聲，然後抱著腹部縮成一團。

不行！他再次裝彈之前，妳還有開槍的機會。但是現在已經太遲了，他已經重新裝彈，上了膛。

莎克斯快速地抬頭看了一眼，舉起她的槍，然後又失去勇氣。她壓低了腦袋，用葛拉克含糊地指著樹叢的方向，迅速地連開五槍。

但是這跟射擊空包彈並沒有什麼兩樣。

來啊，女孩，站起來，瞄準之後再射擊。妳還剩下六發子彈，腰帶上也還有兩個彈夾。

但是射不中的念頭將她牢牢地釘在地面上。

動手！她生氣地對自己說。

但是她辦不到。

莎克斯僅有的勇氣就是把腦袋抬高幾吋——剛好足夠看到珮西．克萊奮力朝著停機棚跑去，而傑瑞．班克斯剛好追上她。年輕的警探把她撞倒在一輛發電車的後面。而幾乎就在棺材舞者的來福槍發出轟隆聲響的同一時間，擊中班克斯的子彈也令人作嘔地發出啪的一聲。他就像個喝醉酒的人一樣踉蹌旋轉，而血液也像雲霧一樣，在他的周圍噴了開來。

班克斯的臉上先是露出了驚訝的神色，接著是一臉困惑。然後在他旋轉倒向潮濕的水泥地面時，臉上已經沒有任何表情。

12

倒數四十一小時

『怎麼樣？』萊姆問。

隆恩．塞利托合上手機。『他們還是不知道。』眼睛朝著萊姆這棟房子的窗外望，一邊不由自主地敲著窗上的玻璃。兩隻游隼已經回到了屋簷，但是眼睛仍機警地望著中央公園，而不太尋常地不理會窗子上發出的聲音。

萊姆從來不曾見過他如此沮喪，他那張呆滯而汗水淋漓的臉孔顯得蒼白。塞利托是偵查謀殺案件的傳奇人物，他一向都非常鎮定。無論是安慰被害人的親友，還是無情地尋找嫌犯不在場證明的漏洞，他總是優先地專心於自己的工作。但是此刻他的思緒似乎遠在天邊，和正在威徹斯特郡立醫院進行手術——或正在死去——的傑瑞·班克斯在一起。目前是星期六下午的三點鐘，而班克斯進手術房已經一個鐘頭了。

塞利托、莎克斯、萊姆和柯柏待在萊姆這棟房子一樓的化驗室裡。戴瑞已經離開，前去確定庇護所已經準備妥當，並查看紐約警局派來替代班克斯的保姆。

他們在機場將受傷的年輕警探抬上救護車——載著斷手油漆承包商的死屍那一輛。那名醫護人員厄爾已經停止當個混球，而努力地幫血流不止的班克斯止血，載著蒼白而失去意識的警探，匆匆地趕往幾哩外的急診室。

聯邦調查局白原一帶的探員，用一輛防彈廂型車載著珮西和哈勒，採取迂迴的技巧往南駛往曼哈頓。莎克斯則開始進行新刑案現場的搜證工作：狙擊手的窩藏地點、油漆工的貨車，以及棺材舞者的逃亡車輛——一輛承包宴席的廂型車。這輛車子被發現在距離他殺害油漆工不遠的地方，而他們猜想，也是他藏匿前來威徹斯特郡那輛座車的地點。

然後她帶著證物匆匆趕回曼哈頓。

『找到些什麼東西？』萊姆問她，柯柏也問：『有沒有來福槍的子彈？』

莎克斯一邊啃咬著一根流血的破裂指甲，一邊解釋：『什麼都沒有留下，全都是爆破彈。』她看起來受了相當的驚嚇，眼神跳動得像隻小鳥一樣。

『這就是棺材舞者，不僅致命，連他的證物也會自動銷毀。』

莎克斯用手指戳著一個塑膠袋。『這是其中一發子彈留下的東西，我從一面牆上把它刮了下來。』

柯柏將內裝物倒在一個檢驗瓷盤上，盯著它們。『也是陶製彈頭，沒有用處的殘渣。』

『眞是個大混蛋。』塞利托表示。

『棺材舞者非常清楚自己使用的工具。』萊姆說。

門口出現了一些嘈雜的聲音，湯瑪斯讓兩名穿著西裝的聯邦調查局探員進到了房間，跟在他們後面的是珮西・克萊和布萊特・哈勒。

珮西問塞利托：『他怎麼樣了？』她那對黑色的眼睛環顧室內，感覺到迎接著她的那股冷漠，但是她並沒有因此而膽怯。『我說的是傑瑞。』

塞利托並沒有回答。

萊姆說：『他還在進行手術。』

她一臉苦惱，一頭亂髮比今天早晨更加糾結了。

『我希望他沒事。』

艾米莉亞轉向珮西，冷冷地說：『妳說什麼？』

『我說，我希望他沒事。』

『妳希望？』莎克斯朝著她走近幾步，原本蹲坐的珮西在她繼續說下去的時候站了起來。『現在說這種話太遲了，不是嗎？』

『妳有什麼問題？』

『那才是我應該問妳的問題，妳害他吃了子彈。』

『喂，警官。』塞利托開口。

珮西沉著地表示：『我沒有要他追在我後面。』

『如果不是他的話，妳已經沒命了。』

『或許吧，這一點我們不能確定。我很抱歉他受了傷，但是……』

『妳有多麼抱歉？』

『艾米莉亞。』萊姆嚴厲地說。

『不，我要知道妳有多麼抱歉。妳是否抱歉得願意濺血？如果他不能走路，妳是不是願意幫他推輪椅？如果他死了，妳會不會爲他唸悼文？』

萊姆厲聲說：『莎克斯，冷靜一點，不是她的錯。』

莎克斯擊掌，然後用啃禿的手指用力戳著自己的大腿。『不是嗎？』

『棺材舞者的腦袋轉得比我們更快。』

莎克斯繼續瞪著珮西的黑眼珠。『傑瑞負責照顧你們，當妳衝向火線的時候，妳認爲他應該怎麼做？』

『我什麼都沒想，好嗎？我是依照本能行事。』

『天啊！』

『警官，』哈勒表示：『妳在壓力下表現得或許比我們冷靜，但是我們並不習慣被人開槍射擊。』

『所以她更應該趴在地上，留在我交代她的辦公室裡面。』

珮西繼續說下去的時候，聲調似乎變得有些緩慢。『我看到我的飛機遭到危險，所以我做出反應。或許就好像妳看到同事受傷一樣。』

哈勒表示：『任何一個飛行員都會像她這麼做。』

『沒錯。』萊姆說：『我正要這麼說，莎克斯。棺材舞者就是依照這種邏輯在進行攻擊。』

但是艾米莉亞．莎克斯並不鬆手。『你們原本應該待在庇護所裡，你們根本就不應該到機場。』

『那是傑瑞的錯。』萊姆越來越生氣地表示：『他沒有權力改變路線。』

莎克斯瞥了一眼和班克斯搭檔了兩年的塞利托，但是他明顯地並沒有打算站出來為他說話。

『很高興跟你們聊天。』珮西．克萊冷冰冰地說，一邊朝著門口走去，『但是我得回到機場去。』

『什麼？』莎克斯倒吸了一口氣，『妳是不是瘋了？』

『那是不可能的事。』一直表現陰鬱的塞利托冒出來說。

『我試著為明天的飛行裝配飛機的時間就快要不夠了，現在還得修理損壞的部分。而既然看起來所有威徹斯特郡的有照技工都是懦夫，我只好自己動手了。』

『克萊女士，』塞利托開始說話：『這不是一個好主意。妳在庇護所不會有問題，但是我們無法擔保妳在其他地方的安全。你們在那個地方待到星期一，然後你們……』

『星期一！』她脫口說：『不行，你不明白！我明天晚上必須駕駛那一架飛機——運送美國醫療保健的貨。』

『妳不行……』

『有一個問題，』艾米莉亞．莎克斯冰冷的聲音問：『妳可不可以告訴我妳還想害死哪些人？』

珮西往前站一步，生氣地說：『媽的，我昨天晚上失去了我的丈夫，和我最好的一個員工，我不打算也失去我的公司。妳不能告訴我可以或不可以去什麼地方，除非我遭到逮捕。』

『很好，』莎克斯說，並突如其來地用手銬將珮西細小的手腕銬住，『妳被逮捕了。』

『莎克斯，』萊姆憤怒地叫道：『妳在做什麼？立刻放開她！』

莎克斯轉過去面對他，同樣憤怒地吼回去：『你是一個平民，你不能命令我做任何事！』

『我可以。』塞利托說。

『不，』她固執地表示：『抓人的是我，警探。你不能阻止我進行逮捕，只有地方檢察官才能讓案子作廢。』

『這是什麼鬧劇！』珮西喝斥，剛才緩慢的聲調又重拾了全部的精力，『妳用什麼罪名逮捕我？因爲我是一名證人嗎？』

『指控的罪名是魯莽地構成危險，如果傑瑞喪命的話，就會是刑事意外殺人，或者是過失殺人。』

哈勒鼓起勇氣，對她表示：『妳聽我說，我不喜歡妳一整天對珮西說話的方式。如果妳逮捕她的話，就必須連我一起逮捕……』

『沒問題，』莎克斯回答，然後告訴塞利托：『中尉，我需要你的手銬。』

『警官，鬧夠了。』他不滿地說。

『莎克斯，』萊姆叫道：『我們沒有時間來這一套。棺材舞者目前顯然還在外面，正在策畫另外一次的攻擊。』

『就算妳逮捕我，』珮西說：『我只要兩個鐘頭就會被釋放。』

『那麼再兩個鐘頭十分鐘之後，妳就會沒命，而那是妳自己的問題……』

『警官，』塞利托生氣地表示：『妳是讓自己置身不利的處境當中。』

『……如果妳沒有將別人拖下水的習慣。』

『艾米莉亞。』萊姆冷冷地叫道。

她轉向他。他大部分的時間都叫她莎克斯，現在叫她的名字，就像是在她臉上摑了一巴掌一樣。

鍊條在珮西骨瘦如柴的手腕上發出叮噹的聲響。游隼在窗外振動翅膀，除此之外，沒有人說半句話。

最後，萊姆用一種通情達理的聲調要求她：『請妳取下手銬，然後讓我和珮西獨處幾分鐘。』

莎克斯猶豫不決，她的面孔就像一張面無表情的面具。

『拜託妳，艾米莉亞。』萊姆努力維持耐性地說。

她沒有說半句話地取下手銬。

所有的人都依次走了出去。

珮西按摩了一下自己的手腕，然後從口袋裡取出酒瓶，啜飲了一口。

『可不可以請妳把門關上。』萊姆問莎克斯。

但是她瞪了他一眼，然後繼續朝著走廊走出去。是哈勒將沉重的橡木門關上。

塞利托從玄關再次打電話詢問班克斯的狀況。他仍然在手術房內，而值班的護士沒有辦法提供進一步的消息。

莎克斯以微弱地點頭來回應這個消息。她走到窗口，俯瞰著萊姆這棟房子的後巷。斜照的光線落在她的手上，她看著已經啃爛的指甲。兩根最嚴重的手指被她用繃帶包紮了起來。習慣，她暗忖著，壞習慣……爲什麼我戒不掉？

塞利托走到她的身旁，仰頭看著灰暗的天空。接下來的春雷暴雨肯定逃不掉了。

『警官。』他輕聲地說，不讓其他的人聽見。『沒錯，那個女人把事情弄得一團糟。但是妳必須了解——她並不是這方面的專家。我們犯的錯就是讓她把事情弄得一團糟，傑瑞自己應該很清楚這一點。這件事對我造成的傷害我無法形容。但是他自己搞砸了。』

『不，』她咬牙切齒地說：『你不了解。』

『什麼事？』

她能說嗎？這件事如此難以啓齒。

『是我搞砸了，不是傑瑞的錯。』她轉頭看著萊姆的房間。『也不是珮西的錯，是我的過失。』

『妳？操！是妳和萊姆發現那傢伙在機場，要不然他會讓所有人都出局。剛才的事不是針對妳。』

莎克斯搖頭。『我看到……傑瑞中槍之前，我已經看到了棺材舞者的位置。』

『所以呢？』

『我知道他確實的位置。我已經看到了目標。我……』

見鬼，要說出口還真是困難。

『妳在說些什麼，警官？』

『他對我放了一槍……喔，我的天啊。我趴在地上，動也不能動。』她的手指消失在她的頭髮裡，一直用力抓到她可以感覺滑溜的血。住手，媽的。

『所以呢？』塞利托不明白。『每個人都趴在地上，不是嗎？我的意思是說，哪個人不這麼做？』

看著窗外，臉孔因爲慚愧而火熱。『他開槍錯過之後，我至少有三秒鐘的時間回擊——我知道他正在進行快速射擊。我可以在他身上用掉一整排彈夾，但是我卻趴在地上舔泥巴。接著，我再也沒有站起來的膽量，因爲我知道他已經裝好了子彈。』

塞利托嘲弄地說：『什麼？妳因爲自己在缺乏掩護的情況下，沒有站起來當狙擊手的肥靶子而煩惱？好了，警官……而且，等一等，妳佩戴的是值勤用的武器？』

『是的，我……』

『用葛拉克射三百碼？妳別做夢了。』

『我可能打不中他，但是我卻可以射到夠近的地方，讓他趴下來，他就無法開最後一槍，射中傑瑞。喔，媽的。』她彎起手，看著沾滿了血漬的食指，然後又重新開始抓起腦袋。鮮艷的血紅色，讓她想起了傑瑞・班克斯周圍那一圈雲霧一般的鮮血，所以她抓得更用力了。

『警官，我自己絕對不會因爲這樣的事而失眠。』

她應該怎麼解釋？目前困擾她的事情，比塞利托知道的還要複雜。萊姆是全紐約，甚至全國最優秀的刑事鑑識家，她十分崇拜，但是她永遠也追不上。不過關於射擊這件事——就像開快車一樣——則是她的天賦之一，她無論用哪一隻手開槍，都可以超越隊裡面大部分的男女同僚。她可以在眾目睽睽之下，射中丟到五十碼高的硬幣，然後把彎曲的銅板送給她的教女和朋友當禮物。她原本可以救傑瑞一命——該死，她甚至可能射中那個王八蛋！

她對自己感到十分生氣，她對於置她於這種處境的珮西感到十分生氣。

她也對萊姆感到十分生氣。

房門被推了開來，珮西出現在門口。她冷冷地看了莎克斯一眼，然後把哈勒叫進去加入他們。他消失幾分鐘之後，這一次是哈勒推開門來說：『他要全部的人都回到房間裡。』

莎克斯看到他們的時候是這種情況：珮西坐在萊姆身邊一張破舊的扶手椅上面。她腦中出現一幅荒謬的影像，就好像他們是一對老夫妻一樣。

『我們達成協議了。』萊姆宣布：『布萊特和珮西會前往戴瑞的庇護所，他們會請別人負責修理飛機的事宜。不過不管我們有沒有找到棺材舞者，我都同意讓她飛明天晚上的班次。』

『如果我逮捕她呢？』莎克斯激昂地表示：『把她帶到拘留所？』

她以爲萊姆會因此而爆發——她已經有了心理準備——但是他卻理性地回答：『我考慮過這一點，莎克斯。但是我不認爲是個好主意，因爲會造成更多的暴露——法庭、拘留、運送，棺材舞者會有更多做掉他們的機會。』

艾米莉亞．莎克斯猶豫了一下，然後點頭讓步。他是對的，他通常都是對的。不過不論是對是錯，他都有他處理事情的方式。她是他的助理，僅此而已；她對他來說，就只是一個員工。

萊姆繼續說：『我的想法是這樣：我們設下一個陷阱。隆恩，我需要你的幫忙。』

『說吧。』

『珮西和哈勒前往庇護所，但是我要弄得好像他們去的是其他的地方一樣。我們要弄得非常盛重，非常引人注目。我會選擇一個轄區，假裝爲了安全的理由把他們關在那裡。我們會安排一、兩次不鎖碼的全市轉播，表示我們將因爲安全的理由封閉派出所前面的街道，並清理現場，把所有登記的嫌犯送往拘留所。如果我們幸運的話，棺材舞者會透過監聽裝置收聽。如果沒有的話，媒體會插播這段新聞，而他可能透過這個管道獲悉。』

『二十號轄區怎麼樣？』塞利托建議。

在上城西區的二十號轄區？距離萊姆的房子只有幾個街區，而他認識該區多名警官。

『沒問題，很好。』

莎克斯這時候注意到塞利托的眼神透露出一股不安。他傾身靠近萊姆的椅子，汗水從他寬大、油膩的前額往下滴，他用一種只有萊姆和莎克斯聽得見的聲音說：『你確定嗎，林肯？我的意思是——你考慮清楚了嗎？』

萊姆的眼睛轉向珮西，兩人交換了一個眼神。莎克斯不知道這表示什麼，她只知道自己一點都不喜歡。

『是的，』萊姆表示：『我確定。』

但是對莎克斯來說，萊姆一點都不確定。

13

倒數四十小時

『我看到了許多微量證物。』

萊姆贊同地看著莎克斯從機場的刑案現場帶回來的塑膠袋。

微量證物是萊姆的最愛。那是被罪犯留在現場，或不經意地從犯罪現場沾帶在身上的零碎顆粒，有時候甚至用顯微鏡才看得到。就算是最聰明的罪犯，也不會想到變更或利用微量證物設計陷阱，再勤勞的罪犯也沒有辦法完全消滅微量證物。

『第一個袋子來自什麼地方，莎克斯？』

她生氣地翻動她的筆記。

什麼事情讓她如此惱怒？他納悶地想。萊姆看得出來有事情不對勁。或許是因爲她對珮西．克萊的不滿，也或許是因爲她對傑瑞．班克斯的關切，又或許都不是。從她冷漠的眼神當中，他看得出她什麼都不想談。這樣也好，他們必須逮到棺材舞者，這是他們此刻首要的工作。

『這一袋來自棺材舞者等候飛機的停機棚裡。』她拿起其中兩個袋子，然後指著其他三個袋子。『這一個來自狙擊手窩藏的地點，這一個來自油漆工的貨車，這一個來自宴席承包商的貨車。』

『湯瑪斯……湯瑪斯！』萊姆大聲叫道，讓房內的每一個人都嚇了一跳。

助手出現在門口，不高興地問：『什麼事？我正準備一點吃的東西，林肯。』

『吃的東西？』林肯惱火地問：『我們不需要吃東西。我們需要再畫一些圖表。記下來：「CS2，停機棚」，沒錯，「CS2，停機棚」。很好，然後再一個，「CS3」，就是他開槍的地點，他的草叢高地。』

『我應該寫什麼？「草叢高地」？』

『當然不是，那是個玩笑。我還是有一點幽默感的，你知不知道？記下：「CS3，狙擊手窩藏地點」。現在，讓我們先來看看停機棚有些什麼東西？』

『玻璃碎片。』柯柏回答，一邊像個鑽石商人一樣，將內裝物倒在一個瓷盤上面。莎克斯補充道：『還有一些用集塵機收集的東西、窗台上的一些纖維，沒有FR。』

FR，也就是手指或手掌的紋狀摩擦。

『他對指紋太謹慎了。』塞利托悶悶不樂地表示。

『不對，這樣反而值得高興。』萊姆說，並且因為沒有人能夠像他一樣迅速推論而惱怒——他經常如此。

『為什麼？』塞利托問。

『他如此小心，是因為他在某個地方登記有案！所以，只要我們找到一枚指紋，就有很大的機率將他指認出來。好吧，好吧，棉質手套的印記沒什麼用處……他在停機棚裡撒了礫石，所以也沒留下鞋印。他是一個聰明的傢伙，但是如果他很愚蠢的話，就沒有人需要我們了，對不對？好吧，現在這些玻璃能夠告訴我們什麼？』

『除了告訴我們他打破窗子，闖進停機棚裡以外，』莎克斯不耐煩地問：『還能告訴我們什麼？』

『不見得。』萊姆說：『讓我們看一下。』

梅爾．柯柏在載玻片上裝上幾片碎片，然後放在調至低倍數的複合式顯微鏡下。他啓動攝影機，將影像送到萊姆的電腦裡。

萊姆移動輪椅到電腦面前，然後開口下令：『指令模式。』聽到他的聲音，電腦立刻忠實地在鮮明的螢幕上滑出一張目錄。他自己沒有辦法控制顯微鏡，但是他能夠透過電腦捕捉，並操控影像——例如放大或是縮小。『游標左移，按兩下。』

萊姆使勁向前移近，陷入彩虹光環的折射當中。『看起來像是強化窗用玻璃。』

『同意。』柯柏表示，然後繼續觀察。『沒有碎屑，是由某種鈍器擊碎的，或許是他的手肘。』

『沒錯，沒錯。看看那些貝狀物，梅爾。』

當某個人打破窗戶時，散落的玻璃會形成一系列的貝狀碎裂，也就是弧形的斷裂線。透過形成曲線的方式，可以判斷出打擊來自什麼方向。

『我看到了。』柯柏回答：『是標準的裂痕。』

『看看那些玻璃上的塵土。』萊姆突然表示。

『看到了，沉澱的雨水、泥漿和燃油剩餘物。』

『這些塵土附著在玻璃的哪一面？』萊姆性急地問。當他主管偵查資源組的時候，他手下的警官對他的抱怨之一，就是他表現得像個兇悍的女教師一樣。萊姆則把這句話當作一種讚美。

『那是……』柯柏理出了頭緒。『怎麼可能？』

『怎麼了？』莎克斯問。

根據萊姆的解釋，貝狀的裂痕是從玻璃乾淨的那一面開始，然後結束於骯髒的一邊。『打破玻璃的時候，他在停機棚裡面。』

『但是他不可能這麼做，』莎克斯反對：『這些玻璃碎片是在停機棚裡面找到的。他……』她停了下來，然後點頭。『你的意思是，他從裡面打破玻璃出來，然後劃起碎片和礫石往裡面丟。他爲什麼這麼做？』

『這些礫石並不是爲了防止留下鞋印，而是爲了讓我們誤以爲他是從外面闖進去。其實他已經在停機棚裡面，然後打破玻璃往外闖。有趣！』萊姆思考了一會兒，然後大叫：『檢查那些微量證物，有沒有黃銅的成分？看看黃銅上面是不是沾了石墨？』

『一把鑰匙。』莎克斯說：『你認爲有人給了他一把可以進到停機棚裡的鑰匙。』

『我正是這麼想。我們要查查看是什麼人擁有或租用了這些停機棚。』

『我來打電話。』塞利托一邊說，一邊打開他的手機。

柯柏朝著另一具顯微鏡的接目鏡裡頭看，他調到了高倍數。『找到了。』他表示：『有許多黃銅和石墨，我猜還有一些三合一的潤滑油。所以那是一個老舊的門鎖，讓他費了不少工夫。』

『或者……』萊姆慫恿道：『來吧，動動腦筋！』

『或者是一把新打的鑰匙！』莎克斯脫口說出。

『沒錯！一把會卡住的鑰匙，很好。湯瑪斯——圖表！拜託！記下：「以鑰匙進入」。』

湯瑪斯精確地將這幾個字寫了下來。

『現在，再來看看我們還有些什麼東西？』萊姆用吹吸控制器朝電腦移近。他因爲誤判而撞了上去，差一點弄翻他的螢幕。

『該死！』他抱怨。

『你沒事吧？』塞利托問。

『很好，我很好。』他怒氣沖沖地回答：『其他東西呢？我剛才問的是，我們還有其他東西嗎？』

莎克斯和柯柏把剩餘的微量證物掃到一大張白色的新聞用紙上，戴上放大護目鏡一一檢視。然後柯柏用探針拾起了幾個顆粒擱在一旁。

『好了。』柯柏表示：『我們還有一些纖維。』

過一會兒之後，萊姆盯著電腦螢幕上的幾根細小絲線。

『你認爲怎麼樣，梅爾？是紙張，對不對？』

『沒錯。』

透過收話器，萊姆命令他的電腦在纖維的顯微影像上面移動。『看起來有兩個種類。一種是白色或暗黃色，另外一種有著綠色的染料。』

『綠色？像是鈔票？』塞利托提議。

『有可能。』

『有沒有足夠的數量來通過煤氣處理？』萊姆問道，因爲用氣相層析質譜儀分析會破壞纖維。

柯柏表示數量足夠，然後取出其中一部分來進行分析。

他看著電腦螢幕。『沒有棉花，沒有碳酸鈉、亞硫酸鹽或硫酸鹽。』

這些都是製造高品質用紙的時候，漿化處理過程的化學添加物。

『這是廉價的紙張。染料也是水溶性，不是油墨染料。』

『所以，』萊姆說：『並不是鈔票。』

『或許是再生紙。』柯柏表示。

萊姆再次放大電腦螢幕，上面的矩陣變得巨大，細節部分變得模糊。他感覺到一股沮喪，希望自己是透過眞實的複合顯微鏡接目鏡進行觀察。任何東西都比不上光學儀器的清晰。

然後他看到了一些東西。

『那些黃色的汙點呢，梅爾？是膠水嗎？』

柯柏朝著顯微鏡的接目鏡裡瞧，然後表示：『沒錯，看起來像是信封上的膠水。』所以鑰匙可能是裝在一個信封內交給棺材舞者。但是那些綠色的紙張代表什麼？萊姆一點頭緒也沒有。

塞利托關上了手機。『我和哈德遜空運的朗恩．泰爾波特談過，他打了幾通電話。猜猜看是誰租用了棺材舞者等在裡面的停機棚？』

『沒錯。』

『菲利浦．漢生。』萊姆答道。

『我們掌握了不少有利的證據。』莎克斯表示。

確實如此，萊姆心想。不過他的目標並不是透過無懈可擊的訴訟，把棺材舞者交給總檢察官。他要把這傢伙的腦袋插在一根矛頭上面。

『還有沒有其他的東西？』

『沒有。』

『好吧，我們移到下一個現場——狙擊手的窩藏地點。他在那個地方承受了很大的壓力，或許會造成他的疏忽。』

但是可想而知，他一點都沒有疏忽。

沒有任何遺落的彈殼。

『這就是爲什麼有一些棉花的纖維。』柯柏看著顯微鏡說：『他用擦拭餐盤的毛巾接住了彈殼。』

萊姆點點頭。『腳印呢？』

『沒有。』莎克斯解釋，棺材舞者避開了沒有遮蔽的泥地，就連跑向宴席承包貨車準備逃亡的時候，也都一直踩在草地上。

『妳找到了幾枚指紋？』

『在狙擊手的窩藏地點一枚都沒找到，』她回答：『在那兩輛貨車上面大概接近兩百枚。』

透過連接全國犯罪、軍隊、平民指紋資料庫的指紋自動辨識系統，徹底地清查這些指紋是辦得到的（雖然會花費許多時間）。但是對於一心想要逮到棺材舞者的萊姆來說，這樣的事並不會讓他覺得麻煩。莎克斯表示，她在貨車裡也找到了棺材舞者的手套印記，所以車子裡的指紋不會來自他。

柯柏將袋子裡裝的東西倒在一個檢驗盤內，然後和莎克斯一起檢視。『塵土、雜草、卵石……有了，你可不可以看看這個，林肯？』柯柏裝上另外一個載玻片。

『毛髮。』柯柏貼在自己的顯微鏡上面，一邊表示：『三根、四根、六根、九根……十多根。看起來是連續性的毛幹髓。』

毛幹髓是某些毛髮在髮幹中央的管道。人類的毛髮當中，毛幹髓不是不存在，就是成斷續性。連續性的毛幹髓表示這些毛髮來自動物身上。『你認爲怎麼樣，梅爾？』

『我用電子顯微鏡檢視。』柯柏將倍數放大爲一千五百倍，並將刻度盤調整到一根毛髮剛好置於螢幕正中央。那是一根髮莖泛白的毛髮，帶著末端尖細如鳳梨皮的鱗屑。

『貓。』萊姆表示。

『好幾隻貓。』柯柏一邊再次朝著複合顯微鏡裡瞧，一邊修正：『看來有一隻黑貓，有一隻帶著斑點，兩隻都是短毛。還有一隻是黃褐色，像是波斯貓之類又長又細的毛。』

萊姆嘲諷道：『我不認爲棺材舞者是一個熱愛動物的人。他要不是被誤認爲是一個愛貓的人，就是曾經待在一個養貓人的家裡。』

『還有其他的毛髮，』柯柏說，一邊為複合顯微鏡裝上載玻片。『是人類的毛髮，兩根，各約六吋長。』

『他在除毛，是不是？』塞利托問。

『誰知道？』萊姆懷疑地回答。沒有連接的毛囊，就無法決定脫落毛髮的人的性別；除非是小孩的毛髮，否則也無法判斷年齡。他表示：『或許是那名油漆工的毛髮，莎克斯？他蓄了長髮嗎？』

『不是，他剃了大平頭，而且是金髮。』

『你認為呢，梅爾？』

柯柏掃瞄了整根毛髮。『它們染過顏色。』

『大家都知道棺材舞者精於易容。』萊姆表示。

『我不知道，林肯。』柯柏說：『染料的顏色和頭髮自然的顏色相近。如果他試圖易容的話，你想他應該會嘗試完全不同的顏色吧。等一等，我看到了兩種不同顏色的染料。天然的顏色是黑色，然後加上了赤褐色，最近的一次則是深紫色。間隔的時間約為兩到三個月。』

『我還篩釋出許多殘渣，林肯。我得用煤氣處理其中一根毛髮。』

『動手吧。』

過了一會兒之後，柯柏看著連接到氣相層析質譜儀的電腦圖表。『有了，這裡有一些化妝品之類的東西。』

化妝品對犯罪學家的幫助非常大。化妝品製造商為了從新的流行趨勢當中獲利，會改變製造成分來迎合。所以不同的成分，經常可以透露出不同的製造日期和分銷的地點。

『是什麼化妝品？』

『等一等。』柯柏正在把成分傳送到該品牌的資料庫。一會兒之後，他得到了回覆。『是瑞士製造的清纖，由位在波士頓城郊的珍孔公司進口。這是一般的清潔用香皀，添加了油脂、氨基酸。是新推出的產品，清纖在企畫案當中宣稱該產品可以消除脂肪和脂肪團。』

『我們來進行素描吧？』他問：『莎克斯，妳認爲怎麼樣？』

『關於他嗎？』

『關於她，幫助和支援他的那名女子，或者是他爲了窩藏在她的公寓裡，而殺害的女人，也或許他偷了她的車子。』

『你確定是一個女人嗎？』隆恩．塞利托懷疑地問。

『不確定。但是我們在猜測上面不需要表現得過於羞怯。擔心脂肪團的女人多過於男人，染頭髮的女人也比男人多。大膽建議！來吧！』

『好吧，這個人有體重過重，以及自我形象的問題。』莎克斯表示。

『或許是個龐克、新浪潮，或不管現今那些怪人如何稱呼他們自己。』塞利托說：『我自己的女兒就把頭髮染成了紫色，也在身上一些地方打了洞，這些事我談都不想談。會不會來自東村一帶？』

『我不認爲她在爲自己塑造叛逆的形象，』莎克斯表示：『要不然她不會選擇這些顏色——不夠另類。她希望自己是個時髦的人，但是嘗試的東西沒有一樣成功。我覺得她是一個胖子，蓄著短髮，大約三十多歲的職業婦女。晚上下班之後獨自回家，以貓爲伴。』

萊姆點頭，一邊盯著圖表。『寂寞，正好是最容易被一張油腔滑調的嘴巴詐騙的那一種。我們來查一查獸醫，我們知道這個女人有三隻顏色不一樣的貓。』

『但是，從什麼地方開始調查？』塞利托問：『威徹斯特？曼哈頓？』

『讓我們先想一想，』萊姆思索：『他在最開始的時候，爲什麼要釣上這個女人？』

莎克斯捻著手指。『因爲他必須這麼做！因爲我們差一點就要逮到他了！』她的臉孔突然亮了起來。艾米莉亞又歸隊了。

『沒錯！』萊姆說：『今天早上在珮西的房子附近，特勤小組接近的時候。』

莎克斯繼續說：『他丟棄他的廂型車，躲在她的公寓裡面，一直到能夠安全離去爲止。』

萊姆告訴塞利托：『找一些人打電話調查那棟房子周圍十條街之內的獸醫……不，調查整個上城東區的獸醫。現在就進行，隆恩，立刻打電話！』

塞利托在撥電話的同時，莎克斯心情沉重地問：『你覺得那個女人沒事嗎？』

萊姆眞心地回答——儘管他並非眞的相信。『但願如此，莎克斯，但願如此。』

14

倒數三十九小時

對珮西．克萊來說，庇護所看起來並不特別安全。

這是一棟三層樓的褐沙石建築，就像摩根圖書館這一帶的許多樓房一樣。

『就是這裡。』一名探員指著廂型車的窗外，對她和布萊特．哈勒表示。車子停在一條巷子裡，她和哈勒匆匆地跑進一個地下室的入口。鋼製的大門關上之後，他們發現面前是一名近四十歲、精瘦，有著一頭稀疏棕髮的和藹男人。他對著他們露齒微笑。

『你們好，』他一邊說，一邊亮出紐約警局的證件和金質徽章。『我是羅蘭．貝爾。從現在開始，你們見到的每一個人，就算像我一樣充滿魅力，也務必要求他們出示證件，並確定上面貼有一張相片。』

珮西聽著他不間斷的慢聲慢調，問他：『別告訴我……你是北卡羅來納州人？』

『我是。』他笑道：『我住在霍格斯頓——我不是開玩笑——然後逃到查柏希爾住了四年。據我了解，妳是里奇蒙的姑娘。』

『很久以前曾經是。』

『你呢，哈勒先生？』貝爾問：『你也來自南方嗎？』

『密西根，』哈勒表示，一邊握了警探精力充沛的手，『經由俄亥俄州。』

『別擔心，我會忘記你們在一八六〇年代犯下的小小錯誤。』

『如果是我的話一定投降，』哈勒開玩笑：『但是沒人問我的意見。』

『哈。我現在是兇殺重案組的警探，但是我還是繼續擬定這些證人保護的細節，因爲我有讓人保住性命的本領，所以我親愛的朋友隆恩·塞利托要我幫他的忙。這一陣子我會擔任你們的保姆。』

珮西問：『另外那位警探怎麼樣了？』

『傑瑞？據我聽到的消息，他還在手術房裡。沒有進一步的消息。』

他說話的速度或許十分緩慢，但是他的眼睛卻迅速地在他們身上打轉。他要找什麼東西？珮西十分納悶。看看他們的身上是否帶著武器？藏有麥克風？然後他檢視了走道，接著又查看了窗戶。

『現在我是一個好人，』貝爾說：『但是在照顧我應該照顧的人的時候，我可能會有一點固執。』他對珮西淺淺笑了笑。『妳看起來也有一點固執，但是只要記住，我要求你們做的事，都是爲了你們好，好嗎？我想我們會相處得很好。現在讓我爲你們介紹我們的一級招待所。』

他們爬上樓梯的時候，貝爾說：『你們或許要命地想知道這個地方有多麼安全……』

哈勒不是很確定地問：『你說什麼？要命地想知道？』

『也就是說，嗯……急切地想要知道。我說話的時候還是有一些南方調。大樓裡——就是總部裡的那些傢伙總是嘲笑我。他們會留言告訴我，他們逮到了一個南部來的紅脖子，要我充當他們的翻譯。不管怎麼樣，這個地方確實又好又安全，我們那些司法部的朋友可是他們非常清楚他們在做些什麼。這裡比外面看起來還要大，對不對？』

『大於一個駕駛艙，小於一條大馬路。』哈勒說。

貝爾咯咯地笑道：『正面那些窗戶，對於被追殺的人來說，看起來並不太保險。』

『那是第一點……』珮西準備開始數落。

『好吧，這就是正面的起居室，你們參觀一下。』他推開一扇門。

這個地方根本沒有窗戶，全部都被鋼片蓋住了。『窗簾裝在鋼片的後面。』貝爾解釋：『從街上看起來就像是一間陰暗的房間一樣，其他的窗戶全都裝上了防彈玻璃。不過你們還是離遠一點，並且盡量不要拉開窗帘。逃生門和屋頂都裝有感應器，我們也在這個地方的上上下下裝了許多隱藏式攝影機。任何接近的人，在抵達門口之前，都會被我們徹底地檢查一遍。只有患了厭食症的幽靈才進得來。』他走向一條寬敞的走廊。『請隨我來……好，這是妳的房間，克萊女士。』

『既然我們住在同一個屋簷下，你最好還是叫我珮西。』

『沒問題。那你是……』

『布萊特。』

這個房間又小又暗，而且非常安靜——和珮西位於哈德遜空運停機棚一角的辦公室非常不同。她想起了艾德華，他比較喜歡自己的辦公室在主樓裡，喜歡自己的桌面整整齊齊，B十七和P—五一的相片掛在牆上，而每一疊文件上面都壓著一塊透明合成樹脂做成的紙鎮。珮西喜歡噴射引擎的燃油味，以及氣壓扳手的電動圓鋸在辦公時間發出的聲響。她想起了他們在一起的時刻，他靠在她的辦公桌上，和她一起享用咖啡。她費力地在眼淚再次掉下來之前，將這些思緒遠遠地推開。

貝爾對著他的對講機呼叫：『當事人進入位置。』一會兒之後，兩名穿著制服的警察出現在走道上。他們點頭示意之後，其中一人對他們說：『我們會全天候守在門口。』奇怪的是，他們帶著鼻音的紐約口音，和貝爾緩慢而聲音發出共鳴的說話方式並沒有太大的差異。

『妳做得很好。』貝爾對珮西表示。

珮西抬起一道眉毛。

『妳剛剛看了他們身上的證件。所以沒有人唬得了妳。』

她有氣無力地笑了笑。

貝爾告訴珮西：『我們在紐澤西也派了兩個人陪妳的婆婆。還有沒有任何需要照顧的家人？』

珮西表示這一帶並沒有其他的家人。

哈勒也被問到了同樣的問題，他苦笑著回答：『沒有，除非前妻也算是家人的話——前妻們。』

『很好。有沒有需要餵食的貓、狗？』

『沒有。』珮西答道。哈勒也搖了搖頭。

『那麼我們可以放輕鬆。如果你們身上帶著手機的話，千萬不要使用，只能使用這個地方的線路。記得窗戶和窗簾的事。那邊有一個緊急按鈕。緊急的時候——這種情況不會出現——你們按下按鈕，然後趴在地上。好了，如果你們需要任何東西的話，大聲叫我就可以了。』

『事實上，我是需要一點東西。』珮西一邊說，一邊舉起她的銀質酒壺。

『喔，』貝爾慢呑呑地說：『如果妳要我喝掉它的話，我現在仍在值勤中，但是很感謝妳的提議。如果妳希望我幫妳裝滿的話，沒問題。』

他們設下的陷阱沒趕上五點鐘的新聞報導。

但是在全市的警用頻道中出現了三次未鎖碼的廣播，讓所有的轄區知道二十號轄區的一〇—六六保安行動，以及傳達上城西區街道封鎖的一〇—六七交通公告。在二十號轄區內逮捕的嫌犯，全部直接押送到位於城中的中央登錄所和男女拘留中心。沒有聯邦調查局或聯邦航空管理局的允許，任何人都不准進出轄區——戴瑞的傑作。

這些消息播出的同時，鮑爾・豪曼的三二E小組則在該轄區的四周佈陣待命。豪曼目前負責指揮這部分的行動。佛雷德・戴瑞則組織了一個聯邦人質拯救小組，一旦找出貓主人的身分和公寓地點，即可立刻採取行動。萊姆、莎克斯及柯柏則繼續研究刑案現場找到的證物。

雖然沒有找到更新的線索，但是萊姆要莎克斯和柯柏重新檢驗已經找到的東西。這就是刑事鑑識科學——你必須一找、再找、又找。如果沒有任何發現，你只有再仔細探看；當你踢到鐵板的時候，還是要繼續找下去。

萊姆將輪椅移近電腦，下指令放大從艾德華・卡奈的飛機殘骸中找到的定時器影像。定時器本身因爲過於普遍，提供的幫助或許不大，不過萊姆懷疑上面也許找得到一些細微的微量證物，或者甚至有隱藏的不完整指紋。炸彈客通常都認爲指紋會在引爆的時候遭到摧毀，所以會在組裝細小零件的時候除去手套。但是爆炸並不見得一定會讓指紋銷毀。萊姆叫柯柏將定時器以超效黏合劑進行煙燻。如果沒有任何結果，再以磁刷撲上磁粉，以細微的磁粉找出指紋。還是什麼東西都沒找到。最後，他下令以放射能進行衝擊，也就是以雷射紅光找出細微指紋的最先進科技。柯柏透過顯微鏡進行觀察的時候，萊姆則檢視電腦螢幕上的影像。

萊姆發出短暫的笑聲，然後瞇起眼睛再檢視一遍，懷疑是否出現了錯覺。

『那是不是……看一下，在右下角！』萊姆叫道。

但是柯柏和莎克斯什麼都沒看到。

電腦螢幕上放大的影像，抓到了柯柏的光學顯微鏡遺漏的東西。定時器未被炸成碎片的金屬邊緣上面，有一枚新月狀的交雜紋狀印記，寬度不超過十六分之一吋，長度或許只有半吋。

『是一枚指紋。』萊姆說。

『大小不足以進行比對。』柯柏盯著萊姆的螢幕說。

在一枚單獨的指紋上，大約可以找到一百五十處個人的特徵，而一名專家卻只需要八到十六處就可以進行比對。很不幸地，這一枚樣本連一半的數量都沒辦法提供。

不過萊姆還是非常興奮。一個無法調整複合顯微鏡焦距的刑事鑑識家，居然找到了其他人都找不到，而如果他是一個『正常人』的話，或許就會錯過的東西。

他叫出了儲存螢幕的應用程式，為了避免檔案損毀的風險，他以bmp的圖檔儲存了那一枚指紋，而不是以jpg的壓縮格式。他用雷射印表機列印了一張，讓湯瑪斯用膠帶貼在墜機現場證物的欄位旁邊。

電話鈴聲這時候響了起來。萊姆透過新的系統，俐落地接聽了電話，並啓動了揚聲喇叭。是雙胞胎。

他們還有另外一個親切的頭銜叫做『耐苦男孩』。這對重案組警探的工作地點在警局大樓之外，專門負責詢問和遊說，在罪案發生後，詢問居民、旁觀者和目擊者。這兩個看起來隱隱神似的警探，被認為是全紐約最優秀的詢問高手，甚至一向不信任人類觀察和回憶能力的萊姆，對他們也頗為敬重。

除了他們演說的風格之外。

『嗨，警官。嗨，林肯。』他們其中一人說。他們的名字是貝迪和索爾，面對面的時候就已經很難在兩個人當中做出區別；在電話中，萊姆更是連試都不想試。

『你們找到些什麼東西？』他問：『找到貓主人了嗎？』

『這倒是易如反掌。七個獸醫、兩家寵物寄宿旅館……』

『調查他們是個好主意。還有呢？』

『我們還調查了三家寵物散步服務公司，雖然……』

『帶寵物出去散步的服務，是吧？也在你出門的時候，提供餵食、餵水，整理狗屋貓窩的服務。查一查他們也無大礙。』

『其中三個獸醫給了模糊的答案，但是並不能確定，他們的經營規模都相當龐大。』

『上城東區養了不少動物。或許你會覺得驚訝，或許不會。』

『所以我們只好打電話給在自家執業的人。你知道，就是醫生、助理、清洗工……』

『清洗寵物，這倒是一份工作。無論如何，位於八十二街一家獸醫院的接待員覺得可能是一個叫做席拉．哈洛薇芝的顧客。她大約三十來歲，蓄著黑色的短髮，體格魁梧。她有三隻貓，一隻黑毛、一隻金毛，不過他們不知道第三隻的顏色。她住在萊星頓，七十八街和七十九街之間。』

離珮西的住處五條街。

萊姆謝了他們，並要他們隨時聯絡。然後他開始喊道：『叫戴瑞的小組現在立刻趕過去！妳也一樣，莎克斯。不管他是不是去過那個地方，都會有一個現場需要搜尋。我想我們已經越來越近了。你們感覺得到嗎？我們越來越接近了！』

珮西．克萊正和羅蘭．貝爾談起她的第一次單獨飛行。

和她原訂的計畫有些差距。

她從位於里奇蒙四哩外一處小型機場的草坪上起飛，並在那架西斯納的起落架越過強烈聚光燈，加速到起飛決定速度V１之前，感覺到那股熟悉的喀碰、喀碰。然後拉回操縱桿，讓那架輕巧的一五〇衝上天空。那是一個潮濕的春天下午，就像現在一樣。

『一定非常令人興奮。』貝爾以一種半信半疑的奇怪表情說。

『確實如此。』珮西一面回答，一邊拿起酒壺啜了一口。

二十分鐘之後，引擎在東維吉尼亞的荒原——一處灌木和松樹交雜叢生的噩夢——上空停擺。她讓那一架堅固的飛機降落到一條泥路上面，自己動手清理了燃油線之後，重新起飛，並在沒有發生意外的情況下安全回到家。

那一架西斯納並沒有受到任何損傷——主人也從未發現這一趟出遊。事實上，這個事件唯一的餘波，就是她受到了母親的懲罰，因爲高中校長檢舉了又打了架的珮西。她賞了蘇珊貝絲．哈勒瓦斯的鼻子一拳，並在第五堂課之後逃學。

『我必須離開，』珮西解釋給貝爾聽：『因爲他們找我的碴。我記得他們叫我「侏儒」，我經常被這麼嘲笑。』

『小孩子有的時候非常殘酷。』貝爾說：『如果我的小孩幹這種事，我會揍他們一頓——等一等，妳當時幾歲？』

『十三歲。』

『妳有權這麼做嗎？我的意思是，妳不是要滿十八歲才能開飛機嗎？』

『十六歲。』

『喔。那麼……妳爲什麼能夠飛呢？』

『他們從來沒逮到我，』珮西表示：『就是這麼一回事。』

『喔。』

她和羅蘭・貝爾坐在她庇護所的房間裡。他為她把酒壺重新裝滿了『野火雞』威士忌——一名在這裡住了五個星期的黑手黨線民送他的謝禮——他們坐在一張綠色的沙發上，貝爾體貼地將對講機的訊號聲調低。珮西靠著椅背，貝爾則向前挺坐——他的姿勢並非由於沙發不舒適，而是為了維持警覺。他的眼神可以抓住一隻從門口迅速飛過的蒼蠅，或是推動窗簾的一道氣流，他的手則會不由自主地滑向他身上佩帶的那兩把大型手槍。

在貝爾的慫恿之下，珮西繼續描述她飛行生涯的故事。她在十六歲的時候得到了學習飛行的許可證，一年後獲得私人飛行執照，十八歲的時候就考到了商業駕駛的資格。

她在父母驚恐的反應下，逃離了菸草生意的圈子（她父親並不是為一家『公司』工作，而是為一個『種植者』，不過在其他人的眼中，那代表的是一家六十億美元的企業），而去攻讀她的工程師學位。（『從維吉尼亞大學休學是一件明智的決定。』她的母親告訴她的父親——在她的記憶當中，這是她母親唯一一站在她這一邊的一次。她母親還補充道：『在維吉尼亞理工學院找丈夫比較容易。』意思是說那裡的男孩的擇偶標準不會那麼高。）

但是讓她感興趣的並不是舞會、男孩，或女學生聯誼會。她感興趣的只有一件事：飛機。只要身體和經濟狀況允許的話，她每天都會飛。她得到了飛行教練的執照之後，開始飛行的教學工作。她並不特別喜歡這份工作，但是她為了一個可以被理解的理由而堅持下去：飛行教學的時間，可以加入航空日誌而計算為擔任機長所需的時數。她去航空公司應徵時，個人簡歷會比較好看。

畢業之後，她開始了一段失業飛行員的生涯。她曾做過教學、飛行表演、兜風、小型空運公司或快遞服務的臨時副駕駛工作。駕駛過出租飛機、水上飛機，從事過空中噴灑農藥的工作，甚至擔任過特技演員，或在週日下午為路邊的馬戲團駕駛史提爾曼和克帝斯ＪＮ的雙翼飛機。

『我一直不屈不撓，眞的是不屈不撓。』她告訴羅蘭．貝爾：『或許就像一開始從事執法工作的人一樣。』

『我想並沒有太大的差別。在擔任霍格斯頓的聯邦執法官時，我負責管理超速駕駛的取締和交叉路口的警備。連續三年的時間內，我們沒有遇到一件兇殺案，甚至意外殺人也不曾發生。然後我開始往上爬，獲得一份郡代表的工作，也就是專門管理高速公路的巡警。但是這一份工作主要是負責接送在夜半發生交通意外的傢伙，所以我又回到了北卡羅來納大學進修犯罪社會學的學位。接著我搬到了溫斯頓—沙倫，為自己弄到了一塊金質的警徽。』

『一塊什麼？』

『就是當上了警探。當然，在通過第一次審查之前，我被痛打了兩次，並吃了三顆子彈……嘿，妳難道沒聽人說過，小心你自找的麻煩，因為最後總是會如願以償？』

『但是你從事的是你希望做的事。』

『我確實是。妳知道，扶養我長大的姑媽總是告訴我：「走在上帝為你指出的方向。」我想大概有點關係吧。我很想知道，妳是如何開始經營妳的公司？』

『我的丈夫艾德華、朗恩．泰爾波特和我，大概在七、八年前一起創立了這家公司。不過在這之前我還做了其他的事。』

『什麼事？』

『我被徵召入伍。』

『妳沒開玩笑吧？』

『沒開玩笑。我渴望飛行，但是卻沒有被雇用的機會。在一家大型的空運公司或航空公司找到一份工作之前，必須在他們所使用的飛機上面獲得評等。但是為了獲得評等，你必須自己掏腰包，付費受訓和進行模擬飛行。爲了得到一張能夠駕駛大型噴射機的證明，你可能需要花上一萬美元。我付不起任何受訓的費用，於是心中就冒出了一個念頭：如果我被徵召入伍，就可以駕駛地球上最歧視性別的飛機。所以我就簽了海軍。』

『爲什麼選擇海軍？』

『爲了航空母艦。我想，在移動的跑道上面降落應該會很有趣。』

貝爾做了一個退縮的表情，而她斜著眼睛表示納悶。於是他解釋：『如果妳沒有猜出我爲什麼做這種表情的話，我只是想表示妳從事的工作並不是讓我非常狂熱。』

『你不喜歡飛行員？』

『不，不是這個意思。我不喜歡的是飛行。』

『你寧可吃子彈也不願意飛行？』

他沒有多加考慮就肯定地點頭。然後他又問：『妳參加過戰爭嗎？』

『當然，在拉斯維加斯。』

他皺了皺眉頭。

『一九九一年，在希爾頓飯店三樓。』

『戰爭？我不懂。』

珮西問：『你有沒有聽過「尾鉤社」？』

『是不是一個海軍社團之類的聚會？一群男飛行員聚在一起喝得爛醉，然後攻擊女人？妳也在場嗎？』

『我遭到其中最「高尙」的人上下其手。不過我讓其中一個上尉掛了彩，折斷另外一人的手指，很遺憾地，他醉得必須等到隔天早上才知道痛。』她又啜了幾口波本威士忌。

『這個事件是不是眞的像傳說中那麼糟糕？』

她停頓了一會兒之後說：『你在心中期待鎖定的目標，通常是駕著米格機，從陽光裡冒出來的北韓人或伊朗人。但是，一旦成了原本應該站在你這一邊的人時，眞的會讓人很生氣。讓你覺得骯髒，遭到背叛。』

『後來發生了什麼事？』

『亂七八糟。』她抱怨道：『我不願意妥協。我指出了幾個名字，讓幾個傢伙出了局，其中有幾個飛行員，但是還有幾個高階的傢伙。這在作戰簡報的會議室裡可不太好看，你可以想像得到。』

不管有沒有『猴子伎倆』，你都不能和一個你不能信任的傢伙一起飛。『所以我就離開了。還不錯，我玩那些戰鬥機玩得十分開心，那些巡航任務很有趣。但該是離開的時候了。我遇到了艾德華，而我們決定一起創立這家空運公司。我和我的父親達成和解——在某種程度上——然後他借給我開這家公司所需要的絕大部分資金。』她聳了聳肩。『不過我是以本金加百分之三利息償還，而且從來不曾遲交。那個壞蛋……』

這件事喚回了許多關於艾德華的回憶：他幫她洽談貸款，到疑心重重的租賃公司選飛機，承租停機棚，還有他們爲了早上六點的航班，在清晨三點拚命修理航空通訊儀表板時起的爭執，這些點滴的影像就像她那可怕的偏頭痛一樣地傷人。爲了轉移思緒，她問貝爾：『你爲什麼會跑到北方來？』

『我妻子的家人住在這一帶，在長島。』

『你爲了姻親而離開北卡羅來納？』珮西幾乎做出他被妻子牽著走的評論，不過很高興自己並沒有說出口。貝爾的淡褐色眼睛輕易地抓住了她的視線。『貝絲當時病得相當嚴重。她在十九個月之前離開人世了。』

『喔，我很難過。』

『謝謝妳。這裡有一個防癌中心，她的朋友和姐姐也在附近。事實上，是因爲我需要有人幫忙照顧小孩。踢足球、做墨西哥菜我都行，但是孩子們需要的不只這些。例如，我第一次用乾衣機的時候，讓他們毛衣都縮了一號。不管怎麼樣，我並不反對搬家。我希望讓孩子們知道，生命當中除了穀倉和收割機之外，還有其他的東西。』

『你身上有相片嗎？』珮西問，一邊把酒壺擺回去。酒精造成了短暫的灼熱，讓她一度決定停止喝酒。然後她又決定還是不要停下來。

『當然。』他從寬鬆的褲袋裡掏出了一個皮夾，然後介紹他的小孩，兩個大約五歲和七歲的金髮男孩。『班傑明和凱文。』貝爾說。

珮西還瞥見了另外一張相片——一個蓄著劉海的漂亮金髮女子。

『他們眞是可愛。』

『妳有小孩嗎？』

『沒有。』她答道，一邊想著，我總是有理由，總是有下一個明年或後年。只要公司上了軌道，等我們租了那一架七三七，等我拿到了DC—九的評等……她給了他一個斯多葛學派❹的笑容。『你的小孩希望長大以後當警察嗎？』

『他們希望當足球員。這樣的就業市場在紐約並不大，除非大都會棒球隊繼續搞砸下去。』

就在沉默的氣氛足漸濃厚之前，珮西問：『我可以打電話到公司嗎？我得知道飛機的裝配進行到什麼地方了。』

❹禁慾主義。

『當然，那我先告退了。只要記得，千萬不要把我們的電話號碼和地址告訴任何人，這是我唯一堅持的事。』

15

倒數三十八小時

『朗恩，我是珮西。大家都還好吧？』

『大家都嚇壞了。』他答道：『我先送莎莉安回家了，她沒有辦法……』

『她還好吧？』

『她沒有辦法應付這樣的事，卡蘿也一樣。還有蘿倫，她已經快崩潰了，我從來沒有看過任何人這般沮喪。妳和布萊特還好吧？』

『布萊特快瘋了，我也一樣，眞是一團糟。朗恩……』

『那名警探呢？中槍的那一個？』

『我想他們還不知道結果。FB準備得怎麼樣了？』

『沒有我原先所想的那麼糟糕。我換掉了駕駛艙的窗戶；機身沒有裂痕。不過……一號引擎是個麻煩，我們得換掉大部分的外殼。我們正試著找一個新的滅火筒內芯，我想應該不會有問題……』

『但是……』

『但是，圓環必須置換。』

『燃燒罐的圓環？置換？喔，我的天啊！』

『我已經打了電話給康乃迪克州的加力大經銷商，儘管明天是星期日，他們還是同意送貨。我只要兩三個小時就可以裝好。』

『該死！』她抱怨道：『我應該到現場……我告訴他們我會留在這個地方，但是……該死！我應該到現場！』

『妳在哪裡，珮西？』

坐在席拉．哈洛薇芝那間陰暗公寓裡的史帝芬．卡勒正傾聽著這一段對話，並準備動手紀錄。他把話筒壓近耳朵。

但是那個妻子只說了：『在曼哈頓。我們周圍大約有上千個警察，我覺得自己就像教宗或總統一樣。』

史帝芬在掃瞄警用頻道時，聽到了關於上城西區二十號轄區的一些奇怪動靜：派出所被封鎖了起來，嫌犯全都被移送到其他的地方。他懷疑那個妻子現在是不是就在那一間派出所裡面。

朗恩問：『他們會阻止這傢伙吧？他們有沒有任何線索？』

是的，他們有沒有線索呢？史帝芬覺得納悶。

『我不知道。』她回答。

『那些槍擊……』朗恩表示：『天啊，眞可怕，讓我想起當兵的時候。妳知道，就是那些槍聲。』

史帝芬再次心想，這個叫朗恩的傢伙會不會有點利用的價値？

滲透，評估……審問。

史帝芬考慮跟蹤他，然後用酷刑逼他打電話給珮西，問出庇護所的地點……

但是儘管他可能再次突破機場的安全管制，畢竟還是存在著風險，而且會花掉太多的時間。

他一邊聽著他們的對話，一邊盯著眼前的手提電腦螢幕。一個叫他等候的訊息不斷地閃爍。一個遙控的錄音機接上了機場附近的紐約電信公司繼電設備，並在過去一個星期內，一直傳送他們的對話到史帝芬的錄音機裡。他很驚訝警方一直到現在都還沒有發現。

一隻貓——愛絲梅拉達，也就是肥蟲愛希——爬到桌子上，拱起了背。史帝芬聽見牠發出了滿足的咪嗚聲。

他開始覺得畏縮。

他用手肘粗暴地將貓頂下桌子，然後高興地聽著牠發出痛苦的慘叫聲。

『我一直在徵聘更多的飛行員，』朗恩不自在地表示：『我收到了……』

『我們只需要一個，一個右座的駕駛員。』

朗恩停頓了一下，問：『什麼？』

『我明天會駕駛那一架飛機。我需要的只是一張確定的訂單。』

『妳？我不覺得這是一個好主意，珮西。』

『你還有其他的人選嗎？』珮西簡單地問。

『嗯，但是……』

『你有沒有任何人選？』

『布雷德·托傑森在候傳的名單裡。他表示幫我們的忙不成問題，他很清楚我們的處境。』

『很好，一個有膽量的飛行員。他駕駛李爾噴射機的飛行時數有多少？』

『很多……珮西，我以爲妳會一直躲到大陪審團那一天。』

『林肯答應讓我飛這一趟，我會一直躲到那時候。』

『誰是林肯？』

是啊，史帝芬心想，誰是林肯？

『嗯，他是一個怪人……』那個妻子猶豫了一下，就好像是想要談起他，卻又不知道應該說些什麼一樣。史帝芬感覺非常失望，因爲她只說了：『他幫警方工作，試圖找出兇手。我答應他會在這個地方一直留到明天，但是我一定要飛這一趟班機。他同意了。』

『珮西，我們可以延期。我會跟美國醫療保健組織談一談，他們知道我們目前面臨一些……』

『不行。』她堅決地回答：『他們不會接受這些藉口，他們要的是飛機按照行程起飛。如果我們辦不到的話，他們會去找別人。他們的貨櫃什麼時候運過來？』

『六點或七點。』

『我下午會到機場，我會幫你把圓環裝好。』

『珮西，』他氣喘吁吁地表示：『一切都不會有問題。』

『如果我們能夠及時將引擎修好，一切就會非常完美。』

『妳一定吃盡了苦頭。』朗恩表示。

『並不盡然。』她回答。

因爲時候還沒到，史帝芬沉默地修正了她的說法。

莎克斯以四十哩的時速在街角煞住了車子，她看到十多個特勤任務小組的戰警在街上快步走動。

佛雷德·戴瑞的小組包圍了席拉·哈洛薇芝住的那棟房子。那是一棟典型的上城東區赤褐砂石建築。一旁緊臨著一家韓國快餐店。一名員工坐在店門口的一個牛奶箱上，削著沙拉吧供應的胡蘿蔔，一邊漠不關心地看著大樓周圍這一群佩帶著自動武器的男男女女。

莎克斯找到了戴瑞。他敞開了佩槍的皮套，正在門廳前面檢視住戶的姓名。

席拉．哈洛薇芝，二〇四。

他用手拍了拍對講機。『我們在四八三點四。』

這是聯邦特勤任務的安全頻道。莎克斯調整了她的對講機，戴瑞則一邊用一支小型黑色手電筒查看哈洛薇芝的信箱。『今天沒有開信箱。我覺得這女孩可能已經沒命了。』他接著說：『我們的人守著逃生門以及上、下的樓層。他們用了特警隊的攝影機和竊聽器，沒看到裡面有人，但是收聽到了擦動嗚叫的聲音。聽起來不像是人類。別忘了，她養貓。這是退職老將的又一次功績。我指的是我們那個萊姆。』

我知道你指的是什麼人，她心想。

外頭的狂風兇猛地咆哮。又一團烏雲開始集結在城市的上空，就像瘀傷一樣黏稠的厚重烏雲。

戴瑞對著他的對講機大聲說：『全體隊員，情況如何？』

『紅色小組，守著逃生門。』

『藍色小組，一樓。』

『知道了。』戴瑞說：『搜尋與監視小組，回報。』

『還是一樣不確定。我們收到了一些微弱的紅外線讀數，不管裡面是什麼人或什麼東西，都完全沒有動靜。有可能是已經開了一陣子的長明燈或信號燈，不過也有可能是我們的對象，就在公寓當中某件東西裡面。』

『那麼，你有什麼看法？』莎克斯問。

『什麼人？』警探透過對講機問。

『紐約警局，巡警編號五八八五。』莎克斯回答：『我需要知道你們的意見，你認爲嫌犯可能在裡面嗎？』

『妳爲什麼這麼問？』戴瑞問。

『我需要一個沒有遭到破壞的現場。如果你們認爲他不在裡面，我希望能夠單獨進入。十多個戰警浩浩蕩蕩地闖進去，可能是徹底破壞現場最有效的方式。』

戴瑞盯著她看了一會兒，黝黑的面孔皺了起來，然後他對著收話器說：『你們的看法如何，搜尋與監視小組？』

『我們就是不能確定，長官。』那名只聞其聲，不見其人的警探表示。

『我知道你沒有辦法確定，比爾。只要告訴我你的直覺怎麼說就行了。』

對方停頓了一會兒。『我認為他已經溜了，我想應該沒問題。』

『好吧。』戴瑞對莎克斯表示：『但是妳得帶一個警官和妳一起去，這是命令。』

『不過得讓我先進去，他可以從門口掩護我。聽我說，這傢伙並沒有在任何地方留下任何線索，我們需要一些突破。』

『好吧，警官。』戴瑞對幾個特警隊的探員點點頭。『允許進入。』他使用執法人員的行話時，不經意地流露出某種當下的時髦。

其中一名戰警在三十秒鐘之內拆掉了玄關的門鎖。

『等一等。』戴瑞轉頭說：『中心呼叫。』他對著對講機表示：『把頻率告訴他們。』然後看著莎克斯說：『林肯在找妳。』

一會兒之後，傳出了萊姆的聲音。『莎克斯，妳在做什麼？』

『我只是……』

『聽著，』他急切地表示：『不要一個人進去，讓他們先確定現場安全無慮。妳很清楚規矩。』

『我有後援……』

『不行，特警隊先進去。』

『他們確定他不在裡面。』她撒謊。

『還不夠，』他反駁：『因爲對方是棺材舞者，任何人都無法把握他的行徑。』

又來了，我不吃這一套，萊姆。她十分惱怒地對他說：『這是一個他沒預期我們會找到的現場。他可能沒有清理，我們或許能找到一枚指紋、一個彈殼之類的東西。媽的，或許會找到他的信用卡。』

沒有回答。林肯．萊姆表現出沉默的時候並不多見。

『別再嚇我了，萊姆，好嗎？』

他沒有答覆，而她有一種他希望讓她被嚇到的奇怪感覺。『莎克斯……』

『怎麼樣？』

『務必要小心。』這是他唯一的忠告，而且每一個字都說得非常猶豫。

接著，五名戰警突然冒了出來，穿戴著乳膠手套、頭巾、藍色防彈衣，手持黑色H＆K步槍。

『我會從裡面呼叫你們。』她表示。

她跟在他們後面爬上樓梯。她的注意力完全放在柔弱的左手所提的沉重刑案現場專用皮箱，而不是右手的黑色手槍。

過去的日子，在那些舊日時光裡，林肯一直都是喜歡步行。

他在動態當中可以感覺到某種平靜。從中央公園或華盛頓廣場公園溜達而過，或輕快地行經時尚區。他經常停下腳步——或許是爲偵查資源組的資料庫收集一些物資——一旦這一點塵土、植物或建築材料的樣本收集完畢，來源也紀錄在筆記簿上面之後，他又會重新動身，走上個幾哩的路。

他目前的情況令他最沮喪的就是無法發洩緊張的情緒。他現在讓自己的眼睛閉上，後腦緊靠著暴風箭輪椅的頭靠，牙齒緊緊地咬在一起。

他要湯瑪斯爲他準備一點蘇格蘭威士忌。

『你難道不需要保持頭腦清醒嗎？』

『不需要。』

『我認爲你需要。』

去死吧，萊姆心想，一邊把牙齒咬得更緊。讓湯瑪斯必須清理一副血淋淋的牙床，讓他必須想辦法安排一個出診的牙醫，然後我也會成爲他的眼中釘。

遠方傳來陣陣的雷聲，燈光跟著變得昏暗。

他想像著莎克斯走在戰警隊員的前方。她說得沒錯，讓特勤小組清查整棟公寓會嚴重破壞現場。然而，他對她還是擔心得要命，她太魯莽了。他一直注意她抓頭皮、拉扯眉毛、啃咬指甲，始終對心理學家的黑色藝術抱持懷疑態度的萊姆，看到自我毀滅的行徑時，還是能夠辨識得出來。他也坐過一次她開的車——在她那輛增強了馬力的跑車裡——他們加速到一百五十哩的時速，而她卻還爲了長島簡陋的路況，害她無法讓速度加倍而沮喪不已。

她壓低的聲音讓他嚇了一跳。『萊姆，你在嗎？』

『開始吧，艾米莉亞。』

一陣停頓之後。『不要用名字，萊姆，會帶來霉運。』

他試著笑出聲，一邊後悔自己用了這個名字，不知道自己爲什麼會這麼做。

『開始吧。』

『我在大門口。他們準備用大鎚撞開門。另外一個小組也回報了，確實認爲他不在裡面。』

『妳穿了妳的盔甲了嗎？』

『我偷了一個聯邦調查局特工的防彈衣，看起來就像拿麥片盒當胸罩一樣。』

『數到三之後，』萊姆聽到了戴瑞的聲音。『所有的小組一起動手拆掉門片和窗戶，除了入口之外，覆蓋每一個角落。』

『一……』

萊姆極度地不安。他很想逮到棺材舞者——他自己可以感受得到，但是，他多麼替她感到害怕。

『二……』

莎克斯，該死，我一點都不想爲妳擔心……

『三……』

他聽見了輕微的劈啪聲響，就像青少年壓折關節的聲音，然後發現自己整個人都傾向前，他的頸子因爲痙攣而顫抖不已。湯瑪斯在這個時候出現，開始爲他進行按摩。

『我沒事，』他低聲說：『謝謝。請你幫我擦掉汗水就行了。』

湯瑪斯懷疑地看著他——因爲他說了『請』字——然後幫他把前額的汗水擦掉。

妳在做什麼，莎克斯？

他想要開口問，但是又不想在這個時候讓她分心。

然後他聽見了倒抽一口氣的聲音，他頸背的頭髮全部都豎了起來。『天啊！萊姆。』

『什麼事？告訴我。』

『是那個女人……那個叫做哈洛薇芝的女人。冰箱的門開著，她在裡面。她已經死了，但是看起來……天啊！她的眼睛……』

『莎克斯……』

『看起來他把她活生生地塞了進去。他爲什麼會……』

『不要去想，莎克斯。來吧，妳辦得到。』

『天啊！』

萊姆知道莎克斯患過禁閉恐懼症，他可以想像當她看到這種死法之後，所感受到的恐懼。

『他是不是用膠帶或繩索綁住她？』

『是膠帶，某種包裝用的透明膠帶封住了她的嘴。她的眼睛，萊姆，她的眼睛……』

『不要驚慌，莎克斯。膠帶的表面很容易留下指紋。地板的材質是什麼？』

『客廳裡是地毯，廚房則是亞麻油地氈，然後……』一聲尖叫。『喔，天啊！』

『什麼事？』

『只是一隻貓，牠剛剛從我面前跳過去，小王八蛋……萊姆，我聞到了一種味道，古怪的味道。』

『很好。』他教過她一定要嗅一嗅刑案現場的空氣，這是刑案現場鑑識警官應該紀錄下來的第一個事實。但是她指的『古怪』是什麼意思？

『一種酸臭的味道，化學性質，難以命名。』

接著，他明瞭了有東西不太對勁。

『莎克斯，』他突然問：『冰箱的門是妳打開的嗎？』

『不是，我看到的時候就是這個樣子，看起來像是被一張椅子頂住了。』

爲什麼？萊姆納悶地想。他為什麼這麼做？他努力地思考。

『那股味道越來越強烈了，還彌漫著一股煙氣。』那個女人是爲了分散注意力！萊姆突然這麼想。他讓冰箱的門敞開，是爲了讓進門的小組把注意力放在那上面！

不，不要再來一次！

『莎克斯！妳聞到的是引線的味道，一個緩衝的引線。那個地方裝了另一枚炸彈！立刻離開現場！他讓冰箱門敞開是爲了誘我們進到裡面。』

『什麼？』

『那是一個引線！他裝了一枚炸彈！妳只剩下幾秒鐘，離開那裡！快跑！』

『我可以取下她嘴上那一片膠帶。』

『離開那裡！』

『我可以取下……』

萊姆聽到窸窣聲、輕微喘氣，幾秒鐘後，一聲猛烈爆炸聲響起，就像一把大鎚敲在一個鍋爐上。他的耳朵幾乎被震聾了。

『不要！』他大叫：『喔，不要！』

他盯著塞利托，塞利托則看著萊姆驚懼的臉孔。『發生什麼事了？發生什麼事了？』他也叫道。

一會兒之後，萊姆可以透過耳機聽到一個男人驚恐的聲音叫道：『著火了，二樓！牆壁都炸開了，全都炸掉了……有人受傷了……天啊！她怎麼了？看看那一身血，這麼多血！我們需要支援。二樓！二樓！』

史帝芬．卡勒繞著上城西區的二十號轄區走了一圈。

派出所距離中央公園並不遠，他可以看到那些樹木。

派出所所在的路口有警力戒備著，但是安全狀況並不怎麼樣。那棟低層建築的前面站了三名緊張地四處觀望的警察，但是派出所的東面因爲有厚重的鋼架堵住窗戶，所以並沒有站崗的警衛。他猜想這個地方就是臨時的拘留所。

史帝芬繼續從這個角落朝南方的另一個路口行進。這一帶並沒有藍色的木架封鎖街口，但是卻有警衛守衛——又多了兩名警察。他們的眼睛盤查著每一輛過往的車輛和每一個路過的行人。他迅速地研究了一下那棟建築物，然後繼續朝著南面的下一個街區移動，再繞往轄區的西邊。他悄悄地溜進了一條沒有人的巷子裡，從背包裡拿出了雙筒望遠鏡，朝著派出所觀望。

你用得上這東西嗎，士兵？

是的，長官，用得上，長官。

位於派出所旁邊的停車場上有一個汽油唧筒，一名警察正在爲他的警車灌裝汽油。史帝芬一直都認爲警察只會到阿姆科或蜆牌的加油站加油。

他用他的萊卡雙筒望遠鏡盯著汽油唧筒看了一會兒，然後收回背包裡，匆匆地繼續朝西方行進。就像往常一樣，小心注意那些正費心尋覓他的人。

16

倒數三十四小時

『莎克斯！』萊姆再次大叫。

媽的，她到底在想些什麼？她怎麼能夠如此粗心大意？

『發生什麼事了？』塞利托再次問道：『到底怎麼樣了？』

她發生什麼事了？

『哈洛薇芝的公寓裡有一枚炸彈。』萊姆絕望地表示：『爆炸的時候，莎克斯還在裡面。打電話給他們，問清楚發生了什麼事。用擴音喇叭。』

這麼多血！

經過了冗長而沒有止盡的三分鐘之後，塞利托接上了戴瑞。

『佛雷德，』萊姆大叫道：『她怎麼樣了？』

又經過了一陣折騰人的停頓之後他才回答。

『情況不太好，林肯，我們剛剛才把火熄掉。那是一顆殺傷炸彈之類的東西。我們應該先進去查看的，操！』

殺傷炸彈的陷阱通常都是塑膠炸藥或黃色炸藥，也常常塡裝了碎片或鋼珠，儘可能地造成人員的傷亡。

戴瑞繼續說：『炸掉了幾片牆，也幾乎一把火將這個地方燒盡。』他頓了一下，『我得告訴你，林肯。我們……找到……』戴瑞平日沉著的聲音變得含糊，可以感覺到他心神不寧。

『怎麼樣？』萊姆問。

『一些破碎的屍塊……一隻手，還有臂膀的一部分。』

萊姆閉上他的眼睛，感受到一股多年來未曾感受的恐慌。一道冰冷的刺痛通過了他那具毫無知覺的身體，他的呼吸發出了輕微的嘶嘶聲。

『林肯……』塞利托開口。

『我們還在搜尋。』戴瑞繼續說：『她可能沒有死。我們會找到她，送她到醫院去。我們會盡一切力量，你知道我們會這麼做。』

莎克斯，妳為什麼要這麼做？我為什麼讓妳這麼做？

我根本就不應該……

這時候他聽到了一些爆裂的雜音，就像爆竹一樣的巨大響聲。『有沒有人可以……天啊！有沒有人可以幫我把這東西從身上移走？』

『莎克斯？』萊姆對著麥克風叫道，他很確定那是她的聲音。然後聽起來像是她發出了哽咽或嘔吐的聲音。

『噁，』她說：『天啊……眞是噁心。』

『妳沒事嗎？』他把頭轉向擴音喇叭，『佛雷德，她在哪裡？』

『是你嗎，萊姆？』她問：『我什麼都聽不見，你們哪個人跟我說說話！』

『林肯，』戴瑞大叫：『我們找到她了！她沒事，她完全沒事！』

『艾米莉亞？』

他聽見戴瑞大聲地呼叫醫護人員。許多年身體不曾打顫的萊姆，可以感覺到自己的無名指正強烈地抖動。

戴瑞回來和他通話。『她聽不太清楚，林肯。事情是這樣……看起來好像是我們找到的那女人的屍體，哈洛薇芝。莎克斯在爆炸前一刻把它從冰箱裡面拉出來，而屍體承受了絕大部分的爆炸衝擊。』

塞利托說：『我看到你的表情了，林肯，放她一馬吧！』

但是他並沒有這麼做。

他激動地大聲咆哮：『妳腦袋裡到底他媽的在想什麼東西，莎克斯？我告訴妳那是一枚炸彈！妳應該知道那是一枚炸彈，妳應該逃出來保命！』

『萊姆，是你嗎？』

她是裝的，他知道她是裝的。

『莎克斯……』

『我必須拿到那一片膠帶，萊姆。你在嗎？我聽不到你說話。那是一片包裝用的膠帶，我們得找到他的指紋，這是你自己說的。』

『老實說，』他嚴厲地表示：『妳眞是不可理喻。』

『喂？喂？你說的話我一個字也聽不到。』

『莎克斯，少給我鬼扯。』

『我得檢查一樣東西，萊姆。』

接著出現了一會兒的沉默。

『莎克斯？……莎克斯，妳還在嗎？搞什麼……』

『萊姆，你聽我說，我剛好用波里光碰到了膠帶。你猜怎麼樣？上面有一小塊！我弄到了一枚棺材舞者的指紋！』

這件事讓他停頓一會兒，但是他緊接著又重新開始激烈的攻擊。等到他開始進入訓話的重點時，才發現自己正對著一條斷了線的線路長篇大論。

她看到自己烏黑的模樣，驚訝得目瞪口呆。

『不要罵我，萊姆。我知道我非常愚蠢，但是我當時並沒有想那麼多，我只是採取了行動。』

『發生什麼事了?』他問。很高興看到她仍然生龍活虎,他臉孔上的嚴厲暫時消失不見。

『我已經進行了一半。我看到裝在門後的炸彈,知道自己沒有時間完成任務,所以我抓住那女人的屍體,把它拖出冰箱,正打算把她的屍體拉到廚房的窗戶旁邊,還沒走到一半,炸彈就爆炸了。』

梅爾・柯柏仔細檢查莎克斯交給他的那只裝著證物的袋子,他檢驗了煤氣的烏渣以及炸彈的碎片。『M四十五導彈用的黃色炸藥,四十五秒引線緩衝的震動開關。先鋒小組搥門的時候撞翻了炸彈,點燃了引線。這裡面包含了石墨的成分,所以是配方較新的黃色炸藥,威力十足,非常厲害。』

『混蛋。』塞利托罵道:『時間緩衝……他希望炸彈爆炸之前,越多人進到裡面越好。』

萊姆問:『有沒有任何可以追蹤的東西?』

『這是現成的軍用品,追蹤不出什麼東西,除了……』

『追蹤到把東西交給他的那個王八蛋,』塞利托接著說:『菲利浦・漢生。』他的手機在這時候響了起來。他接通了電話之後低著頭傾聽,一邊點著頭。

『謝謝你。』他最後說道,然後關上手機。

『什麼事?』莎克斯問。

塞利托閉著眼睛。

萊姆知道和傑瑞・班克斯有關。

『隆恩?』

『是傑瑞。』他抬起頭,嘆了一口氣。『他會活下去,但是他失去了一隻手臂。他們試圖搶救,但是傷勢太重了。』

『喔,不。』萊姆低聲說:『我可以和他談一談嗎?』

『不行,』塞利托表示:『他睡著了。』

萊姆想著這個年輕人，想像著他在不適當的時候說著不適當的話，撥弄著他的鬈髮，用一把剃刀刮著他光滑的粉紅色下巴。『我很難過，隆恩。』

塞利托搖搖頭，就像萊姆轉移別人對他的同情時一樣。『我們還有其他需要擔心的事。』

沒錯，他們確實有其他需要擔心的事。

萊姆注意到那一片包裝膠帶——棺材舞者用來堵嘴的東西。就像莎克斯一樣，他可以看到膠著面上有一個淺淺的口紅印。

莎克斯盯著證物，但是並非使用一種臨床的專業目光。那不像科學家的目光，因爲她看起來有些紊亂。

『莎克斯？』他問。

『他爲什麼這麼做？』

『炸彈嗎？』

她搖搖頭。『爲什麼他將她關在冰箱裡面？』她舉起一根手指放在自己的嘴裡，開始啃咬。她的十根手指當中，只有一片指甲——左手的小指——仍維持細長鋒利。其他的都被啃過了，其中幾根還因爲乾涸的血液而呈棕色。

萊姆答道：『我想是因爲他希望分散我們的注意力，不讓我們注意到那枚炸彈。冰箱裡的一具屍體確實抓住了我們的注意力。』

『我不是這個意思，』她回答：『死亡的原因是窒息。他把她活生生地關在裡面，爲什麼？他是一個虐待狂還是怎麼樣？』

萊姆答道：『不是，棺材舞者並不是一個虐待狂。他沒有那種本錢，他唯一迫切的希望就是完成這份工作，而他擁有足夠的意志力，讓他的其他欲望受到控制。他爲什麼不用手邊的刀子或是繩子，而讓她以這種方式窒息？我並不完全確定，但是這一點對我們有利。』

『怎麼說？』

『或許她身上有某種讓他嫌惡的東西，所以他希望以最痛苦的方式來殺害她。』

『好吧，但是這件事爲什麼對我們有利？』

『因爲——』莎克斯接著爲自己的問題提出了答案。『這表示或許他已經失去了冷靜，他開始有疏失了。』

『沒錯。』萊姆叫道，非常驕傲莎克斯想出了其中的關聯，但是她並沒有注意到他眼中讚許的微笑。她讓眼睛閉了一會兒，一邊搖著頭；或許她又再次想起了那具屍體嚇人的眼珠。一般人都認爲刑事鑑識家十分冷漠（萊姆的妻子曾經無數次如此指控他），但是事實上，他們最容易對搜尋現場的被害者產生心碎的移情作用，莎克斯就是這種人。

『莎克斯，』萊姆溫柔地低聲說：『指紋呢？』

她看著他。

『妳告訴我，妳找到了一枚指紋，我們得盡快採取行動。』

莎克斯點點頭。『並不完整。』她拿起塑膠袋。

『會不會是她的？』

『不是。我拓下了她的……我花了一些工夫才找到她的手，所以那枚指紋肯定不是她的。』

『梅爾！』萊姆說。

柯柏將那一片膠帶用超效黏合劑進行煙燻，那一枚指紋立刻變得明顯。

柯柏搖了搖頭。『我不敢相信。』他說。

『什麼事？』

『這個棺材舞者擦拭過膠帶！他一定知道自己沒戴手套的時候碰過。所以剩下的指紋只有局部的一小部分。』

柯柏和萊姆都是國際鑑識組織的成員。他們的專長是透過指紋、DNA和剩餘的牙齒來辨識對象。但是這一枚不完整的指紋——就像留在炸彈鋼嘴上的那一枚——已經超出了他們的能力範圍之外。如果有任何專家能夠指認，並將一枚指紋歸類，一定非他們兩人莫屬，但是並不是這一枚。

『拍成照片之後，掛在牆上。』萊姆說。他們繼續完成這些動作，因為這是他們的工作。不過他卻沮喪透了。莎克斯差一點把命都丟了，卻什麼東西也沒得到。

著名的法國犯罪學家愛德蒙．羅卡德，發展出一條以他的名字命名的原理。他表示，罪犯和被害人每一次的遭遇都是一種證物的流通，這種流通或許十分細微，但是移轉確實發生。不過對萊姆來說，如果有任何人能夠推翻羅卡德的原理，就一定是這個被稱為『棺材舞者』的幽靈。

看到萊姆臉上露出的沮喪之後，塞利托對他表示：『我們還有派出所的陷阱。只要夠幸運的話，我們會逮到他。』

『但願如此，讓我們拿一些該死的運氣出來用一用吧。』

他閉上眼睛，頭靠在枕頭上休息。一會兒之後，他聽到湯瑪斯表示：『已經快十一點了，該上床睡覺了。』

我們偶爾會輕易地忽略自己的身體，忘記自己擁有一副軀體——這種時候，當我們的生命面臨了緊急關頭，我們必須走出自己的肉身，然後繼續工作、工作、工作。我們必須超越正常的極限。但是林肯．萊姆有一副不容他忽略的身體。褥瘡可能導致敗毒病和敗血病，肺臟積水可能造成肺炎，導尿管是不是已經插入膀胱了？腸管的推拿是不是促進了蠕動？史班克鞋是不是太緊了？反射異常是可能造成的結果，也就表示中風，體力消耗太多也會引起心臟衰竭。

太多種死亡的方式了……

『你要上床了。』湯瑪斯表示。

『我得……』

『睡覺！你必須睡覺。』

萊姆默默地接受了：他累了，非常累。

『好吧，湯瑪斯。好吧。』他讓輪椅朝著電梯駛去。『還有一件事。』他回頭看。『妳待會兒可以上來幾分鐘嗎，莎克斯？』

她點點頭，一邊看著小電梯的門緩緩關上。

她上樓的時候，他已經躺在治療床上了。

她等了他十分鐘，讓他有時間完成就寢之前的需要——讓湯瑪斯插上導尿管，並爲他刷牙。她知道萊姆的嘴巴很硬，他像一般殘障人士一樣地忽略了謙虛。不過她也知道有一些私人的例行公事，他並不願意讓她看見。

她利用時間在樓下的浴室裡洗了澡，穿上了乾淨的衣服——她自己的衣服——『湊巧』擺在湯瑪斯地下室的洗衣間裡。

房間裡的燈光非常昏暗。萊姆就像一頭靠在樹上抓背的大熊一樣，正在枕頭上磨蹭他的腦袋。治療床是全世界最舒適的床。半公噸的重量由厚實的原木製成，中間則有流通暖氣的通風孔。

『莎克斯，妳今天做得不錯。妳超越他了。』

除了傑瑞．班克斯因爲我而丟了一條手臂。

我還讓棺材舞者全身而退。

她走到吧台，爲自己倒了一杯麥卡倫威士忌，一邊抬高了一道眉毛。

『當然，』他說：『母親的乳汁，忘憂的露水……』

她踢掉警局配發的鞋子，拉起上衣來查看瘀傷。

『喔！』萊姆說。

瘀傷的形狀就像密蘇里州一樣，顏色則像茄子一般烏黑。

『我不喜歡炸彈。』她表示：『我從來不曾如此接近過一枚炸彈，而我一點都不喜歡。』

她打開皮包，找出三顆阿斯匹靈，然後乾呑下肚（早年學的老把戲）。接著到窗口，那兩隻游隼也在。漂亮的飛禽。牠們的體型並不大，只有十四、十六吋左右，和狗比起來的話可謂迷你。不過以一隻鳥來說，已經足以令人生畏了。牠們的嘴看起來就像『異形』這類電影當中，某種怪物的爪子一樣。

『妳沒事吧，莎克斯？老實告訴我。』

『我很好。』

她坐回椅子上，啜飲著那杯熱身的飲料。

『妳今天晚上留下來嗎？』

她偶爾會留在這裡過夜。有時候睡在沙發上，有時候則躺在他旁邊。或許是爲了治療床中間流動的暖氣，或許純粹只是希望躺在另外一個人的旁邊——她自己並不知道原因——但是從此之後，沒有任何地方比這裡讓她睡得更爲安穩。自從她和最後一個男朋友尼克分手之後，她就不曾再享受過和一個男人親近的滋味。她和萊姆會躺在一起聊天，她會對他談起車子，談起她的射擊比賽，談起她的母親和教女，談起她父親的一生和他殘喘可悲的死亡。她提到的私人故事比他還多，不過沒有關係，她喜歡聽他聊起任何他想說的事情。他的頭腦聰明得令人驚訝。他會對她談起從前的紐約，聊到全世界從來沒有人聽過的黑手黨謀殺案，還有乾乾淨淨、看起來似乎令人絕望的刑案現場，然後因爲搜尋人員找到了一顆塵土、一片指甲、一絲痰渣，而揭露了罪犯的身分或居住的地點——好吧，對萊姆來說，這些東西是揭露了這些事情，但是對其他的人來說並不見得如此。他的腦筋從來不曾停止動過。她知道他在受傷之前，會在紐約的街道上漫遊，尋找泥土、玻璃、植物、石塊的樣本等，任何可以幫助他破案的東西。這股就像是停不下來的勁兒，已經從他的雙腿移到了他的腦中——他用想像力在城市裡漫遊直到深夜。

不過今天晚上並不一樣，他有些漫不經心。她並不在意他惡劣的脾氣——還好她並不在意，因爲他脾氣惡劣的時候非常頻繁——但是她並不喜歡他心不在焉。她靠著床邊坐下。

他開始說出了明顯地是讓他要求她留下來的主要原因。『莎克斯，隆恩告訴我關於機場發生的事情了。』

她聳聳肩。

『妳當時什麼事都不能做，就除了把妳自己的命送掉之外。妳爲自己找掩護這件事情做得很對，他試射第一槍之後，第二槍就會擊中妳。』

『我有兩、三秒的時間。我可以擊中他，我知道我可以。』

『不要太莽撞，莎克斯。那枚炸彈……』

她炯炯的眼神讓他安靜下來。『我想要逮到他，無論用什麼代價。我可以感覺到你想要逮到他的希望也一樣強烈，我想你也會賭一把。』她用一種意味深長的神秘語氣補充：『或許你也正在賭一把。』

這句話比她的預期引起了更大的效果。他瞇起眼睛，看向遠方，不過他只是啜飲著他的威士忌，什麼話都沒再說下去。

她突然衝動地問：『我可不可以問你一件事？如果你不希望我問下去，你可以叫我住嘴。』

『少來了，莎克斯。妳和我之間還有秘密嗎？我不這麼認爲。』

她看著地板，然後說：『我記得有一次曾經告訴你關於尼克的事情，我對他有什麼樣的感覺等等，以及發生在我們之間的事情有多難受。』

他點點頭。

『然後我問你，你是不是曾經對任何人——或許你的妻子——有過同樣的感覺？你告訴我你有，但是並不是對布萊妮。』她抬頭看著他。

他很快地回過神，但是並不夠快。她了解自己正朝著一條暴露在外的神經吹冷風。

『我記得。』他答道。

『她是什麼人？嗯……如果你不想談起這件事的話……』

『我不介意。她的名字是克萊兒，克萊兒．崔琳。妳覺得這個姓氏怎麼樣？』

『或許和我在學校一樣，經常被冠上了同樣的垃圾——艾米莉亞．傻個子，艾米莉亞．煞克死，你怎麼遇到她的？』

『嗯……』他似乎不太情願說下去，所以笑著表示：『在局裡面。』

『她是警察嗎？』莎克斯覺得很驚訝。

『沒錯。』

『發生什麼事了？』

『那是一段……不容易的關係。』萊姆悲傷地搖了搖頭。『我當時已經結了婚，她也一樣。只不過不是和彼此。』

『有小孩嗎？』

『她有一個女兒。』

『所以你們分手了?』

『這件事不可能會有任何結果，莎克斯。布萊妮和我注定是要離婚——或者殺掉對方。但是克萊兒……她很擔心她的女兒，擔心自己如果離婚的話，她的丈夫必須自己帶著一個小女孩。她並不愛他，但他是一個好人，非常愛女兒。』

『你見過她嗎?』

『她的女兒?見過。』

『你現在還會再見到克萊兒嗎?』

『不會，那已經是過去的事，她已經沒有那麼大的影響力了。』

『你是在發生意外之後才跟她分手的嗎?』

『不，不是，在這件事情之前。』

『不過她知道你受傷了，對不對?』

『她不知道。』萊姆再次猶豫了一下才回答。

『你爲什麼不告訴她?』

一陣停頓之後。『有一些原因……奇怪，妳居然提起了她，我已經有很多年沒想到她了。』

他漫不經心地笑了笑，而莎克斯感覺一股痛楚流過全身——實際的痛楚，就像炸彈在她身上留下的那片狀似密蘇里州的瘀傷一樣——因爲他所說的是謊話，他一直都在想著這個女人。莎克斯並不相信女人的直覺，但是她相信警察的直覺，她走過的巡邏路線，長到不容她忽視這種洞察力。她知道萊姆一直都在想著克萊兒·崔琳。

當然，她的感受非常荒謬。她並沒有嫉妒的耐性，她不曾因爲尼克的工作而吃醋——他是臥底的警探，可以在街上一混就是好幾個星期，不曾因爲他爲了工作和妓女或金髮花瓶一起喝酒而吃醋。

而除了嫉妒之外，她還期待自己和萊姆之間可能發生什麼事？她和她的母親多次提起過他，而這個精明的老女人總是會對她說：『對殘障人士友善是件好事。』

這樣的答覆也總結了他們之間理當存在的關係，也是可能存在的一切關係。

已經不只是荒謬了。

但是她卻嫉妒得不得了，而且不是因爲克萊兒。

是因爲珮西．克萊。

莎克斯沒有辦法忘記她在今天稍早的時候，看見他們緊鄰著坐在他房間裡的模樣。再來一點威士忌，回想著她和萊姆在這個房間裡討論案情，喝著上好的酒，這些一起共同度過的夜晚。

喔，太好了，我變得多愁善感了，眞是成熟。我要用霰彈槍對準胸口，一槍將這種感覺打散。

但是她反而爲這種感覺澆上更多的威士忌。

珮西並不是一個吸引人的女人，但是這一點並不代表什麼；莎克斯只在她工作了好幾年的模特兒經紀公司花了一個星期，就明白了漂亮的荒謬。男人喜歡看漂亮的女人，然而這也是他們面對的最大威脅。

『你要再喝一點嗎？』

『不了。』他回答。

她並不需多加思索，就躺下來將頭靠在他的枕頭上，心想，我們對於事情的適應方式還眞是奇怪。當然，萊姆不可能把她拉到他的胸膛上面，然後擁抱著她睡覺。但是他取代的姿勢，就是讓他的腦袋傾過來靠著她的，他們已經多次以這樣的方式一起入睡。

不過她今天晚上感覺到一股僵直、一種謹慎。

她覺得自己正在失去他。而她想得到的方式，就是試著讓自己更加靠近，儘可能地靠近。

莎克斯曾經對她的朋友艾咪——她教女的母親——吐露過一次關於萊姆的事情，以及她對他的感覺。艾咪很納悶吸引力到底來自什麼地方，所以猜測：『或許就是因爲……妳知道，因爲他不能動。他是一個男人，而他對妳沒有任何控制力，或許這是一種刺激。』

但是莎克斯知道事情剛好相反：刺激來自於雖然他是一個不能動彈的男人，卻反而對她有著全然的控制力。

他所說的話在他提到克萊兒、提到棺材舞者的時候飄了過去。她縮回腦袋，看著他薄削的嘴唇。

她的雙手開始游動。

他什麼也感覺不到，當然。但是他可以看見她那幾根指甲受了傷的完美手指滑過他的胸膛，順著他光滑的身體往下移動。湯瑪斯每天都會爲他進行一系列被動式的運動，雖然萊姆的肌肉並不發達，他卻有著一具年輕人的軀體。就好像從他發生意外的那一天開始，老化的過程就已經停止了一樣。

『莎克斯？』

她的手朝著更低的地方移動。

她的呼吸開始變得急促，並且將毯子拉開。湯瑪斯爲萊姆穿上了一件運動衫，她將它往上拉起來，手在他的胸膛上面滑動。接著她脫掉自己的上衣，解開自己的內衣，讓她脹紅的皮膚貼緊他蒼白的身軀。她原本預期他的身體一片冰涼，但是事實並非如此。他的身體比她的還要熱，於是她更用力地磨蹭起來。

她在他的臉頰上面親了一下，然後是他的嘴角，然後直截了當地吻在他的唇上。

『莎克斯，不要……聽我說，不要。』

但是她並沒有聽進去。

她並沒有告訴萊姆自己在幾個月前買了一本書名爲《傷殘的愛人》的書，她意外地學到癱瘓者也能夠做愛，甚至當上父親。人類令人難以理解的器官可以說擁有自己的意識，而且在脊椎神經中斷之後，也只會淘汰掉一種型態的刺激。殘障的男人可以擁有完全正常的勃起。沒錯，他不會有知覺，但是對她來說，身體的興奮只是一部分，而且經常是次要的部分，重要的是那種親密的關係；那是百萬次電影中的高潮永遠也模仿不出來的快感。莎克斯猜想著萊姆會不會也有同樣的感覺。

她再次親吻他，而且更加熱烈。

他猶豫了一會兒之後回應了她的吻，她一點都不驚訝他吻得相當好。除了他的黑眼睛之外，她在他身上注意到的第一件東西就是他的唇。

接著他縮回他的臉。

『不要，莎克斯，不要……』

『噓，安靜……』她讓自己的手在毛毯下面忙個不停，開始動手又摩又摸。

『只是……』

什麼事？她心想，那東西不能作用了嗎？

但是那東西運作得相當正常。她可以感覺得到握在手中的腫脹，比起她遭遇過的一些強壯的情人還更有反應。

她滑到他的身上，將被單和毛毯踢開，彎下身重新開始親吻他。她一直渴望爬到她現在所處的位置，和他面對面，儘可能地親近。讓他了解在她的眼中，他是一個完美的男人，一個完整的男人。

她拿下髮夾，讓頭髮散在他的身上，然後傾身繼續親吻他。

萊姆也回吻了。他們的唇緊緊地貼在一起，將近一分鐘的時間。

然後他突然開始搖頭，程度之猛烈，讓她以爲他中了風。

『不行！』他低聲表示。

她原本期待的是一種嬉戲、一種激情，或在最糟糕的情況下，用一種調情的語氣告訴她：喔，這不是一個好主意……但是他聽起來非常虛弱，空洞的聲音切進了她的靈魂裡。她翻過身，抓起一個枕頭遮住自己的胸部。

『不行，艾米莉亞，我很抱歉。不行。』

她的臉孔因爲羞恥而燒燙，她腦海裡出現的是多次和原爲朋友的男孩出門，或赴一個普通的約會，卻突然因爲對方開始像個青少年一樣動手動腳而出現的那股嫌惡感。她的聲音也流露出她在萊姆的聲音裡聽見的那股沮喪。

她最後終於明白了，這就是她在他心中的位置。

一個夥伴，一個同僚，一個普通的朋友。

『我很抱歉，莎克斯……我不行。事情有一些複雜。』

複雜？不會吧，至少她看到的並不是這樣。除非是因爲他並不愛她。

『不對，是我很抱歉。』她粗聲地表示：『眞是蠢，喝了太多該死的威士忌了。你知道，我一向不勝酒力。』

『莎克斯。』

她穿衣服的時候，讓臉上維持了一個幹練的微笑。

『莎克斯，讓我說句話。』

『不。』她不想聽到任何一個字。

『莎克斯……』

『我該走了，我會早一點回來。』

『我想要說句話。』

但是萊姆沒有機會說半個字，無論是解釋、道歉、告白或是說教。

他們被門上的重擊聲打斷了。萊姆開口詢問來者身分之前，隆恩·塞利托已經匆匆地走進房裡。

他沒有任何評論地看了莎克斯一眼，然後立刻轉向萊姆表示：『剛剛聽到鮑爾在二十號轄區的人表示，棺材舞者到過那個地方，打量了那一帶。那個王八蛋上鉤了！我們會逮到他，林肯。這一次我們會逮到他！』

『幾個鐘頭以前，』塞利托繼續說：『搜尋與監視小組的幾個男孩看到了一個白人男子在二十號轄區的派出所一帶閒晃。他躲進了一條巷子裡，看起來似乎在探視我們的警衛狀況，然後他們看見他用望遠鏡查看派出所旁邊的汽油唧筒。』

『汽油唧筒？給機動巡邏隊用的嗎？』

『沒錯。』

『他們有跟蹤他嗎？』

『他們試了。但是在接近之前他就消失了。』

萊姆注意到莎克斯偷偷地扣上了上衣最上面的一顆釦子……他得和她談一談剛才發生的事，他必須讓她了解。但是爲了塞利托目前正在描述的這件事，只好等稍後再說了。

『還有更好的消息，半個鐘頭之前，有人因爲卡車遭竊而報案。是位於上城西區靠河的羅林斯配銷公司。他們的業務是專門交割汽油到獨立的加油站。有人剪斷了鐵鍊，警衛聽到了聲音前去查看，卻遭到偷襲。他狠狠地挨了扎實的一記，而那傢伙成功地開走了一輛卡車。』

『羅林斯幫警用部門運送汽油嗎？』

『不是，不過誰知道？棺材舞者開著一輛油罐車到二十號轄區，警衛不假思索就揮手讓他過去，然後……』

莎克斯插嘴：『卡車接著爆炸。』

這讓塞利托說不下去。『我只想到他用卡車作爲進入封鎖區的手段。你覺得他會拿來當炸彈嗎？』

萊姆沉重地點點頭。他感到生氣，莎克斯說的沒錯。『他比我們任何人都更精明。我一直都沒想到他可能嘗試這樣的方法。天啊，一輛油罐車在那一帶爆炸……』

『一個肥料炸彈？』

『不，』萊姆表示：『我不認爲他有時間組裝。他只需要在油罐車旁裝上一個小型炸彈，馬上就有一顆超級汽油增效炸彈，足以將那個轄區燒成平地。我們得不動聲色地撤掉所有人。』

『不動聲色。』塞利托說：『說起來容易。』

『汽油配銷公司的警衛情況如何？他能說話嗎？』

『可以。不過他是從後面挨了那一記，所以什麼都沒看到。』

『好吧，至少我要拿到他的衣物。莎克斯——』她接觸到了他的目光。『妳可以去一趟醫院，把那些衣物帶回來嗎？妳知道如何不遺漏證物地把它們包裝起來。然後妳再去搜尋他偷車的現場。』

他很懷疑她會怎麼回答。如果她冷冷地辭去工作，然後走出大門，他也不會感到太意外。但是他在她那張平靜美麗的臉龐上面，看到她和他有著完全相同的感覺：因爲棺材舞者的介入，非常諷刺地讓這個逐漸變得難堪的夜晚出現了變化而鬆了一口氣。

萊姆所期待的一點運氣終於出現了！

艾米莉亞·莎克斯在一個鐘頭之後返回，手上拿著一個裝有一把鐵絲剪的塑膠袋。

『我在鐵鍊附近找到的。警衛的出現大概讓棺材舞者嚇了一跳，所以弄掉了。』

『沒錯！』萊姆叫道：『我從來都不曾看過他犯下這種錯誤，或許他已經變得粗心大意了……我很懷疑到底什麼東西把他嚇著了。』

萊姆看著剪刀暗自祈禱，希望上面留下了一枚指紋。

但是睡眼惺忪的梅爾·柯柏——他睡在樓上一間較小的臥房裡——找遍了工具上的每一平方釐米之後，卻半枚指紋也沒有發現。

『它能不能告訴我們任何事呢？』萊姆問。

『這是一個工匠所使用的型號，也是該生產線的高級品，國內的每一家席爾斯百貨公司都找得到。你也可以用幾塊錢在舊貨市場或廢料場買到。』

萊姆氣憤地喘著氣。他盯著剪子看了一會兒之後，問：『工具的留痕呢？』

柯柏好奇地看著他。工具留痕是螺絲起子、鉗子、鎖橇、鐵橇、橇桿之類的犯罪工具在刑案現場留下的印記。萊姆有一次，僅透過門鎖銅片上一個微小的V字形凹痕，在一個刑案現場和一名竊賊之間建立起了關聯。那個凹痕符合了一把鑿子上面的一處瑕疵，而這把鑿子在那名男子的工作檯上面被找到。不過目前他們手上拿到的是工具，不是它造成的任何凹痕，柯柏不明白萊姆提到的是什麼工具的留痕。

『我說的是刀身上的凹痕。』他不耐煩地表示：『或許棺材舞者曾經用它來剪過什麼特別的東西，某種能夠告訴我們他在哪些地方鑿洞的東西。』

『喔。』柯柏仔細地查看。『上面有槽口，但是你看一看……有看到任何不尋常的東西嗎？』

萊姆並沒有任何發現。『刮一刮刀身和刀柄，看看有沒有任何殘渣。』

柯柏用氣相層析質譜儀檢查刮下來的東西。

『喔。』他一邊看著結果，一邊說：『聽著，上頭有一些三次甲基三硝基胺、瀝青、人造纖維。』

『是引線。』萊姆說。

『他用剪刀剪這東西？』莎克斯問：『你辦得到嗎？』

『就像剪曬衣繩一樣地順暢，』萊姆心不在焉地表示，一邊想像著幾千加侖起了火的燃油將會對二十號轄區造成什麼後果。

我應該把珮西和布萊特．哈勒送走，他想。送他們到蒙大拿州的拘留保護所等候大陪審團。我一定是瘋了才會搞出這件事，搞出這個陷阱的主意。

『林肯，』塞利托說：『我們得找到那輛卡車。』

『我們只有一點點時間。』萊姆表示：『他不會等到早上才進去。他需要用頭條新聞來交差。在那些遺跡裡面還有任何東西嗎，柯柏？』

柯柏掃瞄了真空集塵機的濾紙。『有塵土和磚塊……等等，有一些纖維。要我用氣相層析質譜儀檢視嗎？』

『好。』

結果出來的時候，柯柏貼近螢幕。『有了，有了，是植物性的纖維，和紙張符合。我還讀出了一種化合物，NH4OH。』

『阿摩尼亞氫氧化物。』

『阿摩尼亞？』莎克斯問：『或許你對於肥料炸彈的假設並不對。』

『有沒有油料的成分？』

『沒有。』

『含有阿摩尼亞的纖維……是來自剪刀的手柄嗎？』

『不是，是挨了他一記那名警衛身上的衣物。』

阿摩尼亞？萊姆覺得十分納悶，繼續讓柯柏用電子掃瞄顯微鏡檢視其中一根纖維。

『高倍數放大。阿摩尼亞是如何附著在上面的？』

螢幕開啓之後，呈現出來的纖維組成就像一根樹幹一樣。

『熱溶電路，我猜。』

又一個謎，紙張和阿摩尼亞……

萊姆看看時鐘，清晨兩點四十分。

突然之間，他發現塞利托剛剛問了他一個問題，他轉過頭。

『我是說，』塞利托重複：『我們是不是應該開始撤離二十號轄區裡的所有人？我的意思是，最好現在就開始，不要等到他可能出擊的時間。』

萊姆對著電子掃瞄顯微鏡呈現在螢幕上的泛藍樹幹狀纖維盯了好一會兒，然後突然表示：『沒錯，我們得把所有的人弄走。疏散派出所四周建築物裡面的人員，我想想看，兩邊各有四棟公寓，還有對面。』

『這麼多？』塞利托問，然後有氣無力地笑了笑。『你眞的認爲我們需要這麼做嗎？』

萊姆抬頭看著他說：『不，我改變主意了。整塊街區，我們得立刻疏散整塊街區。還有，把豪曼和戴瑞叫到這裡來。我不管他們現在身在何處，現在就叫他們過來。』

17

倒數二十四小時

他們當中有些人原本已經睡著了。

坐在扶手椅上的塞利托頭髮亂七八糟，他從來不曾如此混亂地醒過來。

莎克斯明顯地不是在樓下的沙發上，就是在其他的臥房裡度過了這一夜。對於治療床已經不再感到興趣。

湯瑪斯也迷迷糊糊地走進走出。他這個親愛的好事者正忙著注意萊姆的血壓。這棟房子上上下下，彌漫著一股咖啡的味道。

天才剛剛破曉，而萊姆正盯著證物的圖表。他們一直討論著圍堵棺材舞者的策略，還有答覆疏散行動引起的抱怨——到清晨四點爲止。

這個計畫行得通嗎？棺材舞者會不會踩進陷阱裡？萊姆相信他會上鉤。但是還有另外一個問題，一個萊姆並不願意去想、卻又無法避免的問題。觸動陷阱之後會出現何種可怕的後果？在自己地盤裡的棺材舞者就已經夠致命了，如果他遭到圍困，將會出現何種局面？

湯瑪斯爲眾人端來咖啡，而他們正盯著戴瑞的佈陣圖端詳。回到暴風箭輪椅上的萊姆也駛向前面，和大家一起研究。

『所有的人都就位了嗎？』他問塞利托和戴瑞。

鮑爾·豪曼的三二E小組，和戴瑞臨時組織的東南區聯邦調查局特警隊都已經就位。他們利用夜色，經由下水道、地下室和屋頂，全副城區掩護裝扮地進入位置。因爲萊姆相信棺材舞者會持續地監看他的目標。

『他今天晚上不會睡覺。』萊姆表示。

『你確定他會以這種方式進入，林肯？』塞利托沒有把握地問。

確定？他不耐煩地想。面對棺材舞者，有誰對任何事有把握？

他最致命的武器就是詐騙……

萊姆挖苦地回答：『百分之九十二點七確定。』

塞利托發出一個不屑的笑聲。

門鈴突然響了起來。一會兒之後，一名矮胖而萊姆並不認識的中年男子出現在客廳的門口。

戴瑞嘆氣的聲音透露了某種麻煩正在醞釀。塞利托似乎也認識這個男人，他謹慎地向對方點頭示意。

根據他的自我介紹，他叫做雷金納德·艾力歐保羅斯，南區助理檢察官。萊姆記得他是起訴菲利浦·漢生這件案子的原告檢察官。

『你就是林肯·萊姆？我聽過不少關於你的好評，啊哈，啊哈。』他走向前，機械性地舉起手。然後他發現並不需要對萊姆伸出手臂，於是乾脆直接轉向勉強和他握了手的戴瑞。艾力歐保羅斯熱情地說：『佛雷德，很高興見到你。』卻表現出完全相反的意思。萊姆暗自猜想著讓他們之間的交流如此冷淡的原因。

檢察官完全沒有理會塞利托和梅爾·柯柏。湯瑪斯本能地嗅出到底怎麼一回事，所以並沒有爲來客準備咖啡。

『啊哈，啊哈。聽說你們一起搞了一個頗有看頭的行動。沒怎麼詢問樓上那些傢伙的意見啊！但是，媽的，我很了解這些臨時即興的玩意兒。有時候，你們沒有那種時間去等候一式三份的簽名。』艾力歐保羅斯走到一具複合式顯微鏡前面，朝著接目鏡裡頭瞧，『啊哈。』他說。不過既然鏡臺上的燈光已經關掉，他看到了什麼東西對萊姆倒是一個謎。

『或許……』萊姆開口。

『關於追捕嗎？直接談追捕這件事？』艾力歐保羅斯四處晃來晃去。『沒問題，來吧。城裡的聯邦大樓前面有一輛防彈廂型車。我要漢生這件案子的證人在一個鐘頭之內被送到那輛車上。珮西·克萊和布萊特·哈勒會被帶到長島的秀崙聯邦庇護所。他們會待在那個地方，一直到星期一在大陪審團面前做證爲止。句號。停止追捕行動。你有什麼意見？』

『你認爲這是一個明智的主意嗎？』

『啊哈，我們確實這麼認爲。我們認爲這樣，比起他們被紐約警局的人用來做爲個人恩怨的誘餌，要來得明智多了。』

塞利托嘆了一口氣。

戴瑞表示：『睜開你的眼睛看一看，雷金納德。你並沒有完全被排除在聯賽之外。你看到了任何聯合行動嗎？你看到了什麼專案行動嗎？』

『還有一件事，』艾力歐保羅斯心不在焉地說，全副的注意力都放在萊姆身上。『告訴我，你眞的認爲城裡沒有人記得就是這個罪犯在五年前殺了你的幾名手下嗎？』

這個嘛，啊哈，萊姆一直希望沒有人會記得這件事。現在有人想起這件事，他和整個小組全都要陷入泥淖裡面掙扎了。

『但是，嘿嘿，』檢察官開心地說：『我不希望做地盤之爭。我想要做地盤之爭嗎？我爲什麼會希望來一場地盤之爭？我要的是菲利浦．漢生，大家想抓的是菲利浦．漢生。你記得這件事吧？他才是那條大魚。』

事實上，萊姆已經差不多忘了菲利浦．漢生這件事了。現在他被提醒了之後，也跟著明白艾力歐保羅斯確實的企圖，他的洞察力讓他對自己覺得惱怒。

萊姆像個偷渡客一樣，偷偷地溜到艾力歐保羅斯身旁。『你外頭有一些非常優秀的警探，對不對？』他狀似天眞地問：『也就是那幾個準備保護證人的幹員。』

『在秀崙嗎？』檢察官沒什麼把握地回答：『那當然囉！啊哈。』

『你對他們做了保全簡報，告訴他們棺材舞者有多危險了嗎？』他像個嬰兒一般天眞地問道。

檢察官停頓了一會。『我對他們做過簡報。』

『他們得到了哪些確切的指示？』

『指示？』艾力歐保羅斯心虛地問。他並不是傻瓜，他很清楚自己正踩進什麼樣的陷阱當中。

萊姆笑了笑，瞥了塞利托和戴瑞一眼。『看來我們這位檢察官朋友希望用三個證人來逮住漢生。』

『三個？』

『珮西、哈勒……還有「棺材舞者」本人。』萊姆嘲弄地說：『他希望活捉他，讓他成爲一名證人。』他看著艾力歐保羅斯。『所以你也打算用珮西當作誘餌。』

『只是，』戴瑞咯咯地笑道：『他打算將她放在一個捕鼠器的陷阱當中。我懂了，我懂了。』

『你心裡想的是，』萊姆說：『無論珮西和哈勒看到了什麼，你控訴漢生的案子都不會太順利。』

『啊哈先生』試著搬出誠意。『他們看到他正在丟棄一些該死的證物。見鬼！他們並沒有親眼看到他正在做這件事。如果我們找得到那些行李袋，而裡面的東西可以讓他和去年春天遭到殺害的兩名士兵之間建立關聯，我們這個案子就可以成立了，或許吧。但是第一點，我們可能找不到那些袋子；第二點，裝在裡面的證物可能已經遭到破壞。』

接下來是第三點，打電話給我，萊姆心想，我可以在清澈的夜風裡找出證物。

塞利托開口說：『但是你活捉了漢生的槍手，好讓他去指控他的老闆。』

『沒錯。』艾力歐保羅斯雙手在胸前交叉。他在法庭上進行最後陳述的時候，一定就是這副姿態。

一直站在門口聆聽的莎克斯，在這時候提出了萊姆正準備提出的問題：『你打算用什麼條件說服棺材舞者？』

艾力歐保羅斯問：『妳是什麼人？』

『偵查資源組，莎克斯警官。』

『這並不是一個刑案現場鑑識人員提出問題的地方……』

『那麼由我來問這個去他媽的問題。』塞利托吼道：『如果我得不到答案的話，市長也會親自提出這個問題。』

萊姆猜想，艾力歐保羅斯大概有段政治生涯等著他，而且很有可能是段成功的政治生涯。艾力歐保羅斯表示：『成功地起訴漢生是一件非常重要的事。他是這兩個惡人當中的頭子，潛在的危害最大。』

『這是個漂亮的答案，』戴瑞臉皺成一團地表示：『但是完全沒有回答這個問題。你們準備答應棺材舞者什麼條件，如果他同意扯漢生後腿的話？』

『我不知道，』檢察官推諉地回答：『我們還沒有討論到這件事。』

『保障他十年的生活？』莎克斯嘀咕道。

『我們還沒有討論到這件事。』

萊姆心中想的是他們謹慎地討論到清晨四點鐘的陷阱。如果珮西和哈勒現在被移走的話，棺材舞者會知道這件事，然後重新部署。他會知道他們在秀崙。於是，在對付了那些受命留他活口的警衛之後，他會輕鬆地進到裡面，幹掉珮西和哈勒——還有半打以上的警官——然後從容地離去。

檢察官開口：『我們沒有很多時間……』

萊姆插嘴：『你有沒有紙？』

『我希望你們能夠配合。』

『我們不會配合。』

『你只是一個平民。』

『我不是。』塞利托回應道。

『啊哈，我懂了。』他看著戴瑞，但是並沒有費心問他站在哪一邊。該檢察官表示：『我可以在三、四個鐘頭之內，取得一紙證明保護性拘留合法的命令。』

在星期天的早上？萊姆心想，啊哈。『我們並不準備交出他們，』他表示：『做你該做的事吧。』

艾力歐保羅斯在他那張官僚的圓臉上掛起一個微笑。『我必須告訴你，如果這名罪犯在任何逮捕他的企圖當中喪命的話，我將會親自審視槍擊委員會的報告。而且非常明顯地，我會拿出針對逮捕行動所使用的致命武器，做出你們並未得到上級人員授命的結論。』他看著萊姆。『也有可能出現平民干擾聯邦執法活動的控訴，並構成重大的民事訴訟，我只想事先警告你。』

『謝謝，』萊姆輕鬆地表示：『非常感激。』

他走了之後，塞利托生氣地表示：『天啊，林肯，你聽到了嗎？他說的是重大的民事訴訟。』

『哈哈……如果只是次要訴訟的話，他嚇不著這個傢伙。』戴瑞插嘴說。

他們全都笑了。

戴瑞伸了伸懶腰，然後說：『最近出現一件鳥事，你有沒有聽說過關於那個蟲子的事，林肯？』

『那是什麼東西？』

『最近有許多人都受到感染。我的特警隊成員和我出了一些任務，結果他們回來的時候，扣扳機的手指都開始出現痙攣。』

演技比戴瑞差的塞利托誇張地說：『你們也一樣？我以為只發生在我們特勤小組。』

『不過，聽我說，』佛雷德．戴瑞，這個街警當中的亞歷．堅尼斯（英國名演員）表示：『我有一個治療的方式：你只需要幹掉一個眞正的王八蛋，例如那個一直斜眼瞪著你的棺材舞者。這方式每回都奏效。』他打開他的手機。『我想我應該打個電話，確定我那些男女隊員記得這一劑藥方，我現在就打電話去問。』

18

倒數二十四小時

破曉時分，珮西在陰鬱的庇護所裡醒了過來，然後走向窗口。她拉開窗簾，望向單調的灰色天際，大氣當中彌漫著一層淡淡的霧氣。

接近最低飛行限度，她估計。風向〇九〇，風速五節，能見度四分之一哩。她希望今天晚上起飛的時候，天候會清朗一些。她可以在任何天候下飛行，也眞的曾經在各種天候當中飛行。任何一個擁有無線電導航評試資格的人，都可以在混沌的陰天裡起飛、飛行和降落。（事實上，透過電腦、詢答器、雷達和防撞系統，絕大部分的商業客機都可以自動飛行；甚至不用手操作，也可以執行完美的降落。）但是珮西喜歡在清朗的天候下飛行，她喜歡看著大地在她的腳下滑過、夜間的萬家燈火、雲朵，以及頭頂上的繁星。

夜空裡的每一顆星星……

她又想到了艾德華，以及昨天打給他住在紐澤西的媽媽那通電話。她們一起計畫了他的追悼儀式。她想要再多思考一下這件事，考慮一下來賓的名單，接待的細節。

但是她卻沒有辦法，她的思緒完全被林肯・萊姆占據了。

她想起了昨天在他臥室裡關起門的談話——在和那名警官艾米莉亞・莎克斯吵了一架之後。

她坐在萊姆旁邊的扶手椅上。他上下研究了她一會兒，讓她全身出現了一種奇怪的感覺。並不是那種個人的探看——不是男人在酒吧或街上觀看女人（當然不會是她這樣的女人）的那種眼光。是那種資深飛行員第一次和她一起飛行之前，可能對她進行的那種打量：查看她的說服力、她的舉止、思維的敏銳以及她的勇氣。

她從口袋裡掏出了酒壺，但是萊姆搖搖他的頭，然後提議喝他那一瓶十八年的蘇格蘭威士忌。『湯瑪斯覺得我喝太多了。』他表示：『我確實喝得不少。但是生命裡如果沒有一點原罪的話，那會成什麼樣子，對不對？』

她有氣無力地笑了笑。『我父親就專門供應這些東西。』

『酒精嗎?還是普遍的原罪?』

『香菸，他是美國菸草公司在里奇蒙的經理。喔，抱歉，他們已經改名字了，現在是美國消費產品或類似這樣的名稱。』

窗外傳來了振翅的聲音。

『喔，』她笑道：『一隻雄隼。』

萊姆跟著她朝窗外望。『一隻什麼?』

『雄性的游隼。牠爲什麼會把巢築在這麼低的地方?牠在城市裡通常都在高處築巢。』

『我不知道。有一天早上我醒來的時候，牠們就已經在那裡了。妳對隼有研究?』

『是啊。』

『和牠們一起打獵?』

『曾經，我養過一隻用來獵鷓鴣的雄隼。我得到牠的時候，牠還是一隻雛鳥。仍窩在巢裡的雛鳥比較容易訓練。』她仔細地檢視鳥巢，臉上掛著一個淺淺的微笑，『但是我最厲害的獵手是一隻野鷹，那是一隻成年的蒼鷹。雌鷹通常大於雄鷹，也是更兇狠的殺手。雖然不容易訓練，但是她什麼都抓——野兔、野雞。』

『妳還繼續養著她嗎?』

『不。有一天，她在空中窺伺——也就是說在空中盤旋，尋找獵物。然後她就這麼突然改變主意：放走一隻肥碩的野雞之後，順著一道熱流上升數百呎，接著消失在太陽裡。我用誘餌等了她一個月，但是她一直都沒有再回來。』

『她就這麼消失了?』

『這樣的事常經發生在野鷹身上，』她說道，不在乎地聳聳肩。『牠們畢竟是野生的動物。不過我們一起度過了愉快的六個月。』這隻獵鷹就是哈德遜空運商標的靈感來源。她看著窗外表示：『你很幸運有這樣的同伴。你爲牠們取了名字嗎？』

萊姆輕蔑地笑了笑。『我不會做這樣的事。湯瑪斯曾經試過，但是被我笑得逃出房間。』

『那個莎克斯警官眞的會逮捕我嗎？』

『我想我可以說服她不要這麼做。對了，我得告訴妳一件事。』

『說吧。』

『你們必須做一個選擇，妳和哈勒。這就是我要和妳商量的事。』

『選擇？』

『我們可以把你們弄出城，送你們到一個證人保護所。只要用一點迂迴的策略，我確信可以擺脫棺材舞者，讓你們安然無恙地見到大陪審團。』

『但是呢？』她問。

『但是他會繼續追殺你們。就算見過大陪審團，你們對菲利浦・漢生仍然是個威脅，因爲你們必須在審判過程中作證，而那將會是好幾個月之後的事。』

『不管我們說什麼，大陪審團不見得會指控他，』珮西指出：『到時候殺我們就沒什麼意義了。』

『這並不重要。一旦棺材舞者受雇殺害某個人，他們喪命之前他是不會罷手的。此外，檢察官也會因爲殺害妳先生的罪名追訴漢生，屆時妳也會是這個案子的證人，漢生需要妳被幹掉。』

『我想我已經知道你的意思了。』

他抬起一邊眉毛。

『魚鉤上的一條蟲。』她表示。

他的眼睛皺在一起，然後他笑了笑。『我不會送你們去遊街示眾，只是把你們放在城裡的庇護所內，全面戒護，有最先進的安全設施。我們進駐之後，會把你們留在裡面，然後等候棺材舞者浮出水面，逮住他，如此一了百了，永絕後患。這是個瘋狂的主意，但是我不認為我們有太多的選擇。』

再來幾口蘇格蘭威士忌，雖然不是在肯塔基裝的瓶，但是味道還不差。『瘋狂？』她重複他的話：『讓我問你一個問題，你有沒有偶像人物，警探？某個讓你崇拜的人？』

『當然有，都是犯罪學家：奧古斯特・瓦爾梅、愛德蒙・羅卡德。』

『你認不認識貝麗爾・馬克漢？』

『不認識。』

『她是三〇和四〇年代的女飛行家，是我的偶像，而不是艾米莉亞・伊爾哈特。她出身英國的上流社會，日子過得非常瀟灑時髦，像「遠離非洲」那一幫人。她是第一個從困難度較高的方向——由東向西行——單人飛越大西洋的人——不是第一個女人，而是第一個人。就連林白的越洋之行也是利用順風。』她笑了笑。『所有的人都覺得她的行徑瘋狂，報紙上的社論全都求她不要嘗試這一趟飛行。當然她還是做了。』

『她成功了嗎？』

『雖然她因為沒有降落的機場而摔機著陸，但是她辦到了。我不知道這是勇氣還是瘋狂，有時候我覺得兩者之間並沒有差別。』

萊姆繼續說：『你們會很安全，不過並不是全然地保險。』

『讓我告訴你一件事，你們用來稱呼殺手的那個嚇人名稱？……』

『棺材舞者？』

『對，你有沒有聽說過，我們在飛行中的噴射機裡經常說一句話：「棺材的一角」。』

『那是什麼意思？』

『你的飛機失速時的速度和開始突破馬赫波——接近音速的時候——的速度之間的差距。在海平面上，每小時有幾百哩可以讓你玩，但是在高度五萬或六萬呎的時候，你失速的速度大約會在五百節左右，而你的馬赫衝擊大約在五百四十。要是不維持在那四十節的速差之內的話，就等於翻過棺材的一角，然後蓋在自己身上。任何飛到這種高度的飛機，都必須配備有自動駕駛儀，讓速度維持在這個差距之內。好吧，我只是要告訴你，我經常飛到這樣的高度，而我很少使用自動駕駛。「全然地保險」並不是我熟悉的字眼。』

『所以妳答應了？』

但是珮西並沒有立刻答覆，她仔細地端詳了萊姆一會兒。『還有更多的內情，對不對？』

『更多？』萊姆回答，但是他聲音裡的無辜卻無法令人信服。

『我看過《時代雜誌》的市政報導，你們警察不會爲了一個殺人犯而全體動員。漢生幹了什麼？他殺了幾個士兵，還有我丈夫，但是你們圍剿他的方式，就好像他是黑社會老大艾爾．卡邦一樣。』

『我才不管什麼漢生。』萊姆坐在他的輪椅上輕聲說道，不能移動的身體卻有著一對搖曳如黑色火燄的眼睛，完全就像她那隻獵鷹一樣。她並沒有告訴萊姆，她自己也跟他一樣絕不會爲一隻獵鷹命名，她只會叫那隻野鷹：獵鷹。

萊姆繼續說：『我要逮到棺材舞者。他殺了警察，其中包括我的兩名手下，所以我會逮到他。』

她還是覺得有更多的內情，但是她並沒有追問下去。『你也必須問問布萊特的意見。』

『當然。』

最後她終於回答：『好吧，我同意。』

『謝謝，我……』

『但是，』她打斷他。『我有一個條件。』

『什麼條件？』萊姆抬起一道眉毛，而珮西則對自己的一個念頭感到驚訝：一旦忽略他受傷的軀體之後，眼前的他還眞是一個英俊的男人。對，對，一旦發現這個念頭之後，她又可以感覺到自己多年來的敵人——面對英俊的男人時所衍生的畏縮感。喂，矮個子、獅子鼻、小侏儒、青蛙小姐，週六有約嗎？我猜一定沒有……

珮西表示：『讓我飛明天晚上那一趟美國醫療健保的班次。』

『我不覺得那是個好主意。』

『這紙合約是個關鍵。』她表示，一邊想起了朗恩和艾德華偶爾會使用的一個句子。

『爲什麼妳必須飛這趟航班？』

『哈德遜空運絕望地需要這張合約。這是一趟緊湊的飛行，我們需要公司裡最佳的飛行員。那就是我。』

『妳說的「緊湊」是什麼意思？』

『每一個細節都以N等級進行準備，我們會以最低限度的燃油出發。我不能用一個會因爲錯過進場的軌道而復飛，或因爲天候不佳而轉換機場的飛行員。』她停頓了一下，然後又補充說：『我不會任憑我的公司就這麼完蛋。』

珮西以一種和他相當的強烈熱情表示。但是當他未提出任何抗議而點頭的時候，她倒是覺得十分驚訝。『好吧，』他說：『我同意。』

『那我們就敲定了。』她本能地向前想要和他握手，但是卻讓自己陷入難堪。

他笑了笑。『我最近都堅持使用口頭上的協定。』他們啜飲了威士忌來確認這項協議。

星期天的清晨，她將頭靠在庇護所的玻璃上。現在她有太多事情要做了。修理FB，準備飛行日誌以及飛行圖——光是這件事就得花上好幾個小時。不過儘管她心中有股不安，儘管她因爲艾德華而憂傷，她還是感覺到一股難以言喻的愉悅，因爲她今天晚上可以飛。

『嗨！』一個友善的聲音慢慢地說。

她轉身看到羅蘭・貝爾站在門口。

『早安。』她說。

貝爾快步走向前。『妳怎麼打開窗簾了？妳最好還是像個床上的嬰兒一樣趴著。』他拉上窗簾。

『喔，我聽說萊姆警探準備了一些陷阱，保證抓得到他。』

『聽說林肯・萊姆從來不會犯錯，至於這個殺手我就不太敢說了。妳睡得好嗎？』

『不好。』她答道：『你呢？』

『我靠著椅子打了幾個鐘頭的盹兒。』貝爾表示，一邊機警地透過窗簾朝外頭看。『但是我並不需要太多的睡眠，我已經被小孩吵得不用睡覺了。現在聽我說，絕對要隨時拉上這些窗簾。別忘記這裡是紐約市，想一想，如果妳被街頭混混亂射的流彈打傷了，對我的事業將會造成什麼樣的後果。我會一整個星期都咧著嘴巴苦笑，這樣的事情並不是沒發生過。好了，我們現在來點咖啡怎麼樣？』

星期天早晨，大約有十來朵歪歪斜斜的烏雲映照在那棟老舊房子的窗戶上。有一種就要下雨的意味。

那個妻子就穿著浴袍站在窗前，一頭剛起床而亂七八糟的黑色鬈髮，纏繞著她那張白皙的臉孔。

史帝芬‧卡勒就在距離三十五街司法部庇護所一條街之外，隱藏在一棟老舊公寓屋頂蓄水池的陰影中，用他的萊卡雙筒望遠鏡，望著飄動的烏雲映射在她纖瘦的身軀上。

他很清楚窗子裝的是防彈玻璃，肯定會造成第一發子彈的偏斜。雖然他可以在四秒鐘之內放出另外一槍，但是就算她還沒弄清楚自己被開了槍，也會因爲碎裂的玻璃而踉蹌後移，結果他很可能無法給予她致命的一擊。

長官，我會忠於最初的計畫，長官。

一個男人出現在她的身邊，窗簾跟著落下了。然後那個男人透過縫隙，朝外查看依照邏輯，狙擊手可能藏身的屋頂位置。他看起來很有效率，也很危險，史帝芬記住了他的長相。

接著，他在被瞥見之前，躲進了建築物的背面。

警察的把戲——把那個妻子和那個朋友移到西區的派出所裡，他猜想是林肯那條蟲的主意——不到十分鐘就被他拆穿了。竊聽那個妻子和朗恩在電話中的對話之後，他僅執行了一個從網路新聞組群下載的海盜版軟體——一個可以遙控的六九之星程式。而它傳送回來一個『二一二』開頭的號碼，在曼哈頓。

他對於接下來要來做的事，並沒有多大的把握。

但是勝利是怎麼贏來的，士兵?

考慮各種可能性，不論可能性多麼低，長官。

他連上網路。過了一會兒之後，他將電話號碼打進一個會顯示用戶姓名、地址的反向電話簿。這套程序不能用在未註冊的號碼上面，而史帝芬非常確定聯邦政府的人不會愚蠢到讓庇護所使用一個註了冊的號碼。

但是他錯了。

詹姆斯・強生這個名字出現在螢幕上，東三十五街二五八號。

不可能……

於是他打了通電話到曼哈頓的聯邦大樓，找一位強生先生。『我找詹姆斯・強生。』

『請等一下，我幫你接過去。』

『對不起，』史帝芬插嘴說：『請再告訴我一次他工作的部門是哪一個？』

『司法部的設備管理處。』

史帝芬在電話轉接的時候，將電話掛斷。

他知道那個妻子和那個朋友目前待在三十五街的庇護所之後，就動手偷取了幾份該街區的官方地圖，開始進行他的攻擊計畫。然後他走到西區二十號轄區的派出所兜了一圈，並故意被瞧見他正在探看那一座汽油唧筒。接著他爬上了一輛油罐車，並留下許多證物，讓他們以爲油罐車將會被當作一顆巨大的汽油彈，用來炸掉證人。

然後史帝芬・卡勒來到這裡，進到了使用輕型武器就可以幹掉那個妻子和那個朋友的射程之內。

他專心在工作上，而不去注意一個明顯的雷同：窗子裡的臉孔正在尋找他。

他有一點畏縮，不過還不算太糟糕，只是有一點發毛。

窗簾拉上了。現在，史帝芬重新開始檢視這棟庇護所。

這是一棟和臨近的房子未相連的獨棟三層樓建築，一旁的巷道看起來就像建築結構周圍的陰暗塵埃一樣。牆面是赤褐色的沙石，是一種除了花崗石或大理石之外，最難鑿穿或炸開的石材。窗戶上裝上了看起來像是老朽鐵條的欄杆，不過史帝芬知道事實上是強化的精鋼，而且可能裝上了震動或音貝的感應器，也可能兩種都裝了。

通往逃生梯的窗口是眞的。不過如果你仔細看的話，會發現窗簾後面一片漆黑，內層的結構可能拴上了鋼片。他找到了眞正的防火門——就在緊貼著磚牆那片大得誇張的廣告招牌後面。（除了遮掩一扇門之外，還有什麼人會想要在一條巷子裡掛上廣告招牌？）巷子本身看起來和城裡的任何一條巷子並沒有兩樣——鵝卵石加上瀝青——他可以看見保全攝影機嵌在牆壁內的玻璃鏡頭。不過，巷子裡也擺了幾個可以提供很好掩護的垃圾袋和垃圾箱。他可以從隔壁的辦公大樓爬進巷子裡，利用垃圾箱做爲掩護，然後朝防火門接近。

事實上，那棟辦公大樓的一樓正好有一扇敞開的窗戶，一道窗簾進進出出地飄動。任何一個瞥見這種動態的保全螢幕監看人員，都會因爲習慣而不會特別去注意。史帝芬可以翻過窗子，全身貼著地面，躲在垃圾箱後面爬向防火門。

他也知道他們並沒有預期他會出現在這個地方——他聽到了一個疏散二十號轄區一帶所有建築物的報告，所以他們眞的相信他會嘗試讓一輛汽油炸彈卡車接近派出所。

進行評估，士兵。

長官，據我的評估，敵人賴以防備的是建築物本身的結構和隱匿。我注意到現場缺乏大量的特勤小組人員，而我的結論是對該建築物進行單人攻擊，成功除去一個或兩個目標的機率非常大，長官。

雖然他充滿了自信，卻又時時刻刻覺得畏縮。

他可以看到林肯正在搜尋他。林肯那一條蟲。又粗又肥的東西，又黏又溼的幼蛆，正到處觀望，從隔牆內往外看，並從各個裂縫當中冒出來。

從窗子裡面往外看……

順著他的腿向上蠕動。

啃噬著他的肌肉。

把它們洗掉，把它們洗掉！

把什麼東西洗掉，士兵？你又在嘀咕那些去他媽的蟲子？

長官，我是……長官，沒有，長官。

你是不是瘋了，士兵？你是不是覺得自己像個娘娘腔的女學生？

長官，沒有，長官。我是一片刀鋒，長官。我是道地的死神。我有一種殺人的衝動，長官！

深呼吸，緩緩地平靜下來。

他將裝有M四〇步槍的吉他盒藏在屋頂上，一個木造的蓄水池下面。其他的設備被他塞在一個大包包裡。然後他穿上哥倫比亞大學的風衣，戴上棒球帽。

爬下防火梯之後，史帝芬消失在巷子裡。他的心裡感到一股羞愧，甚至恐懼——並不是因爲敵人的子彈，而是因爲林肯那條蟲子銳利滾燙的目光正緩慢地靠近，殘酷無情地穿過城市，爲了尋找他而來。

史帝芬計畫來一次入侵，但是他並不需要殺半個人，因爲庇護所隔壁的辦公建築是空的。

大廳裡面空無一人，也沒有安裝保全攝影系統。大門被橡膠制門器抵住而半敞開著，他看到了一旁堆放著手推車和家具的包裝護墊。就這麼直接走進去的吸引力很大，但是他並不想撞見任何搬運工或房客，所以他又走了出來，繞過角落朝著庇護所相反的方向離去。他小心地躲到一棵將他和人行道隔開的盆栽松樹後面，用手肘打破了一間陰暗辦公室的窗子——剛好是一個精神病學家的辦公室——然後爬了進去，握著手槍，靜止不動地站了五分鐘。沒有任何動靜。接著他小心翼翼地溜出門外，進入大樓的走道。

史帝芬在他認爲就是窗戶對著巷子敞開那間辦公室的門口停了下來——也就是窗簾飄動的那一間，朝著門把伸出手。

但是他的本能告訴他改變計畫。於是他決定試試地下室。找到了樓梯之後，他往下走到地下室充滿霉味的隔間。

史帝芬朝著建築物最靠近庇護所的一面移近，推開一扇鋼門，走進一間二十呎正方，堆滿了箱子和老舊器材的陰暗房間裡。他發現了一扇對著巷子，高度約在頭部左右的氣窗。

窗子的大小有些窄，他必須把窗子和窗框一起拆卸下來。不過他一鑽出去之後，就可以直接躲到一堆垃圾袋的後面，然後以狙擊手的伏行動作，朝著庇護所的防火門爬過去，比起樓上那扇窗子來得安全多了。

史帝芬心想：我辦到了。他騙過了他們所有的人。

我騙過了林肯那條蟲！這一點就像幹掉兩個被害者一樣讓他覺得非常開心。他從包包裡掏出一把螺絲起子，開始刮除嵌裝玻璃的油灰。灰色的塡料一點一點緩慢地掉落，而史帝芬因爲全心投入工作，以至於當他放下螺絲起子，手放在貝瑞塔的槍柄上時，那個男人已經占了上風。對方用槍口頂著他的脖子，低聲地告訴他：『你只要再動一下，就立刻沒命。』

第三部

最高明的技藝

『蒼鷹開始翱翔。翱翔：可怕而飄渺的要角，迅捷沉默的角鴟，
弓背飛行的理查三世，貼近地面朝著我的方向疾行。
牠的雙翼慎重地拍擊，壓低的頭顱上兩顆眼珠，
以一種殘酷的專注盯著我直視。』

——TH．懷特《蒼鷹》

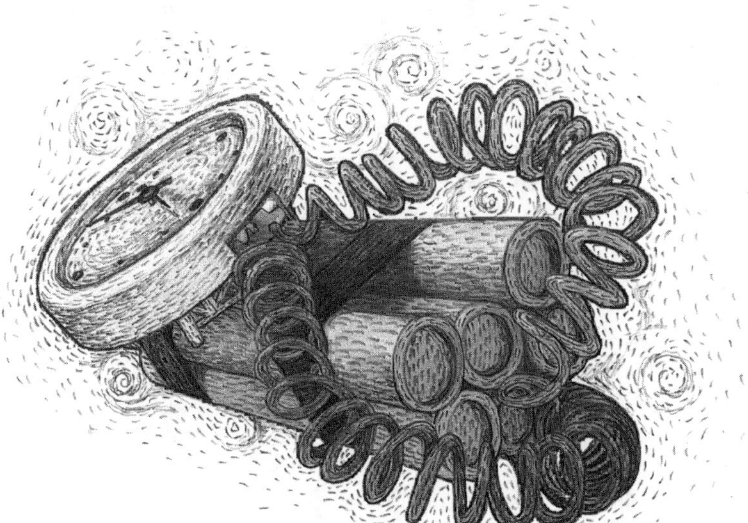

19

倒數二十三小時

短小的槍管，可能是柯爾特、史密斯，或是國外的仿造品，最近並未擊發或上過機油。

我聞到了鐵銹。

一把生銹的槍可以告訴我們什麼事，士兵？

許多事，長官。

史帝芬・卡勒舉起手。

那個音調又高又不平穩的聲音說：『把你的槍丟到那邊去，還有你的對講機。』

對講機？

『快，照著做。我會把你的腦袋轟掉。』聲音充滿著絕望，他濕漉漉地吸了一口鼻涕。

士兵，行家會語帶威脅嗎？

長官，行家不會，這傢伙是個外行人。我們是不是應該將他撂倒？

還不行，他仍然構成威脅。

長官，是的，長官。

史帝芬將他的槍丟進一只紙箱裡。

『對講機……快一點，你的對講機在什麼地方？』

『我沒有對講機。』史帝芬表示。

『轉過來，不要有任何嘗試。』

史帝芬慢慢地轉過身，然後發現自己正面對著一個眼神不定的乾瘦男子，看起來十分骯髒，像是生了病。他的鼻子流著鼻水，而他的雙眼紅得令人擔憂，一頭濃密的棕髮全部糾結在一起，而且全身發臭，可能是一個無家可歸的流浪漢。他的繼父會稱他爲一個酒鬼，或是一個毒蟲。

那一把老舊的短管柯特指著史帝芬的肚子，而且擊錘已經被扳下。凸輪可能很容易地就會滑開，尤其是這把槍已經十分老舊。史帝芬臉上掛著一個親切的微笑，一條肌肉也沒有抽動。『聽著，我並不想找麻煩。』

『你的對講機在什麼地方？』男人叫道。

『我沒有對講機。』男人緊張地拍了拍俘虜的胸膛。史帝芬可以輕易地殺了他，這個男人的注意力一直十分恍惚，他感覺對方受驚的手指在他的身上滑動、搜索。最後那男人後退一步。『你的搭檔在什麼地方？』

『誰？』

『少給我來這一套，你知道我在問什麼人！』

突然之間，那股畏縮的感覺又出現了。發毛……有事情不對勁。『我眞的不知道你的意思。』

『剛才在這裡的那個警察。』

『警察？』史帝芬低聲說：『在這棟建築物裡？』

男人陰濕的眼睛閃爍著不確定的神情。『是啊，你不是他的伙伴嗎？』

史帝芬走向窗口往外看。

『站住，我會開槍。』

『把那東西指向別的地方。』史帝芬回過頭命令道，不再擔心滑開的凸輪。他開始明白自己犯了多大的錯，覺得胃部疼痛不已。

那個男人的聲音因爲發出威脅的語氣而變得沙啞。『你給我站住，我是說眞的。』

『他們也在巷子裡嗎？』史帝芬平靜地問。

一陣困惑的沉默。『你眞的不是警察？』

『他們也在巷子裡嗎？』史帝芬強硬地再問了一次。

男人不安地環顧著房間。『剛才有一大群，那些垃圾袋就是他們放的。現在我就不知道了。』

史帝芬盯著巷子。那些垃圾袋……他們爲了誘我出去而丟在那裡的虛設掩護。

『如果你通知任何人的話，我發誓……』

『安靜！』史帝芬就像條蟒蛇一樣耐心地慢慢查看巷子，最後終於讓他在垃圾箱後面，看到了映在鵝卵石上面一個移動了一兩吋的模糊陰影。

接著在庇護所後面一棟建築的屋頂上——就在電梯間上面——他看到了一道紋狀的細影。他們架設槍管的技巧雖然高超，但是卻沒有想到槍管卻遮住了屋頂的積水向上折射的光線。

天啊……林肯那條操他媽的蟲子，居然知道史帝芬不會買二十號轄區那個陷阱的帳。他們一直都在這個地方等候他。林肯甚至猜到了他的策略——史帝芬會試著從旁邊的建築穿過巷子。

窗子裡的臉孔……

史帝芬突然心生一個荒謬的想法，在維吉尼亞州亞歷山大市傍晚粉紅色的光線裡，站在窗後看著他的人，就是林肯這條蟲子。他當然不可能是那個人。但是這種不可能性，並沒有阻止那股令人不舒服的噁心感覺，從史帝芬的內臟裡面冒了出來。

敞開的大門，敞開的窗子以及飄動的窗簾……就像去他媽地鋪了接待他的地毯一樣。還有那一條巷子，一個完美的殺人地帶。

唯一救了他一條命的是他的本能。

林肯那條蟲子擺了他一道。

他到底是什麼人？

一股盛怒開始在他的心中沸騰，一股熱流席捲了他全身。如果他們正在等候他，肯定會遵循搜尋與監視的程序。也就是說這個小王八蛋遇到的警察，很快就會再回來巡視這個房間。史帝芬繞著瘦弱的男人，說：『警察最後一次查看這個地方是什麼時候？』

男人憂慮而閃爍不定的眼神充滿了恐懼。

『回答我。』無視於指著他的那把柯特烏黑的槍管，史帝芬嚴厲地說。

『十分鐘前。』

『他手上拿著什麼武器？』

『我不知道。我覺得好像是很炫的那一種。機關槍之類的東西。』

『你是什麼人？』史帝芬問。

『我不需要回答你這些他媽的問題。』男人大膽地說。他用袖子擦了擦鼻涕，而他犯的錯就是用拿槍的手做這件事。史帝芬在一瞬間就解除了他的武裝，並將這名瘦弱的男子推倒在地上。

『不要，不要傷害我。』

『住嘴。』史帝芬咆哮。他本能地打開那把小柯特，查看彈膛裡有幾發子彈，結果一發也沒有。

『是空的？』他懷疑地問。

男人聳聳肩。『我……』

『你用一把沒有子彈的槍來威脅我？』

『是這樣……如果讓他們逮到你，而槍裡面沒裝子彈的話，他們就不會關你太久。』

史帝芬不了解他的意思。他想到自己可能因爲這個人愚蠢地帶著一把未裝子彈的手槍而殺了他。

『你在這裡做什麼？』

『你走吧，不要管我。』男人嗚咽地說，一邊掙扎著站起來。

史帝芬將柯特丟進口袋裡，然後掏出他的貝瑞塔，瞄準男人的腦袋。『你在這裡做什麼？』

男人擦了擦臉。『樓上有一些醫生的辦公室，星期天都沒有人，所以我摸進去找一些，你知道的，樣品。』

『樣品？』

『醫生會收到一些沒有紀錄的藥物樣品，所以你可以盡量偷而沒有人會知道。像止痛藥、減肥藥這類的東西。』

但是史帝芬並沒有把他說的話聽進去。他又感到了那股蟲子帶來的寒顫，林肯已經非常接近了。

『喂，你還好吧？』男人看著史帝芬的臉問。

非常奇怪地，蟲子就這麼不見了。

『你叫什麼名字？』史帝芬問。

『喬迪。嗯……其實是喬．迪歐佛里歐。但是所有的人都叫我喬迪。你呢？』

史帝芬並沒有回答。他盯著窗外，看到庇護所後面的建築屋頂上又出現了一道影子。

『好吧，喬迪，你聽我說。你想不想賺一筆外快？』

『怎麼樣？』萊姆不耐煩地問：『怎麼回事？』

『他還在庇護所東邊的建築物裡面，還沒進到巷子裡。』塞利托回報。

『爲什麼還沒有？他必須進去巷子裡，他沒有理由不這麼做。到底出了什麼問題？』

『他們正在檢查每一個樓層。他並不在我們預料的辦公室裡面。』

窗戶敞開的那一間。該死！萊姆曾經盤算是不是應該讓窗戶敞開，讓窗簾飄進飄出地誘惑他。但是這樣做太明顯了，棺材舞者起疑了。

『每個人的槍都上膛了嗎？』萊姆問。

『當然，放輕鬆一點。』

但是他沒有辦法讓自己放輕鬆。萊姆不知道棺材舞者會嘗試用什麼方式攻擊庇護所。不過他確定他會經由巷子。他期待的是那些垃圾袋和垃圾箱能夠誘騙他，讓他認爲從這個方向進行攻擊的話，將會得到足夠的掩護。戴瑞的探員和豪曼的三二E小組已經包圍了巷子，並進占了這棟辦公大樓，以及庇護所周圍的建築物。莎克斯和豪曼在一起，塞利托和戴瑞則待在距離庇護所一條街之外，一輛僞裝的聯合快遞貨車裡。

萊姆一度被佯裝的汽油炸彈卡車矇騙。棺材舞者雖然不太可能在現場遺留下一件工具，但是也並不是不可置信。但是萊姆接著對剪刀上面殘餘的引線數量產生懷疑。這表示棺材舞者爲了讓警方相信他準備用炸彈攻擊派出所，所以用炸藥污染了刀刃。所以，他確定棺材舞者並未失去他的風格，就像他和莎克斯最初的想法一樣。故意被發現正在探勘意圖的攻擊路線，然後留下一名警衛的活口，讓他得以報警，通報卡車的失竊案——這些都是預謀。

不過，是實際上的證據讓整座冰山露出了具規模的一角——附著在紙張上面的阿摩尼亞。這種組合只有兩個來源：舊有的建築藍圖，以及陸地平面地圖，兩者都是由大張圖紙的阿摩尼亞晒圖機印成。萊姆讓塞利托打電話到紐約市警局，查詢建築公司或郡立契約註冊辦公室的非法入侵案件。

根據回傳的報告，祕書辦公室曾經遭到闖入。萊姆要他們查詢東三十五街，而市府警衛驚訝地回報，失竊的確實是這一區的地圖。

不過，棺材舞者如何發現珮西和布萊特就在庇護所內，以及他如何找出地址，卻仍然是一個謎。

五分鐘以前，兩名特勤小組的警官發現辦公大樓底層一間辦公室的窗戶被打破。棺材舞者避開了敞開的前門，不過他還是如萊姆的預期，準備經由巷子對庇護所進行攻擊。只是有東西嚇到他了。他目前在建築物裡遊蕩，沒有人知道他確實的位置，就像是暗房裡的一條毒蛇。他到底在什麼地方？在打些什麼主意？

太多種死亡的方式……

『他不會等下去，』萊姆說：『風險太大了。』他逐漸抓狂。

一個探員回報：『一樓沒有人，我們仍繼續繞巡。』

五分鐘過去了，警衛的報告顯示還是沒有結果，但是萊姆在耳機裡面其實只聽得見靜電干擾的窸窣聲。

喬迪答道：『誰不想賺錢？但是我不知道應該做些什麼。』

『幫助我離開這個地方。』

『我的意思是，你在這個地方做什麼？他們搜尋的人就是你嗎？』

史帝芬上下打量了這名瘦弱的男人。他是一名輸家，但是並不是一個瘋子或傻瓜。史帝芬於是決定，最佳的策略就是坦誠。此外，這傢伙再過幾個小時就沒命了。

他表示：『我來這個地方殺一個人。』

『哇！你是黑手黨之類的角色嗎？你要殺的是什麼人？』

『喬迪，安靜一點，我們目前的處境相當困難。』

『我們？我什麼事都沒做！』

『就除了你在錯誤的時間出現在錯誤的地方之外。』史帝芬表示：『這樣的情況相當糟糕，你和我處於相同的處境，因爲他們想抓的人是我，而他們不會相信你並非我的同黨。你準備幫我還是不幫？我只有時間聽你回答要或不要。』

喬迪試著讓自己看起來並不害怕，但是他的眼神背叛了他。

『要還是不要？』

『我不想讓自己受傷。』

『如果你在我這一邊，你就永遠不會受傷。我最拿手的一件事就是確定誰會受傷，誰不會受傷。』

『然後你會付我錢嗎？要現金，我不收支票。』

史帝芬笑了一下。『不是支票，我付現金。』

他像包心軟糖一般的眼睛，骨碌轉動地打著主意。『多少錢？』

小人渣想要議價。

『五千。』

在他眼中雖然仍看得到恐懼，但是這時已經被驚訝推到一邊去了。『眞的嗎？你不是在唬我吧？』

『不是。』

『會不會等我帶你離開這裡以後，你就殺了我？到時候你就不需要付我錢了。』

史帝芬再次笑了笑。『別人付我的錢比這個數目多出許多，五千美元對我不算什麼。此外，如果我們離開這個地方，我可能還會再需要你的幫助。』

『我……』

遠處傳來了一些聲響，越來越接近的腳步聲。

那是搜尋與監視小組的警察，正在搜尋他。

從腳步聲，史帝芬聽得出來只有一個人，符合邏輯。他們期待他闖進一樓那間窗戶敞開的辦公室，所以林肯那條蟲會在那裡安排絕大多數的警力。

史帝芬把槍放進他的包包裡，然後抽出刀子。『你會幫我吧？』

當然會，不用想也知道。如果喬迪不幫忙，六十秒鐘之內他就沒命了，他自己也知道這一點。

『好吧。』喬迪伸出手。

史帝芬沒有理會他，問：『我們怎麼出去？』

『有沒有看到那邊那些混凝土塊？你可以把它們拉出來，看到沒有？從那裡可以通往一條地道，就是城市底下的運輸地道。沒有人知道這件事。』

『眞的有嗎？』史帝芬眞希望自己從前就知道這些地道。

『我們可以一直走到地鐵。我就住在那個地方，一個舊地鐵站。』

史帝芬和一名搭檔一起工作已經是兩年前的事了，有的時候他還眞希望自己沒有殺掉那個人。

喬迪開始走向那個混凝土通道。

『不對。』史帝芬低聲說：『我要你靠著那片牆，那邊。』他指著正對著門口的一片牆。

『但是他會看到我！他用手電筒查看的時候，我會是他第一個看到的東西！』

『你只要站著，然後舉起雙手。』

『他會開槍！』喬迪嗚咽道。

『不會，他不會開槍。你必須信任我。』

『但是……』他一邊看著門，一邊又擦了一把臉。

這個人會不會變卦，士兵？

這是一個風險，長官，但是我考慮過機率之後，覺得他不會，因爲他是迫切需要錢的那種人。

『你必須信任我。』

喬迪嘆了一口氣。『好吧，好吧……』

『你的雙手一定要舉高，要不然他會開槍。』

『像這樣？』他舉起雙手。

『往後站，讓你的臉孔藏在陰影裡。對，就像這樣，我不要他看到你的臉……對，很好。』

腳步聲越來越接近了，躡手躡腳而躊躇地挪動。

史帝芬用手指在唇上比劃了一下之後，趴下來消失在地板上。

腳步的聲音越來越躊躇，接著停了下來。一張面孔出現在門口，他身上穿著防彈衣，還有聯邦調查局的風衣。

他推門進來，用H&K步槍末端的探照燈查看。光線一照到喬迪的腹部時，他做了一件讓史帝芬覺得驚訝的事。

他開始扣下扳機。

那是一個非常細微的動作。但是射殺過許多動物和人的史帝芬非常清楚那股肌肉的波動；擊發武器之前，那種姿勢帶出來的張力。

史帝芬迅速地反應。他跳了起來，拉開那把機槍，折斷麥克風的桿子。接著他用刺刀往上刺進他的三頭肌，癱瘓了他的右臂。對方痛苦地大叫。

他們得到了殺人的許可！史帝芬心想。沒有投降的交涉，看到我就開火，不管我是不是武裝。

喬迪叫道：『我的天啊！』他猶豫不決地向前移動，兩隻手近乎可笑地仍舉在空中。

史帝芬將那名探員撞倒在地上，將他的炭纖維頭套拉到眼睛上，憤怒地掐住他。

『天啊！你刺傷他了。』喬迪放下手臂，一邊向前靠近一邊說。

『閉嘴！』史帝芬表示：『我們剛才討論的退路呢？』

『但是……』

『立刻！』

喬迪呆呆地盯著他。

『立刻！』史帝芬憤怒地叫道。

喬迪跑向牆上的洞口，史帝芬則抓著探員的腳，將他拉到走道上。

殺人的許可……

林肯那條蟲子居然決定要他的命！史帝芬氣壞了。

『等一等。』他命令喬迪。

史帝芬重新將那個人的收話器插回收報器上面，然後仔細傾聽。他們使用的是特別任務的頻率，大約有十來個警察和探員，一邊在大樓的不同位置進行搜索，一邊進行通報。

他沒有太多時間，但是他必須拖延他們。

史帝芬將昏迷的探員拖向黃色的走廊。

然後他再次抽出刺刀。

20

倒數二十三小時

『該死，該死！』萊姆怒氣沖沖地罵道，讓他的下巴濺滿了唾液。湯瑪斯走向輪椅幫他擦拭，但是萊姆生氣地搖頭趕他走。

『鮑爾？』他透過麥克風呼叫。

『說吧。』豪曼從指揮車上回答。

『我想他可能已經推算出我們的行動，正準備殺出一條生路。告訴你的隊員組成防禦隊形，我不要任何一個人落單。讓所有的人進到建築物裡面，我想……』

『等一等……等一等。喔，不……』

『鮑爾？莎克斯？……有沒有人？』

但是沒有人回答。

萊姆透過無線電聽見了吼叫的聲音。傳輸的訊號被切斷了，接著爆出斷斷續續的聲音：『……救援。我們找到了血跡……在辦公大樓裡。沒錯，沒錯……不對……樓下……地下室。所有的單位一起行動，快一點，一起行動！……』

萊姆呼叫：『貝爾，你聽得到我說話嗎？加倍當事人的警備。千萬不能，我再重複一次，千萬不能讓他們離開戒護。棺材舞者脫困了，而我們不知道他在什麼地方。』

羅蘭・貝爾平靜的聲音透過無線電傳了過來。『他們被我們好好地保護在翅膀下面，沒有人進得到這裡面。』

非令人生氣而難以忍受的等待。萊姆挫敗得想要大叫。

他在什麼地方？

暗房裡的一條毒蛇……

接著，警員一名一名地回報，讓豪曼和戴瑞知道他們已經一層樓接著一層樓地清查。

最後，萊姆聽見了：『地下室清查結束。但是，老天，這裡有好多血。英奈爾曼不見了。我們找不到他。天啊，這麼多血！』

『萊姆，你聽得到我說話嗎？』

『說吧。』

『我在辦公大樓的地下室。』莎克斯一邊看著四周，一邊對著收話器的麥克風說。

地下室的牆面是骯髒的黃色混凝土，地面則漆成了軍艦灰。只是，你已經很難看出這個潮濕的地方還有什麼裝飾，因爲血漬濺得到處都是，就像一幅傑克森·卜洛克的恐怖畫作一樣。可憐的英奈爾曼警探，她心想，最好盡快找到他，流了這麼多血的人不可能撐過十五分鐘。

『妳帶了工具箱嗎？』萊姆問她。

『我們沒有時間了！這麼多血，我們得找到他！』

『鎮靜一點，莎克斯。工具箱，打開工具箱。』

她嘆了一口氣。『好吧！我聽到了。』

刑案現場的驗血工具箱裡包括了一根直尺、繫著一條細繩的半圓規、捲尺、ＫＭ（Kastle-Meyer）試驗使用的現場試劑，還有光靈敏（Luminol）——就算罪犯擦拭掉能見的血跡，也可以驗出血液中的鐵質氧化物的殘留。

『這裡眞是一片混亂，萊姆。』她說：『我不可能找到任何東西。』

『現場可以告訴我們的事情比妳想像中還多，莎克斯。它會告訴我們許多事情。』

好吧，如果有任何人能夠爲這種恐怖的場景理出頭緒，那就非萊姆莫屬了，她知道他和梅爾・柯柏都是國際血樣分析協會長久以來的會員。（她不知道何者較令人不安——灑滿了鮮血的刑案現場，還是存在著一群專門研究這個主題的人。）但是這個現場似乎令人絕望。

『我們得找到他……』

『莎克斯，鎭定一點……妳聽得到我嗎？』

過了一會兒之後，她說：『好吧。』

『妳目前需要的就是那把直尺。』他說：『首先，告訴我妳看到了些什麼東西。』

『這個地方到處都是血滴。』

『濺灑的血漬可以透露許多事情。不過，除非沾染血液的地面是否平坦，否則並沒有什麼意義。地板是什麼樣子？』

『平滑的混凝土。』

『很好。那些血滴有多大？測量一下。』

『他可能就快死了，萊姆。』

『有多大？』他嚴厲地說。

『大小不一。有數百滴大約在四分之三吋左右，有一些更大，大約一又四分之一吋。還有數千個非常小的血滴，就像噴霧一樣。』

『不要管那些小血滴。它們只是邊襯，其他血滴的衛星。描述一下那些大血滴的形狀。』

『大部分都是圓的。』

『邊緣呈荷葉狀嗎？』

『沒錯。』她說：『不過有一些有著平滑的邊緣，我的面前就有一些，不過它們比較小一點。』

英奈爾曼，他在什麼地方呢？她覺得納悶。一個她素未謀面的男人失去了蹤影，卻又像噴泉一樣濺得到處是血。

『莎克斯？』

『什麼事？』她生氣地回答。

『描述一下那些比較小的血滴。』

『我們沒有時間去做這些事！』

『我們沒有時間不去做這些事。』他平靜地說。

去你媽的，萊姆，她心想。然後說：『好吧。』她測量了一下。『它們大約半吋大，是完整的圓形，沒有荷葉邊……』

『這些血滴散佈在什麼地方？』他急切地問：『在走道的哪一邊？』

『大部分都在走道的中間。走廊的盡頭有一間儲藏室，裡面和周圍都是較大而有著鋸齒狀或荷葉邊的血滴。走道另一頭則是較小的血滴。』

『好，好，』萊姆心不在焉地回應，然後說：『這是事情發生的經過……那名警探叫什麼名字？』

『英奈爾曼，約翰·英奈爾曼。他是戴瑞的朋友。』

『棺材舞者在儲藏室逮到了英奈爾曼，往高處刺了他一刀，可能在手臂或頸子上，讓他癱瘓，這是那些較大而不規則的血滴。接著他將他拉到走道，再次捅了他，這一次較低，就是那些較小而呈圓形的血滴。高度越低，血滴的邊緣越是均勻。』

『他爲什麼這麼做？』她倒抽一口氣說。

『爲了拖延我們的時間。他知道我們會先尋找受傷的探員，然後才會去追他。』

他猜對了，她心想，但是我們搜尋的速度不夠快！

『那一條走道有多長？』

『血跡裡有沒有腳印？』

她嘆了一口氣，然後目測了一下。『大約五十呎左右，整條走道都覆蓋著拖曳的血跡。』

『十來個，各個方向都有。等一等……那邊有一部服務電梯，我剛才沒發現。拖曳的血跡就是朝那個方向！他一定在裡面！我們得……』

『不對，莎克斯，那太明顯了。』

『我們得撬開電梯門！我現在就去找防火小組，看看誰有工具或電梯鎖，他們可以……』

萊姆平靜地說：『聽我說，朝電梯方向的血滴看起來像不像眼淚？尾端指向不同的方向？』

『他一定在電梯裡面！電梯門上面有一些污漬。他快死了，萊姆！你聽我說！』

『眼淚，莎克斯。』他用一種撫慰的語氣說：『它們看起來是不是像蝌蚪？』

她朝地上看了一眼，它們確實呈蝌蚪的形狀。完美的蝌蚪形狀，尾端指向不同的方向。

『沒錯，萊姆，它們看起來像蝌蚪。』

『往回走，一直到沒有血跡的地方。』

這太瘋狂了！英奈爾曼正在電梯間裡流血……她盯著那扇金屬門看了一會兒，心中打算不理會萊姆的指示，但是她還是快步順著走道往回跑。

一直跑到沒有血跡的地方。

『到了，萊姆，已經沒有血跡了。』

『是不是有一個壁櫥或一扇門？』

『沒錯，你怎麼知道？』

『門是不是從外面閂住？』

『沒錯。』

他是怎麼辦到的？

『所以搜尋小組才不理會，因爲棺材舞者不可能將自己閂在裡面。好了，英奈爾曼就在裡面。打開門，莎克斯，用鉗子抓住桿子，不要碰旋轉鈕，我們或許有採到指紋的機會。還有，莎克斯……』

『什麼事？』

『我不認爲他在裡面裝了一枚炸彈，他沒有那種時間。但是，不管那個警探成了什麼模樣，肯定不太好看，妳都暫時不要理會，先查看陷阱。』

『好。』

『答應我？』

『答應。』

拿出鉗子……抽出門閂……轉動旋鈕。

舉起葛拉克手槍，站穩。就是現在！

門迅速敞開。

沒有任何炸彈或陷阱，只有英奈爾曼那具蒼白、一身鮮血，沒有意識的軀體，翻落到她的腳邊。

她輕輕地尖叫了一聲。『他在這裡。他需要醫護人員！他被割傷得很嚴重！』

她在他身旁彎下腰。兩名特勤小組的技工和多名探員都趕了過來，面色極難看的戴瑞也在其中。

『他對你做了什麼事，約翰？喔，老兄！』醫護人員過來的時候，戴瑞往後退開。他們剪開了他身上大部分的衣物，查看刺裂的傷口。英奈爾曼的眼睛半開，目光呆滯。

『他是不是……』戴瑞問。

『還活著？幾乎不算了。』

醫生在傷口鋪上墊子，在他的大腿和手臂綁上止血帶，然後插上輸血管。『把他弄到車上。我們動作得快一點！快一點！』

他們將受傷的探員放在一張輪床上面，將他推離走道。戴瑞低著頭跟著他，一邊自言自語地搓揉著指間一根已經熄滅的菸頭。

『他能說話嗎？』萊姆問：『有沒有棺材舞者去向的線索？』

『沒有，他完全沒有意識，我不知道他們有沒有辦法救他。天啊！』

『不要驚慌，莎克斯。我們還有一個刑案現場等我們分析。我們得找出棺材舞者的去向，弄清楚他是不是還在附近。回到儲藏室去，看看有沒有窗子或通往外面的出入口。』

她一邊走一邊問：『你怎麼知道這裡有一個壁櫥？』

『因爲血滴的方向。他將英奈爾曼塞到裡面之後，用抹布浸濕了他的血，然後走到電梯口，用抹布擦了一下。滴落的血滴朝著一個方向移動，所以才會出現眼淚的形狀。而既然他試圖引導我們朝電梯的方向去，我們就應該由相反方向調查他脫逃的路線。也就是儲藏室。妳已經在裡面了嗎？』

『是的。』

『描述一下。』

『有一扇開口朝著巷子的窗戶，看起來好像他已經開始嘗試撬開，不過窗子是用油灰塡塞。這裡沒有其他的門。』她朝窗外看出去。『我從這裡看不到任何警探藏身的位置，不知道是什麼東西洩露了我們的計畫。』

『妳看不到任何警探藏身的位置，』萊姆嘲笑地說：『但是他看得到。現在開始走格子吧，看看我們能夠找到些什麼東西。』

她仔細地搜尋現場、走格子，然後用眞空集塵機收集微量證物，再將濾紙小心地包裝起來。

『妳看到了什麼？有沒有任何發現？』

她用燈光探照牆面，發現了兩片不協調的混凝土塊。有一些擁塞，不過身段柔軟的人仍可以擠過去。

『找到他逃生的路線了，萊姆。他鑽過了牆壁，這裡有幾塊鬆動的混凝土塊。』

『別打開，把特警隊找來。』

她找來了幾個探員，他們拉開混凝土塊，用裝在H＆K半自動步槍槍管上的手電筒往裡面探照。

『沒問題。』一名警探說。莎克斯拔出她的槍，然後鑽進那個陰冷潮濕的空間裡。

那是一個充滿瓦礫的斜坡，通往地基的一處洞口，潺潺的水滴不停地滴落。她小心翼翼地踏在大塊的混凝土上面，不去碰到潮濕的地面。

『妳看到了什麼，莎克斯？告訴我！』

她朝著棺材舞者可能用手抓扶，和用腳踩踏的地方揮動波里光。『哇！萊姆。』

『怎麼樣？』

『有指紋，隱隱約約……等等，也有手套的印記，沾了血跡，是因爲抓了那條抹布吧。我不明白，這裡就像個地窖一樣……或許他因爲某種理由而拿掉了手套，又或許他認爲在通道裡很安全。』

然後她朝下看，用那道陰森灼熱的黃綠燈光照射她的腳邊。『喔！』

『什麼事？』

『那些並不是他的指紋，他和另外一個人在一起。』

『另外一個人？妳怎麼知道？』

『這裡有另外一組腳印。兩組腳印都很新鮮，其中一組較大，朝著同一個方向移動、跑步。天啊！萊姆……』

『發生什麼事了？』

『這表示他有一個同夥！』

『好了，莎克斯，杯子裝滿了一半。』萊姆高興地補充說：『也就是說，我們將會有雙重的證物來幫助我們逮到他。』

『我剛剛想的是，』她陰鬱地說：『這表示他將會加倍危險。』

『妳找到了些什麼東西？』林肯・萊姆問。

莎克斯已經回到了萊姆的住處，正和梅爾・柯柏一起查看從現場收集回來的證物。莎克斯和特警隊跟蹤腳印，追到了一處艾迪生電力公司的通道，然後就失去了棺材舞者和他同夥的蹤跡，看來他們好像經由一個出入孔爬到街道上面去了。

她將她在通道口找到的指紋交給柯柏。他透過掃瞄存進電腦之後，傳送到聯邦調查局的指紋自動辨識系統查詢。

然後她拿了兩張靜電印刷的圖像，交給萊姆檢驗。『這是通道裡的腳印。這一張是棺材舞者，』

她舉起其中一張，就像X光照片一樣透明。『和他在闖入的精神科醫生辦公室所留下的腳印符合。』

『他穿的是普通的工廠鞋。』萊姆表示。

『你原本認爲他會穿著戰鬥靴嗎？』塞利托說。

『不，那就太明顯了。工作鞋有抓地的橡膠鞋底，腳趾的地方也套有鋼套，如果你不需要在腳踝的部分加強的話，它們跟靴子一樣好用。另外那一張拿過來一點，莎克斯。』較小的足印在腳跟和腳掌的地方磨損得相當嚴重。右腳的部分有個能夠看到格狀紋路的大洞。

『沒穿襪子，他的朋友很可能是個流浪漢。』

『他爲什麼會帶著一個跟班？』柯柏問。

『不知道。』塞利托說：『根據傳聞，他一向都獨來獨往。他會利用別人，但是並不信任他們。』

就好像別人對我的指控一樣，萊姆心想。他說：『他在現場留下了指紋？這傢伙不是內行人，他身上一定有一些棺材舞者需要的東西。』

『離開這棟建築物的出路是其中的一項。』莎克斯提議。

『可能。』

『他現在可能已經沒命了。』她再次推論。

很可能，萊姆不作聲地贊同。

『這些腳印的尺寸很小，』柯柏表示，『我猜大概是男鞋的八號。』鞋底的尺寸並不見得符合鞋子本身的大小，對於穿鞋者的身材所能夠提供的訊息更少。不過用來推論棺材舞者的同夥是個身材瘦小的傢伙，確實合情合理。

現在來看看微量證物。柯柏將樣本裝到載玻片上面，然後嵌進複合顯微鏡下，並且將影像接到萊姆的電腦螢幕上。

『指令模式，游標右移。』萊姆對著麥克風下達指令：『停，按兩下。』他檢視著電腦螢幕。『有許多混凝土塊的灰泥。泥土和塵灰……妳在什地方找到這些東西的，莎克斯？』

『我刮了混凝土塊的周圍，然後用眞空集塵機清掃了通道的地面。我也在幾個箱子後面找到了一個看起來似乎有人窩藏過的地方。』

『很好。梅爾，進行氣相層析質譜儀分析，這裡有不少我無法辨識的東西。』氣相層析質譜儀隆隆作響，分離了複合物之後，將產生的煙氣送往光譜儀進行辨識。柯柏查看了螢幕。

他驚訝地輕輕吐了一口氣。『我很驚訝他的朋友還能夠走路。』

『說清楚一點，梅爾。』

『他根本就是一間藥房，林肯。這裡面有巴比妥酸鹽、苯巴比妥、右旋苯異丙胺、戊巴比妥、甲丙氨酯、甲氨二氮草、苯甲二氮草。』

『我的天，』塞利托說：『紅中、安非他命、藍魔鬼……』

柯柏繼續說：『還有乳糖和蔗糖的成分，鈣質、維他命、酵素等日常生活中見得到的元素。』

『毒販用來稀釋毒品的嬰兒奶粉。』萊姆說。

『所以棺材舞者找了一個笨頭當他的共犯，虧他想得出來。』

莎克斯表示：『那地方有許多醫生辦公室，這傢伙一定是去偷藥。』

『接上警方的檔案，』萊姆說：『找出所有吸毒者的檔案。』

塞利托笑道：『那會像電話簿一樣厚，林肯。』

『沒有人認爲這件事很簡單，隆恩。』

他還沒來得及打電話，柯柏就收到了一封電子郵件。『不用麻煩了。』

『嗯？』

『指紋自動辨識系統送來了那枚指紋的報告。』他敲了敲螢幕。『不管這傢伙是誰，他在紐約市、紐約州或全國犯罪資料中心都沒有檔案。』

『媽的！』萊姆氣沖沖地說，覺得自己好像受到了詛咒一樣。難道就不能容易一點嗎？他說：『還有其他的微量證物嗎？』

『這裡還有一些，』柯柏回答：『一小片藍色瓷磚，背面有水泥漿，貼在看起來像是混凝土的東西上面。』

『讓我們看看。』

柯柏將樣本裝到顯微鏡的鏡檯上。

萊姆傾身向前仔細研究，他的脖子就像快要痙攣般地顫抖。『好，是老舊的馬賽克瓷磚，瓷質碎紋加工，含鉛，我猜有六、七十年的歷史。』但是他無法從這個樣本做出精細的推論。『還有嗎？』他說。

『有一些毛髮。』柯柏將它們裝入光學儀器，然後湊到接目鏡上。

萊姆也一起檢視那些毛桿。

『是動物。』他宣布。

『又是貓嗎？』莎克斯問。

『我們瞧瞧。』柯柏說著，又低下頭去。

但是這些毛髮並非來自貓科動物的身上，而是齧齒目動物。『是老鼠。』萊姆表示：『溝鼠（Rattus norvegicus），又名挪威鼠，標準的下水道鼠類。』

『繼續。那個袋子裡裝的是什麼，莎克斯？』萊姆就像一個饑餓的男孩望著糖果店陳列櫃裡的巧克力一樣，問道：『不是，不是。那邊，對，就是那一個。』

證物袋裡面裝的是一塊沾了些許褐色污漬的紙巾。

『我是在混凝土塊上面找到的，就是他搬動的那一塊，我想那是來自他的手上。並沒有找到指紋，不過依據形狀，應該是來自一隻手掌。』

『爲什麼妳會這麼認爲？』

『因爲我用手去沾磨了灰塵之後，再去推動另一個混凝土塊，結果留下的是一樣的印記。』

這就是我的艾米莉亞，他心想。有那麼一會兒，他的思緒又回到了昨天晚上，他們兩個人一起躺在床上……他推開這些念頭。

『那是什麼東西，梅爾？』

『看起來像是油脂，沾了灰塵、泥土、木屑，還有一點有機物質。我想是動物的肌肉，看起來好像已經很老了。看一下上面的角落。』

萊姆查看著螢幕上一些銀色的斑點。『金屬物質，從某種東西上面摩擦或刮削下來的。用氣相層析質譜儀分析，讓我們確認一下。』

柯柏照著執行。

『石化製品。』他回答：『天然提煉，沒有添加物……還有一些加了錳、矽、碳元素的鐵質。』

『等一等。』萊姆叫道：『有沒有其他像是鉻、鈷、銅、鎳和鎢之類的元素？』

『沒有。』

萊姆盯著天花板。『那些金屬物質是用貝瑟摩煉鋼法提煉的老舊鋼材。如果是現代的煉鋼法，就會找到一些這類的元素。』

『還有一些其他的東西，是柏油。』

『木餾油！』萊姆大叫：『我找到了！棺材舞者犯下的第一個重大錯誤——他的共犯是一張活動的公路地圖。』

『通往什麼地方？』莎克斯問。

『通往地鐵。那些油脂非常老舊，鋼材來自老舊的固定裝置和枕木釘，木餾油則來自枕木；還有那個瓷磚碎片來自一片馬賽克。許多老舊的地鐵站都貼著瓷磚，上面的圖案都和站區一帶相關聯。』

莎克斯說：『沒錯。亞斯特站裡的馬賽克圖案，就是約翰．亞斯特過去交易的動物。』

『塗了泥漿的瓷磚——這就是棺材舞者需要他的原因：一個藏身的地方。棺材舞者的朋友可能是一個吸毒的流浪漢，而他住的地方是一處廢棄的鐵路、通道或地鐵站。』

萊姆突然發現所有的人都盯著門口一個男人的身影，他閉上嘴巴。

『戴瑞……』塞利托猶豫不決地問。

戴瑞那張黝黑陰鬱的面孔注視著窗外。

『怎麼了？』萊姆問。

『是英奈爾曼，他們試著爲他縫合傷口，總共縫了三百針，但是已經太遲了，他失血過多，剛剛過世了。』

『我很難過。』莎克斯表示。

房間裡的每一個人都知道發生在戴瑞多年來的搭檔身上那件事——殉職於奧克拉荷馬聯邦大樓的爆炸案中。萊姆也想到了前幾天才在市中心被綁架的湯尼．潘尼里，他可能也已經喪生，而關於他下落的唯一線索，就是那一顆奇怪的沙粒。

現在，又一個戴瑞的朋友走了。

戴瑞用一種具威脅性的步伐慢慢移動。

『你們都知道英奈爾曼爲什麼被殺，對不對？』

大家都知道，但是沒有人回答。

『注意力分散——這是全世界唯一一個讓我們抓不住線索的理由。你們相信嗎？他媽的注意力分散！』他突然停下腳步，用他嚇人的黑眼珠盯著萊姆。『你有沒有任何線索？』

『不多。』他向他解釋了棺材舞者的流浪漢朋友、毒品、在地鐵某處的藏身處這些事。

『就這樣？』

『恐怕如此，但是我們還有一些證物要查看。』

『證物。』他不屑地低聲說。他朝著門口走去，然後又停下來說：『注意力分散，一個好人不應該爲了這種他媽的理由喪命。這不是理由！』

『佛雷德，等一等……我們需要你。』

但是他並沒有聽見，要不然就是他不予理會。戴瑞靜靜地離開了房間。

一會兒之後，樓下的大門被重重地關上。

21

倒數二十二小時

『到家了，可愛的家。』喬迪說。

一個床墊、兩箱舊衣服、罐頭食物、雜誌——史帝芬厭惡地瞥了一眼那幾本《花花公子》、《閣樓》以及一些低級的色情雜誌，還有一兩本書。喬迪住的地方位於市中心某一處十餘年前被地面上的新站取代的廢棄地鐵站。

一個理想的蟲窩，史帝芬厭惡地這麼想，然後將那幕影像從腦中移開。

他們是從地層下面的天花板鑽進狹小的地鐵站。一路上他們完全都在地底下移動——距離庇護所大約兩、三哩的路程——經過了建築物的地下室、通道、大型下水道、小型污水管；留下了一個誤導的線索——掀開一個出入孔。最後，儘管喬迪虛弱得不成人形，上氣不接下氣地試圖跟上史帝芬狂奔的腳步，他們還是比預期提早進入了地鐵的通道。

這個地方有一扇通往街上的出入口，不過從裡面堵住了。塵埃繚繞的光線穿過百葉板斜照進來，史帝芬盯著外面那股春季令人生畏的陰霾。這一帶是城裡的貧民窟，遊民坐在街角，人行道上丟滿了葡萄酒和啤酒的瓶罐，注射藥瓶的蓋子也像圓點花紋一樣地散落一地，巷子裡有隻老鼠正在咬著一件灰色的東西。

史帝芬聽見身後傳來噹啷的碰撞聲，轉身看見喬迪正將偷來的藥丸丟進一個咖啡罐裡。他拱著背，小心翼翼地整理。史帝芬從背包裡掏出行動電話，打了一通電話到席拉的公寓。他預期聽見的是她的答錄機，但是一段錄製的聲音卻告訴他這一條線路已經停止使用。

不……

他非常驚訝。

這表示炸彈已經在席拉的公寓裡炸開了，也表示他們已經發現他去過那個地方。他們到底他媽的爲什麼辦得到？

『你沒事吧？』喬迪問。

為什麼辦得到？

林肯，蟲中之王——這就是爲什麼！

林肯，那張蒼白而像蟲一般的臉孔出現在窗子裡……

史帝芬的手心開始出汗。

『喂！』

史帝芬抬起頭。

『你看起來……』

『我沒事。』史帝芬簡短回答。

別再擔心了，他告訴自己。如果已經爆炸的話，爆炸的威力足以轟掉那一間公寓，毀掉他留下的任何痕跡。沒事，你很安全，他們永遠找不到你，永遠逮不著你。那些蟲子永遠也別想碰到你……

他看著喬迪好奇而親切的笑容，那股畏縮的感覺也跟著消失。『沒事。』他表示：『只是計畫有所變動。』接著他掛掉電話。

史帝芬再次打開背包，數了五千美元。『錢在這裡。』

喬迪呆若木雞地看著那筆現金。他看看鈔票，又看看史帝芬的臉孔，然後伸出瘦弱而顫抖的雙手，小心翼翼地接過五千美元，就好像握太用力會粉碎一樣。

接過鈔票的時候，喬迪碰到了史帝芬的手。而儘管戴著手套，史帝芬仍感到一股震顫——就像他被一把剃刀刺穿內臟的時候一樣——雖然震驚，但是並沒有痛楚。他鬆開鈔票之後，轉開目光，然後說：『如果你再幫我一個忙的話，我會另外付你一萬美元。』

喬迪脹紅的臉孔綻開爲一個謹慎的微笑。他深深地吸了一口氣，然後把手伸進一個咖啡罐裡撥弄。『我……我不知道……我有一點緊張。』他掏出一顆藥丸，然後吞下去。『這是藍魔鬼，會讓你覺得很舒服、愉快。要不要來一顆？』

『嗯……』

士兵，男人偶爾是不是會喝一杯？

長官，我不知道，長官。

告訴你，他們偶爾確實會喝一杯，來吧。

『我不知道，我……』

喝一杯，士兵。這是命令。

長官……

你不是個娘兒們吧，士兵？你有沒有長奶子？

我……我沒長奶子，長官。

那就喝吧，士兵。

是的，長官。

喬迪又問了一次：『要不要來一顆？』

『不要。』史帝芬低聲回答。

喬迪閉上眼睛，然後退開。『一萬美元……』過了一會兒之後，他問：『你殺了他，對不對？』

『誰？』史帝芬問。

『剛才在那邊的那個警察。你要不要一點橘子汁？』

『地下室那個警探嗎？或許我已經讓他沒命了，我不知道，這並不是重點。』

『做這樣的事會不會很困難？我沒什麼意思，純粹只是好奇。要橘子汁嗎？我喝很多這樣的東西。那些藥丸會讓人口渴，讓你老是口乾舌燥。』

『不要。』那個罐子看起來很髒，或許曾經有蟲子在上面爬過，或許掉進裡面，你可能喝到了蟲子而不自覺……他打了一個寒顫。『你這裡有沒有自來水？』

畏縮。

『沒有。不過我有一些瓶裝水，是波蘭的礦泉水，我從A＆P超市偷了一箱。』

『我需要洗手。』

『你需要嗎？』

『把血跡從上面洗掉，我戴著手套沖一下。』

『就在那邊。你爲什麼隨時都戴著手套？因爲指紋的關係嗎？』

『沒錯。』

『你在軍隊裡待過，對不對？我知道。』

史帝芬正打算說謊，但是突然改變主意。『不對。我是差一點進了軍隊，海軍陸戰隊，我原本打算加入的。我的繼父是海軍陸戰隊的隊員，我原本也要像他一樣從軍。』

『永遠忠誠（美國海軍陸戰隊座右銘）。』

『沒錯。』

經過一段沉默之後，喬迪期待地看著他。『後來發生什麼事了？』

『我試著入伍，但是他們不讓我加入。』

『眞蠢！不讓你加入？你會是個優秀的軍人。』喬迪一邊打量著史帝芬，一邊點頭。『你很強壯，肌肉發達。我……』他笑了笑。『我幾乎不做運動，除了被那些試圖搶我的黑鬼和小鬼追著跑的時候，不過再怎麼樣，他們總是抓得到我。你也很英挺，像軍人一樣，就像電影裡的那些軍人。』

史帝芬感覺到那一股畏縮的感覺逐漸消退，而且，我的天啊，他居然害臊了。他盯著地上。

『我不知道……』

『少來了，我打賭你的女朋友一定也覺得你很英俊。』

一點畏縮的感覺又出現了，蟲子又開始蠕動。

『我……』

『難道你沒有女朋友嗎？』

『你到底有沒有水？』史帝芬問。

喬迪指著那一箱波蘭礦泉水。史帝芬開了兩瓶，然後開始清洗他的手。通常他並不喜歡別人看著他做這件事。別人看他清洗的時候，會讓他覺得畏縮，那股蟲般的感覺也會揮之不去。但是爲了某種理由，他並不在乎喬迪在一旁看。

『你沒有女朋友，是吧？』

『現在沒有。』史帝芬小心地解釋：『並不是因爲我是同性戀之類的，如果你覺得懷疑的話。』

『我沒有懷疑。』

『我並不崇信這一個派別。現在的我並不覺得我繼父說得對——愛滋病是上帝用來擺脫同性戀者的方式。因爲如果上帝希望這麼做的話，祂會夠聰明，直接擺脫他們就行了，我的意思是指那些娘娘腔，而不會讓正常人也冒了可能染病的風險。』

『有道理。』喬迪從藥效發作的模糊狀態中說：『我也沒有女友。』他苦澀地笑道：『唉，我怎麼可能有女朋友，對不對？我有什麼條件？我不像你一樣英俊，沒有錢，我只是個該死的毒蟲……』

史帝芬覺得自己的臉越來越燙，而他也越洗越用力。

把皮膚洗乾淨，就是這樣，就是這樣，就是這樣……

蟲子、蟲子，滾遠一點……

史帝芬看著雙手，繼續說：『事實上是因爲我目前所處的狀況，讓我……讓我不能像大部分的男人一樣對女人感興趣，不過這只是暫時的。』

『暫時。』喬迪重複他的話。

史帝芬盯著肥皀，就像那是一個試圖脫逃的囚犯一樣。

『暫時的情況，因爲我必須維持警戒，我的意思是爲了工作。』

『當然，你必須維持警戒。』

搓，搓，肥皀泡沫就像風雨前的烏雲一樣。

『你有沒有殺過娘娘腔？』喬迪好奇地問。

『我不知道。告訴你，我從來不曾因爲娘娘腔這個理由而殺過任何人。這麼做沒有道理。』史帝芬覺得雙手刺痛而發麻。他並沒有看著喬迪，只是繼續更用力地擦洗。他突然出現一種奇怪的興奮感，因爲他正在跟一個可能了解他的人說話。『你懂吧，我並不會爲了殺人而殺人。』

『好吧，』喬迪說：『但是如果一個酒鬼在街上攔住你，推了你一把，又說你是一個……我不知道……一個操你媽的娘娘腔？你會殺了他，對不對？我是說，如果你事後能夠脫逃的話。』

『但是，嗯……一個娘娘腔並不會想要和他媽媽發生性關係，對不對？』

喬迪眨了眨眼睛，然後笑道：『好笑，好笑！』

我剛剛說了一個笑話嗎？史帝芬納悶地想。他笑了笑，很高興自己給了喬迪這樣的印象。

喬迪繼續說：『好吧，假設他對你說「操你媽」。』

『我當然不會殺了他。既然你提起了娘娘腔，我們也可以談一談黑鬼和猶太人。我不會去殺一個黑鬼，除非有人雇用我去殺一個剛剛好是黑鬼的人。或許有一些黑鬼不應該活下去，或至少不應該活在這個國家，對於這一點，我的繼父可以提出許多論點，而我相當同意他的看法。他對猶太人也有著相同的意見，不過我並不同意。猶太人是非常優秀的軍人，我非常尊敬他們。』

史帝凡繼續說著：『你懂吧？殺人是一種事業，就這樣。看看肯特州，我當時還是個小孩，是我的繼父告訴我這件事。你知道肯特州立大學的事件吧？那些被國家防衛隊射殺的學生？』

『當然，我知道。』

『現在當然沒有人在乎那些學生的死活了，對不對？但是對我來說，射殺他們是一件愚蠢的事，因爲這麼做有什麼用？一點用也沒有。如果你想阻止那場運動，或者不管那是什麼活動，你應該瞄準的是他們的領導人，然後將他們拉下來。那是非常簡單的事，滲透、評估、指派、孤立和消滅。』

『你就是這麼殺人？』

『你先滲透那個地區，評估殺人以及防禦的困難度；接著你分派任務，將每個人的注意力從被害者的身上移開：讓情勢看起來像是你打算用某個方式進行攻擊，可能是個送貨員或鞋僮之類的角色，結果你卻出現在被害者的後面，孤立他，然後消滅他。』

喬迪喝著橘子汁。大概有十多個橘子汁的空罐子堆在角落，就好像他以此維生一樣。『你知道嗎，』他用袖子擦了擦嘴。『人們通常都認爲職業殺手是瘋子，但是你看起來並不像。』

『我不認爲我是瘋子。』史帝芬說。

『你殺的都是壞人嗎？像是騙子或黑手黨之類的人物？』

『嗯，應該說，他們做了一些讓付錢雇我殺他們的人覺得不好的事。』

『也就是說他們是壞人？』

『當然。』

喬迪遲鈍地笑了笑，他的眼皮已經閉上了一半：『有的人說這並不是……你知道，並不完全是分辨好壞的方式。』

『什麼是好和壞？』史帝芬說：『我做的事情和上帝並沒有什麼不同。在一班發生車禍的火車裡，好人死，壞人也死，沒有人會去追究上帝。有一些職業殺手稱他們的被害人爲「目標」或「對象」，我還聽說過一個傢伙稱他們爲「屍體」，而且是在還沒有殺死他們之前。例如說：「屍體正離開他的汽車，我已經瞄準他。」以這種方式看待被害人，我猜對他會容易一點。至於我，我一點都不在乎。他們是什麼身分，我就如何稱呼他們。我現在對付的是那個妻子和那個朋友，我已經殺了那個丈夫。我就是這麼看待他們；他們是我要殺的人，就這樣，沒什麼了不起。』

喬迪思索了一下他的話，然後說：『我並不覺得你邪惡，你知不知道爲什麼？』

『爲什麼？』

『因爲邪惡的人是那些看起來天眞，但是事實上卻非常壞的東西。而你呈現的就是眞實的你，我覺得這樣很好。』

史帝芬彈了一下他已經清洗乾淨的手指甲。他覺得自己又開始害臊了，已經有好長一段時間不曾發生這種事了。最後他問：『我嚇到你了，對不對？』

『沒有。』喬迪回答：『我不會希望有你這樣的敵人，但是我覺得我們是朋友，我不認爲你會傷害我。』

『沒錯。』史帝芬表示：『我們是搭檔。』

『你剛才提到了你的繼父，他還活著嗎？』

『不，他已經死了。』

『很抱歉。你提到他的時候，我也想起了我的父親——他也死了。他說全世界最令他尊敬的就是技藝，他喜歡觀看具備才華的人從事他最拿手的活兒，就像你這種人一樣。』

『技藝。』史帝芬重複了一遍，因爲一種無法解釋的感覺而興奮不已。他看著喬迪將鈔票藏在那塊污穢床墊的裂縫裡面。『你打算怎麼用這筆錢？』

喬迪坐了起來，用一種悲傷但是誠懇的目光看著史帝芬。『我可以讓你看一樣東西嗎？』藥物讓他的聲音變得含糊不清。

『當然。』

他從口袋裡掏出一本書，書名是《不再依賴》。

『這是我從聖馬克斯廣場的一家書店偷來的，是給那些不希望……你知道，繼續當個酒鬼或毒蟲的人看的書。寫得很好，裡面提到了一些你能夠求助的診所，我找到了這個位於紐澤西的地方。你在裡面要花一個月的時間——一整個月——但是等你出來的時候就乾乾淨淨了。他們說眞的很有效。』

『那對你很好。』史帝芬表示：『我很贊成。』

『是啊，』喬迪皺起臉。『不過費用是一萬四千美元！』

『不是蓋的。』

『就一個月的時間，你能相信嗎？』

『有人在這上面弄了不少銀子。』史帝芬殺一個人的價碼是十五萬美元，但他並沒有和喬迪——他的新朋友、新搭檔——分享這個資訊。

喬迪嘆了一口氣，擦了擦他的眼睛。毒品似乎讓他成了愛哭鬼，就像史帝芬的繼父喝了酒以後一樣。『我的一生可以說是亂七八糟。』他說：『我上了大學，而且我也念得不差。我教了一陣子的書，後來到一家公司上班，接著我丟了工作，情況開始變得糟糕，我也被趕出公寓……我一直都有用藥的問題。然後我開始偷東西，媽的。』

史帝芬在他的身旁坐了下來。『你會賺到那筆錢，然後到那一家診所。你的生命會完全改觀。』

喬迪朦朦朧朧地對他笑了笑。『你知道嗎?我的父親曾經這麼說過,當你必須進行的事情充滿困難的時候,不要將困難的部分視爲一個問題,要把它當成一個因子,一個需要考慮的東西。他看著我的眼睛對我說:「不是一個問題,只是一個因子。」我一直試著記住這一點。』

『不是一個問題,只是一個因子。』史帝芬重複了一遍。『我喜歡這句話。』

史帝芬把手放在喬迪的腿上,證明他確實喜歡這句話。

士兵,你到底在他媽的搞什麼鬼?

長官,正在忙碌當中,等一下再進行報告。

士兵……

等一下,長官!

『敬你。』喬迪說。

『不,我敬你。』

接著他們用礦泉水和橘子汁乾了杯來慶祝他們奇怪的聯盟。

22

倒數二十二小時

這就像一座迷宮。

紐約市地鐵線延伸的距離超過了兩百五十哩,由十多條獨立的隧道交織於五個行政區域當中的四個(除了史坦登島之外,不過島上的居民自己擁有一班頗負盛名的渡輪)。

用一顆衛星在北大西洋尋獲一艘迷航船艦的速度，都比林肯的小組在紐約市地鐵找出躲藏的兩個人來得快。

萊姆、塞利托、莎克斯和柯柏，正盯著一張不怎麼優雅地貼在牆上的地鐵系統圖研究。萊姆審視著代表各個路線的不同顏色線條：藍色通往第八街，綠色到萊星頓，紅色到百老匯……

萊姆和這個難纏的系統有過一段特別的關係。他的脊椎就是在一個修築中的地鐵坑道裡，被一根斷裂的橡木橫樑壓垮——當時他剛好叫了一聲『啊』，然後彎腰從謀殺案被害人的屍體上，撿起一根就像天使的頭髮一樣金黃的纖維。

在這件意外發生之前，地鐵在紐約警局的法醫工作當中，早已扮演了重要的角色。萊姆負責偵查資源組的時候，曾經花了許多工夫研究這些路線，因爲它們包含了許多的區域，也在經年累月之後，混入了各種不同的建築材料，所以只要以充分的微量證物爲基準，即使不能將一名罪犯和他活動的地區及車站扯上關聯，經常也能夠連結到某一條特定的地鐵線路。萊姆收集地鐵的樣本已經多年，有些樣本的來源可以追溯到一個世紀以前。（一八六〇年代，《紐約太陽報》和《美國科學人雜誌》的發行人艾爾弗雷德·畢曲，實踐了他以小型氣壓管道傳送郵件、大型管道運送人員的想法。）

萊姆下令電腦撥了一個號碼，沒多久之後，就接上了運輸管理警察部門的負責人，山姆·侯德雷斯頓。他們就像房政警署一樣，也是正規的紐約市警察，和紐約市警察局沒有兩樣，不過他們的轄區僅局限在運輸系統上面。侯德雷斯頓很久以前就認識萊姆了，而萊姆報上姓名之後，可以在對方的沉默當中聽見他的腦袋裡跳起了踢躂舞；因爲就像許多萊姆從前的同事一樣，侯德雷斯頓並不知道萊姆已經從死亡的邊緣復出。

『我們需不需要關閉某些線路？』侯德雷斯頓聽了萊姆簡單描述棺材舞者與搭檔的事情之後問：

『進行實地的搜索?』

塞利托從擴音器裡聽見他的問題之後,搖了搖頭。

萊姆同意地說:『不用了,我們不希望打草驚蛇。不管怎麼樣,我想他是在一個廢棄地區。』

『停用的車站數量並不多。』侯德雷斯頓說:『但是廢置的支線和調車場卻有上百個。喂,林肯,你現在怎麼樣了?我……』

『我很好,山姆,我很好。』萊姆伶俐地回答,就像往常一樣轉移問題的方向。然後他補充說:『根據我們剛才的討論,我們認爲他們可能一直維持步行,不會跑去搭乘地鐵,所以猜想他們還在曼哈頓。我們手上有一張地圖,需要你來幫我們縮小搜尋的範圍。』

『只要我辦得到的事情都沒問題。』侯德雷斯頓回答。萊姆已經不記得他長什麼樣子了。聽他的聲音,他似乎非常健康強壯。不過萊姆接著心想,如果沒有看到他損壞的身體,他自己的聲音聽起來也像是一個奧林匹克的選手一樣。

萊姆現在也將莎克斯從庇護所旁邊那棟建築物帶回的證物列入考慮,也就是棺材舞者的搭檔所留下的證物。

他告訴侯德雷斯頓:『這些泥土的濕度相當高,而且含有長石和石英的成分。』

『我記得你一向熱愛你那些泥土,林肯。』

『泥土相當有用。』他答道。然後繼續說:『岩石的含量不多,而且都沒有爆裂和破損的跡象,不是石灰岩或曼哈頓的雲母片岩。所以我們尋找的地方是在市中心。而從老舊木頭的顆粒數量來看,可能是接近運河大街一帶。』

二十七街以北一帶,床岩接近曼哈頓的表層,南邊的地表則是泥土、沙粒、黏土,而且非常潮濕。幾年前,挖土工人開鑿地鐵的時候,運河大街一帶泥濘的地表湧進了坑道裡。唧筒清理坑道的時候，所有的工程每天都必須因此暫停兩次。由於牆面以木樁支撐，幾年下來，這些木樁全都腐朽潰爛，混雜到泥土裡面。

侯德雷斯頓對此並不感到樂觀。雖然萊姆提供的訊息已經縮小了整個範圍，但是根據他的解釋，這一帶十多條連接通道、轉運月台以及部分站區，已經停用多年。其中一些就像埃及的墳墓一樣已經被封鎖或遭到遺忘。艾爾弗雷德·畢曲逝世多年之後，工人在建造另外一條地鐵的時候穿破了一面牆，發現了他最初建築的通道以及富麗堂皇的候車室，佈置著壁飾、一台大鋼琴和一個水族箱。

『他有沒有可能住在一個使用中的站區內，或是車站之間的排氣通道？』侯德雷斯頓問。

塞利托搖搖頭。『不符合他的情況。他有毒癮，應該會擔心藏匿的問題。』

萊姆接著向侯德雷斯頓提起藍色馬賽克磚的事。

『不可能找出這東西的來源，林肯。我們貼了許多瓷磚，所以到處都可以找得到碎片和泥漿，誰知道他可能在什麼地方沾到？』

『給我一個數目吧，長官，』萊姆說：『我們總共可以盯住幾個地點？』

『我想大概有二十個地方。』侯德雷斯頓用他中氣十足的聲音表示：『或許再少一點。』

『哇。』萊姆抱怨地叫了一聲。『好吧，把最可能的地點列成表傳給我們吧。』

『沒問題。你什麼時候需要？』但是沒等萊姆回答，侯德雷斯頓就說：『我記得從前的你，你應該是昨天就已經需要了。』

『上星期。』萊姆戲稱，並因爲侯德雷斯頓還在動口開玩笑，而非已開始動筆列表而急躁不已。

五分鐘之後，傳眞機響了起來。湯瑪斯將傳眞紙固定在萊姆的面前。上面列出了地鐵系統裡面的十五處地點。『好了，莎克斯，動工吧。』

她點頭的時候，塞利托已經開始打電話給豪曼和戴瑞，讓搜尋與監視小組開始行動。萊姆強調地補充：『艾米莉亞，妳留在後方，知不知道？妳是刑案現場鑑識人員，記得吧？只是刑案現場鑑識人員！』

曼哈頓市中心的人行道邊緣坐著騙子利昂。他旁邊是熊人——這個外號是因爲他推著一輛裝滿了塡充玩具熊的推車，據稱是爲了販售，但是也只有患了精神病的父母親，才會買那些破爛又長了蝨子的玩具送給小孩。

利昂和熊人住在一起，意思就是說，他們一起占據了中國城附近的一條巷子，依賴退瓶費、施捨和一些不痛不癢的竊盜維生。

『喂，他快死了。』利昂說。

『不是吧，只是在做噩夢。』熊人邊回答，邊晃動他的推車，就像試圖哄那些玩具熊睡覺一樣。

『應該花個一毛錢，打電話叫輛救護車吧。』

利昂和熊人正朝著對街一條巷子裡看。他們看到的是另外一個流浪漢，一個看起來病懨懨的黑人。儘管他目前昏迷不醒，但是他的臉色顯得焦躁而充滿了暴戾之氣，而他的衣物被扯得破爛。

『應該打個電話找人來吧。』

『我們過去看一看。』

他們就像老鼠一樣，畏首畏尾地穿過街道。

男人非常乾瘦——或許他已經染上了愛滋病，也就是說他可能因爲注射海洛因而遭到感染——而且污穢不堪。就連利昂和熊人偶爾都會在華盛頓廣場公園的噴泉或中央公園的池塘洗個澡——儘管池裡養著烏龜。他穿著一條破爛的牛仔褲、污漬成塊的襪子，沒穿鞋子。身上還套著一件破舊骯髒的外套，上面寫著『貓——音樂劇』。

他們盯著他看了一會兒。利昂企圖碰一下『貓』的腿，他在這時候突然抽搐了一下，醒了過來，然後坐起來，用一種十分不友善的奇怪眼光盯著他們。『你們他媽的是什麼人？你們他媽的是什麼人？』

『喂，老兄，你沒事吧？』他們向後退了好幾呎。

『貓』抓住自己的腹部開始顫抖，久久咳個不停。利昂低聲說：『他看起來病得還眞他媽的慘。』

『他看來很嚇人，我們走吧！』熊人想要回到那輛A＆P超市推車的旁邊。

『我需要幫忙。』『貓』嘀咕道：『我很痛，老兄。』

『那邊有一間診所……』

『我不能上診所。』『貓』強硬地表示，就好像他們污辱了他一樣。

所以他有案底。無家可歸的人如果病得這麼嚴重還拒絕上診所的話，表示案底相當嚴重。仍未償罪的重大罪行。沒錯，這傢伙是個麻煩。

『我得吃一點藥。你們身上有沒有？我付你們錢，我有現金。』

通常他們不會相信這種話，不過『貓』是個撿拾空瓶罐的傢伙，而且還他媽的行，他們可以看得出這一點。在他的身旁有一個巨大的袋子，裡面裝滿了他從垃圾桶裡撿來的汽水和啤酒罐。利昂羨慕地盯著，肯定要花兩天的時間才收集得了這麼多，大概可以換到三十或四十美元。

『我們什麼都沒有。我的意思是，我們身上沒有那種東西。』

『他的意思是藥丸。』

『你要不要來一瓶酒？我有一些好酒，先生。我用一瓶和你換這些罐子……』

『貓』掙扎著用一隻手臂將自己撐起來。『我不要什麼去你媽的酒，我被幹了一頓，幾個小鬼揍了我，我肚子裡有東西被他們打壞了。我覺得不對勁，我得吃藥，不是古柯鹼、海洛因或什麼去你媽的酒！我需要一些能夠幫我止痛的東西。我得吃藥！』他爬了起來，搖搖晃晃地朝著熊人靠過去。

『沒有，老兄，我們什麼都沒有。』

『我最後再問你們一次，你們到底給不給？』他呻吟了一下，抱住自己的肚子。他們很清楚有些毒鬼非常強壯，而這傢伙非常高大，不需要半分鐘就可以將他們兩個人撂倒。

利昂低聲對熊人表示：『昨天那個傢伙？』

熊人趕緊點頭，不過那只是因爲害怕而出現的反射動作，他一點都不知道利昂說的到底是誰。

利昂說：『有一個人……你聽我說，好嗎？昨天有一個人興高采烈地要賣一些東西給我們，是藥丸。』

『沒錯，興高采烈。』熊人趕快接著說，就好像確認這個故事之後，『貓』就會平靜下來一樣。

『他一點都不在乎有沒人看到他。他只賣藥丸，沒有古柯鹼、海洛因、大麻，只有興奮劑、鎮定劑，你叫得出名字的都有。』

『沒錯，你叫得出名字的都有。』

『我有錢。』『貓』從他骯髒的口袋裡，摸出兩、三張縐巴巴的二十元。『看到沒有？這個王八蛋到底在什麼地方？』

『在市政府附近，一個舊地鐵站……』

『我生病了，老兄。我被揍了一頓。爲什麼會有人想要揍我？我做了什麼事？我就撿幾個空罐子而已，結果落得這種下場。幹！他叫什麼名字？』

『我不知道。』熊人迅速地回答，一邊皺起眉頭，就好像正在努力回想一樣。『不對，等一下，他說了幾句話。』

『我不記得。』利昂表示。

『你記得……他那時候正在看你的熊。』

『然後他說了幾句話。沒錯、沒錯，他說他的名字叫做喬之類的，可能是喬迪。』

『沒錯，就是這個名字，我確定。』

『喬迪。』『貓』重複了一遍，然後擦擦前額。『我去找他！老兄，我得吃藥，我病了，老兄。操你媽！我病了。我也操你媽！』

『貓』一邊自言自語地呻吟抱怨，一邊蹣跚地拖著裝滿瓶罐的袋子離去之後，利昂和熊人又回到他們的人行道邊緣，重新坐下。利昂打開一瓶啤酒，然後他們開始喝了起來。

『不應該對那傢伙做這種事。』利昂說。

『誰？』

『喬迪，或不管他叫什麼名字。』

『難道你希望那王八蛋一直留在這一帶？』熊人說：『他很危險，嚇到我了。難道你希望他一直留在這一帶？』

『我當然不希望。但是，老兄，你知道……』

『我知道，但是……』

『你一定知道，老兄。』

『對，我知道。把瓶子遞過來。』

23

倒數二十一小時

史帝芬挨著喬迪坐在床墊上，聽取哈德遜空運辦公室通聯的錄音。

他竊聽的是朗恩的電話。史帝芬得知他姓泰爾波特，他並不確定朗恩負責的是什麼工作，不過他似乎是這家空運公司的主管，所以史帝芬相信竊聽這條電話線，可以得到最多關於那個妻子和朋友的訊息。

他正在和一個負責加力大渦輪工業行銷業務的人吵架。因爲是星期天，所以他們很難取得修理工程所需的最後一些零件——一副滅火筒內芯，還有某種稱爲『圓環』的東西。

『你答應我三點鐘會送到，』朗恩不滿地表示：『我三點就要。』

經過討價還價以及牢騷之後，那家公司同意從波士頓將零件空運到康乃迪克州的辦公室，然後再用卡車送到哈德遜空運，大約三點到四點之間會運抵。他們掛了電話。

史帝芬又繼續竊聽了幾分鐘，但是並沒有其他的電話撥進或撥出。

他沮喪地掛掉電話。

關於那個妻子和朋友住的地方，他現在一點線索也沒有。他們還在庇護所裡面嗎？還是已經被移到別處了？

林肯那一條蟲子現在正打些什麼主意？他到底有多聰明？

還有，他到底是什麼人？史帝芬試圖想像他的模樣，透過來福槍的瞄準器所看到的模樣。他想像不出來。他只能看到一堆蟲子，還有一張從沾滿油污的窗子裡，平靜地盯著他瞧的臉孔。

他突然發現喬迪正在對他說話。

『什麼事？』

『他從事什麼工作，你的繼父？』

『只是打一些零工，常常打獵、釣魚。他曾經是一個越戰英雄，跑到敵後去殺了五十四個人，是政治人物之類的人，不只是士兵。』

『是他教你這一切的嗎？就是……你的工作？』藥效逐漸消退，喬迪的綠眼珠又亮了起來。

『我絕大部分的訓練是在非洲和南美洲，不過幫我啓蒙的人是他。我稱他爲全世界最偉大的士兵，不過卻被他嘲笑。』

八、九歲到十歲的時候，史帝芬跟在繼父盧武後面穿越西維吉尼亞的山區。滾燙的汗珠從他們的鼻尖滴下來，流進他們扣在溫徹斯特和魯格來福槍扳機上的食指內側。他們在草地上，動也不動地靜臥了數個小時。盧武豎立的短髮下，汗水在頭皮上閃爍，睜大了兩隻眼睛來瞄準目標。

你的左眼絕不能看別的地方，士兵。

長官，絕不看別的地方，長官。

不管季節對不對，都有松鼠、野火雞和鹿可打，找得到熊的話就打熊，要不然就打野狗。

『要牠們的命，士兵。看我怎麼做。』

喀喳聲之後，後座力跟著撞擊在肩膀上，而垂死動物的眼睛流露著困惑。

八月盛夏熱騰騰的星期日裡，他們會在漆彈槍裡塞進二氧化碳彈匣，脫到只剩下一條短褲，然後彼此追蹤射擊，讓大小如彈珠，每秒三百呎穿越大氣的子彈，在胸口、大腿上留下鼴鼠的土堆一般的腫痕，而年輕的史帝芬則掙扎著不讓自己因爲可怕的痛楚而流下眼淚。製造商生產的漆彈有各式各樣的顏色，但是盧武堅持使用紅色，因爲就像鮮血一樣。

晚上，他們坐在後院的營火前。繚繞的煙霧冉冉升上天空，飄進敞開的窗口。他母親則站在窗邊，用牙刷清洗餐盤。這時候，這名個子不高的嚴謹男子——十五歲的史帝芬已經長得和他一樣高——會喝著新開瓶的威士忌，一邊看著火花像明亮的橘色蟲子飛向天際，一邊扯開話匣子說個不停，無論史帝芬是否聽了進去。

『明天，我要你只用一把刀去撂倒一頭鹿。』

『嗯……』

『你辦得到嗎，士兵？』

『是的，長官，我辦得到。』

『現在仔細看著，』他喝了一口酒。『你認爲頸部的血管在什麼地方？』

『我……』

『不知道的話，千萬不要不敢說出來。一個優秀的士兵會承認自己的無知，但是他也會採取行動來改善這一點。』

『我不知道頸部的血管在什麼地方，長官。』

『我指給你看，就在這裡。有沒有感覺到？就在這裡，感覺到了嗎？』

『是的，長官，我感覺到了。』

『現在，你要做的就是找到一個家庭，也就是一頭帶著小鹿的母鹿。你慢慢接近——這是最困難的部分，慢慢地靠近。要殺母鹿，你必須先讓小鹿暴露在危險當中。你先追殺牠的寶貝，一旦你對小鹿構成威脅，母鹿就不會逃開，牠會追著你。接下來，唰！割穿牠的頸子。不是從側面，而是從某個角度，知道吧？V字形。你感覺到沒有？很好，很好。嘿，小鬼，這才叫重溫舊日！』

接著，盧武會進到屋子裡去檢查餐盤和餐碗，看看它們是不是整齊地排在一塊方格桌布上面，距離邊緣剛好四個方格。有的時候，如果只有三個半方格，或者餐盤的邊緣仍殘留著一點油脂，史帝芬就會聽見巴掌和抽泣的聲音從屋子裡傳出來。然後他會在營火旁邊躺下來，看著火花朝著黯淡的月亮冉冉飛升。

『你必須專精於某件事。』那個男人稍後會過來對他說。他的妻子已經上了床，而他手拿著瓶子，再次走到屋外。

『否則，活著就一點意義也沒有。』

技藝，他所說的事情就是技藝。

喬迪問他：『爲什麼你不能進去海軍陸戰隊？你一直沒告訴我。』

『這件事情相當愚蠢。』史帝芬表示。他停頓了一下，然後接著說：『我還是小鬼的時候惹了一些麻煩。你有沒有做過這樣的事？』

『惹麻煩？不多，我不敢，我不想用偷東西或說謊來讓我的媽媽失望。你做了什麼？』

『不是什麼太聰明的事。我們鎮上住了一個男人，你知道，一個流氓。我看到他扭住一個女人的手臂，她生了病，他爲什麼還要傷害她？所以我走到他面前，告訴他如果不住手的話，我就殺了他。』

『你這麼說了？』

『我的繼父教過我的另外一件事，就是不要使用威脅的方式。你要不然就殺人，要不然就不要干涉他們，但是不要威脅。好吧，他繼續找這個女人的麻煩，所以我不得不教訓他。我開始揍他。我抓著一塊石頭敲他，而我失手殺了他。我當時並沒有想太多。結果我因爲殺人罪坐了幾年牢，而我那時候還只是一個十五歲的小孩，但是卻留下了一個犯罪紀錄，這一點就足以讓我進不了海軍了。』

『我想我曾經在某個地方讀到，就算你有犯罪紀錄還是可以服役，如果你去的是魔鬼訓練營這樣的地方的話。』

『我想可能是因為我犯的是殺人罪。』

喬迪把手放在史帝芬的肩上。『這太不公平了，一點都不公平。』

『我也覺得不公平。』

『我非常遺憾。』喬迪表示。

史帝芬一向都不怕直視別人的眼睛，但是他瞥了一眼喬迪之後，立刻又低下頭，而且不知道從什麼地方冒出了一個完全不可思議的影像。他和喬迪一起住在一間小木屋裡，一起打獵、釣魚，並在營火上準備晚餐。

『你的繼父發生什麼事了？』

『他死於一場意外，在打獵的時候掉下一座懸崖。』

喬迪表示：『聽起來像是他自己會希望的走法。』

史帝芬停頓了一會兒之後說：『可能是吧。』

他感覺到喬迪和自己的腿輕輕地碰觸。又一次震顫。史帝芬趕緊站起來，重新瞧著窗外。一輛警車巡行而過，不過車上的警察正一邊喝著汽水，一邊聊著天。

街上除了一群流浪漢之外——其中包括了四、五個白人和一個黑鬼——幾乎沒有半個人。

史帝芬瞇著眼睛看了一會兒。那名黑鬼拖著一個裝滿了汽水、啤酒罐的袋子，一邊四處觀望，比手畫腳，試圖將袋子交給其中一個不停搖頭的白人。他的眼神透露著一種瘋狂，把那名白人嚇壞了。史帝芬看著他們爭執了幾分鐘之後，又回到床墊上，坐在喬迪的旁邊。

史帝芬把手放在喬迪的肩膀上。

『我要和你談一談我們要做的事。』

『好的，我聽你說，夥伴。』

『外頭有一個傢伙正在尋找我。』

喬迪笑了笑，說：『經過那棟大樓裡發生的事情之後，找你的人可多著了。』

史帝芬並沒有露出笑容。『但是有一個特定的人，他叫林肯。』

喬迪點點頭。『那是他的名字還是姓？』

史帝芬聳聳肩。『我不知道，我從來沒有遇過像他這樣的人。』

『他是誰？』

一條蟲……

『或許是聯邦調查局的警察，或者顧問之類的角色，我完全不知道。』史帝芬記得那個妻子描述這個人給朗恩聽的時候，就好像在談一個印度教的古魯（印度教的導師）或一個幽靈一樣，他又重新感覺到那股畏縮。他的手順著喬迪的背往下滑，停在背脊下方，那股不好的感覺跟著消散無蹤。

『這是他第二次阻止了我，而且他差一點就逮到我。我試著猜透這個人，但是我辦不到。』

『你需要猜透這個人的哪些東西？』

『我要知道他接下來會怎麼做，好讓我走在他前面一步。』

他又捏了一把喬迪的脊髓骨。喬迪似乎並不介意，史帝芬也沒有把目光轉開，他已經不再害羞了。喬迪看著史帝芬的眼神非常奇怪。難道是一種……他不知道，或許是一種崇拜……

史帝芬明白這就是他在星巴克咖啡館說著好聽話的時候，席拉盯著他看的方式。不同的是，和她在一起的時候，他並不是史帝芬，而是扮演著另外一個角色，一個並不存在的角色。而現在，儘管喬迪知道史帝芬確實的身分，知道他是一名殺手，他還是用這種眼神看著他。

史帝芬的手仍舊放在他的背上，然後他說：『我需要揣測他接下來會不會將他們移出庇護所。就在我遇到你的那棟大樓隔壁。』

『將誰移出庇護所？你要殺的人嗎？』

『對。他會試著猜出我接下來會怎麼做，他正在盤算……』史帝芬的聲音越來越低。盤算……

林肯這條蟲到底在盤算什麼？他會不會因爲猜測我將會進行第二次攻擊，而把那個妻子和朋友移出庇護所？還是他認爲我會等他們被移到新的地點再重新嘗試，所以讓他們留在原地？就算他認爲我會再次攻擊庇護所，他會不會留他們在那裡當誘餌，然後設下另外一個圈套騙我回去？他會不會將兩名冒充的誘餌移到新的地點，然後在我跟蹤他們的時候試圖逮住我？

喬迪低聲地表示：『你看起來好像……我不知道，非常激動的樣子。』

『我無法想像……我無法想像他接下來會怎麼做。我可以摸清楚每一個曾經追捕過我的人，我可以猜透他們。但是對於他……我卻辦不到。』

『你要我幫你做些什麼？』喬迪一邊問，一邊在史帝芬身邊擺動。他們的肩膀不時地摩擦碰觸。

史帝芬．卡勒，身爲技藝傑出的工匠，並且由一名無論是殺鹿或檢查牙刷清洗的盤子都態度堅定的男人所養大，但是現在他卻不知所措。他看著地面，然後抬起頭來盯著喬迪的眼睛。

他的手放在喬迪的背上，兩個人的肩膀也碰在一起。

史帝芬下了決定。

他彎下腰，在背包裡面仔細翻找，掏出了一具黑色的行動電話，盯著看了一會兒之後交給喬迪。

『這是什麼東西？』喬迪問。

細地研究每一個按鍵。

『一具行動電話，酷啊！』喬迪就像從來不曾見過這種通訊器材一樣地檢視，他彈開面板，仔細地研究每一個按鍵。

『你知不知道什麼是觀測員？』

『不知道。』

『最佳的狙擊手並不是單獨工作，他們身邊總是帶著一名觀測員，負責爲目標定位、測量距離，尋找防禦部隊這一類的事。』

『你要我幫你做這些事嗎？』

『沒錯，我想林肯會將他們移開庇護所。』

『爲什麼你這麼認爲？』喬迪問。

『我無法解釋，只是有這種感覺。』史帝芬看看錶。『我要你辦一件事。今天下午十二點三十分，我要你走到街上，就像個……流浪漢一樣。』

『如果你要的話，可以使用「乞丐」這個字眼。』

『我要你監視庇護所。或許你可以翻找垃圾桶或做一些這類的事。』

『我撿拾空瓶的時候經常這麼做。』

『你要弄清楚他們上了哪一種車子，然後打電話告訴我。我會在街角的一輛車子裡等你。但是你必須小心假冒的誘餌。』

那名紅髮女警的影像突然出現在腦中。她不太可能冒充那個妻子，她太高，也太漂亮了。史帝芬不明白自己爲什麼這麼討厭她……他非常後悔那一槍沒有瞄得準一點。

『好，我辦得到。你會在街上射殺他們嗎？』

『不一定。我可能跟蹤他們到新的庇護所，然後在那邊動手，但是我會隨機應變。』

喬迪就像個過聖誕節的小孩一樣，仔細研究那具電話。『我不知道怎麼用。』

史帝芬教了他。『你一就位之後就打電話給我。』

『就位，聽起來非常專業！』接著他抬起盯著電話的眼睛。『聽我說，等這件事結束，而我也戒了毒之後，我們爲什麼不偶爾聚一聚？我們可以一起喝杯果汁、咖啡什麼的，你想不想？』

『當然。』史帝芬說：『我們可以……』

但是這時候大門突然出現了重擊的聲音。史帝芬就像個伊斯蘭蘇非教派的苦行僧一樣旋動，一邊從口袋裡掏出槍，然後以兩手握槍的射擊姿勢臥地就位。

『給我打開這扇去你媽的門！』一個聲音在外頭大聲吼叫：『立刻！』

『不要出聲。』史帝芬心驚膽跳，他對喬迪說。

『你在不在裡面，你這個鼻屎乾？』那個傢伙繼續堅持。『喬——迪，你到底去你媽的在哪裡？』

史帝芬走到那扇封了木條的窗邊，再次朝外面看。是那個對街的黑鬼流浪漢。他身上穿著一件襤褸的夾克，上頭寫著『貓——音樂劇』。黑鬼並沒有看到他。

『那個衰人在哪裡？』黑鬼說：『我需要那個衰人，我得吃藥！喬迪，喬！你在哪裡？』

史帝芬問：『你認識他嗎？』

喬迪朝外面看了一眼，然後聳聳肩，低聲說：『我不知道，或許吧，街上許多人看起來都差不多。』

史帝芬一邊撫弄著手槍上面的塑膠槍柄，一邊打量了那傢伙好一會兒。

黑鬼流浪漢繼續叫道：『我知道你在裡面，老兄！』他的聲音分解成一連串令人作嘔的咳嗽聲。『喬——迪。喬——迪！我花了不少代價，老兄。你知道我花了多少代價？花了一整個星期撿罐子的代價，他們才告訴我你在這裡，每個人都這麼告訴我。喬迪，喬迪！』

『他待會兒就走了。』喬迪說。

史帝芬表示：『等一等。或許我們可以利用他。』

『怎麼利用？』

『記得我剛才告訴你的事嗎？也就是指派工作。這樣不錯……』史帝芬點點頭。『他看起來很嚇人，他們會把注意力放在他身上，而不是你。』

『你的意思是要我帶他一起去？到庇護所那一帶？』

『沒錯。』史帝芬表示。

『我得吃藥，老兄。』黑鬼呻吟道：『拜託。我完蛋了，老兄。我站都站不穩了。你他媽的！』他用力踹在門上。『拜託，老兄。你在裡面嗎？喬迪，你他媽的在不在？你這塊鼻屎乾！救救我……』他聽起來就像在哭泣一樣。

『你走出去。』史帝芬說：『告訴他，如果他跟你一起走的話，你就拿藥給他吃。你觀察動靜的時候，讓他在庇護所的對街翻一翻垃圾之類的東西就行了。』

喬迪看著他。『你是說現在，現在就和他一起去？』

『對，現在，告訴他。』

『你要他進來嗎？』

『不行，我不要他看到我。你過去告訴他。』

『嗯……好吧。』喬迪撬開前門。『如果他捅我一刀怎麼辦？』

『你看看他，他就快要沒命了，你只要一隻手就可以把他打到拉屎。』

『他看起來像是得了愛滋病的樣子。』

『快去。』

『萬一他摸到……』

『去！』

喬迪深吸一口氣，然後走到外面。『喂！冷靜一點。』他對那個人說：『你他媽的要什麼東西？』

史帝芬看著黑鬼用他那雙瘋狂的眼睛打量著喬迪。『聽說你賣藥，老兄。我有錢。我有六十塊。我得吃藥，你瞧，我病了！』

『你要什麼？』

『你有些什麼，老兄？』

『紅中、安公子、黃膠囊、戴麻。』

『很好，戴麻不錯，老兄，我付你錢。幹！我有錢！我肚子裡面很痛，我被揍了一頓……我的錢在哪？』

他拍了好幾次口袋，然後才發現他將幾張寶貴的二十元鈔票抓在左手裡。

『不過，』喬迪表示：『你得先爲我做一件事。』

『啊，我爲什麼要幫你做事？你要我幫你吹喇叭嗎？』

『不是。』喬迪被嚇得怒氣沖沖地說：『我要你和我一起去翻垃圾。』

『我爲什麼要幹這種事？』

『撿幾個罐子。』

『罐子？』他吼了一聲，忍不住抓了抓自己的鼻子。『你要換那幾塊錢幹什麼？爲了找你，我剛剛才用掉了幾百個罐子。去他媽的罐子！我給你現金，老兄。』

『我免費送你一些戴麻，但是你必須幫我去找幾個罐子。』

『免費？』那傢伙似乎沒有弄懂。『你的意思是我不需要付錢嗎？』

『沒錯。』

黑鬼環顧了一下四周，就好像他想要找一個人來爲他解釋這件事一樣。

『你在這裡等我一下。』

『我要去什麼地方撿罐子？』

『先等一等……』

『哪裡？』他問。

喬迪走進門內，告訴史帝芬：『他答應一起去。』

『幹得好。』史帝芬笑了笑。

喬迪也回他一個微笑。他開始走回門口的時候，史帝芬叫住他：『嘿！』

喬迪停下腳步。

史帝芬突然脫口說出：『遇到你眞好。』

『我也很高興遇到你，』喬迪猶豫了一下。『夥伴。』他伸出手。

『夥伴。』史帝芬附和。他有一股想要脫下手套，讓他可以感受喬迪肌膚的強烈衝動，但是他並沒有這麼做。

因爲專業的技藝必須是首要的考量。

24

倒數二十一小時

一場辯論正在激烈地進行當中。

『我覺得你這麼做並不對，林肯。』隆恩・塞利托表示：『我們必須將他們移到別的地方。如果把他們留在庇護所裡的話，他會再進行另一次攻擊。』

並不是只有他們正在爲這個困境傷腦筋。雷金納德・艾力歐保羅斯檢察官雖然還沒有出現，但是負責聯邦調查局曼哈頓分局的湯姆士・柏金斯特別幹員已經親臨現場，在辯論當中代表調查局的立場。萊姆非常希望戴瑞也在場，還有莎克斯，不過她已經加入市警和聯邦組成的聯合特警部隊，前往搜尋遭到廢棄的地鐵用地了。截至目前爲止，他們都還沒有找到棺材舞者和其夥伴的蹤跡。

『我的反應完全是依照從前的經驗。』柏金斯認眞地表示：『我們還有其他的庇護場所，』他因爲棺材舞者只花了八個小時就查出證人的位置，並成功地接近距離庇護所僞裝的防火門僅五碼的距離之內，而感到心驚膽跳。『更好的庇護場所。』他很快地補充一句：『我認爲我們應該立刻移送他們。我得到了來自高層的指示，也就是華盛頓，他們不希望證人受到傷害。』

也就是說，現在就將他們移到別的地方去，萊姆假設。

『不行。』萊姆固執地表示：『我們必須讓他們留在原地。』

『如果爲各種變數排列一下優先順序，』柏金斯說：『我想答案非常明顯，把他們移到別處。』

但是萊姆表示：『不管他們去什麼地方，到新的庇護所或是留在現成這一個，他都會找上他們。我們熟悉這個地方，對他可能採取的進攻方式多少可以掌握，我們的伏兵可以得到很好的掩護。』

『這一點說得沒錯。』塞利托讓了一步。

『這麼做也會讓他亂了腳步。』

『怎麼說？』柏金斯問。

『你應該知道，他現在也正在和自己進行一場辯論。』

『是嗎？』

『你可以確定。』萊姆說：『他正試著猜出我們接下來會怎麼做。如果我們決定讓他們留在原地，他會採取的行動就只有一種。如果我們將他們移到別的地方──我認為他就是猜我們會這麼做，他會試著在路上進行攻擊。不管路上的安全措施做得多麼好，總是不比一個固定的場所完善。不行，我們必須讓他們留在原地，然後準備應付另一波攻擊。預先設想周到，隨時準備進擊，上一次……』

『上一次有一名警探遭到殺害。』

萊姆怒氣沖沖地頂了回去：『如果英奈爾曼有後援的話，事情就會完全不一樣。』

西裝筆挺的柏金斯是一個善於自我保護的官僚，不過倒是通情達理。他點頭讓了步。

但是，我這麼做到底對不對？萊姆納悶地想。

棺材舞者到底在盤算些什麼？我是不是真的知道？

喔，我可以在仔細查看一個安靜的臥房，或一條骯髒的巷道之後，完美地解讀讓它們成為刑案現場的故事。我可以從沾染在地毯或瓷磚上有如羅沙哈墨漬（Rorschach，羅沙哈測驗：解釋墨水點繪的圖形以判斷測試對象性格）般的血跡，看出被害人有沒有可能逃生，還是他根本沒有機會，以及他死亡的方式。我從殺手留下來的塵土，就可以立刻知道他去過了哪些地方。我可以找出到底是什麼人，也可以找出到底爲了什麼原因。

但是棺材舞者接下來到底會怎麼做？

這一點我可以揣測，卻不能肯定。

走道上這時候冒出了一張面孔，是門口站崗的一名警衛。他交給湯瑪斯一個信封，然後又退回自己的崗位。

『什麼東西？』萊姆小心地注視。因爲此刻他並沒有等候任何檢驗報告，而他也很清楚棺材舞者對於炸彈的偏好。不過這個信封只有一張紙的厚度，而且是來自聯邦調查局。

湯瑪斯拆開之後瀏覽了一遍。

『是來自物證反應小組，他們找到了一名沙粒專家。』

萊姆爲柏金斯解釋：『和這件案子無關，是一名探員在前幾天晚上失蹤的那一件。』

『湯尼？』柏金斯問：『我們一直到現在都沒有半點線索。』

萊姆瀏覽了那一份報告。

『提交分析的物質，在技術層面上並非沙粒，而是礁岩組織當中的珊瑚顆粒，並包含了交合刺、海蟲管體的交叉片段、腹足動物的外殼、有孔蟲。最可能的來源是北加勒比海、古巴、巴哈馬……』

加勒比海……有趣，不過目前他必須把這項證物擱置一旁。等到棺材舞者伏法定罪之後，他和莎克斯再回到……

他的收話器傳出沙沙的聲音。

『萊姆，你在不在？』莎克斯的聲音突然冒了出來。

『我在！妳在哪裡，莎克斯？妳找到了什麼？』

『我們在市政府附近，一個舊地鐵站的外面。搜尋與監視小組表示裡面有一個人，至少一個人，也可能有兩個。』

『很好，莎克斯，』他表示，一邊因爲可能已經逼近棺材舞者而心跳加速。『繼續回報。』然後他抬頭看著塞利托和柏金斯。『看來我們可能不用繼續討論是否要將他們移出庇護所了。』

『他們找到他了？』

萊姆雖然身爲一流的科學家，卻因爲不希望自己的回答爲這一次的行動帶來厄運——好吧，不希望爲莎克斯帶來厄運，他心想——而不願意回答他充滿期望的問題。所以他喃喃表示：『我們靜待回音吧。』

特勤小組安靜地包圍了地鐵站。

這裡可能是棺材舞者新搭檔住的地方，艾米莉亞·莎克斯推斷。搜尋與監視小組找到了幾個當地人，根據他們的報告，有個毒蟲在這一帶販賣藥丸，是一個瘦弱的男人，符合穿著八號男鞋的尺寸。

這個數年前因爲建於幾條街之外的市政府而遭廢棄的地鐵站，幾乎可以說只剩下牆上的一個洞。

三二E小組已經就位，搜尋與監視小組也開始調整通訊設備和紅外線，其他的警員則負責管制街上的交通，以及驅逐坐在人行道上和門口的流浪漢。

指揮官安排讓莎克斯遠離主要的入口，遠離火線。他們指派給她一個貶低她的工作：要她看守一個已被封閉多年的地鐵出口。她懷疑萊姆是否已經和豪曼達成保護她安全的協議，她因爲前一天晚上發生的事，以及追捕棺材舞者的進度擱淺，所以又開始冒出了怒氣。

她指著生鏽的門鎖輕快地表示：『嗯……他應該不會從這裡逃出來吧。』『每一個入口都要看守。』戴著面罩的特勤小組警官沒聽見，或根本不理會她的挖苦。他嘀咕了一句之後，就回去加入他的夥伴。

雨滴開始滴落在她的身邊。冰冷的雨滴，直接從灰暗骯髒的天空滴落，響亮地拍打著鐵欄杆前堆放的垃圾。

棺材舞者是不是在裡面？如果他在裡面的話，絕對會出現一場槍戰。很難想像他沒有經過激烈的掙扎而束手就擒。

她因爲被排除在這場戰役之外而感到憤怒不已。

在一把來福槍和四分之一哩的距離保護下，你可以嘻皮笑臉，她在心中對棺材舞者說。但是，告訴我，你這個王八蛋，在近距離之內拿著一把手槍，你還能耍什麼把戲？你如何趴下來面對我？她家的壁爐架上擺著十多面手槍射擊的金牌。（金牌上面的人像全都是男人，這一點讓艾米莉亞·莎克斯覺得很可笑。）

她往前走下幾步階梯，來到鐵欄杆前面，然後貼著牆面。

刑事鑑識家莎克斯在地鐵特有的腐敗、尿漬等鹹濕臭味當中，仔細地檢查面前的各種污漬。她檢查了欄杆、鐵鍊、鎖頭，並朝著陰暗的坑洞探視，但是她什麼也看不到、聽不見。

他在什麼地方？

還有，那些警察和警探到底在做什麼？爲什麼拖了這麼久？

不久之後，她就從收話器裡得到了答案：他們在等待後援。豪曼決定再調來二十名特勤小組的警探，以及第二個三二E小組。

不行，不行，不行，她心想。這麼做不對！棺材舞者只需要朝外面瞧一眼，發現沒有半輛汽車、計程車或路人經過，就會立刻明白特警部隊正在安排特勤任務，到時將會出現一場屠殺……他們爲什麼弄不清楚這一點？

莎克斯將刑案現場鑑識的工具留在階梯下方，然後重新爬到街上，看到不遠的地方有一間雜貨店。她走進去買了兩罐丁烷，並向店東借用了遮雨棚的桿子，一根五呎長的鐵條。

回到用欄杆封閉起來的地鐵出口前面，她用遮雨棚的桿子伸進鐵鍊的一個環節，然後旋扭到鐵鍊緊緊地繃直。她戴上防護手套，將丁烷噴在鐵鍊上，看著冰冷的瓦斯結成霜氣。（艾米莉亞．莎克斯肯定有兩下子，才會被派去巡邏時報廣場的地獄——四十二街——她必須十分熟悉闖空門的伎倆，才能夠採取第二線的行動。）

她用完了第二罐丁烷之後，用雙手抓住桿子開始扭旋。冰凍的瓦斯讓金屬變得異常脆弱，輕輕一響，鐵鍊的鐵環應聲斷裂。她在鐵鍊掉落到地面之前伸手接住，然後輕輕地放在一堆葉子上面。雨水已經弄濕了門上的鉸鍊，不過爲了避免發出嘎吱聲響，她還是朝上面吐了口口水，然後推門進去，一邊從槍套裡抽出手槍，一邊想：『我在三百碼外錯過了你，但是在三十碼之內就不會了。』

當然，萊姆不會贊成她這麼做，但是他並不知情。她突然想到他，想到昨天晚上躺在他床上的情境。但是他的臉孔很快就消失在她的腦海裡，就好像以一百五十哩的時速駕車一樣，她的任務讓她沒有時間去懊悔挫敗的私生活。

她消失在陰暗的走道裡，穿過老舊的木製十字轉門，然後沿著月台朝著候車空間前進。

她向前挪動的距離還沒超過二十呎，就聽到了對話的聲音。

『我得走了……有沒有聽懂……我說的話？走開！』白種男人。

是不是棺材舞者？

她的心臟在胸腔裡猛烈地撞擊。

慢慢地呼吸，她告訴自己，射擊不外乎就是呼吸。

（但是她在機場的時候並沒有慢慢地呼吸，她當時因爲恐懼而上氣不接下氣。）

『喂，你說什麼？』另一個聲音，是黑人男性。某種東西讓她感到恐懼，某種危險的東西。『我可以弄到錢，我可以。我可以弄到一堆錢，我有六十美元，我已經告訴你了吧？我還可以弄到更多，你要多少我就能弄到多少。我有一份很好的工作，但是被幾個王八蛋搶走了！我知道太多事情了。』

武器只是手臂的延伸。用妳自己瞄準，而不是武器。

（但是她在機場的時候根本沒有瞄準，她就像一隻嚇壞的兔子一樣臥倒在地上，一邊盲目地開槍，那是最不得要領，也最危險的用槍法。）

『你懂不懂我說的話？我改變主意了，好嗎？不要煩我了……走開！我會給你……戴麻。』

『你還沒讓我知道我們要去哪兒。我們要去什麼地方撿罐子？你先告訴我，什麼地方？告訴我！』

『你什麼地方都不用去，我要你走開！』

莎克斯慢慢地爬上階梯。

她心中想著：瞄準妳的目標，查看退路，開三槍，退回去找掩護。如果必要的話，重新瞄準，再開三槍，尋找掩護，不要驚慌。

（但是她在機場的時候卻是驚慌失措，那一顆可怕的子彈冷不防地從她的臉頰旁飛了過去……）

忘了這件事，專心一點。

她再往上爬幾步階梯。

『你說到重點了。你不會免費給我這些藥，對不對？你現在準備叫我付錢，你這個王八龜孫子！』

樓梯對她非常不利，膝蓋是她的弱點，該死的關節炎……

『拿去！這裡有十多顆戴麻，拿了就滾蛋！』

『十多顆。而我不需要付你錢？』他刺耳地大笑。『十多顆！』

接近樓梯的盡頭。

她幾乎可以看見月台。她已經準備開槍，而他可能朝任何方向移動六吋以上，好女孩，撂倒他。不要管什麼規則，朝著頭部開三槍，砰，砰，砰！不要瞄準胸膛，不要管……

這時候，階梯突然消失不見。

『啊！……』她跌落的時候，從喉嚨深處發出一個叫聲。

她擱腳的階梯是一個陷阱，豎板已經被移開，踏板僅用兩個鞋盒支撐。她的體重讓鞋盒塌陷，混凝土踏板跟著崩落，她則順著樓梯往後翻跌。葛拉克從她的手中飛了出去，而當她開始對著麥克風大叫的時候，才發現她的摩托羅拉已經被扯離了無線通訊器。

莎克斯重重地摔落在鋼筋混凝土的平臺上，腦袋撞上了扶手欄杆，頭昏腦脹地趴在地上。

『喔，太好了。』那白種男人在階梯上頭嘀咕。

『他媽的什麼東西？』黑人說。

她抬起頭，瞥見兩個男人站在樓梯頂端朝下盯著她看。

『操！』黑人抱怨：『到底他媽的在搞什麼？』

白種男人抓起一根棒球棍，開始走下階梯。

我死定了，她心想，我死定了。

彈簧刀還在她的口袋裡。她用盡每一分力量才把手從身體下面抽出來，然後轉過身，一邊伸手摸索她的刀子，但是已經太遲了。白種男人用腳將她的手臂壓在地面上，然後盯著她瞧。

萊姆，我搞砸了。可惜我們沒有度過一個較美好的告別之夜……我很抱歉……我很抱歉……

她自我保護地舉起手來，準備架開頭部的一擊，一邊看了一眼她的葛拉克，太遠了。

男人用他鳥爪般的手掌，把她的刀子從口袋裡扯出來，然後遠遠地拋開。

他重新站穩，手中抓著棒子。

爸，她向已逝的父親說話，我怎麼會搞砸了呢？我違反了多少規則？她記得父親曾經對她說過，只需要犯下半個錯誤就足以讓妳命喪街頭。

『現在，告訴我妳在這裡做什麼？』他一邊問她，一邊心不在焉地晃動棒子，就好像他拿不定主意從哪一邊下手一樣。『妳到底是什麼人？』

『她的名字是艾米莉亞・莎克斯小姐。』那名流浪漢說，不過突然之間聽起來已經不太像個流浪漢。他走下階梯，迅速移向那名白種男人，將他的棒子拉開。『除非我弄錯了，要不然她一定是來這裡抓你這個小王八蛋，老兄！就像我一樣。』莎克斯瞇著眼睛看著那名流浪漢站直身子，搖身變成了佛雷德・戴瑞，他用一把大型的席格索爾手槍指著那個目瞪口呆的男人。

『你是警察？』他結結巴巴地說。

『聯邦調查局。』

『媽的！』他叫了一聲，倒盡胃口地閉上眼睛。『我眞是他媽的好運。』

『不對，』戴瑞表示：『這跟運氣一點關係也沒有。現在我要爲你戴上手銬，而你最好乖乖地不要反抗；如果你不聽話，將會在病床上躺上好幾個月。我們是不是已經達成了共識？』

『你怎麼辦到的，佛雷德？』

『很簡單。』這名精瘦的聯邦調查局探員和莎克斯一起站在廢棄的地鐵站前面。他仍然是一身流浪漢的扮相，爲了僞裝成已在街上生活數個星期而塗抹在臉上和手上的污泥，讓他看起來污穢不堪。『萊姆告訴我棺材舞者的朋友是個毒鬼，住在城裡的地鐵站，所以我知道我必須親自來一趟。我買了一大袋空罐子，和幾個我知道應該對話的人談了話，然後就直接來到他的客廳。』他用頭指了一下地鐵站。然後他們一起看向被銬在警車後座一臉悲慘的喬迪。

『你爲什麼不讓我們知道你在進行的事？』

戴瑞用他的微笑回答了她的問題，而莎克斯也知道這個問題毫無意義。臥底的探員除了上級之外，很少告訴任何人，包括同僚，關於他們正在進行的工作。她的前任男友尼克就是一名臥底探員，而他就有許多事情沒讓她知道。

她按摩著自己跌落時撞到的地方，眞是他媽的痛，醫護人員告訴她最好去照一張X光。她在接受別人的感謝時會覺得渾身不自在——她確實是林肯·萊姆的門徒——不過她現在卻毫無困難地表示：『你救了我一條命。如果不是你的話，我現在已經完蛋了。我不知道還能說些什麼？』

戴瑞聳聳肩，避開她的謝意，走去向站在地鐵站前的一名制服警員要了一根香菸。他嗅了嗅那根香菸，將它夾在耳後，同時看著地鐵站陰暗的窗子。『拜託！』他自言自語地嘆了一口氣。『該是來點運氣的時候了。』

他們逮捕喬·迪歐佛里歐，然後將他丟進後車座的時候，喬迪告訴他們，棺材舞者十分鐘之前才剛剛離去。他爬下階梯，然後消失在一條支線裡。喬迪——那傢伙的外號——並不知道他朝著哪個方向離去，只知道他突然帶著槍和背包一起消失不見。豪曼和戴瑞派了人搜索地鐵站、軌道以及市政府站的周圍，現在正等候著回報。

『來吧……』

十分鐘後，一名特警隊的警官推門進來。莎克斯和戴瑞充滿希望地看著他，但是他搖搖頭。

『他的腳印在軌道上持續了一百呎之後就消失不見了，沒有任何他的行蹤線索。』

莎克斯嘆了一口氣，勉強將消息轉告萊姆，並問他是否應該在軌道上和車站附近進行證物搜尋。

正如同她的猜測，他的反應十分辛辣。『媽的！』萊姆咕噥道：『只要搜尋車站本身就夠了，其他的地方沒有必要走格子。媽的，他到底怎麼辦到的？就好像他有某種他媽的超人洞察力一樣。』

『不過，』她表示：『至少我們找到了一名目擊者。』

她這句話才剛說出口，立刻感到萬分後悔。

『目擊者？』萊姆輕蔑地叫道：『一名目擊者？我不需要目擊者，我需要的是證物！好吧，還是帶他到這裡來，讓我們聽一聽他有什麼話要說。但是，莎克斯，我要妳用前所未有的細心，將那個車站徹底地清理一遍。妳聽到了沒有？妳在嗎，莎克斯？妳有沒有聽見我說話？』

25

倒數二十一小時

『我們有些什麼東西？』萊姆問，一邊對著吹吸控制器的塑膠管輕輕吹一口氣，讓暴風箭輪椅快速地向前行進。

『淨是一堆沒有用的垃圾。』佛雷德·戴瑞表示。他已經清理完畢，並換上了制服——如果一套愛爾蘭綠的西裝也能夠稱得上制服的話。『喔，喔，喔。除非我開口問你，否則什麼話都不要說。』

他用令人心生畏的眼光盯著喬迪。

『你騙了我！』

『閉嘴！你這個瘦排骨。』

萊姆並不太高興戴瑞自己採取的行動，不過這是臥底工作的本質。所以儘管萊姆並不是完全了解，他也不否認這麼做確實能夠得到收穫——戴瑞的技藝證實了這一點。

此外，他還救了莎克斯一條命。

她很快就會出現了。醫護人員帶她到急診處去照肋骨的X光。她從階梯上跌落的時候受了傷，但是沒有任何骨折。他因為那一天晚上對她的話沒有產生效果而沮喪不堪：她自己一個人進到了地鐵裡去追捕棺材舞者。

該死，他心想，她就像我一樣頑固。

『我並不想傷害任何人。』喬迪抗議。

『聽不懂嗎？我叫你不要說話。』

『我並不知道她是什麼人！』

『不知道！』戴瑞表示：『原來她身上那塊銀色的警徽沒有透露她的身分。』接著他想起了自己並不想聽這個傢伙說話。

塞利托走了過去，彎下腰來對他說：『再告訴我們一些關於你那個朋友的事情。』

『我不是他的朋友。他綁架了我，我當時在三十五街那棟大樓裡，是因為……』

『因為你正在偷藥丸。我們知道，我們知道。』

喬迪眨了眨眼睛。『你們怎麼……』

『但是我們不管這些，至少現在不想管。繼續說下去吧。』

『我以爲他是一個警察，但是後來他告訴我，他是去那邊殺幾個人，我以爲他也會把我殺了。他需要脫困，所以叫我不准動，我照著做了。接著那個警察之類的人進了門，他捅了他一刀……』

『然後殺了他。』戴瑞脫口說。

喬迪一臉悲哀地嘆了一口氣。『我不知道他準備殺他，我以爲他只想把他敲昏之類的。』

『聽好，你這個王八蛋！』戴瑞大聲說：『他確實殺了他，讓他像塊石頭一樣再也不能動彈。』

塞利托查看了一下地鐵站帶回來的證物袋，裡面有幾本破舊的色情雜誌、幾百顆藥丸、衣物、一具全新的行動電話和一疊錢。他將注意力移到喬迪的身上，『繼續說下去。』

『他告訴我，他會付錢給我，叫我把他弄離開那個地方，所以我帶著他經過通道來到了地下鐵。你是怎麼找到我的，老兄？』他看著戴瑞。

『因爲你一邊跳舞，一邊沿街叫賣。我甚至知道你叫什麼名字！我的老天，你這個狗雜種。我應該掐緊你的脖子，一直到你臉色發青爲止。』

『你不能傷害我，』他掙扎著表示：『我有我的權力。』

『是誰雇用了他？』塞利托問喬迪：『他提到了漢生這個名字嗎？』

『他沒說。』喬迪的聲音開始發抖：『聽我說，我答應幫他的忙，是因爲我知道不幫他忙的話，他會把我殺了，否則我不會這麼做。』他轉向戴瑞。『他原本要我找你幫忙，但是他離開了之後我就要你走。我正打算到警察局去報案，我眞的打算這麼做。他是個嚇人的傢伙，我很怕他！』

『佛雷德？』萊姆問。

『是啊，是啊。』戴瑞勉強承認。『他確實改變了語氣，要我走人，但沒有提到任何報警的事。』

『他準備去什麼地方？你原本應該幫他做什麼事？』

『我原本應該去那棟房子對面的垃圾桶之間打轉，觀察進出的車輛。他要我注意坐上車子離去的一男一女，告訴他是什麼樣的車子。我應該用那邊那具電話通知他，然後他準備進行跟監。』

『你要他們留在庇護所的決定是對的，林肯，』塞利托表示：『他準備在路上進行攻擊。』

喬迪繼續說：『我正準備來找你們……』

『老兄，你這個人在說謊的時候一點價值都沒有，你難道沒有半點尊嚴嗎？』

『聽我說，我是有這樣的打算。』他說，情緒鎮定了一些。他笑了笑：『我想應該會有筆獎金。』

萊姆看著他那對貪婪的眼睛，傾向於相信他說的話。他看著塞利托，而他也點頭表示同意。

『如果你跟我們合作，』塞利托說：『我們可能會讓你不用蹲苦窯，至於獎金我就不知道了，或許吧。』

『我從來沒有傷害過任何人，我也不會。我……』

『讓你的舌頭冷靜一下，』戴瑞表示：『我們全都同意這一點吧？』

喬迪轉了轉眼睛。

『同意吧？』戴瑞不懷好意地低聲說。

『同意，同意，同意。』

塞利托說：『我們得盡快採取行動。你原本應該在什麼時候到那棟房子？』

『十二點三十分。』

他們還有五十分鐘的時間。

『他開的是什麼樣的車子？』

『我不知道。』

『他長什麼樣子？』

『三十出頭，三十來歲吧，我想。不高，但是相當結實。老兄，他身上的肌肉還眞是不少，蓄著軍人一樣的平頭，圓臉。這樣吧，我會幫你搞一張那種素描……警方通緝圖像那類的東西。』

『他有沒有告訴你他的名字？有沒有告訴你任何事情？他來自什麼地方？』

『我不知道，他有一種南方的口音。對了，還有一件事，他說他隨時隨地都戴著手套，是因爲他有犯案的紀錄。』

萊姆問：『在什麼地方？什麼樣的案子？』

『我不知道在什麼地方，不過他犯的是殺人罪。他告訴我，他在青少年的時候，曾經在他住的鎭上殺了一個人。』

『還有呢？』戴瑞厲聲問。

『聽我說，』喬迪雙手交叉在胸前，抬頭看著戴瑞說：『我是幹過一些鳥事，但是我這一輩子從來沒有傷害過任何人。這傢伙綁架了我，他身上帶著槍，而且還是一個精神不太正常的瘋子，我都快被嚇死了。我想如果是你的話，你也會和我做出同樣的反應。我不願意再和這個垃圾有任何瓜葛，所以如果你想要逮捕我，那就動手吧，把我關到拘留所去，但是我什麼話都不會再說了，好嗎？』

戴瑞那張瘦長的臉這時候突然變得齜牙咧嘴。『很好，那就沒得說了。』

艾米莉亞．莎克斯這時候出現在門口。她一邊盯著喬迪，一邊走進房內。

『告訴他們！』他叫道：『我並沒有傷害妳。告訴他們！』

她就像看著一團嚼過的口香糖一樣地看著他。『他打算用一把路易維耳球棒敲我的腦袋。』

『不是這樣，不是這樣！』

『妳沒事吧，莎克斯？』

『只是在我的背上又加了一點瘀傷，就這樣。』

塞利托、莎克斯和戴瑞圍在萊姆身旁，由萊姆將喬迪的描述告訴莎克斯。

她問萊姆：『我們應該相信他嗎？』

『死排骨。』戴瑞嘀咕：『可是我得說，我認為他說的是眞相。』

莎克斯也點點頭。『我也這麼想。不過我覺得不管我們採取什麼行動，都得把他拴得緊緊的。』

塞利托同意道：『我們會一直拘留他。』

萊姆也勉強同意。要是沒有這個人幫忙，似乎不可能超越棺材舞者一步。雖然他一直堅持將珮西和哈勒留在庇護所裡，但是事實上，他並不知道棺材舞者打算在路上進行攻擊，他只是比較傾向這樣的結論。他原本可以輕易地同意遷移珮西和哈勒，而他們可能在駛往新庇護所的路上遭到殺害。

萊姆感覺一股壓力緊緊地扼住了他的下顎。

『你覺得我們應該如何處理這件事，林肯？』塞利托問。

由於事關佈局而非證物鑑識，所以林肯看著從耳後抽出香菸，聞了好一會兒的戴瑞。他表示：『我們讓這個死排骨打那通電話，儘可能從棺材舞者口中套出情報。再安排一輛車當誘餌，讓棺材舞者跟蹤，車上全是我們的人。然後我們快速地攔截，用幾輛沒有記號的車子包夾，一舉撂倒他。』

萊姆勉強地點點頭，他很清楚在街上進行部署攻擊有多麼危險。『我們可以把他弄到市中心以外的地方嗎？』

『可以誘他穿越東河。』塞利托建議：『那裡有許多可以撂倒他的空地。有幾個老舊的停車場。我們可以弄得像是準備讓他們轉乘另一輛廂型車，進行一場循環接力一樣。』

他們全都同意這是風險最低的方式。

塞利托用下巴指著喬迪，然後輕聲說：『要他對付棺材舞者的話，我們要給他什麼東西？條件必須好到讓他覺得値得。』

『不要再用誘使他站在我們這一邊來幫助我們的手段了，』萊姆表示：『給他一筆錢。』

『操！』戴瑞罵道，雖然他向來都因爲寬待爲他工作的反情報臥底線民而聞名。不過他最後還是點點頭。『好吧，好吧，我們分攤開銷，不過得先看看這隻老鼠有多麼貪婪。』

塞利托把他叫過來。

『好吧，條件是這樣，你幫助我們，依照他的要求打那通電話，讓我們逮到他。然後我們會撤銷所有的指控，還給你一筆獎金。』

『多少？』喬迪問。

『喂，死排骨，你在這裡沒有任何討價還價的立場和條件。』

『我需要一筆支付戒毒療養的費用，我還差一萬美元。有沒有這種可能？』

塞利托看著戴瑞。『你那筆密報基金有沒有問題？』

『我們可以這麼做，』戴瑞表示：『如果你和我各出一半的話，行。』

『眞的？』喬迪忍著不讓自己笑出來。『那你要我做什麼都行。』

萊姆、塞利托和戴瑞敲定了計畫，準備在庇護所的頂樓設置指揮所，喬迪也會帶著他的電話待在那個地方。珮西和哈勒則留在主樓內，由警員保護。然後喬迪打電話給棺材舞者，告訴他這對男女已經上了一輛廂型車，正準備離去。廂型車緩緩地行進，行駛到東區一處無人的停車場。棺材舞者會跟上去，他們則在停車場逮住他。

『很好，我們動手吧！』塞利托表示。

『等等。』萊姆叫道，他們停下來看著他。『我們忘了最重要的部分。』

『什麼事？』

『艾米莉亞搜尋了地下鐵的現場，我要分析一下她找到的東西，或許能得知他準備如何動手。』

『我們已經知道他準備如何進攻了，林肯。』塞利托用下巴指著喬迪表示。

『你們就遷就一個老殘廢，行不行？好了，莎克斯，看看我們手上有些什麼東西。』

蟲子。

史帝芬穿梭在巷道間，轉乘一輛又一輛的公車，躲避看得到的警察，以及目光所不能及的蟲子。

在每一條街上的每一扇窗戶裡盯著他看的蟲子，已經近在咫尺的蟲子。

他想著那個妻子和那個朋友，想著這份工作，盤算著自己還剩下的幾發子彈、目標是不是會穿上防彈衣、自己應該從什麼距離開槍，還有這一回是不是應該在槍口裝上防火帽。

不過這些都是無意識的思緒。他掌握的程度，並不見得高於對自己的呼吸、心跳，或是血液在體內漫遊速度的控制。

目前占據著他思緒的是喬迪。

這個人爲什麼會讓他這般著迷？

史帝芬自己也說不上來。或許是他一個人獨居，卻又不感覺寂寞的生活方式；或許是他帶著那本自助手冊，眞誠地希望從身處的深淵裡爬出來的那分意願；也或許是史帝芬要他冒著吃子彈的危險站到門口時，他並沒有畏怯的那分姿態。

史帝芬有一種古怪的感覺。他……

你有什麼感覺，士兵？

長官，我……

古怪的感覺嗎，士兵？『古怪』是他媽的什麼意思？你是不是瘋了？

沒有，長官，我沒有。

現在改變計畫還不遲，還有選擇的餘地，許許多多選擇的餘地。

想著喬迪，想著他對史帝芬說的話。媽的，或許等這次任務達成之後，他們可以一起喝杯咖啡。

他們可以一起去星巴克咖啡，那會像他對席拉說話的時候一樣，只不過這回將會是眞實的。他可以不用再吞飮臭尿般的茶汁，他可以來一杯眞正的咖啡，加倍的濃度，就像他母親在早晨爲他繼父準備的咖啡一樣，以翻騰的沸水分秒不差地滴泡六十秒鐘，每一杯精確地使用二又四分之三湯匙，不能有任何黑色的殘渣濺落在任何地方。

是不是一起釣魚或一起打獵也不成？

或者營火會……

他可以告訴喬迪放棄任務，而獨自動手幹掉那個妻子和朋友。

放棄，士兵？你在說些什麼？

我什麼都沒說，長官。我正在考慮與攻擊相關的各種可能性，就像我接受的訓練一樣，長官。

史帝芬下了公車，然後溜到萊星頓大道上的消防隊後面。他把他的包包放在一個垃圾箱後，從刀鞘抽出刀子，藏在夾克下面。

喬迪，喬·迪歐……

他再次想像那雙細瘦的手臂，以及那個人看著他的方式。

我也很高興遇到你，夥伴。

這時候史帝芬突然全身打起寒顫。就好像他在波西尼亞，爲了逃避游擊隊的追捕而跳進一條小溪的時候一樣。當時是三月天，水溫才剛剛爬升到了冰點以上。

他閉起眼睛，緊緊地貼著磚牆，嗅著磚石潮濕的味道。

喬迪他……

士兵，到底他媽的怎麼一回事？

長官，我……

怎麼樣？

長官，嗯……

你給我說，立刻，士兵！

長官，我已經弄清楚敵人正在進行心理戰術。但是對方並沒有達到他的企圖，長官。我現在已經完成依照計畫行事的準備。

很好，士兵，現在給我注意他媽的行事步驟。

當史帝芬打開消防隊的後門，溜了進去的時候，他突然了解計畫已經不會再有變動。這一次的佈局太完美了，他不能付之流水，尤其是這一回他不僅有機會一舉幹掉那個妻子和朋友，也可以消滅林肯那條蟲子，還有那名紅髮警察。

史帝芬瞥了一眼手錶，喬迪大約再十五分鐘就可以就位。他會撥電話到史帝芬的手機，史帝芬也會接起電話，最後一次聆聽他那尖銳的聲調。

然後他會按下那顆傳送按鈕，引爆裝在喬迪的行動電話中那十二盎司的環三次甲基三硝基胺。

指派……孤立……消滅。

他眞的沒有選擇。

此外，他心想，我們之間還有什麼話題可以談？我們一起喝過咖啡之後，還能夠一起做些什麼？

第四部

猴子伎倆

『蒼鷹在高空施展特技和耍寶的能力，

僅是一場掠食的丑劇，而牠們似乎純粹爲此而翱翔。』

——史帝芬·波迪歐《風靡蒼鷹》

26

倒數二十小時

等候。

萊姆一個人待在樓上的臥房裡，聆聽著特別行動的頻道。他累壞了。現在已經是星期天的中午，而他幾乎沒有睡什麼覺。他因爲一件最艱鉅的工作而耗盡了心神——試圖超越棺材舞者，這件工作向他的身體課征了不少精力。

柯柏在樓下的化驗室裡，爲了證實萊姆對於棺材舞者的策略所下的推論而進行各種化驗。其他的人都到庇護所去了，包括莎克斯在內。萊姆、塞利托和戴瑞決定了對策來對付假設中，棺材舞者下一個殺害珮西．克萊和布萊特．哈勒的計畫之後，湯瑪斯量了萊姆的血壓，並用一種虛擬出來的父執輩權威，堅持要他的老闆上床睡覺，沒有轉圜的餘地，講道理一點，否則就認命接受他的安排。他們搭乘電梯上樓時，萊姆安靜得有些奇怪，他不安地擔心自己這一回的預測是否正確。

『怎麼了？』湯瑪斯問。

『沒事。爲什麼這麼問？』

『因爲你什麼事情都沒抱怨。沒有抱怨的情況下，就是有事情不對勁。』

『哈，很好笑。』萊姆笑道。

坐著從輪椅挪到床上，並解決一些生理需求之後，此刻的萊姆靠在他那個豪華羽絨枕頭上。湯瑪斯將聲控收話器套在他的頭上，而儘管疲憊不堪，萊姆還是自己透過聲控的步驟，讓電腦接上特別行動的頻率。

這套系統是一項令人吃驚的發明。沒錯，他在塞利托和班克斯面前表現得毫不在乎；沒錯，他是發了牢騷。但是比起他曾經擁有的任何輔助工具，這些設備讓他對自己產生了一種不同的感覺。有好幾年的時間他已經認命，不再嘗試去過一種接近正常的生活。不過用了這套設備和軟體之後，他確實開始有一種正常的感覺。

他轉動腦袋，然後放鬆地靠在枕頭上。

等候。試著不要去想起昨天晚上和莎克斯的那一場災難。

一旁出現了一點動靜。游隼趾高氣昂地出現在他的視線當中。萊姆見到白色的胸膛一閃而過，接著那隻鳥將藍灰色的背轉向他，面向著中央公園俯瞰。他記得珮西告訴過他，雄隼體型較小，也沒有雌隼的兇殘，他想起了某件和這些游隼息息相關的事情：牠們剛剛從死亡的邊緣抽身回來。沒有多久以前，整個北美東部的隼群，因爲化學殺蟲劑而不孕，差一點就絕了種。後來透過捕捉、豢養，以及對於殺蟲劑的控制，鳥群才又重新開始興旺起來。

從死亡的邊緣抽身回來……

無線對講機嘩啦地發出聲響，呼叫的是艾米莉亞・莎克斯。她對他表示庇護所的一切都已經準備妥當的時候，聲音顯得十分緊張。

『我們和喬迪都在頂樓。』她說：『等一等……卡車來了。』

一輛載著四名特勤小組成員，四輪傳動，而車窗貼了反光紙的裝甲車將會被當成陷阱，後面則跟著一輛由兩名僞裝的水管工程承包商駕駛的廂型車，他們事實上是穿著便服的三二E小組警探；廂型車的後車箱內另外還有四名組員。

『僞裝的誘餌在樓下，好……好。』

他們用了豪曼隊上的兩名警官當作誘餌。

莎克斯說：『他們準備好了。』

萊姆相當確定，依照棺材舞者的新計畫，他應該不會嘗試從街上進行狙擊。不過，他發現自己還是屏住了氣息。

『出發了……』

一聲喀嚓之後，無線電安靜了下來。

又一聲喀嚓，傳出靜電干擾的噪音，接著出現的是塞利托的聲音。『他們上路了；看起來不錯。車子開動了，尾隨的車已準備妥當。』

『很好。』萊姆說：『喬迪在嗎？』

『他就在這兒，和我們一起在庇護所裡。』

『叫他打那通電話。』

『好，林肯，我們現在就進行。』

無線電喀嚓一聲切斷。

等候。

等著看棺材舞者這回是否開始畏縮，等著看萊姆這回是否超越了那傢伙的心智當中，令人顫慄的卓越。

等候。

史帝芬的手機發出了嘟嘟的聲響，他將電話彈開。

『喂。』

『嗨，是我，是……』

『我知道，不要說出名字。』

『好，當然。』喬迪聽起來就像一個走到絕路的蠢蛋一樣緊張。停頓了一會兒之後，這個瘦小的男人說：『我就位了。』

『很好，你有沒有叫那個黑鬼幫你的忙？』

『有，他在這兒。』

『你現在確實的位置在什麼地方？』

『在那棟房子的對街。老兄，這裡有一堆警察，但是沒有人注意到我。一輛廂型車剛剛停了下來，是那種四輪傳動的大車子，一輛通用「育空」（Yukon），藍色的車身，很容易就認得出來。』他的不自在讓他有些散亂。『很棒、很棒的一輛車，車窗全都貼了反光紙。』

『那表示窗子是防彈玻璃。』

『眞的？眞棒，你怎麼會知道這麼多事情？』

你就要沒命了，史帝芬沉默地對他說。

『有一個女人和一個男人，剛剛和大約十個警察一起跑出了巷子。我確定就是他們。』

『不是誘餌？』

『他們看起來不像警察。而且好像嚇壞了。你在萊星頓嗎？』

『是啊。』

『在一輛車子裡？』喬迪問。

『當然在一輛車裡。』史帝芬答道：『我偷了一輛小型的狗屎日本車。我準備開始跟蹤，等他們到了沒有人的地方就動手。』

『怎麼動手？』

『什麼怎麼動手？』

『你打算怎麼動手？用一顆手榴彈或一把機關槍嗎？』

史帝芬心想，你當然希望知道。

『我不確定，看情況。』

『你看到他們了嗎？』喬迪問，聲音聽起來不太自在。

『我看到他們了。』史帝芬回答：『我在他們後面，正準備上路。』

『一輛日本車，是不是？』喬迪說：『就像豐田之類的汽車？』

為什麼問這個？你這個渾帳叛徒，史帝芬痛苦地想著。雖然他早知道這樣的事情可能難以避免，卻還是因為這樣的背叛而深深地遭到刺傷。

史帝芬事實上正盯著那輛『育空』和後備的廂型車，快速地從他的面前急駛而過。不過他並不在任何一輛日本車裡；事實上，他根本不在任何一輛車子裡。他穿著剛剛偷來的消防隊制服，站在距離庇護所剛剛好一百呎的街角，觀看著喬迪編造出來這一齣戲的眞實版本。他知道在那一輛『育空』裡載的是誘餌，他知道那個妻子和朋友仍然在庇護所裡面。

史帝芬拿起灰色的遙控引爆器。那看起來像是一具對講機，但是卻沒有擴音器和麥克風。他將頻率對準喬迪的行動電話，然後啓動裝置。

『你先待命。』他告訴喬迪。

『嘿。』喬迪笑道：『遵命，長官。』

現在的林肯・萊姆只是一名觀眾，一名偷窺者。

一邊聆聽著收話器，一邊祈禱著他的推斷沒有錯。

『廂型車到什麼地方了？』萊姆聽見塞利托問。

『兩個街區之外。』豪曼答道：『我們在車上，慢慢地朝萊星頓接近。已經距離市區的車陣不遠了。他……等一等。』他停頓了好一陣子。

『什麼事？』

『我們看到了幾輛車子：一輛日產，一輛速霸陸，還有一輛本田喜美，不過車上坐了三個人。那輛日產越來越接近我們了，或許就是這一輛，我看不清楚車內。』

林肯・萊姆閉上眼睛。他可以感覺到自己左手的無名指——他僅存的一根手指——緊張地在蓋著床鋪的棉被上敲打。

『喂？』史帝芬對著電話說。

『怎麼樣？』喬迪答道：『我還在這裡。』

『庇護所的正對面？』

『沒錯。』

史帝芬正朝著那棟建築物的對面看，沒有喬迪，也沒有黑鬼。

『我有話要對你說。』

『什麼事？』喬迪問。

史帝芬想起了他的膝蓋和他碰在一起時，那股嘶嘶的電流。

我下不了手……

士兵。

史帝芬用左手抓住搖控引爆器的盒子，說：『仔細聽我說。』

『我正在聽你說話。我……』

史帝芬按下了傳送訊號的按鈕。

爆炸的聲音巨大得嚇人，比史帝芬預期的還要響亮。周遭的窗戶震得咯咯響，百萬隻鴿子騷亂地振翅飛向天空。史帝芬看到了庇護所頂樓的玻璃和木片散落在建築物旁的巷道裡。

比他期盼的還要成功。他原本預期喬迪會待在距離庇護所不遠的地方，或許在停在前方的警用廂型車裡，或許是在巷子裡。但是他不敢相信自己居然這般幸運，喬迪實際上就在屋子裡面，太完美了！

他很想知道還有什麼人死於這一場爆炸。

林肯那一條蟲子，他祈禱。

還有那名紅髮警察？

他仔細地查看庇護所的周圍，看到一道濃煙從頂層的窗口冒了出來。

現在只要再等個幾分鐘，等到其他的消防隊過來加入他就行了。

電話鈴聲響了起來。萊姆下達指令讓電腦切斷無線通訊，然後接了電話。

『喂。』他說。

『林肯，』是隆恩．塞利托。『我用的是一般電話，』他說：『讓特別行動頻道空出來留作狩獵專用。』

『我知道，說吧。』

『他引爆了炸彈。』

『我知道。』萊姆聽見了爆炸聲。庇護所距離他的臥室有一兩哩遠，但是他的窗子還是震得咯咯響；窗外的游隼也跟著振翅翱翔，因爲這一陣騷擾所造成的不悅而緩慢地在天空中盤旋。

『所有的人都沒事吧？』

『那個死排骨喬迪被嚇壞了。除此之外，一切都沒事。不過聯邦調查局的人認爲庇護所的損壞比他們預期中還要嚴重，他們已經開始發牢騷了。』

『告訴他們，我們今年會提早繳稅。』

莎克斯在地鐵站搜尋的微量證物當中所找到的聚苯乙烯，讓萊姆猜測到了這一顆行動電話炸彈。除此之外，還有一些塑膠炸彈的殘餘物，和席拉・哈洛薇芝的公寓裡那一枚炸彈的配方只有一些差異。萊姆只是簡單地將聚苯乙烯殘屑和棺材舞者交給喬迪的行動電話比較，就明白了有人曾經旋開外殼。

爲什麼這麼做？萊姆當時十分疑惑。而唯一讓他覺得合乎邏輯的理由只有一個，所以他找來了第六轄區的爆破小組。兩名警官安全地卸除了炸彈，並將一大團塑膠炸彈和引爆回路從電話中移走，然後用同樣的回路換上小型炸藥，裝設在一個置於一扇窗戶旁邊，像迫擊砲一樣對準巷子的油桶裡。他們在房間裡塞滿了防爆毯，回到走道上，將已無殺傷力的電話交還給喬迪。喬迪顫抖著雙手接過來，並要求他們證明炸藥已經移除。

根據萊姆的猜測，棺材舞者的策略是利用炸彈將注意力從廂型車上移開，爲自己製造更爲有利的攻擊機會。他可能已料到喬迪會自首，所以當他撥這通電話的時候，會站在負責這項行動的警察旁邊。一旦除去了指揮官，棺材舞者成功的機率就更大了。

詭計……

沒有任何一個罪犯比棺材舞者更加令萊姆痛恨、更令他想要追捕、更令他渴望動手刺穿那顆熱咚咚的心臟。不過，萊姆再怎麼樣還是一個刑事鑑識家，他對這傢伙的出色有一種秘密的欽佩。

塞利托解釋：『我們有兩輛車子盯住了那輛日產。我們準備……』

好長一段時間的停頓。

『眞是愚蠢。』塞利托嘀咕。

『什麼事？』

『沒什麼事。只是因爲沒有人打電話通知中心，所以消防車趕來湊熱鬧了。沒有人打電話告訴他們不要理會這一次的爆炸。』

萊姆也忘了這一點。

塞利托繼續說：『剛剛得到回報，誘餌車已經朝著東區駛近。日產一直跟著，大概在廂型車後四十碼的地方，距離羅斯福大道上的停車場大約只剩下四個街區了。』

『很好，隆恩。艾米莉亞在嗎？我要和她說話。』

『天啊。』他聽到後面有人在叫，是鮑爾．豪曼，萊姆心想。『我們這個地方被消防車包圍了。』

『是不是有人……』另外一個聲音問，然後逐漸消失難辨。

不對，是因爲有人忘了打電話，萊姆心想。你不能事事都考慮周到……

『我再打給你，林肯。』塞利托表示：『我們得想想辦法，消防車已經開上人行道了。』

『我自己會打電話給艾米莉亞。』萊姆說。

塞利托掛斷了電話。

窗簾放了下來，房間裡一片陰暗。

珮西．克萊害怕極了。

她想起她用陷阱捕捉到的那隻野鷹，以強壯的翅膀用力拍擊的那一幕。爪子和喙子就像剛磨過的刀鋒一樣凌空舞動，還有瘋狂的尖叫聲。不過最令珮西感到害怕的是那隻大鳥恐懼的眼神。牠無法飛向天空，迷失在驚駭當中，讓牠顯得無助。

珮西也有著相同的感覺，她憎恨被關閉在庇護所裡，盯著牆上那幾幅愚蠢的掛畫——大概是來自大賣場的垃圾。鬆垮的地毯、廉價的水盆和水壺、鬆絨線織的粉紅色破爛床罩，其中一角還被扯出了十多條旋繞的線頭；或許某個黑手黨的線民曾經坐在這個地方，不由自主地拉扯那塊白色的節狀編織。

再喝一口酒吧。萊姆對她說了關於陷阱的事，棺材舞者會跟蹤那輛他認為搭載了珮西和哈勒的廂型車，他們會攔截他的車子，然後不是逮捕他就是殺了他。她的犧牲就要得到代價了，再過十分鐘之後他們就會逮住他，那個殺了艾德華，並且永遠地改變了她生命的男人。

她信任林肯．萊姆，也相信他；不過她相信他的方式，就像她相信航空交通指揮中心一樣。他們會通報你空中並沒有亂流，但是你卻突然發現自己正從兩千呎的高度，以每分鐘三千呎的速度往下墜落。

珮西將酒壺扔到床上，然後站起來走動。她想要飛上讓她覺得安全、她自己可以掌控的天空。羅蘭．貝爾交代她熄掉電燈，交代她留在房內，鎖起房門。每個人都到頂樓去了；她聽到了爆炸的轟然聲響，心裡面已經有所準備，但是她並沒有預料到隨之而來的恐懼是如此令人難以忍受。她願意付出任何代價，只要讓她朝窗外看一眼。

她走到門口，開了鎖，然後踏出走道。

太暗了，就像夜晚一樣……夜空裡的每一顆星星。

她聞到了一股辛辣的化學藥味，猜想味道是來自製造炸彈的原料。走道上空無一人，但是盡頭出現了一點動靜。樓梯的天井有個陰影，她仔細瞧了一下，但是陰影並沒有再次出現。

布萊特．哈勒的房間僅在十呎之外。她很想和他說說話，但是又不願意讓他看見自己這副模樣——面色蒼白、雙手顫抖。眼眶因爲恐懼而充滿淚水……我的天啊，她在機翼凍結的驟降當中救起一架七三七的時候，都比看著陰暗的走道來得冷靜。

她退回房間裡。

她是不是聽見了腳步聲？

她關上房門，回到床上。

她聽見了更多的腳步聲。

『指令模式。』林肯．萊姆下令，視窗跟著忠實地跳出螢幕。

他聽見了遠方傳來陣陣微弱的警笛聲。

萊姆就在這個時候發現自己犯下的錯誤。

消防車……

不對！我沒有想到這一點。

但是棺材舞者想到了。沒錯！他偷了一套消防隊員或醫護人員的制服，此時此刻正溜達著進到庇護所裡！

『不！』他喃喃道：『不！我怎麼會錯在這樣的關鍵上面！』

電腦聽見了萊姆句子裡的『關』字，於是忠實地關掉了通訊程式。

『不對！』萊姆大叫：『不對！』

但是系統無法辨識他那盛怒下的吼叫聲。一陣沉默的閃動之後，跳出了一個訊息：『你是否確定要關閉這台電腦？』

『取消。』他絕望地低聲說。

有好一陣子，電腦未出現任何反應，不過系統並未當機。一個訊息跳了出來：『你現在準備採取什麼動作？』

『湯瑪斯！』他大叫：『來人啊……拜託，梅爾！』

但是房門是緊閉的，而樓下並沒有傳來任何反應。

萊姆左手的無名指戲劇化地抽動。他曾經擁有一套機械控制系統，讓他能夠使用唯一作用的一根手指撥打電話。後來電腦系統取而代之，現在他必須用聲控的程序打電話到庇護所，告訴他們棺材舞者身穿消防隊員或醫護人員的制服，正在朝著他們接近。

『指令模式。』他對著麥克風說，一邊努力讓自己平靜下來。

『無法辨識你剛剛說的話，請重新再試一遍。』

棺材舞者現在到了什麼地方？他是不是已經進到屋內了？他是不是正準備射殺珮西．克萊或布萊特．哈勒？

或艾米莉亞．莎克斯？

『湯瑪斯！梅爾！』

『無法辨識。』

我為什麼沒有考慮周詳一點？

『指令模式。』他氣喘吁吁地說，一邊試著控制住自己的恐慌。

指令模式的視窗跳了出來，游標箭頭出現在螢幕的最上面，而通訊程式的圖示大約在隔了一個洲際大陸那麼遙遠的地方——螢幕的最下面。

『游標向下。』他上氣不接下氣地說。

什麼反應也沒有。

『游標向下。』他大聲吼叫。

同樣的訊息又重新出現：『無法辨識你剛剛說的話，請重新再試一遍。』

『媽的！』

『無法辨識。』

他強迫自己輕聲地用正常的聲調說：『游標向下。』

放大的白色箭頭開始從容地朝著螢幕下方移動。

我們還有時間，他告訴自己。庇護所裡面的人並不是沒有受到保護，或手無寸鐵。

『游標向左。』他氣喘吁吁地說。

『無法辨識……』

『放我一馬！』

『游標向下，游標向左。』

游標像隻蝸牛一樣地在螢幕上移動，然後來到了圖示的位置。

『游標停止，按兩下。』

一個對講機的圖示盡職地跳出螢幕。

萊姆想像著沒有面孔的棺材舞者，手拿著一把刀或一條絞繩，追在珮西・克萊的後面。

他用一種儘可能平靜的聲音，命令游標移到『頻率設定』的方格上。

它完美地來到了正確的位置。

『4。』萊姆說，小心翼翼地唸出這個字。

一個『4』出現在方格內。接著他又說：『8。』

一個『A』字出現在後面的方格裡。❺

我的老天啊！

『向左刪除。』

『無法辨識。』

不，不！

他以為自己聽見了腳步聲。『有人嗎？』他大叫：『有沒有人？湯瑪斯？梅爾？』

除了他這位平靜地再次提供冷淡回應的電腦朋友之外，什麼人也沒有。

『8。』他慢慢地說。

這個數字跳了出來。他繼續嘗試，接著『3』毫無問題地出現在方格裡。

『點。』

『點』這個字跳了出來。

該死！

『向左刪除。』接著，『小數點。』

這個符號跟著出現。

『4。』

只剩下一個空格了。記住，要說『零』，而不是『O』，汗水順著他的臉孔往下滾落。他沒有出任何差錯地加上了特別行動頻道的最後一個數字。

❺8的英文發音與A近似。

無線電接通的聲音。

太好了！

但是他還沒開口之前，先聽見了靜電刺耳的干擾聲；接著，他的心臟涼了半截地聽見了一個發狂的聲音大叫：『報告！聯邦六號庇護地點需要後援！』

庇護所。

他認出了羅蘭・貝爾的聲音。『倒了兩個……喔，天啊！他在這裡。他找上我們了，他朝我們開槍！我們需要……』

訊號突然中斷。

『珮西！』萊姆大叫：『珮西……』

螢幕上出現了簡單的訊息：『無法辨識你剛剛說的話，請重新再試一遍。』

就像是一場噩夢一樣。

面戴滑雪面具，身穿笨重消防衣的史帝芬・卡勒，緊緊地貼著庇護所走道的地面，藏身在他剛剛殺害的兩名聯邦執法官的其中一具屍體後面。

又是一槍，更接近，並在他腦袋附近撞起了一塊地板。開槍的是那名頭上的棕髮相當稀疏的警官——他今天早上在庇護所的窗子裡看到的那一個。他蜷伏在門口，成了一個清楚的目標，但是史帝芬卻無法給他俐落的一槍，因爲這名警官兩隻手都握著自動手槍，而且是名極爲出色的槍手。

史帝芬又朝著其中一扇敞開的門，向前挪行了一碼。

驚恐、畏縮，全身爬滿了蟲子……

他又開了一槍，而那名棕髮警察退回到房間裡，用無線電呼叫了幾句話，但是馬上又回到他的位置，冷靜地開槍。

身穿消防隊員的黑色長大衣——和聚集在庇護所前方另外三十或四十名人員一模一樣——史帝芬以爆破的炸藥炸開了巷道的入口，闖進屋內，預期見到一片燃燒的混亂場面：『那個妻子』和『那個朋友』，以及屋內大半的人員全都被炸成碎片或至少嚴重受傷。但是林肯那條蟲子再次愚弄了他，他發現行動電話裡安裝了詭雷。他們唯一沒有預料到的一件事，就是他會再次攻擊庇護所；他們認爲他會進行路上的攻擊。儘管如此，當他以爆破的方式進到屋內時，還是遭遇兩名聯邦執法官瘋狂的射擊。不過由於爆破的聲音讓他們嚇了一跳，所以他還是有機會做掉他們。

然後是那名棕髮的警官，開始從角落用兩把槍猛烈地攻擊，兩顆子彈略過了史帝芬的外套，史帝芬自己也擊出一發從警察身邊飛過的子彈。然後他們同時退了回去。更多發子彈，更多次錯失；這名警察的射擊幾乎和他一樣出色。

最多一分鐘，他沒有更多的時間了。

他覺得自己畏縮到想要流淚……他絞盡了腦汁才想出這個計畫。他已經無法表現得更加狡詐了，但是林肯那一條蟲子還是超越了他。這個人會不會就是他？這名手持兩把槍，頭髮開始微禿的警官是不是林肯？

史帝芬又連開了幾槍，而……媽的……這個棕髮警察卻直接衝了過來，繼續向前移動。世界上任何一個警察都會尋找掩護，但是他卻沒有。他努力再向前移動兩呎，然後再三呎。史帝芬重新塡彈，再次開槍，一邊朝著目標的房門口挪動相同的距離。

消失在地面上，小鬼。如果你願意的話，你可以讓別人看不到你。

我要，長官，我要讓別人看不到我……

再向前一碼，他幾乎就要抵達門口了。

『羅蘭．貝爾再次呼叫！』那名警察對著麥克風吼道：『我們需要支援，快！』

貝爾，史帝芬注意到這個名字，所以他並不是林肯那條蟲子。

那名警察重新裝填子彈，然後繼續射擊。十來發，二十來發……史帝芬不得不佩服他的技巧。這個貝爾會記住每把槍擊發了幾發子彈，然後交替地重新填裝，所以他的手上永遠都不會沒有上了膛的槍。

貝爾在距離史帝芬的臉孔只有一吋遠的牆上射進了一發子彈，而史帝芬也讓一顆槍子兒在和貝爾差不多距離的地方著陸。

再向前爬進兩呎。

貝爾眼睛一掃，發現史帝芬終於來到了那間漆黑臥房的門口。他們緊緊地盯住對方的眼睛，而儘管史帝芬並非一名眞正的士兵，但是他經歷過的戰鬥，讓他十分清楚這名警察已經失去理性，所以成了最危險的動物——技藝高超又不顧自身安危的鬥士。貝爾站了起來，一邊向前移動，一邊同時擊發兩把手槍。

這就是爲什麼當初他們在太平洋戰區，會使用點四五口徑的手槍來阻止那些瘋狂小日本的原因。當他們朝著你衝過來的時候，並不在乎是否會遭到殺害；他們只是不想被攔截下來。

史帝芬低下頭，朝著貝爾丟了一顆延遲一秒鐘引爆的閃光彈，然後閉上眼睛。手榴彈在一聲驚人的巨響中引爆之後，他聽見那名警察大叫一聲，跪倒在地上，雙手遮住臉孔。

史帝芬猜想，既然警衛和貝爾如此猛烈地阻止他，房間裡如果不是那個妻子，就是那個朋友。史帝芬也猜想，不管裡面的人是誰，一定躲在衣櫥裡或床下。

他錯了。

他朝著門口望進去的時候，看到了一張對著他衝過來的面孔，手上持著檯燈做爲武器，並發出憤怒和恐懼的尖叫聲。

史帝芬的槍械快速地擊發了五顆子彈，密集地擊中他的頭部和胸膛。對方的軀體快速地旋轉，然後往後倒落在地面上。

幹得好，士兵。

接著傳來了許多下樓梯的腳步聲。他聽到了一個女人，還有許多其他的人的聲音。沒有時間完成任務，沒有時間尋找另外一個目標了。

撤退……

他跑向後門，腦袋伸到外面召喚更多的消防隊員。

其中六、七個人小心翼翼地跑了過來。

史帝芬指著裡面。『瓦斯管線剛剛爆炸，我必須把所有的人立刻弄出來，快！』

接著他消失在巷子裡，然後走上街道，巧妙地避開了消防車、救護車和警車。

害怕得發抖嗎？是的。

但是心滿意足，現在他的任務已經完成了三分之二。

艾米莉亞·莎克斯是第一個對入口的爆破聲和吼叫聲做出反應的人。

接著是羅蘭·貝爾的聲音從一樓傳了上來：『緊急支援！緊急支援！警員中槍！』

然後她聽到了槍擊的聲音。十多發劈啪聲響，然後又十多發。

她不知道棺材舞者是如何辦到的，她也不想理會這一點。她只想清楚地看一眼目標，然後用兩秒鐘的時間，以半個彈夾的九釐米子彈在他身上打出幾個洞。

她將輕巧的葛拉克手槍握在手中，她推開了二樓走道的大門。跟在她身後的是塞利托、戴瑞，和一名穿著制服，而她很希望知道面對攻擊的時候，會做何表現的員警。喬迪蜷縮在地面上，痛苦地明瞭自己背叛的是一名全身武裝，而目前距離他不到三十呎的危險人物。

快速地下樓梯讓莎克斯的膝蓋痛苦地抗議，又是關節炎。她走下通往一樓的最後三層階梯時，臉部的肌肉已經開始疼痛地抽搐。

她在收話器裡重複地聽見貝爾要求支援的呼叫。

走下漆黑的走道之後，她爲了避免遭到側面的攻擊而將手槍緊緊地貼近身邊（只有電視裡的警察和電影裡的黑手黨，才會在轉角或從側面持槍攻擊的時候，像崇拜陽具一樣地將握槍的手遠遠地伸到面前）。她快速掃視經過的每一個房間，並彎著腰，讓自己不超過槍口可能瞄準的胸部高度。

『我負責前廳。』戴瑞叫道，然後手握著他那把大型的席格索爾，消失在她身後的走道。

『小心背後。』莎克斯不顧階級地命令塞利托和那名制服員警。

『是的，小姐。』年輕的員警答道：『我會注意背後。』

喘著氣的塞利托也一樣，他的腦袋左右轉動。

靜電干擾的聲音出現在她的耳中，但是她並沒有聽見說話的聲音。她把收話器扯下來——不能分心——然後繼續謹慎地在走道上移動。

她的腳邊躺著兩具聯邦執法官的屍體。

爆炸的化學藥味十分強烈，她看了一眼庇護所的後門。門片雖然是鋼材，但是威力強大的爆破卻讓它像一張紙片般地脆弱。

『天啊！』塞利托說，一邊專業地彎下腰來查看地上的執法官，但是他的人性卻又讓他不願看一眼滿是窟窿的屍體。

莎克斯來到了一個房間，停在房門口。兩名豪曼的手下從炸開的後門入口走了進來。

『掩護我。』她叫道，並在其他人有機會阻止她之前，迅速地躍進門內。她高高地舉起葛拉克，一邊檢視房間。

什麼都沒有。

也沒有火藥的味道，這個地方並沒有發生過槍戰。

她回到走道上，朝著下一個房間的門口挪進。

她指了指自己，然後進到房間裡，兩名三二E警官點了點頭。

莎克斯轉過房門，隨時準備開槍射擊，兩名員警則跟在她後面。她因爲一把對準她胸膛的槍口而僵在原地。

『天啊！』羅蘭．貝爾一邊嘀咕，一邊放下武器。他的頭髮亂七八糟，面孔一片烏黑，兩個子彈撕裂了他的襯衫，在他的防彈衣上留下了兩道痕跡。

接著她看到了地面上可怕的一幕。

『哦，不……』

『建築物清查完畢。』一名巡警在走道上叫道：『他們看見他離去了，他身上穿著消防隊員的制服。他走了，消失在前方的人群裡。』

艾米莉亞．莎克斯重新拾起刑事鑑識家的身分，不再是作戰單位的員警。她觀察濺灑的血滴、槍擊殘餘物的氣味、翻倒的座椅——顯示可能曾經發生搏鬥，並爲微量證物提供合乎邏輯的描繪。她立刻從彈殼辨識出是七．六二釐米的自動步槍。

她也觀察了屍體跌落地面的方式，並發現了被害人曾經明顯地用檯燈攻擊施暴者。刑案現場可能還會揭露其他的故事，爲了這個理由，她知道自己應該幫助珮西．克萊站起來，帶她離開她朋友的屍體。但是莎克斯辦不到。她只能看著這名不太美麗的瘦小女人，蹲著抱住布萊特．哈勒血淋淋的腦袋。『不!不……』

莎克斯的臉孔就像戴了一副面具一樣,對眼淚無動於衷。

她最後向羅蘭.貝爾點點頭。他伸出手臂抱住珮西,帶她走到通道上,另一隻手,則仍然警戒地抓住自己的武器。

距離庇護所兩百三十碼。

十多輛特勤車閃爍不停的紅藍燈光試圖讓他盲目,不過他是用紅田牌的望遠鏡進行觀測,所以除了瞄準的十字線之外,對任何東西都不在意。他來來回回地掃瞄著殺人地帶。

史帝芬已經脫掉了一身消防隊員的制服,而穿得像一個開竅開得太晚的大學生。他找到了早上藏在蓄水池下面的M四〇步槍。這把武器已經上了膛,並鎖定了射擊的目標區域。他將背帶纏繞在手臂上面,隨時準備殺害人命。

此時此刻,他追殺的並不是那個妻子。

也不是喬迪那個同性戀叛徒。

他尋找的是林肯那條蟲,那個再次超越他的傢伙。

他到底是誰?他是他們當中的哪一個人?

畏縮。

林肯……蟲子王子。

你在哪裡?你現在是不是就在我的眼前?站在濃煙密佈的建築物周圍那群人當中?

他是不是那個身軀笨重,像頭豬一樣流汗的警察?

穿著綠色西裝那個高瘦的黑鬼呢?他看起來有點面熟,史帝芬在什麼地方見過他呢?

一輛便衣警車急駛而至，幾個身穿西裝的男人從車子裡爬了出來。

或許林肯是他們其中一人。

那個紅髮警察走到屋外，手上戴著乳膠手套。她是現場鑑識人員，是不是？我的彈殼和彈丸都處理過了，他一邊用瞄準器在她的頸子上揀出一個漂亮的目標，一邊沉默地對她說。妳得飛到新加坡去，才能夠找到我的蛛絲馬跡。

他明白自己只有開一槍的時間，接下來就會被齊發的子彈趕到巷子裡去。

你到底是哪一個人？

林肯？林肯？

但是他一點頭緒也沒有。

這時候前門被推了開來，喬迪跟著出現，忐忑不安地步出門外。他四處張望，斜著眼睛，然後退回去靠著建築物。

你……

那股斷斷的電流又出現了，儘管距離遙遠。

史帝芬輕易地將十字線移到他的胸口。

動手吧，士兵，擊發你的武器。他是一個合理的目標，因爲他可以指認你。

長官，我正在調整彈道和風力修正值。

史帝芬調高了扳機拉力的磅數。

喬迪……

他背叛了你，士兵，幹……掉……他。

長官，是的，長官。他已經冰冷無生氣，已經是一具行屍走肉了。長官，禿鷹早已在天上盤旋。

士兵，美國海軍陸戰隊的狙擊手冊教過你，稍微提高M四○步槍扳機拉力的磅數，會讓你注意不到武器擊發確切的那一剎那，對不對，士兵？

長官，是的，長官。

那你他媽的爲什麼還不動手？

他更用力地扣緊。

慢慢地，慢慢地，慢慢地……

但是子彈一直沒有擊發。他將瞄準器抬高到喬迪的腦袋上方，而就在這個時候，喬迪一直察看屋頂的眼睛看到了他。

他等太久了。

開槍，士兵，開槍！

一絲停頓之後……

他像個在夏令營試射點二二來福槍的男孩一樣，猛扣扳機。

喬迪就在這個時候跳了開來，並推了他身旁的警察一把。

你怎麼會他媽的錯過這一擊，士兵？再開槍！

長官，是的，長官。

他又擊發了兩槍，但是喬迪和所有的人不是已找到了掩護，就是沿著人行道和街角迅速地爬行。

接著回擊的火力開始發射。首先是十多把槍，然後又加入十多把；其中大部分都是手槍，還有幾把H&K步槍，噴出子彈的速度快捷，讓聲音聽起來就像是除去了消音器的汽車引擎一般。

子彈擊中了他身後的電梯間，磚塊、混凝土及鉛屑撒了他一身，尖銳多角的彈殼劃傷了他的前臂和手背。

史帝芬往後翻跌，用雙手保護自己的臉孔。他可以感覺得到割傷，並看到細微的血漬滴落到覆蓋著瀝青防水紙的屋頂上。

我爲什麼遲疑？我原本可以射殺他，並早已溜得不見蹤影。

爲什麼？

他聽見一架直升機迅速飛向那棟建築的聲音，然後是更多的警笛聲。

撤退，士兵！撤退！

他往下瞥了一眼已經安全爬到一輛車子後面的喬迪，接著將M四〇步槍丟進盒子裡，包包掛上肩膀，然後沿著防火梯爬進了巷子裡。

第二個悲劇。

珮西・克萊換好了衣服，然後走進通道，撲向羅蘭・貝爾強壯的身影。他用手臂摟著她。

三個當中的第二個。這一次並不是技工離職或包機的問題，而是她親愛的朋友之死。

布萊特……

她想像他睜大了眼睛，張大的嘴巴發出無聲的吶喊，然後衝向那個可怕的男人，試著阻止他，並因爲有人眞的企圖殺害他、殺害珮西而膽寒。她的憤怒和遭到背棄的感覺勝過了懼怕。你的生命一向如此嚴謹，她想著布萊特，就算你必須冒的風險也都是經過了仔細的估算。在五十呎的高度倒轉飛行、尾旋、跳傘。對觀眾來說，看起來似乎不可能達成，但是你很清楚自己在做些什麼。如果你覺得自己可能英年早逝的話，你相信一定是爲了某種錯誤的連動裝置、油管堵塞，或是因爲某個闖入你領空的冒失學生。

偉大的飛行作家厄尼斯・格恩曾經寫道，命運就像個獵人一樣。珮西一向認爲他的意思是大自然或環境情勢這些無常的因素、缺憾的機械裝置，讓飛機朝向地面衝撞。但是命運並不是這麼單純。命運就像人類的心智一樣複雜，就像邪惡一樣難解。

悲劇成三……那麼最後一個會是什麼呢？她自己喪命？公司倒閉？或另外一個人的死亡？

她蜷縮在羅蘭・貝爾身旁，因爲這一切巧合而憤怒得顫抖。回想著因爲失眠而疲憊不堪的自己，和艾德華、哈勒站在停機棚裡被刺目強光圍繞的李爾噴射機CJ前面，拚命希望贏得美國醫療保健的合約，並在夜半的濕氣當中，一邊發抖，一邊試著找出噴射機在這次任務當中最佳的裝配方式。

夜深了，一個霧氣重重的夜晚。陰暗的機場人去樓空，就像電影『北非諜影』的最後一幕一樣。

她聽見了煞車的尖銳聲響，於是往外看。

那個男人從停駐在柏油路上的車子裡，費力地扯出巨大的粗呢布袋，丟進機艙裡面之後發動畢琪機，特殊的活塞引擎緊接著開始運轉。

她記得艾德華不敢相信地表示：『他在做什麼？機場已經關閉了。』

命運……

讓他們那個晚上剛好在那個地方。

讓那個菲利浦・漢生選擇在那個時候處理那些不利於他的證物。

讓那個漢生剛好是一個兇狠的角色，爲了讓這趟飛行洩露出去而不惜殺人。

命運……

就在這個時候，她因爲庇護所大門的敲擊聲而嚇了一大跳。

兩個男人站在門口。貝爾認得他們，他們是紐約市警局證人保護部門的警官。『我們是來接妳到長島的秀崙庇護所，克萊女士。』

『不對，不對，』她說：『你們弄錯了，我必須到瑪瑪羅奈克機場去。』

『珮西。』貝爾開口說。

『我非去不可。』

『這我就不知道了，克萊女士。』其中一名警官表示：『我們接獲送妳到秀崙的命令，並讓妳留在原地接受保護，一直到星期一的大陪審團出庭爲止。』

『不對，不對，不對。打電話給林肯．萊姆，他知道這件事。』

『嗯……』其中一名警官看著他的同事。

『事實上，克萊女士，移送令就是林肯．萊姆下達的。請妳跟我們一起走，不要擔心，我們會好好地照顧妳，克萊女士。』

27

倒數十八小時

『眞是討厭。』湯瑪斯告訴艾米莉亞．莎克斯。

她聽見臥室的門後面傳出：『我要那一瓶酒，現在就要。』

『怎麼回事？』

年輕英俊的湯瑪斯做了一個鬼臉。『他有的時候還眞是討人厭。他讓一名巡警給他倒了一些威士忌，根據他的說法，是爲了治療疼痛。他說他有一種單次蒸餾麥芽的處方，妳能相信嗎？他喝酒的時候還眞是讓人難以忍受！』

一陣盛怒的吼叫從他的房裡傳出來。

莎克斯知道唯一讓他沒有砸東西的理由，就是他辦不到。

她伸出手要去開門。

『妳最好還是再等一會兒。』湯瑪斯警告她。

『我們不能等。』

『媽的！』萊姆咆哮：『給我那瓶該死的酒！』

她把門打開，湯瑪斯低聲說：『別說我沒警告過妳。』

莎克斯推開房門，進到裡面。萊姆的樣子可笑極了：頭髮凌亂，下巴上沾著唾沫，而且兩眼通紅。

那瓶麥卡倫威士忌躺在地上。他一定是試著用牙齒去咬它，結果將它撞翻了。

他注意到了莎克斯，但只是乾乾地說了一句：『把瓶子撿起來。』

『我們有工作要做，萊姆。』

『把、瓶、子、撿、起、來。』

她照著做了，然後將瓶子放在櫃子上面。

他憤怒地說：『妳知道我的意思，我要喝一杯！』

『你聽起來已經喝得夠多了。』

『倒一些威士忌到我那個該死的酒杯裡。湯瑪斯！給我進到這裡來……沒用的傢伙！』

『萊姆，』她厲聲說：『我們有證物要研究。』

『去他媽的證物！』

『你到底喝多少了？』

『棺材舞者進到屋裡了，對不對？狐狸進到了雞舍，狐狸進到了雞舍！』

『我這裡有一張集滿了微量證物的集塵器濾網。我找到了一顆子彈，也收集到了他的血液樣本。』

『血液？嗯，這樣才公平。他已經收集了不少我們這邊的。』

她嚴厲地回嘴：『我找到了這麼多證物，你應該要像個參加自己慶生會的小孩一樣開心。不要再自悲自嘆了，我們開始工作吧！』

他沒有回答。她看了他一眼，發現他朦朧的視線越過了她，落在門口的方向。她轉身，看到了珮西・克萊。

萊姆的目光立刻掉落到地面上，變得沉默不語。

當然，莎克斯心想，他並不想在新情人面前做出失態的表現。

珮西走進房裡，看著狼狽不堪的萊姆。

『林肯，發生什麼事了？』塞利托接著走進房內。她猜想，就是他把珮西帶到這裡。

『死了三個，隆恩，他又幹掉了三個！狐狸進到了雞舍。』

『林肯，』莎克斯衝口說：『別這樣。你是在讓你自己難堪。』

說錯話了，林肯的臉上掛了一個困惑的表情。『我並不覺得難堪。我看起來像是難堪的樣子嗎？有人覺得我看起來難堪嗎？我看起來他媽的難堪嗎？』

『我們弄到了……』

『我們弄到了幾個咻咻飛過來的子彈！完蛋了，沒戲唱了，結束了。低下身子找掩護！我們準備躲起來逃命，妳準備加入我們嗎，艾米莉亞？我建議妳一起來。』

他最後終於看著珮西。『妳在這裡做什麼？妳應該在長島！』

『我要和你談一談。』

他一開始並沒有說話，然後開口：『至少幫我倒一杯酒。』

珮西瞥了莎克斯一眼，然後朝著櫃子走過去，爲自己和萊姆各倒了一杯酒。

『這才是個有格調的女士。』萊姆表示：『我害死了她的搭檔，但是她還是願意和我一起喝一杯。妳就沒有這麼做，莎克斯。』

『萊姆，你眞是混蛋！』莎克斯罵道：『梅爾在什麼地方？』

『我叫他回家去了，已經無事可做……我們把她包起來，運送到可以保護她安全的長島去。』

『什麼？』

『做我們一開始就應該做的事。再給我倒一點。』

珮西開始倒酒。莎克斯說：『他喝夠了。』

『別聽她的！』萊姆大叫：『她在生我的氣。我沒有照她的意思做她想做的事，所以她在生我的氣。』

謝謝你，萊姆，我們何不一起穿著內衣褲示眾？莎克斯用她那雙漂亮、冰冷的眼睛瞪著他。他甚至沒有發現，因爲他正盯著珮西．克萊。

珮西表示：『你和我達成了協議，卻出現了兩名幹員來帶我去長島。我以爲我可以信任你。』

『但是如果妳信任我的話，妳就會沒命。』

『那是一個風險。』珮西說：『你告訴過我們，他有可能闖進庇護所。』

『沒錯，但是妳不知道我推算了出來。』

『你……什麼?』

莎克斯皺起眉頭，仔細聆聽。

萊姆繼續說:『我推算出他會攻擊庇護所，也推算出他會穿著消防隊員的制服，更他媽的推算出他會爆破後門!我打賭他用的是替換過點火裝置的精準五二一或五二二系統，對不對?』

『我……』

『對不對?』

『五二一系統。』莎克斯表示。

『瞧!我推算出這一切。我在他闖進去之前的五分鐘就知道了，只是我他媽的沒有辦法打電話給任何人，告訴他們這件事!我沒有辦法……拿起……該死的電話，告訴任何一個人將會發生的事情!而妳的朋友因爲我而喪生了!』

莎克斯非常同情他，但是又覺得苦楚。她因爲見到他痛苦而肝腸寸斷，但是又不知道該說什麼話來安慰他。

他的下巴有些潮濕。湯瑪斯拿著一張面紙走向前去，但是他猛烈地搖動他英俊的下巴，趕走助理。他用頭指著電腦。『我太自信了，認爲自己十分正常，坐在暴風箭上面像駕駛賽車一樣地奔馳，控制燈光，抽換光碟……狗屎!』他閉上眼睛，腦袋往後靠著枕頭。

房間裡突然出現了一陣刺耳的笑聲，讓所有的人都嚇了一跳。

珮西·克萊在自己的杯子裡又斟了一些酒，接著也爲萊姆倒了一些。『一點都沒錯，是有人在講一些狗屎，但是我聽到的狗屎都是你說的!』

萊姆睜大眼睛，炯炯地看著她。

珮西又笑了笑。

『不要……』萊姆含糊地開口警告。

『少來了。』她不予理會地繼續說：『不要怎麼樣？』

莎克斯看著珮西瞇起眼睛。『你到底想要表示什麼？』珮西開始說：『有人因為……技術上的失敗而喪生？』

莎克斯知道萊姆期待她說一些其他的話，但是他並沒有提防她會這麼做。過了一會兒之後，他說：『沒錯，我正是這個意思。如果我有辦法拿起電話的話……』

她打斷他：『然後怎麼樣？因為這樣，你就有發脾氣、違背承諾的權力？』她一口氣將酒喝光之後，憤恨地嘆了一口氣。『我的老天……你到底知不知道我是靠什麼維生？』

莎克斯非常驚訝地看到萊姆已經平靜了下來。他開口準備說話，但是珮西又打斷了他。『你想像一下，』她又回到了拖長音調的說話方式，『我坐在一個鋁製的小管子裡，距離地面六哩，以時速四百節的速度飛行。外頭的氣溫為零下六十度，風速則是一小時一百哩。我甚至還沒提到閃電、亂流以及冰霜。我的老天！我還能活著，主要就是依靠這些機器，』她又笑了笑。『這一點和你有什麼不同？』

『妳不懂。』他的口氣很粗魯。

『你還沒回答我的問題，說啊！』她對萊姆吼道：『有什麼不同？』

『妳能夠到處走動，妳能夠拿起電話……』

『我能夠四處走動？我身在五萬呎的高度，只要打開機門，我的血液馬上就會沸騰。』

認識萊姆這麼久以來，莎克斯心想，第一次看到他遇到對手而啞口無言。

珮西繼續說：『我很抱歉，警探先生，但是我並沒有看到我們之間有任何不同。我們都是二十世紀科技文明下的產物。媽的！如果我自己有翅膀的話，我就可以自己振翅飛翔了。但是我沒有，也永遠不會有。爲了做我們想做的事，我們兩個人……我們都必須依賴。』

『很好。』他不懷好意地笑了笑。

來吧，萊姆，給她一點顏色瞧瞧！莎克斯多麼希望萊姆能夠占上風，一腳將這個女人踢到長島去，永遠都不再跟她有任何牽連。

萊姆答道：『但是一旦我把事情搞砸的話，就會有人喪命。』

『那麼，如果我的防冰器失去作用的話會發生什麼事？如果我的偏航調節閘也壞了怎麼辦？如果在我啓動自動降落系統之後，一隻鴿子飛進我的皮托管裡，那會造成什麼後果？我……就……死定了！突然熄火、液壓故障、技工忘了置換故障的回路遮斷器……備援系統錯誤。在你的個案當中，他們還有可能從槍擊中復元，但是我的飛機是以每小時三百哩的時速撞擊地面，不會有任何倖存的東西。』

萊姆現在看起來似乎已經完全清醒。他的眼睛繞著房間打轉，就好像在尋找一些能夠用來反駁珮西論點的有效證物一樣。

『現在，』珮西平靜的表示：『我知道艾米莉亞帶回了一些在庇護所發現的證物。我的建議是你開始瞧一瞧，然後一了百了地阻止那個王八蛋。因爲我現在正準備前往瑪瑪羅奈克機場，修好我的飛機，並在今天晚上飛這一趟班機。現在我直截了當地問你：你是不是準備像你同意的一樣，讓我出發前往機場？還是我必須打電話給我的律師？』

他仍然不發一語。

過了一段時間之後，萊姆用他隆隆作響的男中音叫道：『湯瑪斯！湯瑪斯！進來這裡！』讓莎克斯嚇了一跳。

湯瑪斯心存疑慮地站在門口凝視。

『我把這個地方弄得一團亂。你看，我把杯子弄翻了，我的頭髮也亂七八糟。可以請你清理一下嗎，拜託？』

『你在和我們開玩笑嗎，萊姆？』他懷疑地問。

『還有梅爾．柯柏，你可不可以打個電話給他，隆恩？他一定把我的話當眞了。我是開玩笑的！他還眞是個科學家，沒什麼幽默感。我們需要他回來這裡。』

艾米莉亞．莎克斯非常希望能夠當場消失，逃離這個地方，爬上她的車子，以一百二十哩的時速撕裂紐澤西或拿索郡的公路。她再也無法忍受和這個女人待在同一個房間裡面。

『好吧，珮西，』萊姆說：『讓貝爾警官和妳同行，我們也會確認有許多鮑爾的警員會爲妳提供支援。到妳的機場去忙吧，做妳應該做的事。』

『謝謝你，林肯。』她點點頭，給他一個微笑。

這件事剛好足以讓艾米莉亞．莎克斯好好地想一想，珮西．克萊這一番話對她是否也有一些好處，因爲可以讓她弄清楚這場競爭當中，誰才是眞正無可爭議的贏家。好吧，有一些運動，莎克斯相信自己注定要失敗。她是射擊冠軍、受勳警察、駕駛高手，以及頗爲傑出的刑事鑑識家，不過莎克斯卻擁有一顆沒有戒備的心。她的父親非常清楚這一點，因爲他自己也是一個浪漫的人。幾年前，她經歷了一場可怕的戀情之後，她的父親告訴她：『這樣的事應該能夠爲靈魂套上盔甲，艾米莉亞，應該有這樣的功用。』

再見了，萊姆，她心想。再見了。

而他對這種緘默的道別做何反應？他匆匆地看她一眼，然後粗啞地說：『我們看一眼這些證物吧，莎克斯。時間正在一分一秒地流逝。』

28

倒數十七小時

賦予每一樣證物個別的特性，是刑事鑑識家的目標。

也就是排除其他的來源，追蹤一樣證物直到只確定一個出處的過程。

林肯・萊姆現在凝視的是最具有個別特性的證物：從棺材舞者身上流出來的血液。一次『限制片段長度多型性』的DNA分析，差不多就可以排除血液來自其他人身上的任何可能性。

不過這項證物能夠告訴他的事情並不多。DNA電腦資訊系統提供的是曾經遭判刑的重刑犯資料，但是只是一個小型的資料庫，包含的主要是一些強暴犯和少數暴力型罪犯。萊姆並不驚訝以棺材舞者的血液所進行的搜尋並沒有任何結果。

不過萊姆還是感覺到一絲微弱的喜悅，他們現在已經將棺材舞者的一部分塗抹、儲藏在一支試管裡面了。對於絕大部分的刑事鑑識家來說，罪犯通常都只是『在外頭』，他很少和他們面對面，除非是在法庭上，否則他甚至根本不用見到他們。所以他在面對這個爲許多人——包括他自己——造成痛苦的人時，不禁感到一股深深的激動。

『妳還找到了什麼？』他問莎克斯。

她在布萊特・哈勒的房間裡進行了眞空集塵，但是她和戴上放大鏡的柯柏除了槍擊的殘餘物、子彈的碎片，以及槍戰造成的泥灰之外，什麼東西也沒有發現。

她找到了他的半自動手槍退出的彈殼。棺材舞者使用的武器是七・六二釐米的貝瑞塔，槍齡可能十分老舊，明顯地存在著裂痕。莎克斯所找到的每一顆彈殼都曾經被浸泡在清潔劑中，就連軍火工廠員工的指紋也已經被清除乾淨，所以沒有人能夠從雷明頓公司某個工廠的生產班次，經由運送的路線追蹤到某個特定的採購地點。而且棺材舞者明顯地是用他的指關節塡裝子彈，老套的招數。

『繼續。』萊姆對莎克斯說。

『手槍的子彈。』

柯柏檢視了這些子彈，其中三顆已經撞平，一顆還算完整，剩下的兩顆則沾了布萊特．哈勒黑色而焦灼的血漬。

『掃瞄看看有沒有指紋。』萊姆下令。

『我已經做了。』她用輕快的聲音表示。

『試試雷射。』

柯柏照著做了。

『什麼都沒有，林肯。』他看著一個塑膠袋裡的一塊棉花，問：『那是什麼？』

莎克斯答道：『喔，我也找到了他從來福槍擊發的一顆子彈。』

『什麼？』

『他對喬迪開了幾槍，其中兩發擊中牆壁炸成了碎片，這一顆擊中了花壇的泥土，並沒有炸開。

我在天竺葵裡發現了一個彈孔，然後……』

『等一等，』柯柏瞇起眼睛。『是一顆爆破彈嗎？』

莎克斯回答：『沒錯，但是它並沒有炸開。』

他謹愼地將子彈放在桌子上，然後拉著比他高出兩吋的莎克斯往後退開。

『怎麼回事？』

『爆破彈十分不穩定，火藥可能正在悶燒中，隨時都可能炸開，只要一點碎片就可能讓妳沒命。』

『你見過其他幾顆的碎片了嗎，梅爾？』萊姆問：『怎麼做成的？』

『非常下流，林肯。』柯柏不安地表示，他的禿頭上面布滿了汗珠。『裡面塡裝的是四硝酸戊四醇，主要是無煙火藥，讓它十分不穩定。』

莎克斯問：『它爲什麼沒有炸開？』

『泥土造成的衝撞較爲柔軟。而且他是自行塡裝，或許他對於這一顆的品管控制不太合格。』

『他自己塡裝？』萊姆問：『怎麼弄？』

柯柏盯著塑膠袋說：『慣常的方法是從彈尖打穿一個幾乎貫穿底部的孔，倒進一顆ＢＢ彈和黑色或無煙的火藥，然後將塑膠炸藥捲成一條，塞進洞內，再將洞口密封——在他的案例當中所使用的是陶製彈尖。當子彈擊發的時候，ＢＢ彈撞擊火藥，引爆了四硝酸戊四醇。』

『將塑膠炸藥捲成一條？』萊姆問：『用他的手指嗎？』

『通常是這樣。』

萊姆看著莎克斯，而在那一瞬間，他們之間的裂痕消失不見了。他們笑了笑，然後一同說：『指紋！』

梅爾．柯柏表示：『或許吧。但是你怎麼把它找出來？你必須先將它拆解開來。』

『所以，』莎克斯說：『我們就動手拆解吧。』

『不行，不行，不行。』萊姆簡明扼要地說：『不是由妳動手，我們等爆破小組。』

『我們沒有時間了。』

她朝著袋子彎下腰，開始將它打開。

『莎克斯，妳到底他媽的想要證明什麼東西？』

『我不想要證明任何東西，』她冷冷地答道：『我只是努力追捕兇手。』

柯柏無助地站在一旁。

『妳是不是想要救傑瑞．班克斯？很好，但是已經太遲了。放棄他吧，回到妳的工作崗位。』

『這就是我的工作。』

『莎克斯，這件事並不是妳的錯。』萊姆大叫：『不要放在心上，該走的就讓他走吧，我已經告訴妳數十遍了。』

她平靜地說：『我用我的外套蓋在上面，然後從後面動手。』她脫掉她的上衣，將防彈衣的尼龍刺黏帶撕開，然後像頂帳篷一樣蓋著裝有子彈的塑膠袋。

柯柏表示：『妳雖然身在防彈衣後面，但是妳的雙手卻沒有。』

『爆破衣也沒有雙手的防護。』她指出，接著從口袋裡掏出射擊用的耳塞，擰進自己的耳朵裡面。『你必須用喊的。』她告訴柯柏：『我應該怎麼做？』

不要，莎克斯，不要，萊姆心想。

『如果你不告訴我的話，我就直接動手切開。』她拿起一把法醫用的剃刀，讓刀鋒在袋子上面繞來繞去，然後停了下來。

萊姆嘆了一口氣，對柯柏點點頭。『告訴她怎麼做吧。』

柯柏嚥了嚥口水。『好吧，解開袋子，但是小心一點。拿去，放在這塊毛巾上面，無論如何，千萬不要搖晃。』

她取出那顆子彈，是一塊小得出人意料的金屬，頂端還嵌了一個泛白色的小點。

『彈尖那塊錐體，』柯柏繼續說：『子彈炸開的時候會射穿防彈衣，並穿透至少一、兩道的牆壁。它的外表包了一層鐵氟龍。』

『知道了。』她把它轉了一個對著牆壁的方向。

『莎克斯，』萊姆用一種平靜的聲音說：『用鉗子，不要用妳的手指。』

『如果炸開的話，結果不會有什麼不同，萊姆。而且我需要能夠完全掌控。』

『拜託。』

她猶豫了一下，然後接過柯柏遞給她的止血鉗，夾住子彈的底座。

『我應該怎麼打開？用切割的方式？』

『妳沒有辦法切斷鉛層，』柯柏叫道：『而且摩擦造成的溫度會引燃黑色火藥。妳必須取出彈尖，把那一團塑膠炸藥抽出來。』

汗珠從她的面頰上滾了下來。『知道了，用鉗子嗎？』

柯柏從工作檯上面拿起一把尖頭的鉗子，走到她身邊，將鉗子放在她的右手上，然後退開。

『妳必須夾緊，用力旋轉。他是用環氧化物膠合的，和鉛層的黏合力並不高，所以應該很容易脫落。但是不要用力擠壓，如果弄斷的話，就只有鑽孔才能夠取出來，那會讓它炸開。』

『用力，但是不要過於用力。』她說。

『想一想妳修理的那些車子，莎克斯。』萊姆表示。

『什麼？』

『妳試著取出老舊的火星塞，必須用力到足以讓它脫離，但是又不能用力到傷害陶面。』

她心不在焉地點點頭，他不知道她是否聽見他說的話。莎克斯壓低了腦袋，藏在防彈衣搭成的帳篷後面。

萊姆看見她瞇起了眼睛。

莎克斯……

他沒有再看到任何動作，只聽見一些輕微的聲響。她動也不動地僵住了一會兒，然後從防彈衣後面探出頭。『脫離了，打開了。』

柯柏問她：『妳看到炸藥了嗎？』

她往裡頭瞧了一眼。『看到了。』

他交給她一瓶輕機油。『倒一點這東西進去，然後讓子彈傾斜，塑膠炸藥應該就會滑出來。我們不能拉扯，否則會破壞指紋。』

她滴了機油進去，然後讓子彈傾斜，對著毛巾讓洞口朝下。

沒有任何動靜。

『媽的。』她抱怨。

『不要……』

她用力晃了晃。

『……搖晃！』柯柏大叫。

『莎克斯！』萊姆倒抽了一口氣。

她更用力地搖動。『媽的！』

『不要！』

一小塊白色的東西滑了出來，然後是一些黑色的粉末。

『好了，』柯柏鬆了一口氣：『安全了。』

他走過去，用一把探針將塑膠炸藥滾到一塊載玻片上面。他走向顯微鏡的步伐就像全世界所有的刑事鑑識家一樣──背脊挺直、雙手穩若磐石一樣地捧著樣本。他將塑膠炸藥擺到顯微鏡下面。

『用磁刷嗎？』柯柏問，一邊準備求助於一種微細的灰色指紋粉末。

『不要。』萊姆回答：『用龍膽紫。指紋是在塑膠上面，我們只需要讓它呈現一點對比。』

柯柏噴塗了之後，將載玻片架在顯微鏡上。

影像同時在萊姆的電腦螢幕上面跳出來。

『太好了！』他叫道：『找到了。』

螺旋和分支都非常明顯。

『被妳逮到了，莎克斯。幹得好！』

柯柏檢視那一塊填塞炸藥的同時，萊姆則一步步地捕捉影像——點陣圖影像——並將它們儲存在硬碟中，接著列印出一張二元平面的銀灰色指紋。

但是柯柏查看之後嘆了一口氣。

『怎麼了？』萊姆問。

『還是不足以進行比對，這只有一枚指紋的八分之五，大約四分之一吋左右。世界上任何一個指紋自動辨識系統都無法用它找出任何東西。』

『天啊！』萊姆叫了一聲。這麼多心力……全都白費了。

一陣笑聲突然爆開來。

笑聲發自艾米莉亞．莎克斯。她正盯著牆上掛的證物圖表，ＣＳ１、ＣＳ２……

『將它們擺在一起。』她表示。

『什麼？』

『我們有三個局部的指紋，』她解釋：『可能全部都來自他的食指。你能把它們組合在一起嗎？』

柯柏看著萊姆。『我從來沒聽說過可以這麼做。』

萊姆也一樣。法醫絕大部分的工作是分析證物，然後在法庭上呈報。既然有個『法』字，就是和法律的程序息息相關。警方如果用組合的方式彙集罪犯的片段指紋，可能會讓對方的辯護律師非常開心。

但是他們的首要目標是找到棺材舞者，而不是讓指控他的案子成立。

『沒錯。』萊姆說：『動手吧。』

柯柏將棺材舞者其他的指紋圖像從牆上取下來，擺在他面前的桌子上。莎克斯和他於是開始動手研究。柯柏複印了指紋，縮小了其中兩張，讓它們的尺寸一致。接著他和莎克斯就像玩拼圖遊戲一樣，開始進行組合。他們就像小孩一樣進行各種變動、排列，開玩笑地爭辯。莎克斯甚至拿出一支筆，在指紋圖像之間的缺口連接了數條線。

『作弊。』柯柏開玩笑地說。

『但是確實吻合。』莎克斯得意洋洋地表示。

最後，他們剪貼了一枚指紋出來，大小是一枚完整指紋的四分之三，大概是右手的食指。

柯柏將它拿在手上。『我還是有些懷疑，林肯。』

但是林肯表示：『這叫做藝術，梅爾。漂亮極了！』

『千萬不要向鑑識協會的任何人提起這件事，他們會把我們踢出門。』

『放進指紋自動辨識系統裡，進行一次全國的優先搜尋。』

『喔……』柯柏說：『那會賠上我一整年的薪水。』

他將指紋掃描進電腦裡。

『可能會花上半個小時。』柯柏就事論事地表示，不能算悲觀。

但是根本不需要那麼久，五分鐘之後——萊姆還在猶豫要找莎克斯還是柯柏幫他倒杯酒——螢幕就開始閃動，然後跳出了新的一頁。

你的搜尋出現結果……一項符合，十四處比對。統計或然率：97％。

『我的天啊！』莎克斯喃喃低語：『我們找到他了。』

『他是什麼人，梅爾？』萊姆輕聲地問，就像他擔心自己說的話會吹掉電腦螢幕上脆弱的電訊一樣。

『他已經不再是棺材舞者了。』柯柏表示：『他現在是史帝芬—羅伯．卡勒，三十六歲，目前行蹤不明。最後的地址是十五年前，根據郵遞區號是在西維吉尼亞的坎伯蘭。』

多麼俗氣的名字，卡勒。萊姆發現自己正在經歷一種不太理性的失望。卡勒。

『他為了什麼被列檔？』

柯柏讀了檔案。『他告訴喬迪的那件事……他在十五歲的時候，因為殺人罪坐了二十個月的牢。』他輕聲笑了一下。『很明顯，棺材舞者並沒有告訴他，被害人是他的繼父。』

『繼父？』

『殘酷的故事。』柯柏盯著螢幕表示。

『怎麼樣？』莎克斯問。

『根據警方的紀錄報告，事情的經過是這樣。看起來像是一起家庭紛爭。這男孩的母親因為癌症而垂危，而她的丈夫——卡勒的繼父——因為她做的某件事揍了她。她跌了一跤，摔斷了手臂。她在幾個月之後過世，而卡勒一直認為她的死是盧武的錯。』

柯柏繼續看下去，事實上他看起來似乎在發抖。『想要知道接下來發生什麼事嗎？』

『說下去。』

『他死了幾個月之後，史帝芬和他的繼父一起出外打獵。小鬼將他擊昏，剝光他的衣物，然後將他綑綁在樹林裡的一棵樹上，讓他留在那裡好幾天。根據他的律師表示，只是爲了嚇嚇他。但是當警方找到他的時候，嗯……身上已經長滿了蟲子，絕大部分都是蛆。兩天之後他就死了，而且精神錯亂。』

『天啊。』莎克斯低聲說。

『他們找到他的時候，小鬼也在那裡，就坐在他的身邊盯著他看。』柯柏唸下去：『嫌犯沒有任何抗拒地束手就擒，似乎已經失去行爲能力，口中不斷地複述：「任何東西都能夠殺人，任何東西都能夠殺人……」於是被送到坎伯蘭的精神保健中心接受評估。』

萊姆對於精神狀況的分析並不太感興趣。他對於自己法醫案情研判技巧的信任，遠超過強制性制約行爲的規律。他早就知道棺材舞者的反社會傾向——所有的職業殺手都一樣——以及造成他的悲痛和創傷的原因，對於眼前的情況並沒有什麼幫助。他問：『有沒有相片？』

『沒有少年時期的相片。』

『很好，媽的。軍方的檔案呢？』

『沒有，不過這裡還有另外一項定罪。』柯柏表示：『他試著加入海軍陸戰隊，但是因爲他的精神狀況，申請遭到了駁回。後來他在華盛頓騷擾了負責徵募的軍官數個月之後，攻擊了一名中士。這項起訴最後申請緩刑。』

塞利托表示：『我們會清查警方檔案資料、化名名單和全國的犯罪資料中心。』

『讓戴瑞派幾個人到坎伯蘭，開始追蹤他。』萊姆下令。

『好。』

史帝芬·卡勒……

經過了這麼多年！就好像你終於造訪了一處花了一輩子的時間研讀，但是從來沒親眼見過的聖殿一樣。

房門上突然出現了嚇人的敲門聲，莎克斯和塞利托兩個人衝動地伸手抓住佩槍。

但是來者只是樓下的一名警員，手上拿了一個大包裹。『快遞。』

『什麼東西？』萊姆問。

『一名伊利諾州的州警送來的，他說這是來自杜培基郡的消防隊。』

『是什麼東西？』

那名警員聳聳肩。『他說是黏在卡車輪胎下的東西。根本就是鬼扯，一定是惡作劇。』

『不是，』萊姆表示：『確實是如此。』他看著柯柏。『是從墜機地點的車胎刮下來的東西。』

那名警員眨了眨眼睛。『你要這種東西？而且還從芝加哥專程送過來？』

『我們已等候多時。』

『好吧，生命當中有許多東西不容易解釋，對不對？』

而林肯．萊姆不得不同意他的說法。

飛行只是專業飛行中的一部分。

因爲還包括了書面上的工作。

搭載珮西．克萊到瑪瑪羅奈克機場的廂型車後座，堆了滿滿的書籍、圖表和文件：機場設備網絡操作系統使用手冊、飛行員諮詢手冊、聯邦航空管理局的飛行員公告、諮詢通函、珍氏資訊集團手冊、機場資訊指南。數千張的資料、山高般的資訊。就像許多飛行員一樣，珮西對這些資料瞭若指掌，但是她也不敢想像自己在沒有從基礎開始實際研讀原始資料的情況下，就貿然去駕駛一架飛機。

這些資料和她的計算機，讓她能夠充分地準備飛行前所需要的兩種文件：航空日誌和飛航計畫。她在飛行日誌中紀錄了飛行姿態，計算了因爲氣流以及眞航線和磁航線之間的變化所造成的路線差異，決定他們預定的飛行時間，然後歸納出一個已經被神格化的數字：這趟飛行所需的燃油量。六個城市，六份不同的航空日誌，還有城市之間的十多個檢查站……

接下來是聯邦航空管理局本身的飛航計畫，就在飛行日誌的背面。一旦升空之後，副駕駛會聯絡瑪瑪羅奈克的飛航服務站，讓飛航計畫開始生效；而對方也會聯絡芝加哥，告訴他們FB的預定抵達時間。如果飛機超過預定時間半個小時還未抵達目的地，就會被宣判爲班機延遲，搜救的程序也會跟著啓動。

這些都是複雜的文件，而且必須經過精確的計算。如果飛機上裝載著無限量的燃油，他們可以依賴無線導航，在他們希望的任何高度花多少時間都沒關係地從一個定點航行到另一個定點。但是不只燃油已經變得昂貴(一對加力大的渦輪風扇引擎可以耗費掉嚇人的油料)，而且裝載起來極度沉重，額外的運送費用也必須花費相當的代價。在長途的飛行當中，尤其是必須進行多次耗費燃油的起降。攜帶過量的燃油，會大大地降低公司在這趟飛行獲取的利潤。根據聯邦航空管理局的規定，夜間的飛航必須攜帶足以抵達目的地的燃油，再加上足夠飛行四十五分鐘的儲備油料。

珮西．克萊用手指敲打著計算機，一邊精確地塡滿表格上的空白欄。一生當中對其他事情都漫不經心的她，卻對飛行這件事一絲不苟。光是塡寫自動終端資料廣播服務的頻率或磁航向的變動，就足以爲她帶來快樂。她從來都不是一個吝嗇的人，從來不曾在需要精確計算的時候進行估量，但是她今天卻讓自己沉浸在工作當中。

羅蘭．貝爾在她的身旁。他看起來又憔悴、又陰鬱，原來那個開心的大男孩已經不見了。她爲他感到悲傷，也爲自己感到遺憾；似乎他保護的證人當中，布萊特．哈勒是第一個喪生的人。她有一股超出情理的衝動，想要去碰觸他的手臂，安慰他，就像他曾經安慰她一樣。但是他看起來像是那種面對失敗，就會消失在自我當中的男人，任何一種安慰都會造成刺激，她相信，貝爾就像她一樣。貝爾凝視著窗外，手不斷地碰觸手槍皮套裡，槍柄上面的黑色方格。

她完成最後一份飛航圖表的時候，車子也剛好在轉了一個彎之後抵達機場。武裝的警衛攔下他們，驗明了證件之後，揮手讓他們通過。

珮西引導他們駛向停機棚，但是她注意到辦公室裡的燈光依然通明。她讓車子停下來之後爬下了車，貝爾和其他幾名貼身保鑣則提高警覺，緊張兮兮地和她一起朝著辦公大廳走過去。

一身油漬、疲憊不堪的朗恩・泰爾波特坐在他的辦公室裡，擦拭著前額的汗水，臉色紅得嚇人。

『朗恩……』她急忙趕向前去。『你還好嗎？』

他們互相擁抱。

『布萊特，』他倒抽一口氣，搖頭說：『他也把布萊特殺了。珮西，妳不應該來這裡。到安全的地方去，忘了這一趟飛行吧！不值得妳這麼做。』

她退後一步。『什麼地方不對勁？你病了嗎？』

『我只是累壞了。』

她從他的指間把香菸抽出來掐熄。

『是你親自動手維修FB的嗎？』

『我……』

『朗恩？』

『大部分，差不多快完成了；東北物流大約一個小時前送來了滅火筒內芯和圓環，我已經開始動手組裝。我現在只是有一點疲倦。』

『胸口疼痛？』

『沒有，並不完全是。』

『朗恩，回家去。』

『我可以……』

『朗恩，』她嚴厲地說：『我在過去兩天內失去了兩名親愛的人，我不打算失去第三個……我自己可以組裝圓環，那是一件輕而易舉的工作。』

泰爾波特看起來連一支扳手都舉不動，更不用說一具沉重的燃燒罐。

珮西問：『布雷德在什麼地方？』他是這一趟飛行的副駕駛。

『他在路上，一個鐘頭之內會到。』

她親吻了他汗水淋漓的前額。『你回家去，看在上帝的分上不要再抽菸了。你瘋了嗎？』

他抱了抱她。『珮西，關於布萊特……』

她將一根手指擺在唇上，示意他安靜下來。『回家去，睡一下覺。等你醒過來的時候，我已經到了伊利湖，我們也會拿到那一紙合約，簽了名、定了案，並且已經履行了。』

他掙扎著站起來，朝窗外看了FB一會兒，臉上出現了一股辛辣的苦楚。珮西記得他告訴她自己體檢不合格，所以再也不能以駕駛飛機謀生的時候，他那對溫馴的眼睛就是露出相同的神情。泰爾波特朝著門口走出去。

該是上工的時候了。珮西捲起袖子，示意貝爾來到她身邊。貝爾用一種讓她覺得充滿魅力的方式，朝她低著頭。每次當她溫柔地說話的時候，艾德華也會擺出同樣的姿勢。她對他說：『我要在停機棚內花上幾個小時，這段期間你能不能讓那個王八蛋離我遠遠的？』

羅蘭．貝爾並沒有開口說幾句鄉下的淳厚箴言，也沒有表示任何承諾，佩帶兩把槍的他只是嚴肅地點點頭，目光則迅速地在陰影和陰影之間移動。

他們手上有樣神秘的東西。

柯柏和莎克斯檢視了到過艾德華・卡奈失事地點的芝加哥消防車和警車輪胎下的採樣，裡面包括了萊姆預期的無用土塊、狗屎、雜草、油污和垃圾，但是他們也發現了一樣他覺得重要的東西。

他只是不知道那代表什麼意思。

唯一和炸彈殘餘物相關的微量證物，是一些細微的米黃色柔軟物質。氣相層析質譜儀的分析報告指出那是C5H8。

『異戊二烯。』柯柏反射性地指出。

『那是什麼東西？』莎克斯問。

『橡膠。』萊姆回答。

柯柏繼續表示：『我還讀出了油脂酸。染料、滑石。』

『有沒有任何硬化的媒介？』萊姆問：『例如黏土、碳酸鎂、氧化鋅之類。』

『沒有。』

『那麼這是軟性的橡膠，就像乳膠一樣。』

『還有一點橡膠接著劑。』柯柏盯著複合顯微鏡上的樣本補充。『賓果。』他接著叫道。

『別跟我開玩笑，梅爾。』萊姆不高興地表示。

『有一些焊料的痕跡，還有嵌在橡膠裡的小塊塑膠，肯定來自一塊電路板。』

『那是定時器的一部分嗎？』莎克斯大聲地表示疑惑。

『不是，定時器並未遭到損毀。』萊姆回想道。

他覺得他們已經抓住某種東西了。如果這是炸彈的另外一部分，或許可以爲他們提供火藥來源或另外一個組成元件的線索。

『我們必須確定這東西到底是來自炸彈，還是來自飛機本身。莎克斯，我要妳跑一趟機場。』

『這……』

『去瑪瑪羅奈克機場。找到珮西，要她把卡奈駕駛的飛機裡，靠近爆炸的座位附近可能出現的任何包含乳膠、橡膠，或電路板的東西交給妳。梅爾，將資料寄到調查局火藥資料情報庫，然後查一下軍方的犯罪調查部門，或許我們可以透過這個途徑追蹤。』

柯柏開始在電腦上鍵入申請文件，但是萊姆發現莎克斯並不太滿意她被指派的任務。

『你要我去和她說話？』她問：『和珮西？』

『是的，我是這麼說。』

『好吧。』她嘆了一口氣。『好吧。』

『不要再像上回一樣對她胡言亂語，我們需要她的合作。』

萊姆不明白爲什麼她會如此生氣地扯著外套，沒有道別就大步地邁出門外。

29

倒數十五小時

莎克斯在瑪瑪羅奈克機場看到羅蘭・貝爾埋伏在停機棚的外面，另外還有六名警官守衛著這棟巨大的建築物。她猜想附近大概也埋伏了狙擊手。

她注意到了她在槍火下伏倒的那座小山丘。她記得，伴隨著腹部令人作嘔的絞痛，她聞到了泥土以及擊發手槍所散發出來的甜膩火藥混合在一起的味道。

她轉向貝爾。『警探。』

他看了她一眼，說了一聲『嗨』之後，立刻又回頭去查看機場。他那股輕鬆的南方人舉止已經不見了。他變了。莎克斯明白了他們現在擁有同樣一種狼藉的名聲。他們都有朝著棺材舞者開槍的機會，但是兩個人都錯過了。

他們也都進到過他的殺人地帶，然後全都倖免地存活了下來。不過，貝爾比她光榮一些。她注意到他的防彈衣上留下的彈痕，那是庇護所的攻擊行動當中，擦過他身上那兩顆子彈所留下的痕跡。不過他還是站得好好的。

『珮西在什麼地方？』莎克斯問他。

『她在裡面，進行最後的維修。』

『她一個人修嗎？』

『好像是。她眞是有一套，眞的。很難想像一個不怎麼迷人的女人，居然有這麼大的吸引力，妳了解吧？』

啊，不要再來這一套。

『這裡還有其他人嗎？公司的人？』她指著哈德遜空運的辦公室。裡面依然亮著燈。

『珮西讓大部分的人都回家了，而她的副駕駛隨時都會抵達。裡面有個營運部門的人，我猜有航班的時候大概必須有人執勤。我查過他了，沒問題。』

『她眞的要飛嗎？』莎克斯問。

『看起來是這樣。』

『飛機一直都有人看守嗎？』

『是啊，從昨天開始就一直都有人看守。妳來這裡做什麼？』

『需要一些鑑識的樣本。』

『那個萊姆，他也有一套。』

『是啊。』

『你們兩個一向都一起行動嗎？』

『我們一起辦了幾個案子，』她敷衍地回答：『他把我從公務部門拯救出來。』

『他做了好事。對了，我聽說妳插釘子很行。』

『我插……？』

『就是用貼身武器射擊。妳屬於某個射擊隊嗎？』

我現在就站在我最後一場射擊比賽的場地，她痛苦地想著。『只是週末的運動罷了。』她低聲回答。

『我自己也練習手槍，但是我告訴妳，就算是好天氣，用一把長管好槍做單動式擊發，我最遠也只能射到五、六十碼的距離。』

她非常感激他所說的話，但是也很清楚這些話只是用來安慰她昨天那次可恥的挫敗，所以對她無法產生任何意義。

『我應該去找珮西了。』

『就在那裡面，警官。』

莎克斯推門進了停機棚之後，一邊慢慢地向前走動，一邊查看棺材舞者可能藏身的每一個地點。最後她在一長排高大的箱子後面停了下來；珮西並沒有看到她。

那個女人正站在一個小架子上面，雙手扠著臀部，盯著敞開的引擎內部複雜的管線。她的袖子高高地捲起，雙手則沾滿了油漬。她對自己點點頭之後，朝著引擎的內室伸出手。她的雙手在機器之間飛舞，調整、摸索，在金屬上面安裝金屬，用她細瘦的手臂審愼地旋緊裝置，讓莎克斯看得目不轉睛。她大概只花了十秒鐘的時間就裝好了一具大型的紅色圓筒，根據莎克斯的猜測，應該是具滅火筒。

但是另一方面，這個看起來像是內部金屬管路的東西，卻又好像裝得不正確。

珮西爬下架子，選了一把套筒扳手，然後又爬回去。她鬆開了螺栓，移動一端讓自己有更多的操作空間，接著再次嘗試把圓筒推正。

動也不動。

她用肩膀去扛，但是仍舊寸步難移。她再把另外一端也鬆開，小心翼翼地將螺絲和螺栓放在腳邊的一個塑膠盤子上。她因爲使勁安裝圓筒而滿臉通紅，胸口也因爲用力而起伏不已。突然之間圓筒滑了開來，整具脫離位置，讓她從架子上往後翻倒。她用雙手和膝蓋著地，剛才小心整理的工具和螺栓全部散落在機尾下的地面上。

『不！』珮西叫道：『不要！』

莎克斯走向前查看她是否受了傷，但是立刻發現她發洩的情緒和肢體上的痛楚並沒有關係——珮西抓起一支大扳手，然後猛烈地朝著停機棚的地上砸。莎克斯停下腳步，躲進一旁一個大型箱子的陰影裡。

『不要，不要，不要……』珮西一邊叫道，一邊敲打著平坦的混凝土地面。

莎克斯繼續留在原地。

『艾德華……』她丟下扳手。『我一個人辦不到。』她上氣不接下氣地讓自己縮成一團。『艾德華，艾德華……我好想你！』她就像一片脆弱的葉子一樣，蜷曲著躺在光滑的地面上哭泣。

然後，這樣的發作突然告一段落。珮西翻過身，深深地吸了一口氣之後，重新站了起來，將眼淚擦乾。身上那位女飛行家又接過棒子，她撿起螺栓和工具，重新爬上架子，盯著棘手的圓筒看了一會兒，小心地檢視接頭的配件，但是卻看不出這些金屬從什麼地方接合在一起。

莎克斯退回門口，用力摔了門，然後大聲地重新走進停機棚內。

珮西轉身看到她，接著又轉回去面對著引擎，用袖子往臉上擦了幾下，然後繼續手上的工作。

莎克斯走到架子下方，看著珮西使勁裝上圓筒。

有很長的一段時間，兩個女人都沒說半句話。

最後莎克斯終於開口：『試試用千斤頂。』

珮西回頭看了她一眼，一句話也沒說。

『只是因爲公差的容限已經接近，』莎克斯繼續說：『妳需要的是更大的力量。這是古老的增壓技巧，技工學校裡面不會教。』

珮西仔細地查看金屬配件上的托架。『我不太確定。』

『我非常確定，妳正在和一個專家談話。』

珮西問她：『妳安裝過李爾噴射機的燃燒罐？』

『沒有，但是我裝過雪佛蘭蒙扎的火星塞，妳必須用千斤頂抬高引擎才搆得著。好吧，我只碰過V形八汽缸，不過誰會去買四汽缸的車子？我的意思是，有什麼意義？』

珮西回頭查看引擎。

『怎麼樣？』莎克斯堅持：『用千斤頂？』

『但是會造成外罩彎曲。』

『如果妳把千斤頂放在這裡就不會了。』莎克斯指出連接引擎和機身托架結構的一個部位。

珮西研究了一下銜接的地方。『我沒有合用的小型千斤頂。』

『我有。我去拿。』

莎克斯走向停在外頭的機動車，回來的時候，手上拿了一具摺疊式千斤頂。她爬上了架子，膝蓋則一邊抗議她所使的勁兒。

『試試這個地方，』她摸了一下引擎的底座。『這是I形鋼樑。』

珮西架上千斤頂的時候，莎克斯則欣賞著引擎內部的錯綜複雜。『這有多少馬力？』

珮西笑道：『我們並不用馬力計算，我們用驅動力的磅數。這些是加力大TFE七三一，每一具的驅動力可以達到三千五百磅。』

『眞是難以置信。』莎克斯笑了笑。『天啊！』她將把手插進千斤頂內，然後旋轉曲柄的時候，感覺那一股熟悉的抗力。『我從來不曾如此接近過一具渦輪引擎。』她表示：『我一直夢想著駕駛一輛噴射引擎汽車，馳騁在鹽灘上面。』

『這並不是道地的渦輪引擎，眞正的渦輪引擎已經沒剩下幾具了，只有在協和客機，當然還有戰鬥機上面才看得到。這些和大型民航機上的渦輪風扇引擎一樣，看看前面，看到那些葉片沒有？那只是強度固定的推進器。眞正的噴射引擎在低空飛行的時候效能並不佳，這幾具的燃油效率則大約高出了百分之四十。』

莎克斯用力旋轉千斤頂的把手時，使勁地呼吸。珮西則再次用肩膀頂著圓筒。這個裝置看起來並不大，但是卻十分沉重。

『妳懂車子？』珮西問，她也一樣氣喘吁吁。

『我的父親熱愛汽車。從前在他不用巡邏的時候，我們會花一整個下午的時間拆卸一輛汽車，然後再組裝回去。』

『巡邏？』

『他也是警察。』

『所以妳也對機械著迷？』珮西問。

『不是，我是對速度著迷。而一旦你對速度著迷，你最好也對懸吊裝置、變速裝置還有引擎著迷，要不然你再快也快不到哪裡去。』

珮西問：『妳曾經駕駛過飛機嗎？』

『駕駛？』這個用詞讓莎克斯笑了笑。『沒有。但是看到妳在引擎蓋下面這麼有勁兒，我或許會考慮看看。』

她更用力地旋轉把手，肌肉也跟著開始發疼。圓筒發出了輕微的抱怨聲，然後在掙扎中朝著位置上升。

『我不確定。』珮西不太確定地表示。

『就快成功了。』

圓筒在一聲金屬的叮噹巨響當中，完美地卡進了位置。

『妳要旋緊它們嗎？』莎克斯一邊將螺栓套進圓筒上面的孔，一邊問。

『對，』珮西回答：『我一般採用的磅數是：一直到它們完全無法鬆開爲止。』

莎克斯用一把單頭棘輪套筒扳手旋緊螺栓。工具發出的喀嚓聲讓她回到了高中時代，和父親一起輕鬆度過的下午時光。汽油的味道、秋涼的氣氛，還有從他們布魯克林那棟心愛房子裡，廚房的菜鍋傳出來的陣陣肉香。

珮西查看了一下莎克斯的工作成果之後表示：『我來完成剩下的工作。』接著她開始動手連接線路和電子組件，莎克斯看得又驚奇又著迷。珮西這時候停下來，淡淡地補充了一句：『謝謝。』一會兒之後，她問：『妳來這裡做什麼？』

『我們找到了一些東西，認爲有可能是炸彈的一部分，但是林肯想要確定是不是來自飛機的機體。是一些米黃色的乳膠、電路板，聽起來熟悉嗎？』

珮西聳聳肩。『機身上有上千個襯墊，是不是乳膠我就不知道了。至於電路板，大概也有上千個。』她指著角落上的一個櫃子和工作檯。『電路板是依據零件特別訂製，但是襯墊的庫存應該有許多。妳可以儘管拿走妳需要的樣本。』

莎克斯走到工作檯，開始朝證物袋裡面塞進所有米黃色的橡膠。

珮西並未看著莎克斯而逕自說：『我以爲妳是來這裡逮捕我，把我拖回監獄裡去。』

莎克斯心想，我是應該這麼做。但是她卻表示：『我只是來蒐集樣本。』過了一會兒之後，她又說：『飛機上還有什麼需要完成的工作？』

『只剩下重新調校，然後發動引擎，查看動力設定。我也得檢察一下朗恩置換的那片擋風玻璃，妳不會想要在時速四百哩的時候失去一片擋風玻璃。可不可以麻煩妳把那支六角匙遞給我？不對，是那一支公制的。』

『我曾經在時速一百哩的時候丟過一次。』莎克斯一邊說，一邊將工具遞過去。

『什麼東西？』

『一片擋風玻璃。我追捕的一名罪犯對我開了槍，是大型鉛彈，雖然我及時躲過，但是擋風玻璃卻被打掉了。我告訴妳，我逮到那傢伙之前，牙齒上先貼上了好幾隻飛蟲。』

『而我原以爲自己過的才是充滿挑戰的冒險生活。』珮西表示。

『大部分的時間都很無趣。他們支付的薪水，就是為了那百分之五的時間所消耗掉的腎上腺素。』

『我聽說了。』珮西表示。她為引擎的零件接上一台手提電腦，然後她敲打著鍵盤，眼睛盯著螢幕。她沒有轉開視線而直接問：『所以，到底是怎麼一回事？』

莎克斯看著電腦螢幕上跳動的數字，問：『妳說的是什麼事？』

『這一股，嗯……存在於妳我之間的張力。』

『妳差點就害死我一個朋友。』

珮西搖搖頭，然後說：『並不是這麼一回事。你們的工作當中存在著風險，你們自己決定要不要承擔，傑瑞．班克斯並不是個新手。並不是為了這件事——我在傑瑞中槍之前就感覺到了，從我第一次在林肯的房間裡見到妳的時候。』

莎克斯沒有說半句話。她從引擎內部拿出千斤頂，心不在焉地放在桌面上收拾。

三塊金屬零件在引擎周圍安置就位，珮西就像樂隊指揮一樣地操作螺絲起子。她那一雙手確實神奇。最後她終於開口問：『和他有關，對不對？』

『誰？』

『妳知道我說的是誰，林肯．萊姆。』

『妳以為我在吃醋？』莎克斯笑道。

『沒錯，我是這麼認為。』

『荒謬。』

『你們之間的關係並不只局限在工作上，我覺得妳愛上他了。』

『我才沒有，妳瘋了。』

珮西意味深長地看了艾米莉亞一眼，然後小心翼翼地將多餘的線路綁在一起，塞在引擎內部的一處排氣閥當中。『不管妳看到了什麼，都只是我對他才華敬重的表現。』她舉起一隻沾滿油漬的手比著自己。『好了，艾米莉亞，看看我。我算是哪門子的情人？我又矮、又跋扈，長得又不好看。』

『妳是……』莎克斯準備說話。

珮西打斷她。『醜小鴨的故事嗎？妳知道的，就是那隻所有人都覺得醜陋，但是卻長成一隻漂亮天鵝的小鳥。這個故事我在小的時候讀了百萬遍，但是我一直都沒長成天鵝；或許我學會了像隻天鵝一樣飛翔。』她輕鬆地笑了一下。『但是那並不一樣。此外，』珮西繼續說：『我是一個寡婦，才剛剛失去丈夫，最不可能對任何人感到興趣。』

『我很抱歉，』莎克斯開始慢慢地說，非常不情願被拖進這個話題當中。『但是我得說……嗯……妳看起來一點都不像在服喪。』

『爲什麼？因爲我費盡心力，想讓我的公司繼續營運下去嗎？』

『不是，不只這樣，』莎克斯謹慎地回應：『難道不是嗎？』

珮西看著莎克斯的面孔。『艾德華和我令人難以置信地親近。我們是夫妻、朋友、事業上的夥伴……然後，沒錯，他另外還有別人。』

莎克斯看向哈德遜空運的辦公室。

『沒錯，』珮西說：『就是蘿倫。妳昨天見過她。』

是那個哭得傷心欲絕的褐髮女人。

『我受盡了折磨。媽的，艾德華也受盡了折磨。他愛我，但是他也需要他的漂亮情人，一直都是這樣。而且妳知道嗎？我覺得情況對他們來說更加困難，因爲他總是回到我的身邊。』她停頓了一會兒，努力不讓眼淚流下來。『我想愛情就是這麼一回事，看你最後回到了誰的身邊。』

『妳呢？』

『我是不是忠實？』珮西問道，她咧嘴笑了笑——自覺，卻不喜歡自己擁有這種洞察力的人所露出的微笑。『我的機會並不多。我並不是那種走在街上就會被人搭訕的女人。』她心不在焉地查看一把套筒扳手。『但是幾年前，當我發現艾德華和他女朋友的事情之後，我氣瘋了。我非常痛苦，然後也找了別的男人，朗恩和我花了一段時間在一起，廝混了幾個月。』她笑了笑。『他甚至向我求了婚，他說我值得和一個比艾德華更好的男人在一起；我也這麼覺得。但是儘管艾德華的生命裡還有其他女人，他還是我必須廝守的男人，這一點永遠無法改變。』

珮西的目光模糊了好一會兒。『艾德華和我在海軍裡相遇，我們都是戰鬥機的飛行員。他向我求婚的時候……是這樣，軍隊裡傳統的求婚方式是問對方：「妳願不願意接受我的撫養？」這是一種玩笑。但是因爲我們兩個都是少尉，所以艾德華對我說：「讓妳我接受彼此的撫養吧。」他想要給我一枚戒指，但是我的父親已經跟我斷絕關係……』

『眞的斷絕了關係？』

『是啊。眞的是一齣肥皂劇，現在的我絕對不會去演出這樣的一齣戲。無論如何，退伍後的艾德華和我，存下了每一分錢來成立我們自己的空運公司，我們也因此徹底地破產。但是有一天晚上，他告訴我：「我們上去吧。」於是我們在機場借了一架諾斯曼，堅固的飛機，氣冷迴轉式引擎……你可以用這架飛機做任何事。我當時坐在左邊的駕駛座，起飛之後，我讓我們升到六千呎的高度。突然之間他吻了我，然後搖動操縱桿，表示他接手駕駛。我讓他接手，接著他告訴我：「我還是爲妳準備了一顆鑽石，珮西。」』

『他眞的這麼做了嗎？』莎克斯問。

珮西笑了笑。『他把節流閥直推防火牆，然後將操縱桿往後拉，機頭於是筆直地朝著天空往上飛。』眼淚開始迅速地從珮西．克萊的眼中滾落。『他調整方向舵，在我們因爲失速開始下滑之前，有那麼一段時間，我們一直直視著夜空。他靠過來告訴我：「選一顆吧。夜空裡的每一顆星星，妳要哪一顆都行。」』珮西低下頭，屏住呼吸。夜空裡的每一顆星星……一會兒之後，她用袖子擦了擦眼睛，然後轉身回去安裝引擎。『相信我，妳不需要擔心。林肯是一個迷人的男子，但是我只要艾德華一個人。』

『事情並不只有妳知道的這一些。』莎克斯嘆了一口氣。『妳讓他想起了某個人，某個他曾經深愛的人。妳的出現，讓他突然之間覺得好像又回到了她的身邊。』

珮西聳聳肩。『我們的確有一些共同點，並且彼此了解，但是那又怎麼樣？這並不代表什麼。睜開眼睛瞧一瞧，艾米莉亞，萊姆愛的是妳。』

莎克斯笑了笑。『我並不這麼認爲。』

珮西給了她一個『隨便妳……』的眼神，然後就像她使用工具和電腦的方式一樣，開始一絲不苟地置換箱子裡面的設備。

羅蘭．貝爾一邊檢視窗戶和陰影的地方，一邊從容地走了進來。

『一切都平靜吧？』他問。

『連個鳥叫聲也沒有。』

『我有個訊息轉達。美國醫療保健的人剛剛離開威徹斯特醫院，大概一個小時就可以把貨送到這裡，爲了安全，我派了一輛我們的車跟在他們後面。不過不用擔心會嚇到他們而影響業務——我派的人是一流的高手，所以司機永遠不會知道他被跟蹤了。』

珮西看看錶。『好吧，』然後看了一眼像面對貓鼬的蛇一樣，害怕地看著引擎內室的貝爾。她問：『飛機上不需要保姆吧，對不對？』

貝爾大聲嘆了一口氣。『經過庇護所發生的那件事之後，』他嚴肅地低聲說，『我不會讓妳離開我的視線。』他搖了搖頭，對於暈機做了心理準備，然後退回前門，消失在傍晚涼爽的空氣裡。

珮西一邊把頭伸進引擎裡面仔細研究自己的工作成果，一邊以帶著回音的聲音說：『看看萊姆之後再看看妳，我覺得你們在一起的可能性不會超過百分之五十。』她轉過身，往下看著莎克斯。『但是妳知道嗎？很久以前，我曾經遇到一個飛行教練。』

『怎麼樣？』

『我們飛多引擎飛機的時候，他會和我們玩一個推回節流閥，讓引擎空轉，推進器維持順流交距，然後要我們降落的遊戲。許多教練爲了看看你的處理方式，會在高空關掉動力幾分鐘，但是他們總是在降落之前拉回節流閥。不過這名教練不會這麼做，他叫我們用一具引擎降落。學生們總是問他：「這麼做不是有風險嗎？」他的回答是：「上帝不會給你確定的答案。有的時候你就是必須賭一把。」』

珮西放下引擎罩的蓋子，讓它卡進位置。『好了，一切就緒。該死的飛機這下可以飛了。』她就像拍打馬術競技手屁股的女牛仔一樣，拍了拍機身光滑的外殼。

30

倒數十四小時

星期日下午六點鐘，他們傳喚了一直被鎖在萊姆樓下房間裡的喬迪。

他不太情願地爬上樓梯，手上像抱著聖經一樣地抓著他那本愚蠢的書，《不再依賴》。萊姆記得這個書名，它在《時代雜誌》的暢銷書排行榜裡停留了好幾個月。當時的晦暗心情讓他注意到這本書，並自我嘲笑地想著，自己這下子大概永遠都必須依賴別人了。

一組聯邦探員從坎堤哥飛往史帝芬・卡勒在西維吉尼亞坎伯蘭的舊址，去尋找任何能夠取得的線索，希望能夠由此追蹤到他目前的下落。但是見過他如何清理刑案現場的萊姆，並不認為這傢伙會在清除其他痕跡的時候粗心大意。

『多告訴我們一些關於他的事情。』萊姆對喬迪說：『例如說他透露的一些真相，或一些有營養的資訊。我需要多知道一點。』

『我……』

『努力想。』

喬迪瞇起了眼睛。萊姆以為他準備用一些模糊的印象來敷衍了事，但是他很驚訝喬迪居然告訴他：『有一件事，他很怕你。』

『我們？』

『不是，只有你。』

『我？』他驚訝地問：『他認識我？』

『他知道你的名字叫林肯，還有你已經出動，準備逮捕他。』

『他怎麼知道？』

『我不清楚。』他答。然後又補充說：『你知道嗎？他用手機打了好幾通電話，而且聆聽了好長一段時間，我想……』

『該死，』戴瑞罵道：『他竊聽了某個人的電話。』

『當然！』萊姆叫道：『可能是哈德遜空運的辦公室，所以他才找得到庇護所。我們為什麼沒想到這一點？』

『我們得清理那間辦公室。但是竊聽器可能裝在某個中繼站；我們會找到，我們一定找得到。』他打了一通電話給調查局的技術部門。

萊姆對喬迪說：『繼續說，他還知道關於我的什麼事？』

『他知道你是一名警探。我不認爲他知道你住在什麼地方或你姓什麼，但是你把他嚇壞了。』

萊姆眞希望自己能夠紀錄這種興奮還有驕傲的感覺。

史帝芬・卡勒，讓我們看看能不能讓你再更害怕一些。

『你幫過我們一次，喬迪，現在我需要你再幫我一次。』

『你瘋啦？』

『閉上你他媽的嘴！』戴瑞吼道：『仔細聽他說話，聽到了沒有？聽到了沒有？』

『我已經做了我答應的事了，我不會再做任何事。』

喬迪哀叫的方式確實有些令人難以招架。萊姆看了塞利托一眼。這件事情需要運用一點人性上的技巧。

『幫助我們是爲了你好。』塞利托開始跟他論理。

『在背後挨一槍是爲我好？腦袋開花是爲我好？我懂了……你要不要爲我解釋一下？』

『我當然可以操他媽的解釋給你聽！』塞利托不滿地吼道：『棺材舞者知道你擺了他一道，否則他不需要在庇護所拿你當目標，對不對？我說的對不對？』

塞利托經常向林肯・萊姆解釋，審問的時候一定要讓對方開口，參與對話。

『沒錯，我想。』

塞利托用一根手指示意喬迪靠過去。『如果他聰明的話，他會就這麼溜掉，但是他卻不嫌麻煩地埋伏狙擊來操你的屁股。這代表什麼？』

『我……』

『這表示他不幹掉你，不會善罷干休。』

戴瑞這會兒也開心地和塞利托一搭一唱。『他是那種我不認爲你會希望在半夜三點來敲你門的人，不管是這個星期、下個月或明年，我們都同意這一點吧？』

『所以，』塞利托明快地接話，『答應幫助我們是為了你好。』

『但是你們會給我類似證人保護這一類的待遇嗎？』

塞利托聳聳肩。『可能會，也可能不會。』

『啊？』

『如果你幫助我們的話，會；如果你不幫助我們的話，不會。』

喬迪的眼睛又紅又濕，看起來害怕極了。自從發生意外以來，萊姆一直都在爲其他人擔心——艾米莉亞、湯瑪斯、隆恩．塞利托，但是他並不認爲自己曾經害怕過死亡，特別是發生了意外之後。他很懷疑如此膽怯的生活是什麼樣的滋味？就像是過著一種鼠輩的生活。

太多種死亡的方式……

塞利托又開始扮起白臉，他給了喬迪一個淺淺地微笑。『他在那個地下室殺害那名警員的時候，你在現場，對不對？』

『是的，我在現場。』

『如果幾年前有人幫我們阻止這個王八蛋的話，那個人現在可能還活著，布萊特．哈勒也可能還活著，許許多多的人現在可能都還活著。現在你可以幫助我們阻止他，你可以讓珮西繼續活下去，或許還有幾十個其他的人。你辦得到吧？』

塞利托正在發揮他的才華。萊姆可能只會使用威脅、強迫的手段，必要的時候更可能收買這個乾瘦的傢伙，但是他永遠不會像塞利托一樣，利用這個人身上僅剩的一點人性尊嚴。

喬迪用一根骯髒的拇指無意識地翻閱手上那一本書。最後他終於抬起頭，用一種令人驚訝的嚴肅態度說：『我帶他到我在地鐵站的住處時，有好幾次想要將他推進下水道的截流管裡，那裡面的水流十分急促，讓他直接被沖刷到哈德遜河裡。我也知道哪裡可以取得裝在地下鐵上的枕木，我可以趁他不注意的時候抓一根，用力敲他的腦袋。我眞的眞的想要這麼做，但是我嚇壞了……』他舉起那本書。『第三章，〈面對你的惡魔〉。你知道，我一直都在逃避，我從來不曾勇敢地面對過任何東西。我以爲我可以勇敢地面對他，但是我辦不到。』

『你現在有機會這麼做了。』塞利托對他說。

再次翻了翻那本破爛的書之後，他嘆了一口氣。『我應該怎麼做？』

戴瑞用他那根長得令人吃驚的拇指比向著天花板，這是他表示認同的方式。

『我們待會兒再討論這件事。』萊姆一邊說，一邊四處環顧。他突然大聲叫道：『湯瑪斯！湯瑪斯！過來這裡，我需要你！』

湯瑪斯惱怒的臉孔伸進房間。『什麼事？』

『我覺得不太體面。』萊姆戲劇化地表示。

『什麼？』

『我覺得不太體面。我需要一面鏡子。』

『你要一面鏡子？』

『一面大鏡子。你可不可以爲我梳梳頭髮？我一直交代你這件事，而你卻老是忘記。』

美國醫療保健的貨車開上了跑道。如果包圍著機場那些荷著機關槍的警員，讓載運價值二十多萬美元人類器官的兩名白衣職員覺得不安的話，他們一點都沒有表現出來。

唯一讓他們感到害怕的是爆破組那隻名叫『國王』的德國牧羊犬靠近貨櫃嗅探，尋找爆裂物的時候。

『我會看緊那隻狗。』其中一名運送人員表示：『我想對牠們來說，肝臟就是肝臟，心臟就是心臟。』

但是『國王』卻表現出徹底的專業，牠完成了貨櫃的檢驗，卻沒有從貨櫃上咬走任何樣本。他們將容器搬上飛機，裝進冷凍裝置裡面。珮西進入駕駛艙的時候，布雷德・托傑森，一名偶爾在哈德遜空運接一些臨時工作的棕髮年輕駕駛，正在進行飛行前的檢查。

他們兩個人已經在貝爾、三名州警以及『國王』的陪伴之下，完成了機身周圍的繞行檢查。棺材舞者壓根就沒有辦法接近飛機，但是這名殺手現在有一個來無影去無蹤的名聲，所以這大概是飛行史上最精細的一次檢視。

珮西回頭看向乘客座艙的時候，可以看見冷凍裝置上面的燈光。每一回由人類製造研發，而毫無生命跡象的機械裝置開始活動的時候，她都可以感覺到一股滿足。對於珮西・克萊來說，上帝存在的證明，可以在伺服電動機的嗡嗚聲，以及上層負壓在光滑金屬機翼造成浮力，讓飛機失重而向上起飛的那一刻找到。

一邊繼續進行飛行前例行檢查的珮西，被身旁傳來的沉重呼吸聲嚇了一跳。

『哇！』布雷德叫了一聲。『國王』確認過他的褲襠裡面沒有火藥之後，又繼續進行飛機內部的檢查。

萊姆不久前才打了電話給珮西，讓她知道他和艾米莉亞・莎克斯已經檢驗過了襯墊和管線，與芝加哥失事現場找到的乳膠並不符合。萊姆有個想法，認爲他爲了讓嗅探犬嗅不到，有可能用乳膠封住了火藥。所以他讓珮西、布雷德離開幾分鐘，讓技術小組的人員以超敏感度的麥克風，裡外將整架飛機掃瞄一遍，搜尋引爆用的定時器。

檢查結果都沒問題。

飛機滑行到外面的時候，跑道將會由穿著制服的巡警戒護。佛雷德．戴瑞已經聯絡了聯邦航空管理局，安排讓今晚的飛航計畫維持機密，萬一棺材舞者知道珮西今晚掌舵的話，他才沒有辦法得知飛機飛往何處。戴瑞也聯絡了聯邦調查局在每一個目的城市的駐地辦公室，安排特勤小組的幹員在交割貨物的時候佈崗在跑道上。

引擎啓動了，布雷德坐在右邊的駕駛座，羅蘭．貝爾則不安地移坐到剩下的兩個客座之一。珮西．克萊呼叫塔台：『哈德遜空運，李爾六九五ＦＢ，完成滑行前準備。』

『收到了。九五ＦＢ，滑行至洞九右跑道。』

『洞九右，九五ＦＢ。』

輕觸了光滑的節流閥之後，輕巧如精靈一般的飛機轉進了跑道，朝著初春的灰暗暮色行進。駕駛的人是珮西，副駕駛雖有飛行的許可，但是只有正駕駛才能夠在地面上操控飛機。

『你覺得開心吧？警官。』她對著身後的貝爾叫道。

『我只是全身發癢。』他一邊說，一邊無趣地從大型的圓窗往外看。『妳知道吧，我們可以直接往下看，這些窗戶全是廣角。他們爲什麼把飛機弄成這個樣子。』

珮西笑了笑，然後大聲說：『一般的航空公司都會用電影、食物、小窗戶，想辦法讓你不知道自己正在飛行。但是這樣有什麼樂趣？有什麼意義？』

『我可以看到一、兩點意義。』他一邊說，一邊用力嚼著他的箭牌口香糖。接著他將窗簾拉上。

珮西的眼睛注視著跑道，維持警戒地左右查看。她對布雷德表示：『讓我來提出離場程序，好嗎?』

『好的。』

『這將會是一次襟翼設定在十五度的平滾起飛。』珮西表示:『我會推動油門,你喊出航速八十節,儀表檢查,起飛決定速度V1,轉動,離地後最小速度V2,仰角爬升。我會下達收回起落架的指示,然後由你執行。知道了吧。』

『航速八十節,起飛決定速度V1,轉動,離地後最小速度V2,仰角爬升,起落架。』

『很好。你監視所有的儀器和信號儀表。如果在達到起飛決定速度V1之前,儀表亮起紅燈或引擎發生故障,你就要清楚地大叫「放棄」,然後由我來做成繼續還是不繼續的決定。如果故障發生在達到起飛決定速度V1之後,我們就繼續起飛的程序,但是將情況視爲飛行中的緊急狀況來處理。我們會繼續我們的航向,你則要求用目視飛行緊急飛返機場的許可。明白了嗎?』

『明白。』

『很好,我們飛吧……你準備好了嗎,羅蘭?』

『準備好了,希望你們也一樣,千萬不要弄掉你們的糖果。』

珮西又露出了笑容。他們在里奇蒙的管家也說過同樣的話。也就是說,別搞砸了。

她將節流閥輕微地朝防火牆推進。引擎發出令人難以忍受的聲音,李爾噴射機跟著向前加速移動。他們一直滑行到待命的位置,也就是殺手在艾德華的飛機上置放炸彈的地方。她朝窗戶往外瞧,看到了兩名站崗的警察。

『李爾九五FB,』塔台透過無線電呼叫:『滑行到洞五左跑道待命線等待。』

『FB,在洞五左跑道等待。』

她操控著讓飛機朝跑道滑進。

這架李爾機和地面十分貼近，不過只要珮西・克萊一坐上左邊的駕駛座，無論在地面或天空，都會讓她覺得高高在上。那是一個充滿權威的位子，所有的決定都會由她下達，然後不得有異議地得到執行。所有的責任都扛在她的肩膀上，因爲她就是機長。

她檢視儀表。

『襟翼十五度，十五度，綠燈。』她複誦一遍設定的度數。

布雷德跟著複誦：『襟翼十五度，十五度，綠燈。』

航空交通管制中心呼叫：『李爾九五ＦＢ進入位置，五左跑道，準備起飛。』

『洞五左跑道，ＦＢ，準備起飛。』

布雷德進行了最後的核對。『艙壓正常，溫度選擇設定爲自動，詢答器和外部燈光開啓，點火裝置、皮托管加熱器和頻閃燈在妳的位置上。』

珮西檢查了這些裝置之後說：『點火裝置、皮托管加熱器和頻閃燈開啓。』

她讓李爾轉進跑道，校正鼻輪和中線對齊，接著她看了一眼羅盤。『所有航向指示查對洞五。洞五左跑道，啓用動力。』

她將節流閥向前推，他們開始在水泥跑道中央急速前進。她可以在她的手掌下面感覺到布雷德也緊緊抓住了節流閥。

『動力啓動。』航速指針開始往上跳升，二十節，四十節……布雷德叫道：『航速晉升。』節流閥已經接近防火隔牆，機身向前飛馳。她聽見羅蘭・貝爾發出了一聲：『喔……』而她讓自己忍著不笑出聲音。

五十節，六十節，七十……

『八十節。』布雷德叫道：『檢查儀表！』

『儀表檢查完畢。』她看了一眼航速指針之後叫道。

『起飛決定速度V1。』布雷德叫：『轉動！』

珮西將右手從節流閥上移開，然後抓住操縱桿。一直搖晃不已的操縱桿這時候因爲大氣阻力而變得堅挺；她向後拉動，讓李爾機向上升到標準的七度半。引擎繼續平順地咆哮，她也繼續往後拉，讓爬升的角度增加到十度。

『仰角爬升。』布雷德叫道。

『收回起落架，襟翼朝上，抑止偏航。』

耳機裡傳出航空交通管制中心的呼叫聲：『李爾九五FB，左轉航向二八〇。聯絡近場台。』

『航向二八〇，九五FB。謝謝長官。』

『晚安。』

珮西繼續將操縱桿往後拉動，十一度、十二度、十四度……讓動力維持在高出正常的起飛階段幾分鐘，傾聽她身後渦輪風扇引擎和氣流的甜美咆哮聲。

身處在這一根光滑的銀針裡，珮西·克萊感覺到自己正飛向天際的中心，拋下一切的煩惱、沉重、痛苦，拋下艾德華、布萊特的死亡，更將那個可怕而邪惡的棺材舞者遠遠地拋在身後。所有的傷害、所有難料而醜陋的世事都被擋在她下面，她解脫了。這麼輕易地解脫令人窒息的負擔似乎不太公平，但是事實就是如此。坐在李爾N六九五FB左駕駛座的珮西·克萊不再是那個短小、圓臉，唯一的吸引力來自父親菸草財富的珮西·克萊；她不再是獅子鼻珮西、鬼臉珮西、侏儒珮西，也不再是在舞會中戴著尺寸不合的手套，由窘困的親戚伴隨，四周的高大金髮男子雖然和她親切地打招呼，卻又聚在她背後說長道短的笨拙褐髮女孩。

那並不是眞正的珮西·克萊。

這一個才是。

羅蘭・貝爾又喘了一口氣。他一定是在他們進行令人擔憂的坡度轉彎時，透過窗簾朝外看。

『瑪瑪羅奈克近場台，李爾九五FB在兩千呎報告。』

『晚安，九五FB。繼續爬升，然後維持在六千呎。』

接著他們開始設定能夠引導他們像飛箭一樣，直飛芝加哥的導航頻道和多向導向台等例行工作。

他們在六千呎的高度穿破雲層，進到一個可以和珮西見過的每一個落日媲美的天空裡。不算熱愛戶外活動的她，對於美麗的天空景致從來都不曾厭倦。珮西允許自己的唯一感性情緒是：如果艾德華最後一眼看到的也是如此美麗的景致，那倒也無憾。

她在達到兩萬一千呎的時候對布雷德表示：『飛機交給你。』

布雷德回答：『知道了。』

『要咖啡嗎？』

『來一點吧。』

她走到機艙後面，倒了三杯咖啡，拿了一杯給布雷德，然後在羅蘭・貝爾的旁邊坐下來。他伸出顫抖的手接過了杯子。

『你還好吧？』她問。

『我不太像是暈機，我只是有點……』他的臉皺在一起。『緊張得像是……』上千種北卡羅來納州的用語可供他選擇，但是這一回他的南方調調卻失去作用。『就只是緊張。』他下了結論。

『你看。』她指著駕駛艙的窗戶說。

他小心地在位子上向前傾，然後朝著擋風玻璃的方向看。他那張皺緊眉頭的臉孔因為看到偌大的落日景致而驚訝地放鬆。

貝爾吹了聲口哨。『哇！瞧瞧這個……對了，剛剛的起飛還眞是猛了一些。』

『這架飛機是隻甜美的小鳥。你聽過布魯克・康乃普嗎？』

『沒聽過。』

『加州的女企業家，用李爾三五A，也就是和我們這一架一樣的飛機，創下了繞行地球一周的紀錄，只花了她五十個小時。我總有一天要破這個紀錄。』

『我一點都不懷疑妳會這麼做。』貝爾鎮定了一些之後，盯著操縱設備，『這些東西看起來複雜得嚇人。』

她喝了一口咖啡。『關於飛行這件事，我們有一個不告訴任何人的秘訣，就像是某種業務上的機密一樣。所以比你的想像還要簡單許多。』

『什麼秘訣？』他熱切地想要知道。

『你看外面，有沒有看到翼尖那些有顏色的燈光？』

他並不太想看，但還是照著做了。『好，我看到了。』

『機尾上面也有一顆。』

『嗯，我有印象，我想。』

『我們要做的事，就是讓飛機保持在這些燈光之間，然後一切就會非常妥當。』

『在燈光之間……』他花了一些時間才領悟這個笑話。他盯著她面無表情的臉孔看了一會兒，然後笑道：『妳用這個笑話騙過很多人嗎？』

『是騙過幾個。』

但是笑話似乎並沒有眞的讓貝爾覺得開心，他依然盯著地毯；一段冗長的沉默之後，珮西開口說：『布萊特・哈勒可以拒絕參與，羅蘭，他知道風險在哪裡。』

『不，他並不知道。』貝爾回答：『他只是被我們牽著鼻子走，並不是眞的清楚這一切。我原本可以考慮得更周到，我早該猜到那些消防車，猜到殺手知道妳的房間在哪裡；我可以把你們安置在地下室或其他地方；我也可以射得更準一些。』

貝爾看起來是那麼沮喪，讓珮西不知道應該說些什麼。她把手放在他的前臂上面。他看起來雖然精瘦，但是卻相當強壯。

他淡淡地笑了一下。『要不要知道一件事？』

『什麼事？』

『自從認識妳以來，這是我第一次見到妳開始放鬆。』

『這是讓我眞正覺得像家的地方。』她說。

『我們在一哩的高度，以兩百哩的時速向前進，而妳卻覺得安全！』貝爾嘆了一口氣。

『不對。我們是在四哩的高度，以四百哩的時速向前進。』

『謝謝妳和我分享這些資訊！』

『有一句老飛行員的諺語這麼說，』珮西說：『聖彼得不會把你花在飛行上的時間算進去，但是會把你花在地面的時間加倍計算。』

『有趣。』貝爾表示：『我叔叔也說過同樣的話，不過他是針對釣魚。我隨時都準備投他這個版本一票，不過並不是衝著妳而來。』

31

倒數十三小時

蟲子……

史帝芬・卡勒滿身大汗，站在一間中國人開設的古巴餐廳後面的骯髒廁所裡。

爲了拯救自己的靈魂而用力地搓洗。

啃嚙的蟲子、侵蝕的蟲子、成群蠕動的蟲子……

把牠們清理掉……把牠們清理掉！

士兵……

長官，我現在很忙，長官。

搓洗、搓洗、搓洗、搓洗。

林肯那條蟲子正在搜尋我。

林肯那條蟲子眼見之處，成群的蟲子就會跟著出現。

滾開！

刷子迅速地刷洗，前後刷洗，一直刷洗到他的角質層滲出鮮血。

士兵，那些血會成爲證物，你不能……

滾開！

他擦乾雙手，抓起吉他盒和背包，推門進了餐廳。

士兵，你的手套……

驚恐的老闆盯著他那雙鮮血淋漓的手，和他臉上瘋狂的表情。『蟲子。』他喃喃地對餐廳裡的所有人解釋：『操他媽的蟲子。』然後衝到外頭的街上。

匆匆走上人行道之後，他逐漸平靜下來，腦袋裡想著他應該做的事。他必須幹掉喬迪，當然。

必須幹掉他必須幹掉他必須幹掉他必須……並不是因爲他是一個叛徒，而是因爲他對那個傢伙……

你爲什麼幹這種事，士兵？

……透露了許多關於自己的訊息。而他也必須幹掉林肯那條蟲子，因爲……因爲如果不幹掉他的話，成群的蟲子就會找上他。

必須幹掉必須幹掉必須必須……

你有沒有在聽我說話，士兵？你有沒有在聽？

剩下的大概就是這些事了。

然後他會離開這座城市，動身回到西維吉尼亞，回到山上去。

林肯，死了。

喬迪，死了。

必須幹掉必須必須必須……

沒有任何事情再讓他留滯此地。

至於那個妻子……他看看手錶。剛剛過了晚上七點鐘。很好，她可能已經沒命了。

『是防彈的。』

『也防那些子彈嗎？』喬迪問：『你說它們會爆炸！』

戴瑞向他保證防彈衣的功效。這件背心是由一層克拉纖維覆蓋在一張鋼板上面，重量爲四十二磅。萊姆並不認識城裡有任何一個警察穿著，或曾經穿過這樣的背心。

『但是，萬一他打我的頭怎麼辦？』

『他想要幹掉我的程度，遠超過想要幹掉你。』萊姆表示。

『那他怎麼會知道我在這裡？』

『你覺得他怎麼會知道，笨蛋？』戴瑞兇巴巴地說：『我會告訴他！』

戴瑞用背心將瘦小的喬迪緊緊地套住，然後丟給他一件風衣。他在百般抗議之後，沖了一個澡，換上了一套乾淨的衣服。那一件蓋住防彈背心的寬大海軍藍夾克並不合身，但是卻讓他看起來體格強壯。他看著鏡中清爽乾淨的自己，露出了來到這個地方之後的第一個微笑。

『好了。』塞利托對兩名臥底的警官表示：『帶他到市中心去。』

兩名警官領著他走出大門。

他離開之後，戴瑞看了對著他點頭的萊姆一眼。高瘦的他嘆了一口氣，然後彈開手機，打了一通電話到哈德遜空運給一名等在那裡接電話的警探。聯邦調查局的技術小組在機場附近的一處中繼線路箱裡，發現了一個夾在哈德遜空運電話線路上面的遙控竊聽器。不過他們並沒有拆掉這個竊聽器；事實上，在萊姆的堅持下，他們確認了竊聽器仍正常運作，並置換了電力微弱的電池。萊姆安排的新陷阱需要用到這個裝置。

喇叭擴音器裡傳出了數聲鈴響，然後是『卡喳』一聲。

『我是蒙戴警探。』一個低沉的聲音說。蒙戴並不是眞的蒙戴，他是依照事先寫好的稿子唸的。

『蒙戴，』戴瑞開口說。對一個康乃迪克農莊出生的人來說，他的聲音聽起來還眞是純眞。『我是威爾森警官，我們現在在林肯這裡。』（不能用『萊姆』，因爲棺材舞者只知道他叫做林肯。）

『機場那邊怎麼樣？』

『仍舊安全無慮。』

『很好。聽我說，有一個問題，是關於一個幫我們工作的反情報人員，喬・迪歐佛里歐。』

『就是那個……』

『對。』

『那個自首的傢伙，你和他一起行動嗎？』

『是啊。』平常也叫做佛雷德．戴瑞的威爾森表示：『那個狗雜碎。不過他現在跟我們合作。我們要載他回去他的老鼠洞，然後再回到這裡。』

『「這裡」是哪裡？你的意思是回到林肯那邊嗎？』

『沒錯。他要回去拿他的藥。』

『幹，你們爲什麼答應他？』

『他開了一個條件。他幫我們逮那個殺手，林肯就答應讓他回去拿一些藥。就是那個老地鐵站。不管怎麼樣，我們不會派出一整個護送的車隊，只有一輛車，所以我才打給你，我們需要一個好司機。你曾經和一個你非常欣賞的人一起出過任務，對不對？』

『你說的是一個司機嗎？』

『甘比諾那件案子？』

『對了……我想想看。』

他們照這樣一直演下去。萊姆一直都非常佩服戴瑞的演技，演誰像誰。那個僞裝的蒙戴警探——也應該頒給他一個最佳配角的獎項——表示：『我想起來了。湯尼．格里登，不對，是湯米，一個金髮的傢伙，對不對？』

『對，就是他，我要用他。他在這一帶嗎？』

『不在，他在費城。那件劫車案挺棘手的。』

『費城！太可惜了，我們二十分鐘之內就要出發了，等不了那麼久。好吧，我就自己開吧。但是那個湯米，他……』

『那傢伙還眞他媽的能開車！他能夠在兩個街區內甩掉盯梢的車子！老兄，那眞是精采。』

『如果能用他就好了。好吧，謝了，蒙戴。』

『一會兒見。』

萊姆眨了眨眼睛，對於一個癱瘓者來說相當於掌聲鼓勵。戴瑞掛上電話，緩緩地吐了一口氣。

『我們等著瞧吧。』

塞利托樂觀地表示：『這是我們第三次下餌，這一次一定上鉤。』

林肯・萊姆並不認爲執法的時候可以使用這種定律，不過他還是說：『但願如此！』

距離喬迪那座地鐵站不遠的地方，史帝芬・卡勒坐在一輛偷來的車子裡，看著一輛政府公務轎車停靠在路旁。

喬迪和兩名便衣警察爬下車子，檢視著周遭的屋頂。接著他跑進地鐵站，五分鐘之後，臂下夾著兩個包裹衝進車內。

史帝芬並沒有看到支援的後備警力，也沒有尾隨盯梢的車輛，他竊聽到的消息正確無誤。他們驅車上路之後，他開始跟在他們後面，一邊在心裡面想著，世界上大概沒有任何一個地方像曼哈頓一樣，可以輕易地進行跟蹤而不會被發現；他在愛荷華或維吉尼亞絕對無法這麼做。

那輛便衣警車開得相當快，不過史帝芬也是一個身手矯健的司機，在他們朝著上城開去的路上一直跟得死緊。轎車開到中央公園西面，行經一棟七〇年代的房子前面時，車速逐漸減緩。房子前面站著兩個男人，雖然身穿便服，但是很明顯都是警察。他們和便衣警車的司機之間交換了一個信號，可能表示『一切都沒問題』。

所以就是這裡了，這就是林肯那條蟲子的家。

車子繼續往北行駛。史帝芬也跟著走了一會兒，然後突然停下來，爬出車子，提著吉他盒匆匆躲進樹林裡。他知道那棟房子附近一定有人看守，所以他迅速地移動。

就像一頭鹿一樣，士兵。

是的，長官。

他消失在一簇小樹叢後面，朝著那棟房子往回爬，並在一株正在發芽的紫丁香樹下找到了一塊凸出的岩石做為掩護之後，打開吉他盒。載著喬迪的轎車這時候在一陣尖銳的聲響當中回轉，駛近那棟房子——車子在眾多的汽車之間裡做了一次U形迴轉，然後急速往回行駛。

他看著那兩名警察爬出車子，四處查看，然後沿著人行道護送極度驚恐的喬迪。

史帝芬彈開望遠鏡的護蓋，仔細地瞄準叛徒的背部。

突然，一輛黑色的車子急駛而過，把喬迪嚇得驚慌失色。他睜大了眼睛，然後甩開兩名警察，跑進房子一旁的巷子裡面。

他的護送人員轉過身，手放在他們的武器上，盯著嚇到他的那輛車子。當他們看到了車子裡面的四名拉丁女孩之後，明白只是一場假警報。兩名警察笑了開來，然後其中一人跑去把喬迪叫出來。

但是目前的史帝芬對這個瘦小的傢伙並不感興趣。他不能一次將那條蟲子和喬迪一起解決掉，所以林肯才是他現在要幹掉的人。他可以感覺得到那一股飢渴，那一股需要，就像他需要搓洗雙手一樣地強烈。

開槍射擊窗子裡的那張臉孔，幹掉那條蟲子。

必須必須必須必須……

他透過望遠鏡掃瞄建築物的窗戶——他就在那裡，林肯那條蟲子。

一股顫抖流經了史帝芬的全身。

就像他的腿和喬迪廝磨的時候，冒出的那股電流一樣……只不過這一回的快感高出了千倍。事實上，他已經興奮得喘不過氣。

爲了某種理由，史帝芬並不驚訝看到那條蟲子原來是個殘廢；事實上，這就是爲什麼他會猜測坐在輪椅上的男人就是林肯的原因。因爲史帝芬相信，只有一個傑出的人才能夠逮著他——一個不會被日常生活的雜事干擾的人，一個精湛的本質位於心智上的人。

成群的蟲子可以成天在林肯的全身上下蠕動，但是他卻感覺不到。它們可以爬進他的皮膚裡，但是他卻一點也沒有知覺。他是免疫的，而他無法受到傷害的事實，讓史帝芬恨得咬牙切齒。

所以在華盛頓特區執行那件工作的時候，窗子裡的那張臉孔並不是林肯。

或者眞的是他？

不要再想這件事了！停下來！如果你不停止去想這件事的話，蟲子就會上你的身。

爆破彈已經裝進了彈夾。他讓一發子彈上了膛，然後再次掃瞄房間。

林肯那條蟲子正在跟一個史帝芬看不見的人說話。位於一樓的房間看起來像是一間化驗室，他看到了一個電腦螢幕，還有一些化驗設備。

史帝芬將槍帶纏繞在身上，讓自己的腮幫子緊緊地貼著槍托。一個涼爽、潮濕的傍晚，空氣相當沉重，爆破彈也較容易得到支撐，不需要再經過校正。目標只不過在八十碼之外，拉開保險閂，呼吸，呼吸……

從這個位置，如果射擊頭部的話應該較容易上手。

呼吸……

吸氣，吐氣，吸氣，吐氣。

他透過瞄準器的十字線觀望，林肯那條蟲子正盯著電腦螢幕。他將十字線的中心對準他的一隻耳朵。

扳機上的壓力開始上升。

呼吸……就像性愛一樣，就像射精一樣，就像撫觸著堅挺的肌膚一樣……

用力一點。

再用力一點。

史帝芬及時注意到了。

林肯那條蟲子的袖子上面有一道細微的不對稱，不過並不是一道皺摺，而是某種扭曲。

他鬆開扣著扳機的手指，然後透過望遠鏡，仔細地研究了一會兒眼前的景象。史帝芬將紅田牌望遠鏡的解析度往上調高，盯著電腦螢幕上面的字型——那些字母全都是反方向。

一面鏡子！他看到的是一面鏡子！

又是另一個陷阱！

史帝芬閉上眼睛。他差點就露出了行蹤；他感覺畏縮，全身因爲蓋滿了成群的蟲子而嚇得說不出話來。他看看自己的四周，知道公園裡面一定埋伏了十多個搜尋與監視小組的特警，配備著大耳朵麥克風，等著找出開槍的確實位置。他們會用裝著星光望遠鏡的M十六步槍瞄準他，然後用交叉的火力逮住他。

殺人許可，不需要勸降。

他在絕對的安靜當中，迅速地用顫抖的雙手拆下瞄準器，然後和槍枝一起收進盒子裡，一邊努力地抑制那股噁心、畏縮的感覺。

士兵……

長官，走開，長官。

士兵，你到底在……

長官，操你媽！長官。

史帝芬鑽過樹叢，走到步道上，然後悠閒地穿過草地朝著東邊行進。沒錯，他現在比以前更爲確定，他絕對必須幹掉林肯。他需要一、兩個小時的時間來想出一個新的計畫，來考慮他接下來應該怎麼做。

他突然走出步道，在灌木叢裡停了好一會兒，傾聽、觀察他的四周。他們擔心他如果注意到公園裡空無一人的話會起疑心，所以甚至沒有封閉公園的入口。

這是他們犯的錯誤。

史帝芬看到一群和他年齡相當的男人，外表看起來是一群雅痞，不是穿著無領長袖運動衫，就是一身慢跑的裝扮。他們提著裝了球拍的袋子和背包，朝著上東城區的方向走去，一邊走還一邊大聲談笑。他們的頭髮因爲在附近的運動俱樂部淋過浴而閃閃發亮。

史帝芬等到他們從身旁走過，然後就好像自己和他們是一夥人一樣地跟在他們後面。他給了他們其中一人一個慷慨的笑容，然後用輕鬆的步伐，一邊瀟灑地搖晃著吉他盒，跟著他們朝通往上東城區的通道走去。

32

倒數十二小時

暮色包圍著他們。

再次坐回李爾噴射機左駕駛座的珮西．克萊，看到了前方一簇芝加哥的燈光。

芝加哥中心批准他們降到一萬兩千呎的高度。

『開始下降。』她一邊宣布，一邊拉回節流閥，要求：『自動終端資料廣播服務。』

布雷德將他的無線電接到自動機場資訊系統，然後大聲地將錄製的聲音告訴他的訊息重複一遍。『芝加哥訊息：W，天空無雲，風向二五〇，風速三節，氣溫華氏五十九度，高度表撥定值三〇點一一。』

布雷德設定高度表，珮西則對著麥克風說：『芝加哥近場台，這裡是李爾九五ＦＢ，在一萬兩千呎的高度加入你們，航向二八〇。』

『晚安，ＦＢ，下降並維持在一萬呎的高度。預定進場跑道二十七右。』

『收到了。下降並維持在一萬呎，預定進場跑道二十七右，九五ＦＢ。』

珮西並不願意往下看。在他們下面不遠的地方，是她丈夫和飛機喪生的地點。她不知道他是否也得到降落在歐海爾機場二七右跑道的指示，不過這種可能性非常大。如果是這樣，航空交通管制中心也會引導他航經她目前正在通過的空域。

或許他就是在這個地方開始撥電話給她……

不行！不要去想這件事。她命令自己：飛妳的飛機。

她用一種平靜而低沉的聲音說：『布雷德，這將會是一次目視進場，由二十七右跑道抵達。監看進場，並唸出指定的高度。我們到達近場邊緣的時候，請監看航速、高度以及下降的角度，下降率超過每分鐘一千呎的時候警告我。重飛的動力是百分之九十二。』

『知道了。』

『襟翼十度。』

『襟翼，十度，十度，綠燈。』

無線電發出聲響。『李爾九五FB，左轉航向二四〇，下降並維持在四千呎。』

『五FB，從一萬呎降到四千，航向二四〇。』

她拉回節流閥，飛機稍微平緩了一些，引擎刺耳的聲響跟著減小，讓她可以聽見空氣呼呼的聲響，就像在夜間開啓的窗戶旁，聽著微風吹拂床單所發出的低語。

珮西對著後面的貝爾喊道：『你差不多就要開始第一次搭李爾噴射機的降落經驗了。讓我們瞧瞧我著陸的時候，有沒有辦法不在你的咖啡上造成漣漪。』

『只要讓我完整無缺地降落就行了。』貝爾一邊說，一邊將安全帶像高空彈跳的安全挽具一樣地用力繫緊。

『什麼都沒有，萊姆。』

萊姆倒盡胃口地閉上眼睛。『我不相信，我就是不相信。』

『他走了。他們相當確定他剛剛來過這一帶，但是麥克風什麼聲音也沒抓到。』

萊姆看了一眼他讓湯瑪斯靠在房間一角的大鏡子。他們一直等著爆破彈飛進來將它擊碎。中央公園裡佈滿了豪曼和戴瑞的特勤小組隊員，全部都在等著那一聲槍響。

『喬迪在什麼地方？』

戴瑞竊笑了一聲。『他被路過的車子嚇壞了，躲在巷子裡。』

『什麼車子？』萊姆問。

戴瑞又笑了笑。『他以爲是棺材舞者，結果轉身看到了四名肥嘟嘟的波多黎各小妞。那個小混帳表示若不關掉你屋前的街燈，他就不出來。』

『不要理他了。等他覺得冷的時候，自己就會跑回來。』

『或者等他想要拿錢的時候。』

萊姆繃起了臉。這次的陷阱又未奏效，讓他感到非常失望。是不是有什麼缺失？還是棺材舞者擁有什麼怪異神力或第六感？這樣的想法讓身為科學家的萊姆十分反感，但是他又沒有辦法完全不予理會。再怎麼樣，就連紐約市警局有時候也會請靈媒來辦案。

莎克斯朝著窗口走過去。

『不行。』萊姆對她說：『我們還不確定他已經走了。』塞利托拉上窗簾的時候，也小心地避開窗戶。

奇怪的是，不知道棺材舞者確實的位置，反而比起他在二十呎外用一把大型來福槍指著你的時候，更令人覺得恐怖。

柯柏的電話這時候響了起來，他拿起話筒。

『林肯，是調查局爆破組的人。他們查過了爆裂物的參考資料檔案後，表示那些乳膠有一個可能的符合項目。』

『他們怎麼說？』

柯柏聆聽了一會兒電話。

『這一類特定的橡膠並沒有線索，不過他們表示，這和利用高度引爆雷管所使用的材料並沒有抵觸，因為裡面有一個乳膠氣囊充滿了空氣。當飛機上升的時候，高空的低壓會讓氣囊擴張，並在某個特定的高度擠壓成炸彈內部的電閘。觸點完全之後，炸彈就接著引爆。』

『但是這一枚炸彈是由定時器所引爆。』

『他們只告訴了我關於乳膠的事。』

萊姆看著裝了炸彈碎片的塑膠袋。視線落在定時器上，想著：『爲什麼它會如此完整？』

因爲它被裝在一片凸出的鋼嘴後面。

但是棺材舞者也可以把它裝在任何地方，他可以把它擠壓在塑膠炸藥裡面，讓整枚炸彈的體積縮減。定時器完整無缺，第一眼看上去似乎是一種疏忽，但是他現在有些懷疑。

『告訴他，飛機爆炸的時候正在下降。』莎克斯說。

柯柏轉達了她的意見。他又傾聽了一會兒之後，接著回報：『他說可能只是組裝時的一點差異。飛機爬升的時候，擴張的氣囊打開了引信的保險；飛機下降的時候，縮小的氣囊終止了回路，然後引爆炸彈。』

萊姆低聲說：『定時器是假的！他把它裝在一片金屬後面，讓它不會遭到摧毀。所以我們會認爲那是一枚定時炸彈，而不是高度引爆彈。卡奈的飛機爆炸的時候在什麼高度？』

塞利托迅速地瀏覽了美國國家運輸安全委員會的報告。『它當時剛剛下降到五千呎以下。』

『所以他們在瑪瑪羅奈克機場外爬升五千呎的時候，打開了炸彈的引信，然後在芝加哥附近，降到那個高度以下的時候引爆。』萊姆表示。

『爲什麼選擇在下降的時候？』塞利托問。

『這樣飛機才會離得很遠。』莎克斯說。

『沒錯。』萊姆表示：『這樣棺材舞者才會有時間在爆炸之前，順利地離開機場。』

『但是，』柯柏問：『爲什麼他要如此費事地誤導我們認爲是某一種炸彈，而不是另外一種？』

萊姆看到莎克斯和他一樣迅速地找到答案。『不！』她叫道。

塞利托還是沒有想出來。『什麼事？』

『因爲，』她表示：『爆破小組今晚在搜查珮西的飛機時，尋找的是一個定時炸彈，他們一直在尋找定時器的聲音。』

『這也就表示，』萊姆脫口說出：『珮西和貝爾的飛機上也被裝了一枚高度引爆彈。』

『下降率每分鐘一千兩百呎。』布雷德叫道。

珮西稍稍地拉回李爾機的操縱桿，緩和了下降的速率。他們剛剛飛過了五千五百呎。

這時候她聽見了一個聲音。

一個奇怪的滴滴聲響，她從來沒聽過類似的聲音，至少不曾在李爾三五A上面聽過。聽起來像是警報器之類的東西，但是距離遙遠。珮西檢視了一下飛機，但是沒有看到任何亮起紅燈的地方。滴滴聲響又重新出現。

『五千三百呎。』布雷德喊道：『那是什麼聲音？』

珮西聳聳肩。

過了一會兒之後，她聽見一個聲音在她身旁大喊：『拉起來，往高處飛！馬上！』

羅蘭．貝爾熱騰騰的呼吸出現在她的臉頰旁邊。他蹲在她的旁邊，手上拿著行動電話。

『什麼？』

『飛機上有一枚炸彈，利用高度引爆的炸彈！我們一降到五千呎就會爆炸！』

『但是我們在……』

『我知道！拉高！拉高！』

珮西大聲喊道：『設定動力，百分之九十八；報告高度！』

布雷德一秒鐘也沒有猶豫，立刻將節流閥往前推；珮西則將李爾機往上拉高十度。貝爾往後踹跚幾步，然後跌倒在地上。

布雷德叫道：『五千二百呎，五千一百五十呎……五千二百，五千三百，五千四百……五千八百，六千呎。』

珮西·克萊在她的飛行生涯當中，從來不曾發過求救信號。有一回，一群不幸的鵜鶘選擇了她的二號引擎進行自殺，造成皮托管阻塞，讓她發佈了一次報告緊急狀況的信號。但是現在，她在她的職業生涯中首度叫出：『求救，求救，李爾六九五FB。』

『請說，FB。』

『報告芝加哥近場台，我們收到機上被裝置炸彈的消息，需要立刻升高到一萬呎，航向無人地帶的上空等待航線的緊急許可。』

『收到了，九五FB。』航空交通管制中心的飛航管制員平靜地表示：『維持目前的二四〇航向，允許升高至一萬呎。我們正在調度你們周圍的飛機……將詢答器的電碼轉換至七七〇〇，並進行訴報。』

布雷德一邊變換詢答器的設定——調整自動發送FB遭遇麻煩的警告訊號到四周所有雷達設施的電碼——一邊不安地看著珮西。訴報的意思就是透過詢答器發送信號，讓航空交通管制中心的每一個人，以及其他的飛機知道雷達上的哪一個光點是李爾。

她聽見貝爾對著電話說：『除了我和珮西之外，曾經接近飛機的人就只有那個業務經理朗恩·泰爾波特——並不是懷疑他這個人，不過他幹活的時候，我的人一直像獵鷹一樣站在他的肩膀上盯著他。還有運送引擎零件的傢伙也接近過，是格林威治一帶的「東北物流」，不過我仔細查過他了，爲了確定確實是他本人，我甚至拿到他家的電話號碼，打了電話給他的妻子，讓他們通過話。』貝爾又聆聽了一會兒才掛掉電話。『他們會再打給我們。』

珮西看了看布雷德和貝爾，然後轉身回去駕駛。

『燃料呢？』她問她的副駕駛：『還能夠用多久？』

『我們的耗油量比預估還低，因爲逆風一直都不嚴重。』他計算了一下，『一百零五分鐘。』

她謝了上帝、命運，還有她自己的直覺，因爲她在起飛前下了不在芝加哥補給燃料的決定，而加了足夠飛到聖路易的燃料；還有聯邦航空管理局規定的四十五分鐘額外飛行時間。

貝爾的電話又開始滴滴作響。

他接聽了之後，嘆了一口氣，然後問珮西：『那家東北物流是不是送交了一具滅火筒內芯？』

『該死，他是不是把炸彈裝在裡面了？』她氣憤地問。

『看起來是這樣。貨車送貨到你們公司的路上，才離開倉庫不久，車胎就洩了氣。司機忙了大約二十分鐘。康乃迪克的州警剛剛在爆胎地點一旁的灌木叢裡，發現了一些類似滅火用的二氧化碳泡沫之類的東西。』

『該死！』珮西不由自主地朝著引擎的方向看了一眼。『我還親手把它裝了上去。』

貝爾問：『萊姆想要知道溫度會不會引爆炸彈？』

『有一些地方溫度很高，但是內芯的溫度還好。』

貝爾向萊姆轉述了之後，表示：『他要直接打給妳。』

過了一會兒之後，珮西在無線電裡聽見了接通聯網的聲音。

是林肯。

『珮西，妳聽得到我說話嗎？』

『又大聲又清楚。這一回他搞到我們了，是不是？』

『看起來是這樣。你們還能飛多久？』

『大約一個鐘頭又四十五分。』

『很好，很好。』萊姆說，然後停頓了一會兒。『好吧……妳能夠從機艙內部接近引擎嗎？』

『不行。』

又一陣猶豫。『妳有沒有辦法讓整具引擎分離？例如拆掉螺栓之類的？或是讓它掉落？』

『沒有辦法從機艙裡面做。』

『妳有沒有辦法在空中補充燃料？』

『補充燃料？這架飛機辦不到。』

萊姆問：『那妳有沒有辦法飛到足以讓炸彈的機械裝置凍結的高度？』

他腦筋轉動的速度快得讓她吃驚，這是她永遠都辦不到的事情。『或許可以。但是即使是用緊急的下降率，我指的是俯衝，也需要八、九分鐘才下得來，我不認爲炸彈有任何部分能夠維持完全凍結這麼久。而且馬赫的衝擊可能會把我們拆散。』

萊姆繼續說：『好吧，如果讓飛機繼續往前飛，而你們從後面跳傘呢？』

她當下的念頭是她永遠不會拋棄她的飛機，但是實際考量之後，她答覆：如果把李爾三五A失速的速度，機門、機翼和引擎的設計考慮進去，跳出飛機的人極可能因爲衝撞而喪命。

萊姆再度沉默了一會兒。布雷德嚥了一口口水，然後在他的打褶褲上擦拭他的雙手。

羅蘭·貝爾緊張得前後不停搖晃。

沒救了，她心想，一邊望著下面陰暗深藍的暮色。

『林肯？』珮西問：『你還在嗎？』

她聽見他的聲音。他正從他的化驗室或臥室裡打電話給某個人。他用一種不耐煩的聲音說著：

『不是那一張，你知道我說的是哪一張地圖。我要那一張做什麼？不對，不對……』

寂靜無聲。

艾德華，珮西心想，我倆的生命一直都是以平行的方式一起向前進，或許我們死亡的方式也一樣。然而，她更為羅蘭．貝爾感到難過。一想到留下他孤苦無依的孩子，就令人無法忍受。

這時候她聽見萊姆問：『你們剩下的燃油還能讓你們飛多遠？』

『如果使用最高效率的設定……』她看了看正忙著計算的布雷德。

他回答：『如果維持高度的話，大約可以飛八百哩。』

『我有個構想，』萊姆表示：『你們能不能飛到丹佛去？』

33

倒數十小時

『機場的海拔是五千一百八十呎。』布雷德一邊查看丹佛國際機場的飛行員指南，一邊表示：『我們在芝加哥外圍的時候，也差不多處於同樣的高度，而那東西並沒有爆炸。』

『距離有多遠？』

『從目前的位置計算，九〇二哩。』

珮西只盤算了幾秒鐘，然後點點頭：『我們飛過去。給我一個直行的航向，收到多向導向台的導航訊息之前，就先這麼玩。』然後她對著無線電說：『我們準備嘗試，林肯，不過剩下的燃料非常吃緊。我們有許多事情要做，待會兒再和你聯絡。』

『我們會一直在這裡。』

布雷德仔細地查看地圖，參照航空日誌。『左轉航向二六六。』

『二六六。』她重複一遍，然後呼叫航空交通管制中心：『芝加哥中心，九五FB。我們正飛往丹佛國際機場。我們被裝了一枚高度引爆彈，所以必須在海拔五千公尺以上的高度著陸。請求立即的多向導向台飛往丹佛的導航訊息。』

『收到了，FB，給我們一分鐘。』

布雷德要求：『請告知路上的天氣狀況，芝加哥中心。』

『高壓鋒面正通過丹佛。逆風在一萬呎的高度從十五到四十節不等，在兩萬五千呎的高度則增加到六十、七十節。』

『糟糕。』布雷德嘀咕了一聲之後，重新開始他的計算。過了一會兒之後，他表示：『燃油將會在距離丹佛還剩下五十五哩的時候耗盡。』

貝爾問：『妳能夠降落在高速公路上嗎？』

『如果要變成一大團火球的話，當然可以。』珮西答道。

航空交通管制中心呼叫：『FB，準備抄下多向導向台的頻率。』

布雷德進行紀錄的同時，珮西做了一個伸展的動作，讓她的腦袋緊緊貼著椅背；這樣的動作有點熟悉，她記得她看過林肯．萊姆在他那張精心打造的床上這麼做過。她想起了自己對他說的那一番話。當然，她說得相當認真，但是並沒有了解自己說得有多麼眞實；他們是如此地依賴這些脆弱的金屬和塑膠。

可能也會因爲它們而即將面對死亡。

命運是一個狩獵者……

短缺了五十五哩的燃料，他們應該怎麼辦？

爲什麼她的思緒不像萊姆那般有條理？難道她就想不出任何節省燃料的辦法嗎？

飛高一點的話，燃油的效率較高。

飛輕一點的話也有同樣的效果，他們有沒有辦法把一些東西丟出機外？

那個貨櫃？美國醫療保健那批貨的確實重量爲四百七十八磅，那會爲他們多買個幾哩。

但是就算她心裡面有這種想法，她也很清楚自己不會這麼做。只要還有任何拯救飛機、拯救公司的機會，她都會嘗試。

快一點，林肯·萊姆，她心想，給我一點靈感吧。給我……想像著他的房間，想像著坐在他的身旁，讓她想起了那一隻雄隼站在窗緣上雄赳赳的模樣。

『布雷德，』她突然問：『我們的滑降比是多少？』

『李爾三五A？我不知道。』

珮西曾經飛過史威哲二—三三滑翔機。原型建造於西元一九六二年，也從此訂定了滑翔的標準，下降率爲驚人的每分鐘一百二十呎，重量爲一千三百磅；她目前駕駛的李爾機則爲一萬四千磅，不過機身還是可以滑翔，任何一架飛機都可以。她記得幾年前加拿大航空那架七六七發生的意外事件，飛行員們至今依然津津樂道；那架巨無霸噴射客機因爲電腦和人爲的雙重錯誤而耗盡了燃料，兩具引擎在四萬一千呎的高空熄火，飛機於是成了一架重達一百四十三噸的滑翔機，而它最後成功地緊急著陸，沒有造成任何死亡。

『好吧，讓我們想一想，引擎空轉的時候，下降率是多少？』

『我們可以維持在兩千三百呎，我想。』

也就是相當於每小時三十哩的垂直掉落。

『現在計算一下，如果我們用燃料帶我們到五萬五千呎的高度，什麼時候會耗盡燃油？』

『五萬五千呎？』布雷德有些驚訝地問。

『沒錯。』

他把數字敲進去。『最大的爬升率是每分鐘四千三百呎，我們會因此而耗掉不少燃油。但是爬到三萬五千呎以上之後，效率會直線上升，我們可以降低動力……』

『只用一具引擎？』

『當然，我們可以這麼做。』

他敲進去更多的數字。『在這種情況下，我們會在距離剩下八十三哩的時候耗盡燃料。不過當然，到時我們還有高度。』

珮西．克萊的數學和物理都是優等成績，不需要計算機就能夠推算的她，已經看到了數字在她的腦中湧現。在五萬五千呎的高度熄火，下降率為兩千三百……他們著陸之前，還可以撐過八十哩；如果逆風對他們仁慈一點的話，或許還可以撐得更遠。

在計算機和靈活手指的幫助下，布雷德也得到了同樣的結論。『不過還是很緊。』

上帝不會給你確定的答案。

她開口說：『芝加哥中心，李爾FB請求立刻爬升到五萬五千呎的許可。』

有的時候你就是必須賭一把。

『嗯……再說一次，FB。』

『我們需要爬高，五萬五千呎。』

航空交通管制中心的管制員勉強表示：『FB，你們是一架李爾三五，沒錯吧？』

『沒錯。』

『最高的操作上限是四萬五千呎。』

『一點都沒錯，但是我們需要飛得更高。』

『你們的密封最近有沒有檢查過？』

指的是機門和機窗上，防止飛機解體的壓力密封。

『沒問題。』她答道，故意不提當天下午FB才剛剛被射得滿身是洞，然後草草地黏糊塡補起來。

航空交通管制中心回覆：『知道了，批准你們爬升到五萬五千呎，FB。』

然後珮西說了一句沒有幾個李爾機的駕駛員說過的話：『收到了，從一萬呎飛向五萬五千。』

珮西下達指令：『動力百分之八十八。爬升到四萬、五萬及五萬五千呎時，報告爬升比和高度。』

『知道了。』布雷德平穩地回答。

她轉動機身，飛機開始升高。

他們朝著高空直飛。

夜空裡的每一顆星星……

十分鐘之後，布雷德叫道：『五萬五千呎。』

他們恢復平飛，珮西幾乎可以聽見飛機的接縫發出的呻吟聲。她想起了她的高空生理學課程。如果朗恩置換的窗戶炸開，或任何壓力密封破裂的話，飛機若不解體，組織缺氧也會讓他們在五秒鐘之內昏迷；就算他們戴上氧氣罩，壓力的差別也會讓他們的血液沸騰。

『將艙壓增加到一萬呎。』

『增加到一萬呎。』他複誦一遍，這至少可以緩和一些脆弱的外殼所承受的可怕壓力。

『好主意。』布雷德表示：『妳怎麼想得出來？』

猴子伎倆……

『我不知道。』她回答：『我們關掉二號引擎的動力吧；關閉節流閥，解除自動節流閥。』

『關閉，解除。』布雷德複誦。

『關閉燃油唧筒，關閉點火裝置。』

『燃油唧筒關閉，點火裝置關閉。』

他們右邊的推力消失之後，她感覺機身些微地偏移，於是珮西調整方向舵來抵銷偏離的角度。需要調整的角度有限，因爲噴射引擎裝置在機身後面，而不是在機翼上。失去一邊的動力，對於機身的穩定並不會有太大的影響。

布雷德問：『我們現在做什麼？』

『我要來一杯咖啡。』珮西一邊表示，一邊像個跳下樹屋的淘氣姑娘一樣爬出座位。『嘿，羅蘭，你這一杯打算怎麼喝？』

在這折磨人的四十分鐘內，萊姆的房間一片寂靜。大家的電話都沒響，沒有傳眞進來，也沒有電腦語音報告『收到電子郵件。』

然後，戴瑞的電話終於嘟嘟響起。他通話的時候一邊點頭，但是萊姆看得出並不是什麼好消息。他掛上他的電話。

『是坎伯蘭？』

戴瑞點點頭。『但是沒有結果，卡勒已經多年不住在那裡了。當地的警察還經常談起那男孩把繼父綁在樹上，讓蟲子爬上他的身體這件事，已經在當地成了一件傳奇。但是那一帶已經沒有人住，也沒有人知道任何事，或者只是不願意開口。』

塞利托的電話就在這時候滴滴響起。他打開電話：『喂？』

是線索，萊姆一邊祈禱，一邊看著塞利托遲鈍而堅決的面孔，希望是一條線索。他合上了電話。

『是羅蘭・貝爾。』他表示：『他只是要讓我們知道，他們已經耗盡燃油了。』

34

倒數八小時

三個不同的警報器同時響了起來。

油量不足、油壓不足、引擎溫度過低。

珮西試著輕微地晃動一下機身，看看能不能弄一點燃油到油管裡，但是油箱已經乾透了。

一陣輕微的嘩啦聲之後，一號引擎也停止噗噗作響，然後陷入沉默當中。

駕駛艙接著陷入一片完全的漆黑，就像躲進了衣櫃裡面一樣。

喔，不……

她看不見任何一個儀表、任何一個控制桿或旋鈕。唯一沒讓她陷入盲目飛行的暈眩，是在他們前方遙遠的丹佛市叢聚的微弱光線。

『怎麼回事？』布雷德問。

『天啊，我忘了發電機。』

發電機是跟著引擎運轉，引擎不動的話，就沒有電。

『放下衝壓空氣渦輪。』她下令。

布雷德在黑暗中摸索，然後找到了控制桿。他拉起控制桿，衝壓空氣渦輪在機身下方降下來。那是一個連接到發電機的小型螺旋槳，氣流轉動槳葉，然後供給發電機動力，可以供應操控的基本電力和燈光，但是沒有辦法控制襟翼、起落架和空氣煞車。

過了一會兒之後，部分燈光重新恢復供電。

珮西盯著垂直速度表。它顯示下降率爲每分鐘三千五百呎，比他們的計畫快出許多，他們目前正以每小時五十哩的速度掉落。

爲什麼？她覺得納悶，爲什麼跟估算差這麼多？

因爲高處的空氣較爲稀薄！而她是以密度較大的大氣爲基準來計算下降率。想到這一點，她記得丹佛一帶的大氣也會比較稀薄；她從來不曾在超過一哩的高度駕駛滑翔機。

她拉回操縱桿來抑止下降。現在減少爲每分鐘兩千一百呎，但是空速也跟著迅速降低。在這種稀薄的氣層中，失速的速度大約是三百節左右；操縱桿會開始晃動，操控也會接著失靈。這種飛機如果在失去動力的情況下失速，根本就沒有回復的機會。

棺材的一角……

操縱桿往前推之後，他們掉落的速度快了一些，但是空速也跟著增加。她就這麼玩了將近五十哩。航空交通管制中心告訴他們什麼地方逆風最強，而珮西則試圖找出高度和路線的最佳組合——風速強到足以給予李爾機最理想的支撐，但是又不至於大幅減緩他們的地面速度。

最後，珮西因爲使用蠻力操控飛機，而導致肌肉疼痛不已：『聯絡他們吧，布雷德。』

『丹佛中心，這裡是李爾六九五ＦＢ，在一萬九千呎的高度加入你們。我們距離機場還有二十一哩，空速兩百二十節。我們目前處於無動力的狀態，請求依據我們目前的二五〇航向，爲我們導航至最長的開放跑道。』

『收到了，FB，我們一直在等你們。高度計三十點九五，左轉航向二四〇，我們會爲你們導航至二八左跑道。你們有一萬一千呎可以玩。』

『收到了，丹佛中心。』

某件事情讓她覺得不安。那種內臟裡卡了一顆子彈的感覺，就像她想起那輛黑色廂型車的時候一樣。

到底是什麼事？只是迷信嗎？

悲劇成三……

布雷德表示：『距離著陸還有十九哩，一萬六千呎。』

『FB，請聯絡丹佛近場台。』他告知他們頻率之後，補充道：『他們全部知道你們的境況。祝你們好運，女士，我們全體都心繫你們身上。』

『晚安，丹佛。謝謝。』

布雷德將無線電調整到新的頻率。

到底出了什麼錯？她再次覺得納悶。有件事情被我忽略了。

『丹佛近場台，這裡是李爾六九五FB，在一萬三千呎的高度加入你們，十三哩之後著陸。』

『我們收到了，FB。右轉航向二五〇。據了解，你們處於無動力狀況，對不對？』

『我們是你們見過最大的一架滑翔機，丹佛。』

『你們能操控襟翼和起落架嗎？』

『襟翼不行，但是可以用手控轉下起落架。』

『知道了。你們需要卡車嗎？』

也就是表示緊急救援的車輛。
『我們機上可能有一枚炸彈，所以需要你們的全部支援。』
『知道了。』
這時候，她在一股恐懼的顫慄中突然發現：氣壓。
『丹佛近場台。』她呼叫：『高度計是多少？』
『嗯……我們在三〇點九六，FB。』
水銀柱在一分鐘內升高了百分之一吋。
『氣壓正在升高？』
『沒錯，FB。主要的高氣壓鋒面正在接近。』
糟糕！這樣炸彈周圍的壓力會增加，然後氣囊就會如同他們降低高度一樣地萎縮。
『他媽的該死！』她罵道。
布雷德盯著她看。
她問他：『水銀柱在瑪瑪羅奈克的時候指在什麼地方？』
他查看了航空日誌。『二九點六。』
『計算一下，用那個壓力數值和五千呎的高度，來比對三一點〇。』
『三一？高得嚇人。』
『我們正是朝著這樣的壓力前進。』
他盯著她。『但是那枚炸彈……』
珮西點點頭。『算吧。』
布雷德將數字敲進去。

他嘆了一口氣之後，首次將自己的情緒表現出來。『瑪瑪羅奈克的五千呎，相當於這裡的四千八百五十。』

她再次把貝爾叫到前面。『目前的情況是這樣，有個壓力鋒面正經過此地。我們抵達跑道的時候，炸彈對於氣壓的解讀可能已經低於五千呎，它可能在我們距離地面五十到一百呎的時候引爆。』

『很好。』他平靜地點點頭，『很好。』

『我們不能操控襟翼，所以會以非常快的速度當中落地，將近兩百哩的時速。如果炸彈爆炸的話，我們會失去控制而墜落。不過因為油箱已經乾涸，所以火勢並不會太大。還有，還得看看我們前面有些什麼東西，如果我們夠低的話，可能會滑行一陣子才會開始翻覆。你什麼事都不用做，但是必須繫緊你的安全帶，把頭壓低。』

『很好。』他說，一邊點頭，一邊朝著窗外看。

她瞥了他一眼。『我能不能問你一件事，羅蘭？』

『當然。』

『這不是你第一次搭飛機吧？』

他嘆了一口氣。『妳知道，如果妳大半輩子都待在北卡羅來納，就不會有太多旅行的機會。至於來到紐約，嗯……鐵路公司的服務又好又舒適。』他頓了一下，『事實上，我從來都不曾登到一台電梯能載我去的高度以上。』

『搭飛機並不全都像這樣。』她說。

他抓了抓她的肩膀，低聲對她說：『千萬不要弄掉妳的糖果。』然後回到座位上。

『好吧，』珮西說，一邊看著『丹佛國際機場飛行員指南』中的資訊。『布雷德，這是一次朝向二八左跑道的夜間目視進場。飛機由我指揮，你用手控的方式放下起落架，並報出下降率、抵達跑道的距離和高度，告訴我距離地面的高度，而不是海拔的高度，還有空速。』她試著去思索其他必須交代的地方，但是沒有動力、沒有襟翼、沒有空氣煞車，就沒有其他必須交代的。這是她的飛行生涯中，最短的一次降落前簡報。她補充了一句：『最後一件事。我們停下來之後，盡你吃奶的力量給我趕快爬出去。』

『距離跑道十哩，』他叫道：『速度兩百節，高度九千呎。我們需要減緩下降率。』

她輕輕地拉了一下操縱桿，速度立刻戲劇性地掉落。操縱桿又晃動了起來。現在如果失速的話，他們就死定了。

繼續往前進。

九哩……八哩……

她的汗水就像下雨一樣地滴落，她擦了擦臉，拇指和食指之間的柔軟肌膚已經冒出了水泡。

七……六……

『五哩之後著陸，四千五百呎，空速兩百一十節。』

『放起落架。』珮西下令。

布雷德轉動放下沉重起落架的手控轉盤。雖然有地心引力幫他的忙，但是仍然需要費不少力氣。不過他還是像個細讀資產負債表的會計師一樣，緊盯著儀表，然後朗誦數據。『四哩之後著陸，三千九百呎……』

她則和低空的氣流和狂風搏鬥。

『起落架已放下。』布雷德氣喘吁吁地叫道：『綠燈全亮。』

空速掉落到了一百八十節——大約兩百哩的時速。速度太快了，眞的太快了。在沒有反向推進器的情況下，就算最長的一條跑道也會被他們燒出一條灼痕。

『丹佛近場台，高度計目前在多少？』

『三〇點九八。』航空交通管制中心一名鎮定的飛航管制員表示。

正在升高，越來越高。

她深深地吸了一口氣。對那枚炸彈來說，跑道的海拔高度已經稍微低於五千呎。棺材舞者在製造雷管的時候，精確度有多高呢？

『起落架造成了阻力，下降率兩千六百呎。』

也就相當於每小時三十八哩的垂直掉落速度。『我們掉得太快了，珮西。』布雷德叫道：『我們會在抵達防撞燈前著陸。還差一百碼，或許兩百。』

航空交通管制中心也注意到這一點。『FB，你們需要一點高度，你們接近的高度太低了。』

拉回操縱桿，速度掉落，失速警告。操縱桿重新向前推。

『二哩半之後著陸，高度一千九百呎。』

『太低了，FB。』航空交通管制中心的管制員再次警告。

她看向銀色機頭的下方。所有的燈光都在那裡——進場的頻閃防撞燈正招手讓他們向前飛，滑行道上的藍色圓燈，跑道上的紅橙燈光……還有珮西從前進場的時候從未見過的燈光：數百盞的閃光燈，白色和紅色，來自每一輛緊急救援的車輛。

四處都是燈光。

夜空裡的每一顆星星……

『還是太低。』布雷德叫道：『我們會提早兩百碼撞擊觸地。』

珮西的手心汗流不止，她在用力使勁的同時，又再次想起了被困在輪椅上的林肯・萊姆；他也一樣努力向前傾，查看著電腦螢幕上的某樣東西。

『太低了，ＦＢ。』航空交通管制中心再次重複：『我讓緊急救援車移動到跑道前的空地上。』

『千萬不要。』珮西堅決地表示。

布雷德叫道：『高度一千三百呎，一哩半之後觸地！』

我們還有三十秒鐘！我應該怎麼辦？

艾德華？告訴我！布萊特？來人啊……

出現吧，猴子伎倆……我應該怎麼做？

她朝駕駛艙的窗外看出去。在月光的照耀下，她可以看到城郊、市區、一些農田，她也看到了左手邊的一大片沙漠。

科羅拉多州有許多荒漠……沒錯！

她突如其來地讓飛機向左急轉。

不明白她在打什麼主意的布雷德，大聲叫道：『下降率三千兩百呎，高度一千呎，九百呎，八百五十……』

讓一架無動力的飛機急轉，會造成高度的遽降。

航空交通管制中心呼叫：『ＦＢ，不要轉彎。重複一遍，不要轉彎！你們沒有足夠的高度。』

她在沙漠上方將機身拉平。

布雷德迅速地笑了一聲。『高度穩定……高度上升，我們在九百呎，一千呎，一千兩百呎，一千三百呎……我不懂！』

『是熱氣流上升的關係。』她表示：『沙漠在白晝吸收溫度，然後用一整個晚上釋放。』

航空交通管制中心也弄明白了。『很好，ＦＢ，很好！你們剛剛爲自己弄到了大約三百碼的距離。右轉航向二九○……很好，現在左轉二八○。很好，已經進入航線。聽好，ＦＢ，如果你們要弄破這些防撞燈，儘管放手吧！』

『謝謝你的提議，丹佛，但是我想我在通過跑道指標一千呎之後才會讓飛機觸地。』

『沒問題，女士。』

他們現在還有另外一個麻煩：雖然抵達跑道已經沒有問題，但是空速依然太快了。襟翼的功能是用來降低失速的速度，讓飛機得以緩緩地著陸。李爾三五A正常的失速速度大約為每小時一百一十哩，沒有襟翼的話，速度則大約將近一百八十哩，以這樣的速度，就算是一段兩哩長的跑道，也會一下子就到達盡頭。

所以珮西開始側滑。

這是駕駛私人飛機的一項技巧，應用在側風時的著陸上。讓飛機左傾，同時踩下右方向舵踏板，飛機會因此而大幅降低速度。珮西不知道是不是有人曾經在一駕重七十噸的噴射機上應用過這項技巧，不過她想不出來還能做些什麼。『我需要你的幫忙。』她對著布雷德叫道，使力讓她上氣不接下氣，破皮的雙手則痛苦不堪。他抓緊操縱桿，同時往踏板猛踩。這麼做立刻出現讓飛機減速的效果，不過也造成左機翼的陡落。

她會在機翼接觸跑道之前，適時地讓機身回正。

她開始期待。

『空速？』她叫道。

『一百五十節。』

『看起來不錯，FB。』

『距離跑道兩百碼，高度兩百八十呎。』布雷德唱道：『防撞燈，十二點鐘方向。』

『下降率？』她問。

『兩千六百呎。』

太快了，以這樣的下降率著陸會毀掉起落架，也可能讓炸彈爆炸。

防撞燈就在他們正前方，引導他們向前飛……

下降，下降，下降……

就在他們衝向燈光的支架時，珮西叫道：『交給我！』

布雷德放開操縱桿。

珮西將機身從測滑扶正，同時讓機頭上揚。飛機漂亮地恢復平飛，穩住了機身，一越過跑道盡頭的指標之後就停止了陡降。

機身雖然穩住了，但是事實上卻沒有辦法著陸。

高速行進的飛機在相對於低氣層的濃密大氣中，因沒有燃料而減輕了負重，會拒絕著陸。

她瞥了一眼跑道兩旁緊急救援車輛發出的黃綠燈光。

已經越過指標一千呎了，距離水泥地面卻還有三十呎。

然後是兩千呎、三千呎。

該死，她得把飛機降到地面上！

珮西輕輕地把操縱桿向前推，機身立即戲劇性地往下沉！她接著使盡全力拉回桿子，機身稍微抖動了一下之後，輕輕地落在水泥地面上。這是她最爲平順的一次降落紀錄。

『全面煞車！』

她和布雷德用力地踩緊方向舵踏板，煞車墊發出尖銳刺耳的聲音，機身亦傳出劇烈的顫動；機艙內頓時充滿了煙氣。

他們已經用掉了跑道的一半長度，但是仍然以一百哩的時速高速行進。

草地，她心想，必要的話我就轉個方向衝進草地。起落架會嚴重受損，但是可以保住貨櫃……七十，六十……

『火警信號，右車輪。』布雷德叫道：『火警信號，鼻輪。』

不管了，她心想，一邊用全身的重量壓緊煞車。

李爾機開始打滑顫動。她利用鼻輪來平衡，機艙內的煙霧則越來越濃。

時速六十哩，五十，四十……

『機門。』她對著貝爾叫道。

貝爾立刻站了起來，將機門朝外推——它成了一道樓梯。

消防車開始朝著飛機聚集。

冒煙的煞車發出一聲猛烈的呻吟，接著李爾N六九五FB在距離跑道盡頭十呎的地方停了下來。

機艙內傳出的第一個聲音發自貝爾：『好了！珮西，出去！快！』

『我必須……』

『我現在接手！』貝爾大聲吼叫：『我必須把妳從這裡面拖出去，我說得到做得到。立刻出去！』

貝爾催促她和布雷德到艙門外，自己先跳到水泥地上，然後引導他們逃出飛機。他朝正對著機輪噴灑泡沫的救難人員大叫：『機上有一枚炸彈，隨時都會爆炸，在引擎裡面。不要太靠近！』他手上抓著一把槍，一邊監看著圍繞著飛機的人群。珮西曾經一度覺得他有一點偏執狂，但是現在並不這麼認爲了。

他們在距離飛機一百呎的地方才歇腳，而丹佛市警局爆破小組的卡車也剛剛停下來。貝爾朝他們揮手。

一個高瘦的警察走出卡車，朝貝爾走了過來。他們對彼此亮了警徽之後，貝爾對他解釋這枚炸彈的細節，以及他們認爲可能的置放地點。

『所以，』丹佛的警察表示：『你們並不確定炸彈在飛機上。』

『並不是百分之百確定。』

然而，就在珮西正好望向FB的時候——她漂亮的銀色外皮覆蓋著斑斑的滅火泡沫，並因爲強烈的聚光燈而閃閃發亮——突然出現了一聲震耳欲聾的巨響。機身的後半部在巨大的黃色烈焰中炸開，並朝著空中撒出了細碎的金屬殘片。除了貝爾和珮西之外，現場所有人全都迅速地趴倒在地上。

『哦。』珮西倒抽了一口氣，舉起手來掩住嘴巴。

當然，油箱裡面已經沒有任何剩餘的燃油，但是飛機的內部，包括座椅、線路、地毯、塑膠配件，還有貴重的貨櫃，全都被猛烈的大火呑噬。消防車謹愼地等待了一會兒之後，才蜂擁而上，漫無目標地朝著破碎的金屬殘骸，噴灑更多雪白色的滅火泡沫。

第五部

死神之舞

『我抬頭看到一個掉落的圓點，逐漸變成了一個倒轉的心形，
是一隻俯衝的鳥。牠向下沉落半哩，劃過清澈的秋空，
而秋風亦在牠的狂嘯中吶喊，發出世間難尋的聲響。
牠在最後一刻急轉，與石雞並行而飛，
然後以大口徑子彈般的軀幹，從背後予以重重的一擊。』

——史帝芬·波迪歐《風靡蒼鷹》

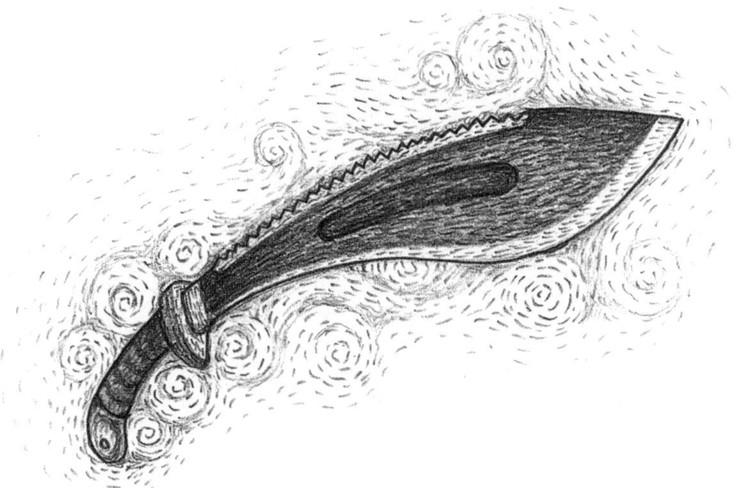

35

倒數四小時

萊姆發現時間剛剛過了凌晨三點。珮西·克萊正乘著聯邦調查局的飛機朝著東岸飛返。再過幾個小時她就會前往法院大樓，準備在大陪審團面前出庭作證。

而對於棺材舞者目前身在何處，正在打什麼主意，僞裝成什麼身分，他還是沒有半點頭緒。

塞利托的電話嘟嘟響起。他接聽了電話之後，整個臉孔跟著皺成了一團。『老天，棺材舞者又做掉了一個人。他們剛剛在中央公園接近第五街的通道裡，發現了另一具無法辨明身分的屍體。』

『完全無法辨明身分？』

『聽起來他確實弄得非常徹底，去掉了雙手、牙齒、下頷，還有衣物。是年輕的白種男性，二十到三十歲之間。』他又聆聽了一會兒。『並不是一名流浪漢，他很乾淨，身材維持得很好，是運動員的體格。豪曼認爲他是一名東區的雅痞。』

『很好。』萊姆表示：『把它弄到這裡來，我要親自檢驗。』

『那具屍體嗎？』

『沒錯。』

『嗯……好吧。』

『看來棺材舞者又爲自己弄了一個新的身分。』萊姆憤怒地思索：『到底是什麼？他接下來準備用什麼方法對我們發動攻擊？』

萊姆嘆了一口氣，朝著窗外看出去。他對戴瑞說：『你們準備把他們放在什麼樣的庇護所裡？』

『我一直在考慮這件事情。』高瘦的戴瑞表示：『對我來說……』

『我們的……』一個新出現的聲音說。

他們望著出現在門口的魁偉男人。

『放在我們的庇護所裡，』雷金納德·艾力歐保羅斯表示：『由我們監管。』

『除非你有……』萊姆開口說。

檢察官快速晃了晃手上的一張紙，萊姆根本都來不及看，不過他們都知道保護拘提的合法性。

『這並不是一個好主意。』萊姆表示。

『總比你用盡辦法，想要讓我們最後一名證人遇害的主意好多了。』

莎克斯憤怒地走向前，但是萊姆搖了搖他的頭。

『相信我。』萊姆說：『棺材舞者會猜得出你要拘提他們，他可能早已經猜到了。事實上，』他用一種預言凶兆的語氣說：『他可能正這麼期待。』

『他一定會讀心術。』

萊姆歪著頭。『你漸漸抓住重點了。』

艾力歐保羅斯暗自竊笑。他環顧了一下房間，然後認出了喬迪。『你是喬瑟夫·迪歐佛里歐？』

喬迪回瞪他一眼。『我……是的。』

『你也跟我一起走。』

『喂，等一等，他們說我會拿到我的錢，然後我就可以……』

『這件事和獎金沒有任何關係。只要你符合條件的話，你就一定拿得到。我們只是想要確保你在大陪審團召集之前的安全。』

『大陪審團？沒有人向我提到過需要作證！』

『這麼說好了，』艾力歐保羅斯表示：『你是一名關鍵證人。』然後他指著萊姆。『他或許有謀殺某個狙擊手的企圖，不過我們進行的卻是絕大部分執法人員會做的事，也就是讓雇用他那傢伙所面對的指控成立。』

『我不會出庭作證。』

『那麼你會因爲藐視法庭到一般的監獄裡坐牢；我打賭你很清楚裡面有多麼安全。』

喬迪試圖表現出他的憤怒，但是他被嚇壞了，只能一臉無助地說：『喔，天啊。』

『你提供不了充分的保護，』萊姆對艾力歐保羅斯表示：『我們很清楚這個人。讓我們來保護他們吧。』

『對了，萊姆。』艾力歐保羅斯轉向他。『由於那架飛機發生的事件，我準備控告你干擾犯罪調查。』

『你這個王八蛋！』塞利托罵道。

『我是個王八蛋？』艾力歐保羅斯頂回去。『他讓她去飛那一趟航班，差點就毀了這件案子！我星期一就會讓逮捕狀送過來，而我會親自督導這項起訴，他……』

萊姆淡淡地說：『他來過這個地方，你知不知道？』

艾力歐保羅斯沒有繼續說下去。過了一會兒之後，他問：『誰？』

雖然他很清楚萊姆說的人是誰。

『他不到一個小時之前才在那一扇窗外，用一把填裝了爆破彈的來福槍，往這個房間裡面瞄準。』萊姆看著地板。『焦點很可能就是你現在站的地方。』

艾力歐保羅斯再怎麼樣都不願退開，不過他的視線倒是朝著窗戶的方向飄了飄，確定遮陽板已經關上。

『爲什麼……』

萊姆替他完成了他的句子。『他沒有開槍？因爲他有一個更好的點子。』

『什麼點子？』

萊姆表示：『這是一個價值百萬美元的問題。我們目前只知道他又殺了另外一個人，中央公園裡的一名年輕人，然後將他剝個精光。他銷毀了死者全部的身分證明，然後用來做爲自己的喬裝。我一點都不懷疑他已經知道炸彈並沒有炸死珮西，所以他正準備前來完成他的工作，而他會把你當成一個共謀的對象。』

『他甚至不知道我的存在。』

『如果你希望這麼相信的話。』

『我的天啊，老雷，』戴瑞說：『試著了解一下狀況！』

『不要這麼叫我。』

莎克斯也加了進來。『你難道不明白嗎？你從來不曾對付過一個像他這樣的人。』

艾力歐保羅斯盯著她，然後對塞利托說：『我想你們在城市裡有另外一套辦事的方法，你們這些聯邦人員。我們的人非常清楚自己的工作。』

萊姆氣憤地罵道：『如果你把他當成了一個幫派分子或是過氣的黑手黨，那你一定是個蠢蛋。沒有人能夠躲得掉他，唯一的辦法就是阻止他。』

『是啊，萊姆，這是你一直掛在嘴邊的口號。我們不會因爲一個幾年前殺了你兩名技術人員的傢伙對你造成的勃起狀態，再犧牲更多的警員了，假設你還能夠勃起的話……』

艾力歐保羅斯是個大個子，所以他非常驚訝自己如此輕易地就被撞倒在地上，盯著塞利托脹成紫色的臉孔，以及往後拉開的拳頭。

『你這麼做的話，警官，』艾力歐保羅斯氣喘吁吁地說：『你在半個鐘頭內就會遭到提訊。』

『隆恩，』萊姆說：『算了，算了……』

塞利托冷靜下來，一邊憤怒地瞪著那傢伙，一邊往後退開。艾力歐保羅斯爬了起來。

這種污辱並不代表什麼意義。他此刻並沒有把艾力歐保羅斯，或甚至棺材舞者放在心上。因為他剛好朝著艾米莉亞・莎克斯的方向看過去，看到她空洞的眼神，以及一股絕望。而他非常清楚她的感覺：失去獵物的絕望。艾力歐保羅斯偷走了她逮到棺材舞者的機會，就像林肯一樣，這個殺手已經成了她生命裡的黑色焦點。

全都因為一次失誤──發生在機場的事件，以及她為自己尋找掩護那件事。一件除了她自己之外，所有的人都認為微不足道的小事。那句諺語是怎麼說的？一個傻瓜可以朝著池塘裡丟進一顆石頭，但是要把石頭撿回來，卻可以讓十多個聰明人束手無策。萊姆現在的生命，不就是一塊骨頭被木頭敲碎的結果嗎？莎克斯自己的生命，也在被她視為懦夫行徑的那一刻劈啪斷裂。不過不同於萊姆自己的處境，他相信她仍有機會修補。

莎克斯，這麼做讓我痛苦不堪，但是我沒有選擇。他對艾力歐保羅斯說：『好吧，但是你必須答應一件事來做為交換。』

『要不然你會怎麼樣？』艾力歐保羅斯嗤之以鼻地笑道。

『要不然我不會告訴你珮西在什麼地方。』萊姆簡單地說：『只有我們知道她在哪裡。』

艾力歐保羅斯冷冷地盯著萊姆，他剛才因為摔角比賽的肩著地而充血的面孔已經不再脹紅。

『你想怎麼樣？』

萊姆深深地吸了一口氣。『棺材舞者對於追捕他的人一向表現出相當的興趣。如果珮西由你保護的話，我要你連現場鑑識的負責人也一起保護。』

『你？』檢察官問。

『不對，是艾米莉亞・莎克斯。』萊姆回答。

『萊姆，不要。』她皺著眉頭說。

莽撞的艾米莉亞・莎克斯……我卻斷然將她放進殺人地帶。

他示意她靠過來。

『我要留在這裡。』她表示：『我要抓到他。』

他低聲說：『這一點妳不用擔心，莎克斯。他自己會找上門。梅爾和我會想辦法找出他新的身分。但是如果他在長島出擊的話，我要妳在現場，我要妳和珮西在一起，妳是唯一了解他的人……當然，還有我，不過短時間內我大概不會再舉槍射擊了。』

『他可能再回到這裡……』

『我不這麼認爲。這可能是第一條從他手中溜掉的魚，所以他一點都不會開心。他會孤注一擲地追著珮西，這一點我很清楚。』

她盤算了一會兒，然後點頭同意。

『好吧。』艾力歐保羅斯說：『妳跟我們走，外面有一輛廂型車等著。』

萊姆叫道：『莎克斯？』

她停下腳步。

艾力歐保羅斯表示：『我們眞的應該動身了。』

『我一分鐘之後就下來。』

『我們有一些時間上的壓力，警官。』

『我說，一分鐘。』她熟練地贏了瞪眼睛比賽，艾力歐保羅斯和他的護衛隊於是領著喬迪下樓去。『等一等。』喬迪在玄關大叫了一聲。他回到房間，抓起他的自助手冊，然後重新跑下樓去。

『莎克斯……』

他想要對她說一些避免逞英雄，或關於傑瑞．班克斯，或她對自己過於嚴苛之類的話。告訴她戒絕死亡的念頭……

但是他知道任何告誡或鼓勵的話，聽起來都會像是一種提示。

所以他決定對她說：『先開槍。』

她把右手放在他的左手上。他閉上眼睛，努力想要感覺她的肌膚在他手上造成的那股壓力。而他相信自己感覺到了，儘管那股感覺僅來自區區的一根無名指。

他抬起頭看著她。莎克斯說：『讓保鑣看著你，好嗎？』一邊指著塞利托和戴瑞。

這時候一個急救醫療服務的醫生出現在門口，看看房間裡的萊姆，看看房裡的設備，再看看這名漂亮的女警，試著揣測自己爲什麼會收到這樣的指示。『有人需要一具屍體嗎？』他不確定地問。

『這裡！』萊姆大叫：『快，我們立刻就要！』

廂型車通過一道閘門之後，開進了一條單線的車道，似乎向前延伸了數哩。

『如果車道是這個樣子，』羅蘭．貝爾喃喃說：『我等不及要看看房子是什麼模樣。』他和艾米莉亞．莎克斯坐在喬迪的兩旁。緊張地坐立不安的喬迪，讓所有人都覺得十分不快。他身上那件笨重的防彈衣不停地擦撞他們，同時在長島的高速公路上不停地查看陰影、陰暗的門廊以及來往的車輛。車子的後面坐著兩名佩帶了機關槍的三二E警官，珮西．克萊則坐在前座的乘客位上。他們在拉瓜第亞機場的海軍陸戰隊航空站接了她和貝爾，然後開往蘇福克郡的時候，珮西的模樣讓莎克斯非常吃驚。

並不是因爲珮西表現出疲倦或恐懼——雖然她肯定累壞了，讓莎克斯覺得困擾的她全然認命的模樣。身爲一名巡警，她曾經目睹過許許多多的街頭悲劇，她也負責通報不幸的壞消息，但是她從來沒見過任何一個像珮西．克萊一樣，放棄得如此徹底的人。

珮西和朗恩．泰爾波特通了電話。莎克斯從對話當中推斷，美國醫療保健甚至未等她那架飛機的餘燼冷卻，就已經取消了合約。掛斷電話之後，她盯了一會兒過路的風景，然後心不在焉地對貝爾表示：『保險公司並不願意賠償貨櫃的損失，他們表示我冒的是一個已知的風險。所以，就這樣……就這樣。』她尖酸地加上一句：『我們破產了。』

路旁的松樹、橡木叢和一片片沙地快速地往後移動。城市裡長大的莎克斯，在青少年的時期並不是爲了前往海灘或購物中心才造訪拿索郡和蘇福克郡，而是爲了在長島聞名的街道飆車中，迅速地變換道奇戰馬的離合器，讓她那輛紫紅色的車子能夠在五點九秒之內加速到六十哩。她大體上能夠欣賞樹木、草地和乳牛等景致，但是只有以一百一十哩的時速飛馳而過時，才能眞正得到樂趣。

喬迪一會兒交叉手臂，一會兒又放下。他躲在中間的位子裡玩弄安全帶，結果又撞到了莎克斯。

『抱歉。』他說。

莎克斯很想狠狠地揍他一頓。

房子和車道並不協調。

那是浪費聯邦政府多年經費，一棟雜亂而樓層交疊，以原木和護牆板缺乏創意地拼湊在一起的房子。

晚上的天氣陰鬱多雲，充滿了層層濃密的霧氣，不過莎克斯還是注意到，房子坐落在一圈緊密的樹木中間，周圍兩百碼的地面則被清理得很開闊。這對於房子裡面的人是個很好的掩護；透過整理過的開放空間，也不難發現試圖攻擊的人。遠方一排灰色的帶狀地區，顯示森林又重新向前接續延伸；房子的後面，則是一個偌大而平靜的湖。

雷金納德·艾力歐保羅斯爬出了帶路的車子，然後示意每個人下車。他帶領著他們走向房子的正門，把他們交代給一個雖然沒有笑容，看起來卻興高采烈的圓胖男人。

『歡迎光臨。』他表示：『我是執法官大衛·法蘭克斯，讓我爲你們介紹一下你們這個離家很遠的家，也是全國最有保障的證人庇護所。我們在此地的整個周邊安裝了重量和動作感應器，如果沒有解除各種警報裝置，根本沒有辦法通過；電腦則被設計來感應人體的動作模式，以重量作爲考量，所以警報器不會因爲在周邊閒晃的鹿或狗而啓動。如果有人踩到了不應該進入的地方，整個地方就會像聖誕節前夕的時代廣場一樣亮起來。如果有人試圖騎著一匹馬闖進來呢？我們也考慮到這一點：要是電腦察覺到動物蹄間距離的重量不協調，就會立刻啓動警報。而任何一點動作，無論來自於浣熊或是松鼠，都會啓動紅外線錄影設備。

『還有，我們也受到漢普頓地方機場的雷達監控，所以任何從空中進行的攻擊，也很早就會被發現。只要有事情發生，你們就會聽見警笛，或許也會看到燈光。你們要留在原地，不要走到外面。』

『你們安排了什麼樣的警衛？』莎克斯問。

『我們在屋裡安排了四名執法官，前門的崗哨安排了兩名，後面的湖邊也有兩名。只要按下那邊那個緊急鈕，二十分鐘之內，這個地方就會擠滿了口喊抓賊的特警隊。』

二十分鐘似乎是一段相當長的時間，喬迪的表情表示；而莎克斯不得不同意這一點。

艾力歐保羅斯看看他的手錶，然後表示：『我們會在六點鐘派一輛裝甲車來接你們上法庭。很抱歉，你們大概沒剩下多少時間可以睡覺。』他看著珮西。『不過，如果依照我的做法的話，你們大可以一整個晚上都安全地待在這個地方。』

他走出門口的時候，沒有任何人向他道別。

法蘭克斯繼續說下去：『只剩下幾件需要注意的事：不要朝窗外看；沒有人護送的話，不要走到外面。那邊那具電話……』他指著起居室一角的一具米黃色電話，『是安全的，也是你們唯一能用的電話。關掉你們的手機，而且無論什麼情況都不要使用。就這樣，有沒有任何問題？』

珮西問：『你們有沒有酒？』

法蘭克斯彎腰，從他身旁的櫃子裡取出一瓶伏特加和一瓶波本威士忌。『我們希望我們的來賓都能夠盡興。』

他把瓶子放在桌子上，然後一邊穿上他的風衣，一邊朝前門走去。『我回家了。晚安，湯瑪斯。』他在門口對一名執法官表示。然後他隔著兩瓶酒，格格不入地站在這間上了亮光漆的狩獵房舍中央，在牆上十多個鹿頭的瞪視下，向四名受保護人點頭示意。

電話響了起來，讓所有的人都嚇了一跳。一名執法官在響了第三聲的時候接了電話。『喂？』他盯著現場的兩個女人。『哪一位是艾米莉亞．莎克斯？』

她點點頭，然後接過話筒。

是萊姆。『莎克斯，那地方有多安全？』

『相當不錯，』她答道：『高科技。屍體上面有沒有任何線索？』

『目前還沒有。過去四個小時內，曼哈頓地區接獲了四名男性的失蹤報案，我們正一個一個查。喬迪在妳旁邊嗎？』

『他在。』

『問他，棺材舞者是否提到過某種特定的掩護身分？』

她轉達了問題。

喬迪回想了一下。『嗯，我記得他說過一次……我的意思是，並不是很具體。他說如果你要殺一個人的話，你必須滲透、評估、指派、消滅。他說過類似這樣的話，我並不是完全記得。他的意思是指派某個人去做某件事，然後當所有人的注意力都分散之後，他就開始行動，我想他曾經提到過送貨員或擦鞋僮之類的角色。』

你手上最致命的武器就是詐騙……

她將這些事情轉述給萊姆之後，他表示：『我們認爲這具屍體是一名年輕的實業家，可能是一名律師。問喬迪，他是否曾經提到過準備僞裝成陪審團的成員進到法庭裡？』

喬迪並不這麼認爲。

莎克斯向萊姆轉達了這一點。

『好吧，謝了。』她聽見他對梅爾．柯柏交代了一些事。『我待會兒再跟妳聯絡，莎克斯。』

他們掛掉電話之後，珮西詢問其他的人：『你們要不要來一杯睡前酒？』

莎克斯無法決定自己要不要。她在萊姆的床上遭受挫折前所喝的威士忌帶給她的記憶，讓她覺得有些畏縮。不過她還是衝動地表示：『當然。』

羅蘭．貝爾決定讓自己下班半個鐘頭。

喬迪則選擇把威士忌當藥一樣，讓自己呑上一劑，然後帶著他那本自助手冊，一邊用都市人面對鄉間生活的陶醉目光盯著牆上的麋鹿頭，一邊轉身找床睡覺去。

外頭濃濃的春意裡，知了唧唧地叫個不停，牛蛙也時而發出奇特而令人心神不寧的叫聲。

望著窗外淩晨的昏暗，喬迪可以看到探照燈穿透晨霧的明亮光線。幢幢的陰影在一旁舞動——那是穿越林間的陣陣霧氣。

他離開窗邊，走向房門，然後朝外面看。

兩名看守這條走道的執法官坐在二十呎外的一小間警衛室裡。他們看起來似乎有些無聊，也沒什麼警戒心。

他仔細傾聽，但是只聽得見老房子在夜間特有的燥木聲和滴答聲響。

喬迪回到床上，坐在塌陷的床墊上，拿起那本破舊、污損的《不再依賴》。

開始工作吧，他心想。

他將書本翻開，膠著處裂了開來，並撕毀了書底的一小片膠帶，一把長長的刀子立刻滑到了床上。刀身看起來像是黑色的金屬，其實是摻雜了陶質的聚合物，所以不會被金屬探測器偵測出來。刀鋒上面污點斑斑，晦暗無光澤，一邊鋒利得像把剃刀，另一邊則像外科手術使用的鋸子一樣呈鋸齒狀；刀柄的部分貼上了膠帶，是一把完全由他自己打造與設計的武器。就像每一種可靠的武器一樣，這把刀子看起來並不起眼，也不太性感，並且只有一種用途：殺人，而且效率非常、非常高。

他抓著這把武器，以及碰觸門柄、窗子的時候，並不會覺得心裡不安，因爲他手上的指紋是全新的。他十根手指的指尖，上個月在瑞士伯恩讓一名外科醫生用化學的處理方式給燒了。一組新的指紋，則以進行外科顯微手術所使用的雷射光蝕刻在傷疤上面。他自己的指紋會重新再長出來，不過那是幾個月之後的事了。

他閉著眼睛坐在床緣，想像著屋子裡的公用空間，然後進行一次神遊。他回想每一扇門、每一扇窗、每一件家具的位置，還有掛在牆上的醜陋風景畫、壁爐上的鹿角、菸灰缸、武器，以及潛在的武器。喬迪的記憶力十分驚人，他甚至可以蒙著眼睛走過房間，而不會撞到任何一張椅子或桌子。

陷入冥想的他，讓想像中的自己走向屋角的電話，花了一點時間研究庇護所的通訊系統。他對於這種系統的運作方式瞭若指掌（他花了許多空閒的時間，研讀安全和通訊系統的操作手冊），所以他知道如果剪斷電話線，降低的電壓將會傳送訊號到執法官的配電盤上面，甚至傳送到管區辦公室裡。所以他必須讓電話線維持原封不動。

不是一個問題，只是一個因子。

他繼續神遊，檢查大廳裡的監視攝影機，那名執法官『忘了』向他們介紹。它們是屬於那種注重預算的設計師會在政府庇護所裡使用的Y形配置，他很清楚這種系統，也知道系統裡暗藏著一個嚴重的瑕疵──你只需要用力敲擊鏡頭的中央，這麼做會讓光學調校出現錯亂，監視螢幕的畫面會變成一片漆黑，不過並不會啓動警報，剪斷同軸電纜才會讓警鈴大作。

想一想照明系統……他在庇護所裡看到了八盞燈。他可以關掉六盞──不，最多五盞。除非等到所有的執法官都死了之後。他記下了每盞燈和開關的位置，然後繼續向前進行他的幽靈漫步──電視房、廚房、臥室，仔細考量了距離、從外頭看進去的角度。

不是一個問題……

他記下每一個『被害人』的位置，並把他們在過去十五分鐘內移動的可能性考慮進去。

……只是一個因子。

他將眼睛睜開，對自己點了點頭，讓刀子滑進口袋裡，然後走向房門。

他靜悄悄地溜進廚房裡，在水槽上面的架子上偷了一把帶孔的勺子，走到冰箱爲自己倒了一杯冰牛奶。接著他走進大廳，閒晃在幾個書架之間，假裝找書看。每經過一具監視攝影機，他就拿起舀勺敲擊鏡頭。然後他將舀勺和牛奶放在桌上，朝著警衛室走去。

『嘿，你看這些監視螢幕。』其中一名執法官說，一邊調整著他面前電視螢幕的旋鈕。

『怎麼樣?』另外一個不太感興趣地問。

喬迪走過第一名執法官的身邊。對方抬起頭，向他問道:『嘿，先生，你還好吧?』這時候，唰唰兩聲，喬迪整齊地在他的喉嚨上劃開了一個V字，讓他光滑的鮮血滔滔地呈弧線噴出。他的搭檔誇張地睜大雙眼，然後伸手準備拔槍。但是喬迪從他的手裡把槍抽出來，同時在他的喉嚨和胸口各刺了一刀，他倒在地上扭動了一會兒。這是一次嘈雜的死亡——喬迪原本就預料到了，但是他不能在這傢伙的身上刺更多刀，他需要他身上的制服，所以必須儘可能讓他不流血。

那名執法官躺在地上做垂死掙扎的時候，抬起眼睛看著喬迪脫下身上那件血漬斑斑的衣物。執法官的眼睛因爲看到喬迪的二頭肌而閃爍，他盯著上面的刺青。

喬迪彎下腰來除去執法官身上的衣物時，注意到了他的目光，於是對他說:『這叫做「死神之舞」。看到了沒有?死神正和他的下一個被害人翩翩起舞，而她的棺木就在後面，你喜歡嗎?』

他是用一種眞誠的好奇提出這個問題，不過他並不期待對方會給他一個答覆，而他也確實沒有得到答覆。

36

倒數三小時

戴著乳膠手套的梅爾·柯柏，站在那具在中央公園發現的年輕屍體旁。

『我可以試試腳底。』他沮喪地建議。

腳底的紋路和手指一樣，全都是獨一無二。不過除非你已經有了嫌犯的樣本，否則價值並不太，而且腳底的紋路並未歸類在指紋自動辨識系統的檔案裡。

『不用麻煩了。』萊姆說。

這個人到底是誰？萊姆看著面前這具遭到兇殘對待的屍體，心想。他是棺材舞者下一步行動的關鍵。這是全世界最糟糕的一種感覺：一處抓不到的癢。面對一份明明知道是案情關鍵的證物，卻沒有辦法破解。

萊姆的目光不由自主地在牆上的證物圖表上移動。這具屍體就像他們在停機棚裡發現的綠色纖維一樣，非常重要，萊姆可以感覺得到；但是為什麼重要就不清楚了。

『還有其他東西嗎？』萊姆詢問驗屍官辦公室的值班醫生，屍體就是他送過來的。他是一名已經開始禿頭的年輕人，頭頂上面佈滿了點點的汗珠。這名醫生表示：『他是一名同性戀者。更確切一點，應該說他年輕的時候過著同性戀的生活方式。他的肛門呈現反覆交媾的跡象，不過這種行為已經停止多年了。』

萊姆繼續問：『那道傷痕代表什麼意義？外科手術嗎？』

『那是一個精密的切口，但是我看不出任何在這個部位進行手術的理由，可能是因為某種胃腸的阻塞吧。不過即使如此，我還是沒聽說過這種腹腔的手術。』

萊姆很懊惱莎克斯並不在場。他想要和她一來一往地交換意見，而她會看到被他忽略的細節。他可能會是什麼人？萊姆絞盡腦汁地想。身分鑑識是一門複雜的科學；有一回，他曾經透過一顆牙齒證明了一名男子的身分。不過這樣的程序相當費時，通常需要好幾個星期，或好幾個月。

『進行血型和ＤＮＡ的比對。』萊姆表示。

『已經處理了。』值班的醫生表示：『我已經將樣本送到城裡了。』

『如果他的ＨＩＶ呈陽性反應，或許可以透過醫生或診所來指認他的身分。如果沒有這些能夠追查的東西，血型比對並沒有太大的幫助。』

指紋……

我願意花任何代價來取得一枚指紋，萊姆心想。或許……

『等一等！』萊姆大笑：『他的老二！』

『什麼？』塞利托脫口問。

戴瑞抬起一道眉毛。

『雖然他已經沒有手掌，但是他身上有哪個部位肯定會被他碰觸過？』

『陰莖。』柯柏叫出聲：『如果他在過去幾個小時內曾經排過尿，我們或許可以取得指紋。』

『哪一個人有這分榮幸？』

『沒有噁心得下不了手的工作。』柯柏一邊表示，一邊套上雙層的乳膠手套，然後用指紋套印卡開始幹活。他取得了兩枚完整的指紋，從屍體的陰莖上下各取得一枚拇指和食指的指紋。

『太好了，梅爾。』

『別告訴我的女朋友。』他害羞地表示，然後將指紋輸入指紋自動辨識系統。

螢幕上面出現了『請等候』的訊息。

拜託，萊姆絕望地想，讓他被歸了檔。

他確實曾經被歸檔。

但是當查詢結果傳送回來的時候，最接近電腦的塞利托和戴瑞卻不敢置信地盯著螢幕。

『搞什麼東西？』塞利托叫道。

『怎麼回事？』萊姆大叫：『到底是什麼人？』

『是卡勒。』

『什麼？』

『是史帝芬．卡勒！』柯柏重複：『有二十處符合的比對，沒有任何疑問。』柯柏找出了稍早讓他們發現棺材舞者身分的複合指紋，然後將它和指紋套印卡一起擺在桌上。『一模一樣。』

怎麼可能？萊姆納悶不已，怎麼可能出現這種結果？

『會不會……』塞利托表示：『是卡勒在這個人的老二上面留下了指紋？會不會卡勒也是一個同性戀？』

『我們在水塔旁的血跡裡，取得了卡勒的DNA，對不對？』

『沒錯。』柯柏回答。

『進行比對。』萊姆交代他：『給我屍體的DNA。我現在就要。』

他並沒有失去詩興。

『棺材舞者』這個稱號我很喜歡，他心想。比起他為這份工作所選的名字『喬迪』，這個不具威脅性、充滿傻勁，又卑微無比的名字要好多了。

『棺材舞者』……

他知道名字非常重要，因為他也研究哲學，取名字的行為只會出現在人類身上。棺材舞者默默地對剛剛喪命並慘遭截肢的史帝芬．卡勒表示：你聽說過的人就是我，我就是把被害者稱為『屍體』的人。你可以稱呼他們為妻子、丈夫、朋友，全都隨你高興。

但是一旦我被雇用之後，他們就成了『屍體』，頂多如此。

他穿上美國執法官的制服，經過兩名警官的屍體旁邊，朝著走道的盡頭走去。當然，他並沒有完全避開所有的血漬，但是在陰暗的房子裡，你根本看不出海藍色的制服上面沾了斑斑血紅。

他正朝著第三號屍體前進。

那名妻子，如果你要這麼稱呼她的話，史帝芬。你眞是一個又糊塗、又神經質，雙手擦洗得乾乾淨淨，老二搖擺不定的傢伙。

滲透、評估、指派、消滅……

史帝芬，我應該要告訴你，這一行其實只有一條規則：你要搶先所有的人一步。

他手上現在有兩把手槍，但是還不到使用的時刻。時機未成熟的時候，他不會採取行動。如果他現在錯過了，今晨稍後的大陪審團集會之前，他將不會再有殺害珮西·克萊的機會。

他安靜地走進另外兩名執法官所在的起居室裡。其中一人正在看報紙，另一人則看著電視。第一個抬起頭來看了他一眼，看到制服之後，又重新低下頭去看報紙。緊接著他又抬起頭來。

『等一等。』那名執法官表示，他突然發現自己並不認得這張臉孔。

但是棺材舞者並沒有等下去。

他用頸動脈的唰唰兩聲做爲回答。那傢伙向前臥倒，喪命在《每日新聞》的第六頁上面，安靜得連他的搭檔都沒有讓視線離開電視。螢幕裡，一名戴了過多黃金珠寶的金髮女子，正在解釋如何透過靈媒遇到她的男朋友。

『等一等？等什麼？』第二名執法官問道，眼睛一直沒從電視螢幕上移開。

他比他的搭檔死得稍微嘈雜一點，但是屋子裡的人似乎都沒發現。棺材舞者將屍體拉平，然後把他們藏在桌子下面。

他確定後門的門框上沒有感應器之後，溜到了屋外。前門的兩名執法官雖然戒心很高，但是他們的注意力並不在房子上面。其中一人迅速地看了棺材舞者一眼，點頭示意之後，又回去繼續監看的工作。黎明的曙光已經出現在天際，但是依然存在的朦朧讓那個傢伙並未認出他。兩個人幾乎沒有發出一點聲響地喪了命。

至於在屋後的崗哨裡俯瞰湖面的兩個人，棺材舞者從後面接近他們，由背部刺穿了一人的心臟，然後唰唰割開了第二人的喉管。第一個人倒在地上斷氣的時候，發出一聲悲哀的慘叫，但是這一次似乎還是沒有人發現。棺材舞者於是相信，叫聲聽起來應該像是一隻從拂曉美麗的灰粉天色中醒過來的水鳥。

ＤＮＡ的比對資料傳過來的時候，萊姆和塞利托已經背負了一堆官僚人情債。這一次檢驗的結果是一次速食的版本：聚合酵素連鎖反應檢驗，但是實際上這樣的結果並不能做爲結論。他們眼前這一具屍體是史帝芬．卡勒的機率，大約爲六千分之一。

『有人殺了他嗎？』塞利托提出疑問，他的襯衫已經縐得像放大五百倍的纖維樣本。『爲什麼？』但是『爲什麼』並不是刑事鑑識家的問題。

證物……萊姆心想，他只關心證物。

他盯著牆上的刑案現場圖表，仔細地審視案子的每一項線索。那些纖維，那幾發子彈，那些玻璃碎片……

趕快分析！趕快思考！

你知道那些步驟，你已經處理過百萬次了。

你鑑定那些客觀事實，將它們數據化，並分門別類。接著你提出你的假設，歸納你的推論，然後驗證推論是否正確……

假設，萊姆心想。

這件案子從一開始就只有出現過一個閃亮奪目的假設：他們相信卡勒就是棺材舞者，並將全部的調查都放在這上面。但是如果不是他呢？如果他只是一個工具，而棺材舞者一直把他當成一項武器在使用？

詐騙……

如果是這樣，肯定會出現一些不一致的證物，並指向貨眞價實的『棺材舞者』。

他謹愼地研讀這些圖表。

但是除了那些綠色的纖維之外，並沒有任何交代不過去的東西。而對於這些纖維，他到現在還是沒有半點頭緒。

『我們並沒有卡勒的任何衣物，對不對？』

『沒有，我們找到他的時候，他完全赤裸。』値班的醫生表示。

『我們有沒有任何他曾經接觸過的東西？』

賽利托聳聳肩。『嗯……除了喬迪之外。』

萊姆問：『他在這裡換了衣服對不對？』

『沒錯。』塞利托回答他。

『把那些換下的衣服拿過來，我要看一眼。』

『噁！』戴瑞叫道：『它們實在髒得可怕。』

柯柏找到那些衣服之後，把它們拿了過來，並把它們放在幾張乾淨的新聞用紙上面抖刷。他將找到的樣本裝上載玻片，然後放在複合顯微鏡下面。

『我們找到什麼？』萊姆問，一邊盯著柯柏的顯微鏡傳送到電腦螢幕上的影像。

『那些白色的東西是什麼？』柯柏問：『那些顆粒，數量還不少，是從他褲子的縫合處刷下來的。』

萊姆覺得自己的面孔開始脹紅。部分原因是精疲力盡所造成的血壓不穩，部分原因是不時糾纏他的那股捉摸不定的痛楚：不過絕大部分的原因，是追捕的過程所帶來的刺激。

『我的天啊！』他低聲說。

『什麼事，林肯？』

『是魚卵石。』他說。

『那是什麼鬼東西？』塞利托問。

『是隨風飄移的卵狀石灰粒，在巴哈馬一帶可以看到。』

『巴哈馬？』柯柏皺著眉頭問他：『我們最近是不是聽過一些關於巴哈馬的事？』他環顧了一下化驗室。『我想不起來。』

但是萊姆記得很清楚。他的眼睛盯著佈告欄上那一份聯邦調查局針對艾米莉亞・莎克斯上週在失蹤探員湯尼・潘尼里的車子裡發現的沙粒所做的分析報告。

他看著報告的內容：

『提交分析的物質，在技術層面上並非沙粒，而是礁岩組織當中的珊瑚顆粒，並包含了交合刺、海蟲管體的交叉片段、腹足動物的外殼、有孔蟲。最可能的來源是北加勒比海、古巴、巴哈馬……』

戴瑞的探員，萊姆繼續想著……知道曼哈頓一帶最安全的聯邦庇護所在什麼地方，並將地點告訴了對他施以酷刑的人。

所以棺材舞者可以等在那裡，等待史帝芬・卡勒的出現，和他攀交情，然後安排自己被逮捕，並進一步接近被害者。

『那些藥！』萊姆叫道。

『什麼？』塞利托問。

『我當時腦筋裡到底在想些什麼？毒販不會去稀釋成藥，這麼做太麻煩了！他們只會稀釋在街頭販賣的毒品！』

柯柏點點頭。『喬迪並不是用奶粉進行稀釋，他只是撒了一些毒品。他吞的是一些假毒品，好讓我們以爲他是毒鬼。』

『喬迪才是棺材舞者！』萊姆叫道：『快拿電話！立刻打到庇護所去！』

塞利托拿起電話撥號。

會不會太遲了？

艾米莉亞，我做了什麼事？我是不是把妳害死了？

天色慢慢轉爲一種金屬玫瑰紅。

遠處傳來了一陣警笛的聲音。

那隻游隼已經醒了過來，正準備動身狩獵。

隆恩・塞利托絕望地從話筒抬起頭。『沒有人接電話。』

37

倒數兩小時

他們三個人在珮西的房裡聊了一會兒。

聊到了飛機、汽車，還有警察的工作。

貝爾回房睡覺之後，珮西和莎克斯又聊了一會兒男人。

最後珮西終於往後一靠，躺在床上閉上眼睛。莎克斯從她沉睡的手中取下酒杯，關掉電燈，然後決定自己也要去睡一會兒。

她在走道中間停下來看著外頭拂曉粉紅色和橙色的朦朧天色時，才發現正門玄關的電話已經響了很久。

爲什麼沒有人接電話？

她繼續朝著走道的盡頭走去。

她並沒看到附近的兩名警衛，屋子裡看起來比剛才更加昏暗，因爲絕大部分的燈光都被關掉了。眞是一個陰鬱的地方，她心想，而且令人覺得毛骨悚然。她聞到了松木和霉味，還有其他的東西，一種她非常熟悉的味道。到底是什麼？

那是犯罪現場的某種味道，但是疲憊的身心讓她想不起來。

電話鈴聲仍繼續不停地響。

她走過羅蘭·貝爾的房間，房門並沒有完全關上，所以她朝裡面看了一眼。他背對著門口，坐在一張面對著窗簾的扶手椅上，腦袋往前垂在胸口，手臂則交叉在一起。

『警官？』她叫了一聲。

他並沒有應聲。

看起來是睡著了。她也希望他好好地睡一覺，於是輕輕地把他的房門拉上，然後繼續朝著她位在走道盡頭的房間走去。

她想到了萊姆，希望他也能夠睡一會兒。她見過他反射異常發作時的模樣，非常嚇人，而她並不希望他再次經歷這種痛苦。

電話在一聲鈴響中被掛斷，然後四周回復寂靜。她看著聲音的方向，心想會不會是找她的電話，她聽不見有人接聽的聲音。她又等了一會兒，但是並沒有人叫喚她。

四周寂靜無聲。有一個鞋底摩擦地板的微弱聲響，然後又陷入更爲深沉的寂靜。

她走進自己漆黑的房間裡，轉身摸索著電燈的開關。這時候，她突然發現自己正盯著兩顆反映了外頭光線而閃閃發亮的眼睛。

她的右手抓住葛拉克的槍柄，迅速地抬起左手點亮燈光——羚羊發光的假眼珠正炯炯有神地瞪著她。

她脫下外套，還有那件笨重的防彈衣，當然沒有喬迪身上那一件笨重。這傢伙眞是亢奮異常，

『死動物。』她抱怨：『放在庇護所裡還眞是個好主意……』

死……戴瑞用的是什麼字眼？死排骨。這傢伙眞是個骨瘦如柴的輸家。

她把手伸到網眼的貼身汗衫下面，瘋狂地抓搔。前胸、後背和側身。

感覺眞好。

她已經筋疲力盡了，但是她能睡覺嗎？

這張床看起來該死地舒服。

她把外套穿回去，扣好之後，躺在棉被上，閉上眼睛。她是不是聽見了腳步聲？

一名警衛煮咖啡去了，她假設。

睡覺吧，深呼吸……

不能睡。

她睜開眼睛，盯著格狀的天花板開始沉思。

那個棺材舞者會用什麼辦法對他們出擊？他會用什麼武器？

他最致命的武器就是詐騙……

好地睡一覺。

從窗簾縫看出去，她看到了如魚腹般泛白的曙光。一層薄霧漂白了遠方樹林的顏色。

她聽見了屋裡的某處傳來了一個重擊聲，是腳步聲。

她轉動身體，把雙腳放到地板上，然後坐了起來。還是不要睡，來點咖啡好了；今天晚上再好好地睡一覺。

她突然出現一股想要和萊姆說話的衝動，看看他是不是有什麼發現。她已經可以聽見他對她說：『我如果有任何發現，就會打電話給妳，不是嗎？我告訴妳我會跟妳聯絡。』

不行，她不想吵醒他，不過她也很懷疑他睡得著。她從口袋裡拿出行動電話，開了電源，然後想起了執法官法蘭克斯曾經警告他們只能使用客廳那具電話。

正當她要切掉電源的時候，手機突然鈴聲大作。

她全身顫抖，並不是因爲刺耳的鈴聲，而是她突然想到會不會是棺材舞者已經設法找到她的電話號碼，所以想要確定她是不是在屋子裡。有那麼一會兒，她甚至懷疑他是不是也在她的手機裡面裝了炸藥。

該死，萊姆，看我被嚇成什麼樣子了！

不要接，她告訴自己。

但是直覺卻要她接聽。儘管一名刑事鑑識家應該避免使用直覺，但是巡警、街頭的條子卻經常聽從發自內心的聲音，於是她拉出電話的天線。

『喂？』

『感謝老天……』萊姆驚惶的聲音，讓她打了一個寒顫。

『萊姆，什麼……』

『仔細聽我說，妳單獨一個人嗎？』

『是啊，怎麼回事？』

『喬迪才是棺材舞者！』

『什麼？』

『史帝芬・卡勒只是一個分散注意力的幌子。喬迪已經殺了他，我們在公園發現的就是他的屍體。珮西在什麼地方？』

『在走道另一邊的房間裡。但是怎麼……』

『沒有時間了，他現在已經準備開始動手殺人。如果那些執法官還活著，告訴他們進入防禦狀態，單守其中一個房間。如果他們都死了，找到珮西和貝爾，然後離開那個地方。戴瑞正在緊急召集特警隊，但是他們要二、三十分鐘之後才到得了現場。』

『但是總共有八名警衛，他不可能把他們全殺了……』

『莎克斯，』他嚴厲地說：『別忘了他是什麼人。立刻採取行動！等你們脫險之後打電話給我。』

貝爾！她突然出現一個念頭，因爲她想起了他動也不動，頭垂前胸的姿勢。

她衝到門口推開房門，拔出手槍。陰暗的客廳和走道對著她洞開，只有些微的曙光滲進了屋裡。她仔細傾聽，聽到了拖著腳步的聲音和金屬撞擊的聲音，但是這些聲音到底來自什麼地方？

莎克斯轉身，儘可能快步急行地衝向貝爾的房間。

她才剛剛走到他的房門，就撞見了他。

人影出現在門口的時候，她蹲伏下去，用葛拉克指著他。他哼地一聲，將手槍從她的手裡拍掉。她沒有多加思考，就直接往他衝過去，讓他的背撞在牆上。

然後她摸出她的彈簧刀。

羅蘭‧貝爾氣喘吁吁地說：『嘿，馬上給我住手……』

莎克斯放開他的襯衫。

『是你！』

『妳準備把我活活嚇死啊！怎麼……』

『你沒事吧？』

『打了一會兒瞌睡。發生什麼事了？』

『喬迪才是棺材舞者，萊姆剛剛來過電話。』

『什麼？怎麼可能？』

『我不知道。』她環顧了一下四周，驚慌得全身發抖。『警衛都到哪兒去了？』

走道上空無一人。

這時候她認出了剛才令她覺得納悶的味道，是鮮血的味道！接著她明白所有的警衛都喪命了。

莎克斯向前去找回掉在地板上的武器。她皺起眉頭看著槍柄，發現原來應該塡裝彈夾的地方，成了一個空盪盪的洞口。她把槍撿起來。

『糟糕！』

『什麼事？』貝爾問。

『我的彈夾不見了。』她拍了一下多功能腰帶，帶子上的兩個彈夾也不見了。

貝爾抽出他的武器，一把葛拉克，一把白朗寧。它們的彈夾也全都不見了，就連彈膛裡面也是空盪盪。

『在車子裡！』她結結巴巴地說：『我打賭他是在搭車的時候動的手腳。他坐在我們兩個人中間，一直坐立不安，不停地碰撞我們。』

貝爾表示：『我在客廳裡面看到了一個槍櫃，裡面有幾把打獵用的來福槍。』

莎克斯也記得，她比了一下。『在那裡。』他們可以利用拂曉朦朧的曙光逃出去。貝爾環顧了一下四周，然後趕緊壓低身體走過去查看，莎克斯則跑向珮西的房間，朝裡面檢視。珮西躺在床上睡覺。

莎克斯退回走道，彈出她的刀子，蹲伏著斜眼查看。貝爾這時候也回來報告：『櫃子被打開了，所有的來福槍都不見蹤影，也沒有隨身武器的彈藥。』

『我們帶珮西離開這裡。』

不遠的地方傳來了腳步聲，還有推膛式來福槍下保險的喀嚓聲。

她抓住貝爾的衣領，把他拖倒在地板上。

槍響的聲音震耳欲聾，而子彈直接在他們上方打破了音障。她聞到了自己的頭髮燒焦的味道。喬迪現在一定擁有一座數量可觀的軍火庫，包括了每一個執法官身上的隨身武器，但是他現在用的卻是一把打獵用的來福槍。

他們衝向珮西的房間，房門在他們抵達的時候剛好打開。珮西走了出來，說：『我的天啊，怎麼……』

羅蘭·貝爾抱住珮西的身體，朝著房間裡摔回去。莎克斯則跌在他們兩個人的身上。她用力將房門推上後上了鎖，然後跑到窗邊，用力打開窗戶：『快，快，快……』

貝爾將目瞪口呆的珮西從地上拉起來，拖向窗戶。這時候，數發強力的獵鹿子彈在門鎖的周圍射穿了門板。

沒有人在乎棺材舞者是否成功地闖了進來。他們連滾帶爬地鑽到窗外的曙光裡，然後馬不停蹄地狂奔在沾滿露水的草地上。

38

倒數兩小時

莎克斯在湖邊停了下來。染成了紅色與粉紅色的晨霧，幽靈般襤褸地漂浮在靜止的灰色湖面上。

『繼續跑！』她對著貝爾和珮西大叫：『那些樹！』

她指著最近的掩護——位於湖畔另一邊草地盡頭那一大片樹林。雖然距離在一百碼以上，卻是最靠近他們的掩護。

莎克斯回頭看了屋子一眼，沒有喬迪的蹤影；接著她蹲下去查看其中一名執法官的屍體。當然，他的手槍皮套是空的，彈藥夾也一樣。她知道喬迪已經取走了這些武器，但是有一件事，她希望他沒有想到。

他到底是一個人，萊姆……

搜索了冰冷的屍體之後，她發現了她尋找的東西。她將那名執法官的褲腳拉高，從他足踝的槍套裡抽出備用的武器。那是一把可笑的槍，一把槍管只有兩吋的小型柯特五發左輪手槍。

她朝屋子望過去的時候，喬迪的面孔剛好從窗口冒出來。他高高地舉起獵槍；莎克斯轉身，擊發了一顆子彈。玻璃在離他的面孔幾吋的地方碎開，讓他往後跌進了房間裡。

莎克斯跟在貝爾和珮西身後，沿著湖畔奮力地狂奔。他們跑得十分迅速，穿過沾滿露水的草地，在小徑之間迂迴前進。

當他們跑到了距離房子將近一百碼的時候，聽見了第一聲槍響。那是一種旋轉的聲音，並在樹林裡造成了回音，在珮西的腳邊激起了塵土。

『趴下！』莎克斯指著一個坡面叫道：『那邊。』

他們滾向坡面的時候，他正好又開了一槍。如果貝爾站著的話，子彈會直接穿過他的肩胛之間。

距離可以保護他們的最近樹叢還有五十呎，但是現在嘗試的話相當於自殺。喬迪和史帝芬・卡勒比起來，明顯地是有過之而無不及的神射手。

莎克斯迅速地抬了一下頭。

她什麼都沒看到，卻聽到了一個爆破的聲響。一剎那之後，那發子彈劃破了她身旁的空氣。她又感覺到在機場那股相同的恐懼，她讓自己的臉孔緊貼著春季陰涼的草地上，浸在露水和自己的汗水之中，雙手則不停地顫抖。

貝爾迅速地抬了一下頭，然後趕緊壓低。

又是一槍，塵土揚起在距離他面孔不遠的地方。

『我想我看到他了。』貝爾慢慢地說：『房子的右邊一些灌木叢，在坡地上。』

莎克斯很快地喘了三口氣，朝右邊滾動五呎，然後迅速地抬頭探看，再低頭迴避。

喬迪這一回並沒有開槍，讓她得以好好地看一眼。貝爾說得沒錯，喬迪正在一個坡地旁，以來福槍上的獵鹿用望遠鏡瞄準他們；她可以看到望遠鏡發出的微弱閃光。如果他們一直趴倒在原地的話，他不太可能擊中他們。但是只要他爬到坡上，他就可以從坡頂直接朝他們躲藏的凹地——一個完美的殺人地帶——射擊。

五分鐘過去了，一發子彈也沒有。他一定小心翼翼地朝著坡頂前進；他知道莎克斯手上有武器，也看過她傑出的射擊技巧。他們可以這麼等下去嗎？特警隊的直升機還有多久會到？

莎克斯緊閉著她的眼睛，聞著泥土和草地的味道。

她想起了林肯．萊姆。

妳比任何人都了解他，莎克斯……

除非妳順著一名罪犯走過的路徑，清理過他留下的罪惡，要不然妳並不算真的了解他……

但是萊姆，她心想，這一次不是史帝芬．卡勒。喬迪並不是我認識的那名罪犯，我曾經走過的並非他的刑案現場，我曾經凝視的並非他的思緒……

她搜尋周圍的窪地，希望找到一處能夠通往樹林的安全路徑，但是卻一無所獲。不管他們從哪一個方向行動，他都可以俐落地開槍。

如果讓他爬到了坡頂，他還是可以隨時俐落地朝他們射擊。

這時她突然想到一件事：她曾經走過的刑案現場，確實是棺材舞者的刑案現場。他或許不是開槍射殺布萊特．哈勒，在艾德華．卡奈的飛機裡裝置炸彈，或在辦公大樓地下室揮刀殺害約翰．英奈爾曼的人。

但是喬迪確實是一名行兇者。

進到他的思緒裡，莎克斯，她聽見林肯．萊姆對她說。

他最致命的……我最致命的武器就是詐騙。

『你們兩個人，』莎克斯一邊叫道，一邊環顧四周。『那邊！』她指向一旁的一條淺溝。

貝爾看了她一眼。她看到他也多麼希望逮到棺材舞者，但是她的目光讓他明白喬迪是她一個人的獵物，沒有討論或爭執的餘地。萊姆給了她這個機會，而世界上沒有任何東西能夠阻止她目前準備做的事。

貝爾嚴肅地對她點點頭，然後拉著珮西移向溝壑的陰影裡。

莎克斯檢查了一下手槍，還剩下四發子彈。

夠了。

綽綽有餘……

如果我的推斷沒錯的話。

眞的沒錯嗎？她面向著潮濕而芬芳的泥土，心中抱著懷疑。然後她下定決心，是的，她的推斷並沒有錯……正面攻擊並不是棺材舞者的手法，詐騙才是。

而我就是準備這麼對付他。

『貼緊地面，不管發生什麼事都貼緊地面。』她用雙手和膝蓋撐起身體，小心翼翼地注意土堆的另一邊，慢慢地呼吸，讓自己做好準備。

『這一槍得射一百碼，艾米莉亞。』貝爾低聲說：『用一把短管手槍？』

她沒有理會。

『艾米莉亞。』珮西叫了她，並凝視了她一會兒。兩個女人交換了一個微笑。『壓低腦袋。』莎克斯下令，珮西遵照了她的指示躲進草叢裡。

艾米莉亞·莎克斯站了起來。

她並未蹲伏，也沒有側身來縮小目標範圍。她只是匆匆地採取熟悉的雙手瞄準姿勢，面對著房子，面對著湖水，面對著伏地爬行到坡地一半，正以望遠鏡直接瞄準著她的身影。她手中那把短小的手槍，輕得就像一個威士忌杯一樣。

她對準獵槍上的望遠瞄準器所發出的光芒，大概隔了一座足球場的距離。汗水和霧氣蒙上了她的臉孔。

呼吸，呼吸。

慢慢來。

等待……

一股寒顫通過了她的背、她的手臂和雙手；她強迫自己不要驚慌。

呼吸……

傾聽，傾聽。

呼吸……

就是現在！

她轉過身，跪倒在地上的時候，來福槍正好從她身後五十呎外的樹叢裡伸出來擊發，子彈剛剛好劃開了她腦袋上方的空氣。

莎克斯發現自己正盯著喬迪一張吃驚的面孔，而那把獵槍仍緊緊地貼著他的臉頰。他突然明白她一點都沒有被他愚弄，她猜出了他的伎倆，猜出了他在湖畔開了幾槍，然後拖了一名警衛上坡，和一把獵槍架在一起，讓他得以利用他們貼緊地面不敢動彈的時候，順著車道繞到他們後面。

詐騙……

有那麼一會兒，他們兩個人都沒有採取進一步的行動。

大氣完全地靜止。沒有飄動的襤褸霧氣，也沒有在風中折腰的樹木與綠草。

莎克斯用兩隻手舉起手槍的時候，嘴邊掛著一個淺淺的微笑。

他慌張地退出獵槍裡的彈殼，然後推了另一發到槍膛內。當他再次把槍身舉到臉頰旁的時候，莎克斯擊發了子彈，連續兩槍。

俐落的兩槍。只見他往後飛倒，那把來福槍就像樂隊女指揮的指揮棒一樣，飛越天際。

『留在她身邊，貝爾！』莎克斯對著貝爾叫道，然後急忙奔向喬迪。

她找到他的時候，他已經仰臥在草地上。

一發子彈擊碎了他的肩膀，另一發則直接擊中了望遠瞄準器，炸開的金屬和玻璃碎片刺進了他的右眼，讓他的臉孔一片鮮血淋漓。

她舉起小型手槍，在扳機上扣上某種程度的壓力，然後用槍口對準他的太陽穴。她搜了他的身，從他的口袋裡取出了一把葛拉克和一把碳化物製成的長刀，並沒有找到其他的武器。

『沒問題了。』她叫道。

當她重新站起來取出手銬的時候，棺材舞者咳了幾聲，吐了幾口痰，然後把血漬從他未受傷的眼睛上擦掉。然後他抬起頭，朝著草地的方向看過去，注意到了正從草地上慢慢站起來盯著他瞧的珮西。

注視著她的時候，喬迪似乎全身上下都開始顫抖。他又咳了幾聲，然後發出深沉的呻吟。他用未受傷的手臂在莎克斯的腿上推了一把的時候，讓她嚇了一大跳。他受傷得相當嚴重，可能足以讓他喪命，所以沒剩下什麼力量。他的動作很奇怪，就像是推開一條擋了路而惹人厭的北京狗一樣。她往後退開一步，用手槍直指著他的胸膛

艾米莉亞·莎克斯已經引不起棺材舞者的興趣，就像他的傷口和造成的極度痛楚一樣。他的腦袋裡目前只有一個念頭。他用一種超人般的毅力，轉過身體，腹部貼著地面，然後開始向前耙土，使勁地朝著珮西·克萊，朝著他受雇殺害的女人挪進。

貝爾來到了莎克斯身旁。她交給他一把葛拉克，他們一起用手中的武器指著棺材舞者。他們可以輕易地阻止他——或殺掉他，但是看著這個全神貫注在自己的工作，似乎連自己的臉孔和肩膀已經報廢都不知道的可憐傢伙，他們卻不知所措。

他又往前移動了幾呎，停下來抓了一顆葡萄柚大小的鋒利石塊，然後繼續朝著他的獵物移動。

他一句話都沒說，全身浸濕在汗水和鮮血當中，臉孔痛苦地扭曲成一團。就連可以用各種痛恨的理由，從莎克斯手中搶下手槍，當場斃了這個男人的珮西也怔住不動，看著他絕望地想要完成已經開始的工作。

『夠了。』莎克斯最後表示，她彎下身取走石塊。

『不行。』他氣喘吁吁地說：『不行……』

她銬上了他。

棺材舞者發出了嚇人的呻吟，或許是因為傷口的痛楚，不過更可能是因為難以忍受的失敗，然後他讓腦袋掉落到地面上。

他動也不動地躺著。三個人圍著他，看著他的鮮血浸濕了草地和無辜的番紅花。這傢伙的悲慘叫聲，沒多久之後，就被快速飛越樹梢的直升機所發出的噪音掩蓋。莎克斯注意到珮西．克萊的注意力，立刻從這名為她帶來許多不幸的男人身上轉開，癡迷地看著笨重的機身穿越層層的霧氣，然後輕快地著陸在草地上。

39

『這不太符合規定，林肯。我不能這麼做。』

隆恩．塞利托非常堅持。

但是林肯．萊姆也一樣。『讓我和他相處半個鐘頭。』

『他們覺得不舒服。』意思相當於他接下去所補充的：『我提議的時候被轟了一頓，你到底是個老百姓。』

此刻爲星期一上午近十點，珮西在大陪審團面前出庭作證的時間被延到了隔天。海軍的潛水伕找到了菲利浦·漢生丟棄在長島海灣裡的行李袋，它們立刻被緊急送往聯邦大樓的聯邦調查局物證反應小組進行分析。艾力歐保羅斯爲了儘可能提出控訴漢生的證據，所以將大陪審團聽證的日期延後。

『他們有什麼好擔心的？』萊姆任性地問：『我又不會對他嚴刑拷打。』

他原想把他的要求降低到二十分鐘，不過那是一種軟弱的表現，而林肯·萊姆並不認爲應該表現出軟弱的一面。所以他表示：『我逮到了他，我應該可以和他說說話吧。』

房間陷入一片沉寂。

他的前妻布萊妮曾一度用一種她身上不常出現的洞察力，表示萊姆如黑夜一般的一雙眼睛，比他用嘴巴進行辯論更具說服力。所以他一直瞪著塞利托，直到對方嘆了一口氣，然後轉頭看著戴瑞。

『給他一點時間吧。』戴瑞表示：『把那傢伙弄到這裡會造成什麼損失？如果他企圖逃跑的話，剛好給了我一個黃金藉口來進行射擊練習。』

塞利托表示：『好吧。我給他們打一通電話，但是千萬不要把這個案子搞砸了。』

萊姆勉強把他的話聽進去。他的目光已經轉向門口，就像棺材舞者會神奇地突然冒出來一樣。此外，如果棺材舞者如果眞的在這時候出現，他也不會感到驚訝。

『你的眞實姓名是什麼？眞的是喬或喬迪嗎？』

『這不重要吧？你逮到了我，可以隨你高興的叫我。』

『來一個名字怎麼樣？』萊姆問。

『就用你們幫我取的名字怎樣？「棺材舞者」，我很喜歡。』

小個子用他那一顆仍然健全的眼睛仔細打量萊姆。他的傷口或許讓他疼痛不堪，藥物治療或許讓他元氣大傷，但是他一點都沒有表現出來。他的左臂吊著石膏，但是仍被銬在腰間的枷鎖上；他的雙腳也戴著腳鐐。

『隨你高興。』萊姆和氣地說。然後繼續上下打量這個人，就像他是在刑案現場找到的罕見花粉孢子一樣。

棺材舞者笑了笑，顏面神經受損加上包著繃帶，讓他的表情看起來非常古怪。他的身體偶爾會發出震顫，手指也會出現痙攣，報銷的肩膀也會不由自主地上下抽動。萊姆有一種奇怪的感覺——好像他自己是一個健全的人，眼前的犯人才是殘廢。

在盲人的山谷裡，獨眼龍足以稱王。

棺材舞者對他笑了笑。『你想知道一定想死了，對不對？』

『想知道什麼？』

『知道一切……所以你才把我弄到這裡來。逮到我算你幸運，但是對於我用了什麼方法，你卻一點頭緒都沒有。』

萊姆用舌頭發出咯咯的聲音。『我完全知道你用了什麼方法。』

『是嗎？』

『我把你弄到這裡，只是想和你談一談，』萊姆回答他：『如此而已，和一個差一點超越我的人說說話。』

『差一點！』棺材舞者大笑，又一個令人毛骨悚然的古怪笑容。『好吧，那麼就由你來告訴我。』

萊姆用吸管啜飲了一口果汁。他要湯瑪斯倒掉威士忌，換上夏威夷潘趣酒的時候，讓湯瑪斯十分錯愕。萊姆愉快地表示：『好吧。你被雇用來殺害艾德華・卡奈、布萊特・哈勒，還有珮西・克萊。你的佣金很高，讓我猜猜看，六位數。』

『七位數。』棺材舞者驕傲地表示。

萊姆抬起一邊眉毛。『賺錢的行業。』

『如果你很有本事的話。』

『你把這筆錢存到巴哈馬。然後你從某個地方得知了史帝芬・卡勒的名字——我不知道確實的來源，或許是透過佣兵的網絡……』棺材舞者點點頭。『所以你雇用他做爲轉包商，用匿名的方式，或許是電子郵件、傳眞，透過他信任的推薦人。當然，你從來不曾和他碰過面，不過我假定你曾經對他進行測試？』

『沒錯，透過在華盛頓特區的一件工作。我受雇去幹掉一名從軍事委員會偷竊秘密檔案的國會助理。那是一件輕而易舉的工作，所以我轉包給史帝芬・卡勒，讓我有機會好好地測試他一番。我一個步驟一個步驟地觀察他，也親自檢查了屍體的傷口，非常專業。我想他發現了我正盯著他看，所以他追了上來，想要把目擊者處理掉，這一點也很不錯。』

萊姆繼續說下去：『你把現金和菲利浦・漢生的停機棚鑰匙留給他，讓他埋伏在裡面，等著將炸彈裝在卡奈的飛機上。你知道他很有本事，但是你並不確定他的本事是否足以把三個人都幹掉。或許你認爲他至少可以幹掉一個，但是已經足以分散注意力，讓你能夠接近另外兩個人。』

棺材舞者點點頭，心不甘情不願地佩服萊姆。『沒錯，他能殺了布萊特・哈勒讓我非常驚訝。但是他事後能夠脫身，並在珮西・克萊的飛機上放了第二枚炸彈，讓我覺得更驚訝。』

『你覺得自己至少應該動手幹掉一名被害人，所以在上個星期成了喬迪，開始到處兜售藥丸，讓街上的人都認識你。你在聯邦大樓前面綁架了一名探員，問出了他們將會被安排在哪一間庇護所裡。你在最合乎邏輯的地點等待史帝芬出擊，並讓他綁架了你。你留下了許多指向地鐵藏身處的線索，確定我們一定可以找到你，然後用你來追蹤卡勒。我們全都相信你，沒錯，我們確實如此……史帝芬一點都不知道你就是雇用他的人，他只知道你背叛了他，所以想要把你幹掉。完美的掩護，但是風險不小。』

『但是，沒有風險的生命會成什麼樣子？』棺材舞者開玩笑地說：『有了風險，一切都會變得更值得，你不這麼認爲嗎？此外，我們在一起的時候，我建立了一些……就稱爲應對手段吧，讓他不太願意對我開槍；潛在的同性戀傾向一直都很有用。』

『但是，』萊姆補充道，因爲自己的敘述被打斷而不太高興。『卡勒在公園的時候，你溜出了藏身的巷子，找到他，然後把他幹掉……你處理掉他的雙手、牙齒和衣物，並且把他的槍藏到下水道的攔截管道裡。接著我們邀請你去一趟長島……狐狸進了雞窩。』萊姆不屑地加了這一句，『大概就是這樣……有點簡略，但是我想我已經把故事交代過去。』

棺材舞者閉上他那隻健全的眼睛好一會兒，然後再次睜開，又紅又濕地盯著萊姆。他輕輕地點頭，也許是認可，也許是因爲佩服。『到底是什麼？』他最後終於問道：『是什麼讓你看出來？』

『沙粒，』萊姆回答：『來自巴哈馬的沙粒。』

他點點頭，因爲痛楚而抽搐。『我翻了我的口袋，並用吸塵器清理過。』

『在縫合處的褶縫裡。那些藥也一樣：殘餘物和奶粉。』

『是啊，沒錯。』過了一會兒之後，棺材舞者補充說：『他怕你眞是怕對了，我是說史帝芬。』他仍繼續打量著萊姆，就像尋找腫瘤的醫生一樣。接著他又說：『可憐的傢伙，眞是可悲。你覺得是誰雞姦了他？是他的繼父，還是感化院裡的男孩？還是他們全部？』

『我怎麼會知道?』萊姆回答。窗台上面,那隻雄隼從天而降,然後收起牠的翅膀。

『史帝芬嚇到了。』棺材舞者若有所思地表示:『當你被嚇到的時候,一切都完了;他認爲蟲子正在搜尋他。林肯那條蟲子,我聽他低聲嘀咕過好幾次,他怕的人是你。』

『但是你並沒有被嚇著。』

『沒有,』棺材舞者表示:『我並沒有被嚇到。』他突然開始點頭,就好像他終於察覺某種一直困擾他的東西一樣。『你正在仔細聽我說話對不對?想要找出我的口音?』

萊姆確實有這種企圖。

『但是你瞧,口音可以改變。山地……康乃迪克……南方平原和南部的沼澤地……密蘇里、肯塔基。你爲了什麼原因在審問我?你是現場鑑識人員,而我被逮到了,那就應該說再見,然後上床睡覺。故事到此告一段落。我很喜歡下西洋棋,我熱愛西洋棋。你玩過嗎,林肯?』

他曾經很喜歡下棋,他和克萊兒·崔琳一起玩了一陣子。湯瑪斯一直纏著他,要跟他玩電腦西洋棋,並買了一套遊戲軟體安裝在他的電腦裡,但是萊姆一直不曾開啓。『我已經很久沒玩了。』

『你和我必須找個時間下一盤,你會是一個好對手。你想不想知道一些棋士常常犯的錯誤?』

『什麼錯誤?』萊姆可以感覺到他灼熱的目光。他突然覺得不自在。

『他們對於對手感到好奇,試圖了解對方的私生活,了解一些沒什麼用的事情,例如他們來自何處?在什麼地方出生?兄弟姐妹是些什麼樣的人?』

『是嗎?』

『知道這些事有一種搔癢的痛快,但是卻會造成混淆,而且可能非常危險。你明白吧?遊戲全部都在檯面上,林肯,全部都在檯面上。』他撇嘴一笑。『你無法接受對我毫無所知,對不對?』

不能,萊姆心想,我不能。

棺材舞者繼續說：『好吧，你到底想要什麼東西？一個地址？一本高中紀念冊？來一個線索好不好？「玫瑰花蕾」，怎麼樣？你讓我感到訝異，林肯。你是一名刑事鑑識家，是我見過最傑出的。而你現在卻走上一條可悲的情緒化路線。我到底是誰？斷頭騎士、別西卜魔王。我是瑪布皇后（英國民間傳說，專管睡中夢境的女神）。只要有人大叫當心，「他們」追上來了，我就成了「他們」。我並不是眾所周知的噩夢，因爲噩夢並不眞實，但是我卻比任何人願意承認的噩夢都眞實。我是一名技術人員，我是一名生意人，而你不會找到我的名字、階級或編號，因爲我並不依據日內瓦公約來玩遊戲。』

萊姆什麼話都說不出來。

有人敲了門。

遞解人員已經到了。

『你們可以取下我的腳鐐嗎？』棺材舞者用一種可憐的聲音詢問兩名警官，他那隻健全的眼睛閃爍著淚光。『求求你們。我很痛，而且戴著腳鐐不容易走路。』

其中一名警官憐憫地看著他，然後又看看萊姆。萊姆非常老實地告訴他：『你只要解開他一腳，立刻就會失去你目前的工作，而且永遠不會再回到這座城市工作。』

州警盯著萊姆看了一會兒，然後對他的搭檔點點頭。棺材舞者笑了笑。『不是一個問題，』他看著萊姆說：『只是一個因子。』

警衛抓起棺材舞者未受傷的手臂，拉著他站起來。兩個高大的男人帶他走出門的時候，他顯得十分矮小。他回過頭。

『林肯？』

『什麼事？』

『你會懷念我。沒有我的話，你一定會覺得無聊。』他剩下的一隻眼睛刺痛了萊姆的目光。『沒有我的話，你會沒命。』

一個鐘頭之後，沉重的腳步聲宣布了隆恩．塞利托的到來，和他一起來的還有莎克斯和戴瑞。萊姆立刻明白出了問題。有那麼一會兒，他懷疑棺材舞者是不是脫逃了。

但是事情並非如此。

莎克斯嘆了一口氣。

塞利托看了戴瑞一眼，戴瑞乾瘦的面孔做了一個痛苦的表情。

『好了，告訴我吧。』萊姆不悅地表示。

莎克斯宣布了消息：『物證小組查過那些行李袋了。』

『你猜裡面裝了些什麼？』塞利托問。

萊姆精疲力盡地嘆了一口氣，他實在沒有心情玩遊戲。『雷管、鈽元素，還有吉米．侯發（於一九七五年離奇失蹤的前美國卡車聯盟主席）的屍體。』

莎克斯表示：『一疊威徹斯特郡的電話簿，還有五磅重的石塊。』

『什麼？』

『什麼都沒有，林肯。』

『你們確定只是電話簿，而不是編成了密碼的商務紀錄？』

『調查局的密碼人員從頭到尾檢查過了，』戴瑞表示：『都是該死的現成電話簿。那些石塊就更不用說了，放在裡面，只是爲了讓袋子下沉。』

『他們準備釋放漢生那個肥屁股，』塞利托陰沉地抱怨：『他們目前正在進行書面作業，這件案子甚至不會呈到大陪審團面前。這麼多人都白死了。』

『一起告訴他吧。』莎克斯說。

『艾力歐保羅斯正朝著這裡過來。』塞利托表示：『他拿到文件了。』

『逮捕狀？』萊姆不耐煩地問：『他要做什麼？』

『就像他說的，他要逮捕你。』

40

雷金納德·艾力歐保羅斯出現在門口，身後站著兩名支援他的魁梧警探。

萊姆一直認爲這名檢察官已經進入中年，但是在大白天的光線裡，他看起只有三十出頭。那兩名警探也很年輕，穿著也和他一樣講究，但是卻讓萊姆聯想到一些令人討厭的碼頭工人。

他到底需要他們做什麼？來對付一個癱瘓的人？

『林肯，我猜當我告訴你會出現一些後果的時候，你並不相信我。啊哈，你並不相信我。』

『你到底有什麼好抱怨的，雷金納德？』塞利托問：『我們逮到他了。』

『啊哈……啊哈。讓我告訴你……』他舉起手在空中畫了一個想像的問號。『我到底在抱怨什麼？起訴漢生的案子已經完蛋了，行李袋裡面沒有任何證據。』

『那又不是我們的錯。』莎克斯表示：『我們讓你的證人安然無恙，也捉到了漢生雇用的殺手。』

『啊，』萊姆說：『但是事情並不只這樣，對不對，雷金納德？』

艾力歐保羅斯冷冷地盯著他。

萊姆繼續往下說：『這麼說吧，喬迪——我的意思是「棺材舞者」——現在是他們起訴漢生的唯一機會。然而這只是他自己的想法，棺材舞者絕對不會擺他客戶的道。』

『眞的是這樣嗎？這麼說，你並不如自己想像地認識他。我剛剛和他談了很久。他非常樂意將漢生供出來。只是他現在遇到了一些障礙，而這都要感謝你。』

『我？』萊姆問。

『他說你在幾個小時前，那一場未經許可的會面當中威脅他。啊哈，放心吧，有些人會因此而非常難堪。』

『看在老天的分上。』萊姆一臉苦笑，然後脫口罵道：『你眞的看不出他在搞什麼鬼嗎？讓我猜猜看……你告訴他你會逮捕我，對不對？如果你這麼做，他就同意出庭作證。』

艾力歐保羅斯搖擺不定的眼神，告訴萊姆事情的經過確實如此。

『你難道看不出來嗎？』

但是艾力歐保羅斯完全弄不清楚狀況。

萊姆表示：『你難道不認爲，他會希望我被拘留在距離他或許只有五十、六十呎遠的地方？』

『萊姆。』莎克斯關心地叫了一聲。

『你到底在說些什麼？』艾力歐保羅斯問。

『他想要殺我，雷金納德，這就是他的目的。我是唯一阻止過他的人；只要我還活著，他就不太能安心地重新開始工作。』

『但是他哪裡也去不了。』

啊哈。

萊姆對他說：『我死了之後，他會撤回他同意的事；他永遠不會作證起訴漢生。到時你準備用什麼東西對他施壓？用針威脅他？他不會在乎。他是一個天不怕地不怕的人。』

什麼東西讓他覺得困擾？萊姆心中十分納悶。有些事情不太對勁，非常不對勁。

他判斷是那些電話簿和石塊……

電話簿和石塊。

萊姆盯著牆上的圖表，陷入了思考。他聽見了叮噹聲響，抬頭一看，和艾力歐保羅斯同行的一名警探取出手銬，正朝著治療床靠近。萊姆自我解嘲地想著，最好也戴上腳鐐，要不然他可能會逃跑。

『別這樣，雷金納德。』塞利托表示。

綠色纖維、電話簿、石塊。

他想起了棺材舞者對他說過的一些話。原本端坐在椅子上的艾力歐保羅斯，現在也站在他旁邊。

一百萬美元……

萊姆並不怎麼理會那名正想著如何制伏一名殘障者的警探，也不怎麼理會挺身想辦法制止那名警探的莎克斯。突然之間，他大叫：『等一等！』聲音威嚴得足以讓房間裡的人都靜止不動。

那些綠色的纖維……

他盯著圖表。

有人正在對他說話；那名警探的眼睛也沒有離開他的手，並把手銬搖晃得噹噹響。但是萊姆完全沒有理會他們，他對艾力歐保羅斯表示：『給我半個鐘頭。』

『我爲什麼要這麼做？』

『別這樣，你有什麼損失？我可能逃到別的地方去嗎？』艾力歐保羅斯還沒表示同意或不同意，萊姆就開始叫道：『湯瑪斯！湯瑪斯！我需要打一通電話。你到底要不要幫我？我有時候還眞不知道他跑哪裡去了。隆恩，你可以幫我打嗎？』

塞利托找到珮西．克萊的時候，她才剛剛從她丈夫的葬禮回來。她穿著一身黑衣，坐在林肯．萊姆床邊一張沙沙作響的藤椅上。羅蘭．貝爾也站在不遠的地方；他穿著一套因爲身上佩帶的兩大把槍而變型的褐色西裝，並把頭上稀疏的棕髮整齊地往後梳。

艾力歐保羅斯已經走了；不過他那兩名暴徒還在外面，守著玄關。他們顯然眞的相信，湯瑪斯一有機會就會把萊姆推出門口，讓他以每小時七．五哩的速度亡命天涯。

珮西的套裝，在領口和腰身的部分讓她覺得不舒服，而萊姆打賭這是她唯一的一件洋裝。她一往後坐就開始把足踝抬到膝蓋，然後發現穿著裙子的時候，這個姿勢不太雅觀，所以趕緊合併膝蓋，拘泥地坐正。

她用一種殷殷企盼的目光盯著他，萊姆於是明白，塞利托和莎克斯去接她過來的時候，並沒有把最新的消息告訴她。

儒夫，他在心中兇巴巴地罵。

『珮西，他們不會把控告漢生的案子呈到大陪審團面前。』

在那一刹那之間，她似乎鬆了一口氣，但是她立刻明白這件事代表什麼意義。『不！』她倒抽一口氣。

『漢生那一趟飛行呢？還有丟掉的那一些行李袋？』

『那些袋子是假的，裡面什麼東西都沒有。』

她的臉色變得蒼白。『他們準備釋放他？』

『他們無法在棺材舞者和漢生之間找出任何關聯。而在我們找出來之前，他完全自由。』

她的雙手舉到臉上。『那這一切都白搭了?艾德華……還有布萊特?他們全都白白喪命了。』

他問她:『接下來妳的公司會發生什麼事?』

珮西並沒有預期到這個問題,她不確定地問:『對不起?』

『妳的公司,哈德遜空運接下來會發生什麼事?』

『我們可能會把公司賣了,已經有一家公司向我們開了價,他們能夠背下債務,但是我們沒有辦法;要不然就進行清算。』這是他第一次在她的聲音裡聽見放棄的語氣。挫敗的吉普賽人。

『哪一家公司開的價?』

『坦白說,我並不記得,一直都是朗恩在和他們交涉。』

『就是朗恩·泰爾波特,對不對?』

『沒錯。』

『他清楚公司的財務狀況嗎?』

『當然,他和我們的律師及會計師一樣清楚,也比我清楚。』

『妳能打通電話給他,叫他盡快來這裡一趟嗎?』

『應該沒問題吧。他剛剛也在墓園裡,現在應該已經到家了。我打給他。』

『還有,莎克斯。』他轉頭對她說:『我們有另外一個刑案現場,我需要妳盡快過去進行搜尋。』

這名穿著暗藍色西裝的肥胖男人走進門的時候,萊姆仔細地打量了他。他那一套西裝帶著光澤,無論剪裁和顏色,看起來都像是一套制服。萊姆猜想,他駕駛飛機的時候就是這麼穿。

珮西介紹他們彼此認識。

『所以你們抓到了那個王八蛋。』泰爾波特憤憤地說：『你想他會坐上電椅嗎？』

『我是一個收集垃圾的人。』萊姆表示。他成功地假設一個犯案劇情時，聲音一向都很快樂。

『地方檢察官準備怎麼做，是由他來決定。珮西有沒有告訴你，那些牽涉到漢生的證據出了問題？』

『有，她說了一些關於這方面的事。他丟棄的證物是假的嗎？他爲什麼這麼做？』

『我想我可以回答這個問題，但是我還需要一些資訊。珮西告訴我，你對公司非常清楚，你是合夥人，對不對？』

泰爾波特點點頭，一邊掏出一盒香菸，看到沒有人抽菸，於是又放回口袋裡。他比塞利托還要邋遢，而且看起來，他能夠將外套扣緊在肥碩的肚子上面，已經是很久以前的事了。

『讓我來考考你這一題。』萊姆表示：『有沒有可能漢生並沒有因爲艾德華和珮西是目擊者而想要殺害他們？』

『要不然是爲了什麼？』珮西脫口說。

泰爾波特問他：『你的意思是他有其他的動機？例如什麼？』

萊姆並沒有直接回答。『珮西告訴我，公司的營運已經出現問題好一陣子了。』

泰爾波特聳聳肩。『這幾年一直都很困難。撤銷管制之後，冒出了許多小型的運輸公司，而且還要和聯合快遞、聯邦快遞競爭，再加上郵局，所以利潤一直在縮水。』

『但是你們還是有很好的——怎麼說，佛雷德？你接過一些白領階級的犯罪案，對不對？流進來的錢，應該怎麼說？』

戴瑞笑了一下。『收入，林肯。』

『你們有很好的收入。』

泰爾波特點點頭。『現金的周轉一直都不是問題，只是流出去的錢比流進來的多。』

『你覺得棺材舞者被雇用來殺害艾德華和珮西，是爲了讓兇手能夠折價買進這家公司這個理論怎麼樣？』

『什麼公司？我們的？』珮西皺起眉頭問。

『漢生爲什麼要這麼做？』泰爾波特又開始氣喘吁吁。

珮西問：『如果是這樣，爲什麼不拿一張大面額的支票來找我們？他從未和我們接觸過。』

『我說的人並不是漢生。』萊姆指出：『我的前一個問題是，如果漢生並不想殺害艾德華和珮西呢？如果是另外的人呢？』

『誰？』珮西問。

『我並不確定，只是……好吧，那些綠色的纖維。』

『綠色的纖維？』泰爾波特跟著萊姆的目光看向那些證物圖表。

『好像所有的人都忘了這件事，就除了我之外。』

『個別的事情很難被遺忘，你會不會忘記，林肯？』

『並不常，佛雷德，並不常。那些纖維……我的搭檔，莎克斯。』

『我記得妳。』泰爾波特對她點頭示意。

『她在漢生租下來的停機棚裡找到這些綠色的纖維，是在史帝芬．卡勒準備在艾德華．卡奈的飛機上裝炸彈之前所等候的窗戶上面，找到的微量物質；她也找到了一些黃銅屑、白色的纖維，和信封用的膠水。這些東西告訴我們，有人留了一把裝在一個信封裡的停機棚鑰匙給卡勒。但是我後來又想，卡勒爲什麼需要一把鑰匙進到一間無人的停機棚裡？他是一個高手，就算睡著了，他都能闖到裡面去。唯一的理由，就是爲了讓漢生看起來像是留了這把鑰匙的人，是爲了把他扯進來。』

『但是漢生犯下的那些綁架案。』泰爾波特說：『他殺了那些士兵、偷了那些軍火之後，所有的人都知道他是一個殺人犯。』

『他很可能是個殺人犯，』萊姆同意道：『但是他並沒有駕飛機到長島海灣用電話簿來進行轟炸。這件事情是別人幹的。』

珮西不安地扭動身體。

萊姆繼續說：『一個認爲我們永遠找不到這些行李袋的人。』

『是誰？』泰爾波特問他。

『莎克斯？』

她從帆布袋裡掏出三個裝了證物的大型牛皮紙袋，放在桌子上。其中兩個紙袋裡面裝的是帳簿，第三個則裝了一疊白色的信封。

『這些東西全都來自你的辦公室，泰爾波特。』

他無力地笑了笑。『我不認爲你可以在沒有搜索令的情況下，拿走這些東西。』

珮西·克萊皺著眉頭。『是我給的許可，我依然是公司的負責人，朗恩。但是你想要說什麼，林肯？』

萊姆很後悔沒有在這麼做之前，先把他的懷疑告訴珮西；這件事情於是成了一個可怕的震驚。但是他不能冒著她可能通知泰爾波特的風險，因爲一直到現在，他的足跡都掩飾得很乾淨。

萊姆看了梅爾·柯柏一眼，然後開口說：『我們和鑰匙的細屑一起找到的綠色纖維，來自一本帳簿的內頁。白色的纖維則來自一個信封。完全符合，沒有任何疑問。』

萊姆繼續說：『而這些東西全都來自你的辦公室，泰爾波特。』

『你的意思是什麼，林肯？』珮西喘著氣。

萊姆對著泰爾波特說：『機場裡的每一個人都知道漢生正在接受調查。你覺得可以利用這一點，所以你等到一個珮西、艾德華和布萊特．哈勒一起加班的晚上，偷了漢生的飛機出去繞了一趟，拋掉了那些僞裝的行李袋。是你雇用了棺材舞者，我假設你是在非洲或遠東地區工作的時候聽說了這個人。我打了幾通電話，你曾經爲波紮那的空軍和緬甸政府工作，指導他們如何採購中古的軍用飛機。另外，棺材舞者告訴我，他這份工作的佣金爲一百萬美元，』萊姆搖了搖頭。『這一點就足以告訴我一些事。漢生大概只需要花個幾萬美元，就可以幹掉三個證人。現今職業殺手的數量，明顯地多過於市場的需求，一百萬美元的佣金告訴我，雇主一定是個外行人，他的手邊也一定有很多閒錢。』

珮西尖叫一聲，跳到泰爾波特面前。泰爾波特掙扎站了起來。『你怎麼下得了手？』她大聲叫道：『爲什麼？』

戴瑞這時候表示：『我那些金融犯罪組的同事此刻正在查你的帳。我們認爲，我們可能會找到許多不清不楚的款項。』

萊姆繼續說：『哈德遜空運的營運狀況比妳想像中好太多了，珮西，只是大部分的錢都進了泰爾波特的口袋。他知道自己總有一天會被逮到，所以必須把妳和艾德華除掉，然後買下這家公司。』

『股份收購權。』她說：『如果我們過世的話，他有權從我們的資產當中，以折扣的方式買下我們的股份。』

『根本就是鬼扯，那傢伙也對著我開槍，記不記得？』

『但是你並沒有雇用卡勒。』萊姆提醒他：『你雇用的是喬迪——棺材舞者，而他把工作轉包給了並不認識你的卡勒。』

『你怎麼下得了手？』珮西用一種空洞的聲音重複：『爲什麼？為什麼？』

泰爾波特突然一陣狂怒。『因爲我愛妳！』

『什麼？』珮西倒抽一口氣。

泰爾波特繼續說：『我表示要娶妳的時候，妳一笑置之……』

『朗恩，不，我……』

『然後妳回到他身邊。』他冷笑了一聲。『艾德華・卡奈，英俊的飛官，捍衛戰士……他把妳視爲糞土對待，而妳卻還是要他。然後……』他的面孔因爲盛怒而發紫。『然後……然後我又失去了我擁有的最後一樣東西——我被停飛了，我再也不能駕駛飛機！我看著你們兩個人每個月飛行數百個小時，而我卻只能坐在辦公桌後面推文件。你們擁有彼此，你們可以飛行……你們不知道失去鍾愛的一切是什麼感覺。你們就是不知道！』

莎克斯和塞利托看著他全身緊繃。他們預料他會打一些主意，但是卻沒有想到他擁有這般的蠻力。莎克斯踏向前，從槍套裡取出手槍的時候，泰爾波特將她高大的身子拖離地面，甩向擺放證物的桌子，顯微鏡和其他的設備散落了一地，並把梅爾・柯柏往後撞到牆面上，接著從莎克斯的手裡扯下了葛拉克。

他用槍口指著貝爾、塞利托和戴瑞。『好了，把你們的槍丟到地上，馬上！』

『別這樣，老兄。』戴瑞轉了轉眼睛表示：『你打算怎麼辦？從窗戶爬出去？你哪裡也去不了。』

他把槍口塞到戴瑞面前。『我不會再說一遍。』

他的眼神當中充滿了絕望，讓萊姆想到一隻陷入困境的大熊。探員和警察全都把武器丟到地上，貝爾也放下他的兩把槍。

『那扇門通往什麼地方？』他指著一面牆。他看到了外面那兩名艾力歐保羅斯的保鑣，知道無法從那個方向脫逃。

『那是一個衣櫃。』萊姆迅速地回答。

他把門打開，看到了小型的升降梯。

『操你媽。』泰爾波特低聲罵道，把槍口指向萊姆。

『不要！』莎克斯大叫。

泰爾波特又把武器轉到她的方向。

『朗恩！』珮西叫道：『你想清楚，拜託……』

莎克斯狼狽不堪，但是已無大礙地站了起來，一邊看著十呎外躺在地面上的手槍。

不要，莎克斯，萊姆在心中叫道。千萬不要！

她逃過了全國最冷酷的殺手，現在卻差點被一個慌張的外行人射殺。

泰爾波特的眼睛在戴瑞、塞利托和電梯之間來回跳動，試圖找出控制鍵。

不要，莎克斯，不要這麼做。

萊姆試圖吸引她的注意力，但是她的眼睛卻在判斷距離和角度。她絕對來不及。

塞利托開口表示：『我們談一談，泰爾波特。別這樣，把槍放下。』

拜託，莎克斯，千萬不要……他會看到妳，他會朝妳的頭部開槍——外行人通常都這麼做——妳會沒命！

她全身緊繃，眼睛盯著戴瑞的席格索爾。

不要！

泰爾波特回頭看向電梯的那一刻，莎克斯撲到地板上，一邊滾動，一邊撿起戴瑞的武器。但是泰爾波特看到她了，她還沒來得及舉起那把笨重的武器，他就已經把葛拉克的槍口對準她的臉，瞇起眼睛，開始瘋狂地扣扳機。

『不要！』萊姆大叫。

槍聲震耳欲聾，震得窗上的玻璃咯咯作響，震得游隼振翅飛向天際。

塞利托爬向他的武器。房門同時被撞了開來，艾力歐保羅斯的警探衝進房裡，拔出手槍。

太陽穴上冒出一個紅點的朗恩・泰爾波特，靜止不動地站了好一會兒，然後旋轉著身體往地面倒落。

『老兄！』梅爾・柯柏說。他僵直不動地抓著一個證物袋，一邊盯著羅蘭・貝爾穩健地抓著他那一把細小的史密斯威森點三八，從他的手肘旁邊伸出來。『啊！』原來貝爾悄悄地移到了柯柏的身後，從他細窄的槍套上取下武器，然後從柯柏的臀部旁邊開了槍。

莎克斯站起來，從泰爾波特的手上取回她的葛拉克。她感覺一股暈眩，於是搖了搖她的腦袋。珮西雙膝跪倒在屍體旁，頓時房內充滿了嚎哭的聲音。她不停地啜泣，一邊用拳頭一再猛擊泰爾波特寬厚的肩膀。有好一會兒，所有的人都靜止不動。然後艾米莉亞・莎克斯和羅蘭・貝爾同時走向前，兩個人同時停頓了一下，然後莎克斯往後退開，讓高瘦的貝爾用手臂摟嬌小的珮西，把她從又是朋友又是敵人的屍體旁邊帶開。

41

短暫的雷聲之後，一場稀稀落落的春雨在夜深人靜的時刻開始落下。

房間裡的窗戶大大地敞開，不過不是游隼所在的那一扇，因爲萊姆並不喜歡打擾牠們。

此刻房間裡充滿著夜裡涼爽的空氣。

艾米莉亞・莎克斯拔出軟木塞，倒了一點夏多娜白葡萄酒在萊姆的平底杯和她自己的高腳杯裡。

她仔細看了一眼電腦螢幕，然後露出一個淺淺的笑容。

『我不敢相信。』

治療床一旁的電腦上面，裝了一套西洋棋軟體。

『你不玩遊戲的，』她說：『我的意思是，我從來沒看過你玩遊戲。』

『等一下。』他對她說。

電腦螢幕上的訊息顯示：無法辨識你剛剛說的話，請重新再試一遍。

他用一種清晰的聲音說：『城堡到第四行吃掉皇后的主教。將軍。』

停頓了一會兒之後，電腦說道：『恭喜。』然後播放了一段數位的蘇沙華盛頓進行曲。

『我不是為了消遣。』他表示：『這就像一套音響一樣，可以讓我的感官保持敏銳。妳偶爾也跟我玩一玩吧，莎克斯？』

『我不玩西洋棋。』她吞了一口美酒之後說：『如果一個騎士追著我的國王，與其想辦法脫困，我寧可轟他一槍。他們找到了多少數目？』

『妳是說泰爾波特藏起來的錢嗎？超過五百萬美元。』

查帳人員查過另一組帳簿，也就是沒動過手腳的帳簿，他們發現哈德遜空運是一家盈利極高的公司。失去了一架飛機和美國醫療保健的合約雖然造成了一些傷害，但是充裕的現金可以讓公司就像珮西所說的：『繼續在高空翺翔。』

『棺材舞者呢？』

『在特別拘留所。』

特別拘留所是刑事法庭大樓裡鮮為人知的設施，萊姆從未親眼見過——沒幾個警察見過——不過三十五年來，從來沒有人成功地從裡面脫逃。

『妥善地料理他的爪子。』萊姆將這件事情告知珮西時，她表示。她後來解釋，也就表示銼平獵鷹的腳爪。

對這件案子特別關心的萊姆，堅持要知道棺材舞者在特別拘留所的一切。他從警衛的口中得知，棺材舞者曾經詢問所內的窗戶、樓層，和位於城裡的什麼位置等細節。

『我聞到的味道是不是附近的加油站？』他曾經含糊地這麼問。

聽到這些事情後，萊姆立即通知隆恩．塞利托，要他打電話讓拘留所的負責人加倍守衛的警力。

艾米莉亞．莎克斯又喝了一口酒，然後心想，該發生的事情現在就讓它發生吧。

她深深地吸了一口氣之後，脫口說道：『萊姆，你應該放下身段。』又一口酒，『我不確定應不應該說這些事。』

『什麼事？』

『她對你來說是一個好的人選。應該會很理想。』

他們盯著彼此的眼睛時並不會不好意思，但是面對即將來臨的狂風暴雨，莎克斯還是低下她的眼睛，看著地板。

到底是怎麼一回事？

當她再次抬起頭的時候，才發現自己沒有表達清楚。『我知道你對她的感覺。雖然她不願意承認，但是我也知道她對你有什麼感覺。』

『誰？』

『你知道我說的是誰，就是珮西．克萊。你或許認爲她才剛剛守寡，此時此刻不會想要另外的人，但是……你聽見泰爾波特怎麼說了，卡奈自己有一個女朋友，是辦公室裡的女孩。珮西知道這件事。他們繼續留在彼此身邊只因爲他們是朋友。還有，也爲了公司。』

『我從來不……』

『放手去追求吧，萊姆，我是說眞的。你認爲不可能行得通，但是她一點都不在乎你的處境。想想她那天說的話。她一點都沒錯，你們眞的非常相似。』

有些時候，你在感覺挫敗的時候，的確需要舉起雙手用力拍拍自己的膝蓋。萊姆讓自己的腦袋緊緊地貼著那一顆豪華的羽絨枕頭。『莎克斯，妳到底從哪裡弄來了這個念頭？』

『拜託，太明顯了。我親眼看到自從她出現之後，你變成了什麼樣子：你看著她的方式，還有你一心一意地要救她性命。我知道這是怎麼一回事。』

『怎麼一回事？』

『她很像克萊兒．崔琳，幾年前離你而去的那個女人，這就是你要的。』

喔……他點點頭，原來是這麼一回事。

他笑了笑，然後說：『沒錯，莎克斯，過去幾天以來，我一直想著克萊兒。我告訴妳沒有，是因爲我說謊。』

『每一回你提到她的時候，我都可以看出你仍然愛著她。我知道自從發生意外之後，她就沒見過你。不過我猜這件事對你來說並未告一段落，就像尼克離開我之後，我和他之間的情況一樣。然後你遇見了珮西，她一直讓你想到克萊兒。而你也了解你可以重新開始再和人交往，我的意思是和她，而不是……和我。嘿，這就是人生。』

『莎克斯，』他開口說：『妳應該吃醋的人並不是珮西，那天晚上把妳踢下床的人並不是她。』

『不是嗎？』

『是棺材舞者。』

她杯子裡的葡萄酒又濺了一下。她覺得一陣暈眩，然後盯著那些透明的汁液。『我不明白。』

『那天晚上，』他嘆了一口氣。『我必須在我倆之間畫上一條界線，莎克斯。我爲了自私的理由，已經和妳太接近了。如果我們要繼續一起工作，我就必須拉起這一道障礙。妳難道不明白嗎？我不能太接近妳，不能在和妳那麼接近之後，繼續把妳派到險境裡。我不能讓這種事再發生一次。』

『再發生一次？』她原本皺著眉頭，接著臉上浮現了理解的表情。

啊，這就是我的艾米莉亞，他心想，一個傑出的刑事鑑識家，只要一點提示，她就快得像隻狐狸。

『不，林肯，克萊兒是……』

他點頭。『她就是五年前棺材舞者出擊之後，被我派到華爾街刑案現場的技術人員之一。接近垃圾桶、抽出紙片、引爆炸彈的人就是她。』

這就是爲什麼他一直咬著這傢伙不放，而且如此不尋常地希望得知關於這名殺手所有情報的原因。他想到逮到害死他情人的傢伙，想要知道他的一切。

這是一場報復，純然的報復。塞利托知道關於克萊兒的事，他猶豫是不是應該讓珮西和哈勒離城的時候，擔心的是萊姆個人的情感因素已經牽涉到這件案子裡。

沒錯，是牽涉了。但是儘管目前被壓抑在一段靜止的生命裡，林肯·萊姆依舊是一個狩獵者，就像他窗台上的雄隼一樣。每一個刑事鑑識家都一樣，當他嗅到獵物的時候，絕對不會停手。

『就是這麼一回事，莎克斯，和珮西一點關係也沒有。我當然渴望和妳共度良宵，共度每一個良宵，但是我不能冒著更愛妳的風險。』

對林肯·萊姆來說，這一段對話不僅令他自己感到驚愕，也讓他覺得困惑。自從發生意外以來，他一直相信打斷他脊骨的橡木樑對他的心所造成的傷害更大，也扼殺了他的一切感覺。他愛人與被愛的能力，就像他的脊骨神經一樣，早已被壓垮了。但是那一個晚上莎克斯接近他的時候，讓他發現原來自己大錯特錯。

『妳能夠明白吧，艾米莉亞？』萊姆低聲說。

『只能用姓氏。』她一邊微笑說著，一邊朝著床邊走近。

她彎下腰，吻上他的嘴唇。他往後退到枕頭上，接著也開始回吻。

『不行，不行。』他堅持，但是卻又更熱烈地吻她一次。

她的皮包掉落到地上，夾克和手銬則落在床邊的桌子上。最後脫掉的一件首飾是她的九釐米葛拉克。

他們又再次親吻在一起。

但是他退了開來。『莎克斯……風險太大了！』

『上帝不會給你確定的答案。』她表示，他們的眼睛緊緊地看著對方。接著她站起來，穿過房間朝著電燈開關走去。

『等一等。』他說。

她停下來回頭看著他，紅髮掉落在臉頰上面，蓋住了她的一隻眼睛。

萊姆對著掛在床架上的麥克風下達指令：『關燈。』

房間裡接著陷入一片漆黑。

傑佛瑞·迪佛
『神探萊姆』系列第一炮！

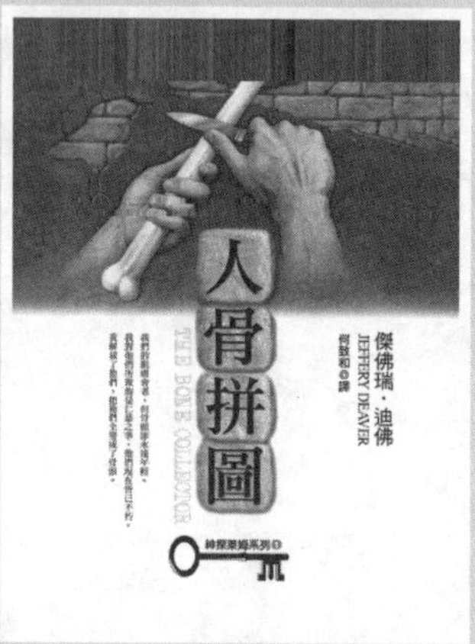

當代偵探小說巨匠驚悚極致代表作！
資深譯者兼影評人景翔專文導讀！

人骨拼圖

傑佛瑞·迪佛◎著 何致和◎譯

我們的肌膚會老，但骨頭卻永遠年輕。
我對他們所做的是仁慈之事，他們現在皆已不朽。
我解放了他們，把他們全變成了骨頭。

本書是經典電影『人骨拼圖』的暢銷原著！當代偵探小說界最耀眼的大師級作家傑佛瑞·迪佛，成功塑造了極具特色的『癱瘓神探』——林肯·萊姆！全書人物個性鮮明，節奏緊湊，不僅讓人親臨警察辦案時驚心動魄、分秒必爭的現場，也讓人深入犯罪者的內心底層，堪稱當今最炫目精彩的驚悚偵探小說！

【神探萊姆】系列
陸續出版

空椅告白（暫名）The Empty Chair

一向平靜的南方小鎮發生了一起重大命案！林肯．萊姆在警長的央求下，終於答應協助辦案，並逮捕到人稱『昆蟲小子』的兇手。不料，艾米莉亞卻對少年心生憐憫！林肯將如何對抗艾米莉亞這名最聰明的助手，也是最厲害的敵人？……

◎ 93 年 3 月出版

石猴迷蹤（暫名）The Stone Monkey

一艘載有二十幾名中國偷渡者的貨船，就在快接近紐約港口時意外起火！而林肯．萊姆和艾米莉亞追蹤的一名兇手，也正是搭著這艘船準備進入紐約。當警方趕到現場時，兇手早已不見蹤影，而兩個家庭的性命正危在旦夕……

◎ 93 年 7 月出版

幻影殺機（暫名）The Vanished Man

一所音樂名校發生了女學生命案！兇手逃進了一間教室，並將自己反鎖在裡面。不到幾分鐘，警方便已重重包圍住這間教室。然而，當警方破門而入時，竟發現兇手已從這個完全密閉的空間中消失了！……

◎ 93 年 11 月出版

驚悚小說經典『人魔三部曲』

湯瑪士・哈里斯◎著

紅色龍

李察理在睡夢中被割斷喉嚨，鮮血濺滿整片床頭；李太太姣好的臉龐更遭受無情的毀容，全身傷痕累累，宛若一具破娃娃……

這是『食人魔』萊克特博士的名字第一次出現，也從此立下驚悚小說的里程碑。作者湯瑪士・哈里斯以詭譎懸疑的佈局、高潮迭起的劇情，讓冷酷無情卻又聰明絕頂的萊克特時時撩動你的神經，刻刻撞擊你的心臟，讓你一次嚇個過癮！

沉默的羔羊

死者是一名臀部很大的年輕女性，皮膚被剝去，肉已浸成了灰色……雙乳之間、胸骨之上有一個怵目驚心的『星』形傷口，那是一種憤怒的死亡詛咒……

湯瑪士・哈里斯被譽為當今最傑出的驚悚小說家，繼《紅色龍》之後，他又寫出這本被譽為歷來最令人不寒而慄的經典鉅作！『食人魔』萊克特博士再次帶來的恐怖經驗，將空前挑戰酷愛刺激的讀者們！

人魔

螢幕放映著一張圖片，那是一個全身赤裸、吊死在宮殿城垛下的男人……冰冷的絞繩扯斷他的頸骨，重力使臟腑猛烈迸出！

經過全世界萬千讀者的長久期待，湯瑪士・哈里斯終於再次出招，為讀者獻上一部挑戰官能極限的驚悚鉅作！這不僅是『食人魔』萊克特博士三部曲的最後高潮，也堪稱哈里斯這位當代最傑出的驚悚小說家個人創作的最高成就！

歷史科幻巨作『滅亡三部曲』

張 草◎著

北京滅亡

第三屆《皇冠大眾小說獎》首獎

倪匡：『看了《北京滅亡》之後，格外佩服。掩卷深思，肯定自己就算可以作出同樣的幻想，可是在小說的結構上、寫出技巧上、情節動人上，也及不上《北京滅亡》。』

明朝天啟六年五月，北京大爆炸！北自刑部街，長三四里，周圍十三里，全部化為齏粉！災區上空飛墮人頭、手、腿、眼球，僵直破碎的屍體疊在一起……

諸神滅亡

葉李華：『姑且不論《諸神滅亡》有多少深層內涵，就小說的「基本面」而言，張草已經超越了許多前輩，尤其重要的是，超越了昨日的張草。』

《諸神滅亡》是『滅亡三部曲』之二，故事承接《北京滅亡》進入一個新發展。充滿哲思的筆法穿梭在不同的時空中，種種謎團即將一一解開，是一本令人神魂顛倒的科幻歷史鉅作！

明日滅亡

聖嚴法師：『張草以科幻的筆觸，創造人物、描寫景象、敘述故事，萬分精彩，特別是在《明日滅亡》之中，非常熟練地引用了不少佛學的知識和觀點；也可以說，這是一部寓佛學的小說。』

《明日滅亡》是『滅亡三部曲』之三，地球聯邦出現毀滅徵兆！而新世代的主角那由被送往危險的禁區，開始了探索未來的放逐之旅。

國家圖書館出版品預行編目資料

棺材舞者/傑佛瑞・迪佛著.楊孟哲譯.
・・初版・・臺北市：皇冠，2003【民92】
面 ；公分,・・(皇冠叢書；第3305種)(JOY；35)
譯自：The Coffin Dancer
ISBN 957-33-1990-X（平裝）

874.57　　92016358.

皇冠叢書第3305種
JOY 35

棺材舞者

THE COFFIN DANCER

作　　者—傑佛瑞・迪佛　　譯　　者—楊孟哲
發 行 人—平鑫濤
出版發行—皇冠文化出版有限公司
台北市敦化北路120巷50號
電話◎2716-8888
郵撥帳號◎1526151~6號
香港星馬—皇冠出版社(香港)有限公司
總 代 理　香港灣仔告士打道80號16樓
電話◎2529-1778　傳真◎2527-0904
出版統籌—盧春旭　英文選書—余國芳
編務統籌—金文蕙　版權負責—莊靜君
責任編輯—丁慧瑋　英文編輯—簡伊玲
美術設計—李顯寧　行銷企劃—蔡修儀
印　　務—林莉莉・林佳燕
校　　對—鮑秀珍・陳惠玉・丁慧瑋
著作完成日期—1998年
初版一刷日期—2003年10月

Text copyright © 1998 by Jeffery Deaver.
Complex Chinese Edition Copyright © 2003 by Crown Publishing Company, Ltd., a division of Crown Culture Corporation. Complex Chinese Characters Edition arranged with CURTIS BROWN-U.K. Through Big Apple Tuttle-Mori Agency, Inc.
All Rights Reserved.
法律顧問—王惠光律師
有著作權・翻印必究
如有破損或裝訂錯誤，請寄回本社更換
讀者服務傳真專線◎02-27150507
皇冠文化集團網址◎http：//www.crown.com.tw
電腦編號◎406035　國際書碼◎ISBN 957-33-1990-X
Printed in Taiwan
本書特價◎新台幣299元／港幣100元